Alex Thomas
Das Labyrinth des Blutes

Das Buch

Er nennt sich Ghost. Er jagt Kindermörder. Und er kennt sich in ihren Köpfen aus.

Ein Serienkiller namens Ghost hinterlässt auf dem Kontinent eine unübersehbare Blutspur. Seine bevorzugte Beute: Männer, die zur Befriedigung ihrer kranken Gelüste Kinder ermorden. Jeden Tatort signiert er mit einem in Blut geschriebenen Symbol.

Agent Paula Tennant hätte nach der nervenaufreibenden Ermittlung in Italien, bei der sie schwer verletzt wurde, eigentlich Urlaub nötig, doch als ihr Boss Robert Bernstein ihr den Fall vorlegt, reist sie sofort nach London. Kaum dort gelandet, geschieht ein weiterer Mord.

Zwölfmal hat der Ghost bisher in verschiedenen europäischen Städten getötet, und es ist nur eine Frage der Zeit, wann er das nächste Mal zuschlägt. Nach zermürbender Ermittlungsarbeit entdeckt Paula schließlich ein verräterisches Muster und kommt dem Killer ganz nah. Doch der ist bestens über Paulas Schwachpunkt informiert und will mit ihr einen Pakt schließen.

Die Autoren

Alex Thomas ist das Alter Ego eines Autorenehepaares. Ihre Romanreihe um die rebellische Nonne Catherine Bell begeistert die Fans von Vatikan- und Mystery-Thrillern. Mit der Reihe um die ISA-Ermittlerin Paula Tennant erforschen sie einen neuen Quadranten ihres Universums.

ALEX THOMAS

DAS LABYRINTH DES BLUTES

THRILLER

Deutsche Erstveröffentlichung bei
Edition M, Amazon Media E.U. S.à r.l.
5 Rue Plaetis, L-2338 Luxembourg
Juli 2018

Umschlaggestaltung: zero-media.net, München
Umschlagmotiv: © DEA / G. DAGLI ORTI / Getty; © Leblanc Catherine / Alamy Stock Photo;
© Ball Miwako / Alamy Stock Photo
Lektorat: Diana Schaumlöffel
Korrektorat: Manuela Tiller/DRSVS

Gedruckt durch:
Amazon Distribution GmbH, Amazonstraße 1, 04347 Leipzig
Canon Deutschland Business Services GmbH, Ferdinand-Jühlke-Str. 7, 99095 Erfurt
CPI Books GmbH, Birkstraße 10, 25917 Leck

ISBN: 978-2-919-80156-5

www.edition-m-verlag.de

Für Leonard

Es gibt Menschen,
die in Erfahrungswelten leben,
die wir nicht betreten können.

John Steinbeck

1

Der Nebel hatte sich in den frühen Morgenstunden von den Hügeln bis hinunter ins Tal ausgedehnt, und da die Sonne an diesem Vormittag ausgeblieben war, hatte er sich noch verdichtet und sich wie eine schier undurchdringliche Wolkendecke über den Walpole Park im Westen Londons gelegt.

Als Ron Walden seine Laufroute wie jeden zweiten Morgen vor dem Frühstück begann und die Ealing Abbey passierte, war der Nebel noch ein feiner, milchiger Vorhang, durch den die aufleuchtenden Scheinwerfer der Busse und Autos wie Spukerscheinungen an ihm vorüberhuschten. Als er jedoch die tiefer gelegene Longfield Avenue hinter sich ließ, wurde ihm klar, dass sich dieser Nebel nicht so bald lichten würde. Der New Broadway, Ealings Hauptverkehrsstraße, versank in beiden Richtungen in einer einzigen dichten Waschküche. Busse und Autos standen und bildeten lange Staus. Dennoch gedachte Ron nicht, den Lauf abzubrechen, denn er kannte die Strecke und den Park wie seine Westentasche.

Außerdem hatte er sein Fitness-Soll für diese Woche noch nicht erfüllt, weshalb also wegen ein paar dunklen Nebelschwaden umkehren? Schließlich handelte es sich nicht um einen schwefelsäurehaltigen Todesnebel wie 1952, dem sein Großvater und zwölftausend weitere Menschen zum Opfer gefallen waren. Die Zeit der Londoner Smog-Katastrophen war lange vorbei. Die Schlote der Fabriken waren mit Filtern ausgerüstet und die Kaminfeuer der Wohnhäuser im Winter durch zentrale Heizungssysteme ersetzt. Auch waren die Umrisse der roten, mehrstöckigen Backsteinhäuser noch rechtzeitig genug zu erkennen. Ron würde schon nicht gegen eine Hauswand laufen. Also quetschte er sich zwischen den roten Doppeldeckerbussen und den Pkws hindurch auf die andere Seite des New Broadway und folgte einer dunstigen Gasse zur Mattock Lane, die an die Nordseite des Walpole Park grenzte. Beim Überqueren der Straße hätte ihn allerdings fast eines der herannahenden schwarzen Taxis erwischt, und den Zugang zum Park mit dem hohen Eisentor, etwa fünfzig Meter weiter, hätte er in der Dampfsuppe ebenfalls fast übersehen.

Doch die dicke, rauchartige Luft hatte auch ihr Gutes, denn Ron Walden musste an diesem Morgen nicht den Anblick der unzähligen DIN-A4-Zettel mit der Aufschrift *Vermisst!* ertragen, die Freiwillige in ganz West London an nahezu jedem Laternenmast und Baumstamm angebracht hatten, nachdem der dreijährige Noah Hughes zwei Wochen zuvor im Pitshanger Park – von einer auf die andere Sekunde, wie seine Smartphonesüchtige Mutter schwor – verschwunden war.

Ron schnalzte mit der Zunge und grinste in sich hinein. Er war der einzige Mensch in ganz London, der wusste, wo der schmächtige Noah mit seiner blonden Haarmähne und den großen blauen Augen war.

Er erreichte einen der traumhaft schönen Teiche des Parks, der heute allerdings bis auf einen kleinen Uferabschnitt im Nebel lag. Ron würde sich an die breiteren Hauptwege halten und den Park im Uhrzeigersinn umrunden. Die dreiflammig beleuchteten Gussmastlaternen tauchten wie Schemen aus den dichten Nebelschwaden auf. Ihr Licht erreichte nur hier und da den unteren Bereich der herbstlich bunten Baumkronen, drang aber nicht bis zum Boden vor. Doch als Orientierungspunkte in der dichten Nebelbrühe waren sie Ron allemal genug, und so setzte er seine Runde fort und überquerte die kleine Holzbrücke hinter dem Teich. Weiter hinten in der Dunstsuppe lag das alte Pitzhanger Manor-House mit seiner Kunstgalerie, dem Blumen- und Kräutergarten und den Bienenvölkern. Der Maler William Turner war hier im neunzehnten Jahrhundert ab und an zu Gast gewesen und hatte mit dem Hausherrn, einem damals sehr bekannten und begehrten Architekten, in den nahe gelegenen Teichen geangelt. Nicht, dass Ron viel von Kunst und Malerei oder vom Angeln verstand, doch während eines Schulausflugs vor vielen Jahren hatte er einige von Turners romantischen Gemälden in der National Gallery am Trafalgar Square gesehen. Nicht schlecht. Aber mit einem Waschküchentag wie heute würde selbst ein Künstler wie Turner nicht viel anfangen können.

Ron kehrte zu seinem Lieblingsgedanken zurück. Dieser galt dem kleinen Noah, und ein wohliges Gefühl stellte sich in seinen Lenden ein. Ja, der Junge tat ihm gut. Sowohl körperlich als auch geistig. Allerdings würde er sich nicht mehr lange mit dem kleinen Blondschopf vergnügen können. Die letzte Nacht hatte viel von Noah gefordert, und so hatte das Balg jede Menge Blut verloren. Ein paar Stunden der Zerstreuung und des Genusses würde Noah ihm jedoch schon noch bieten.

Bis jetzt hatte Scotland Yard noch keinen von Rons Jungen entdeckt. Weder tot noch lebendig. Dabei war die Fahndung nach Noah noch am gleichen Tag, an dem er ihn entführt hatte, zur Ermittlung eines Verbrechens erklärt worden. Nach dem Verschwinden von Jeffrey und Sean im letzten halben Jahr war der Druck der Öffentlichkeit besonders groß, und so suchten mehrere Hundert Beamte nach dem Kind. Die Bobbys hatten dieses Mal sogar das Gelände der Abbey durchkämmt und waren ganz nahe an seinem Haus vorbeigekommen. Was für ein Nervenkitzel!

Wie dem auch sei, das Zeitalter der Smartphones war für ihn und seinesgleichen ein Segen. Anstatt ihre Kinder im Auge zu behalten, ließen sich diese dämlichen jungen Mütter immer wieder dazu verleiten, wie hypnotisiert auf ihre Displays zu starren, durch soziale Netzwerke zu scrollen und irgendwelche wichtigtuerischen, hohlen Nachrichten zu verfassen. Am Stichtag hatte Ron nur ein paar Sekunden gebraucht, um sich Noah zu krallen und mit ihm abzuhauen. Und da war kein dichter Nebel gewesen.

Die Fassade des Kiosks tauchte vor ihm auf. Von den nur wenige Meter entfernt liegenden Spielplätzen für die kleinen und größeren Kinder war nicht einmal der Hauch einer Schaukel oder einer Kletterstange zu sehen. Die Nebelschwaden umhüllten sie wie eine massive, milchige Wand. Alles war so ruhig, fast unheimlich still. Kaum eine Menschenseele. Nicht einmal die Vögel zwitscherten im Geäst. Nur ein paar alte Leute, die ihre räudigen Köter Gassi führten, nahmen hier und da Gestalt an.

Ron erreichte den südlichen Bereich des Parks, dort wo der Übergang zum benachbarten Lammas Park lag, den er jedoch nur selten als zusätzliche Laufstrecke nutzte. Er folgte lieber der Kurve, die ihn zurück nach Norden führte, zu einem weiteren Teich und zur Mattock Lane. Er hatte etwa zwei Drittel des Wegs zurückgelegt, als er die zunehmende Dunkelheit bemerkte. Dann dämmerte ihm, woher diese Lichtlosigkeit kam. Keine einzige der Gussmastlaternen brannte in diesem abgelegenen Teil des Parks. Vermutlich hatte die automatische Zeitschaltuhr die Lampen bereits frühzeitig ausgeschaltet, was für Ron kein Problem darstellte, denn er kannte ja jeden Stein und jede Bank in dem Park. Außerdem hatte er eine weit kürzere Strecke zurückzulegen, wenn er nicht wieder umkehrte.

Also verringerte er vorsichtshalber ein wenig sein Tempo und setzte seinen Lauf fort, als ihm die unnatürliche Stille auffiel.

Ron blieb schließlich stehen und blickte mit gerunzelter Stirn den Weg hinauf beziehungsweise dorthin, wo dieser sich im dichten Nebel nach wenigen Metern in der Unsichtbarkeit verlor.

Plötzlich fühlte er, der Jäger, sich instinktiv in Gefahr.

Zum ersten Mal in seinem Leben erfasste Ron Panik, lief ihm ein eiskalter Schauer über das Rückgrat, während sein Magen sich zusammenzog.

Aus dem Augenwinkel nahm er wahr, wie etwas Großes, Mächtiges auf ihn zuraste, das ihn im nächsten Moment packte und mit sich in den Nebel riss. Er wehrte sich mit aller Energie, doch die Kraft des Schattens war so gewaltig, dass er sich fühlte wie ein kleines, hilfloses Kind.

IM DUNKEL DES LABYRINTHS

2

Der Walpole Park war komplett abgeriegelt, die Zugänge und Zufahrten im Norden, Nordosten, Süden und der schmale Fußweg im Westen wurden von je zwei Constables bewacht. Kein Mensch hatte Zutritt, der nicht zum Einsatzteam gehörte. Ein paar Eichhörnchen huschten hier und dort auf der Suche nach Futter über die Wiese und die Baumstämme hoch, und obwohl sie an Menschen gewöhnt waren, wagte sich keines von ihnen zu dem gewaltigen alten Kastanienbaum, der am Rande der großen Lichtung stand.

Einige Meter entfernt, auf dem Hauptweg, standen Einsatzwagen, und dazwischen eine die Polizeiwagen überragende mobile Einsatzzentrale der Metropolitan Police, die nach wie vor auch Scotland Yard genannt wurde.

Detective Chief Inspector Warren Reeves streifte vorsichtig einen weißen Papier-overall über und näherte sich dem alten haushohen Baum über einen Pfad, den die Beamten der Spurensicherung und der Gerichtsmedizin bereits in den Rasen getreten hatten. Der anonyme Anruf war vor etwas über einer Stunde beim Yard eingegangen, kurz bevor Reeves an seinem zweiten Urlaubstag seit Jahren den kleinen Küstenort Southend-on-Sea erreicht hatte, um seinem elenden Junggesellenleben und der Großstadtkriminalität wenigstens einmal für kurze

Zeit zu entkommen. Seine Familie besaß ein altes, gepflegtes Haus an der See und ein Boot, das schon eher einer kleinen Jacht glich. Es war Ewigkeiten her, seit er mit seinem Vater zum Angeln hinaus aufs Meer gefahren war.

London hatte sich im letzten Jahrzehnt in der Kriminalstatistik zur gefährlichsten Stadt Europas entwickelt. Zweiunddreißig Prozent der Einwohner waren irgendwann in ihrem Leben schon auf die ein oder andere Weise Opfer von Kriminalität geworden. London war schon immer eine Stadt des Geldes, der Reichen und der Investoren gewesen, doch die Spaltung der Gesellschaft hatte sich in den letzten Jahren verschärft. Die Reichen hatten sich ihre eigene Stadt innerhalb der Stadt erschaffen, während ein beträchtlicher Teil der restlichen Einwohner in Verhältnissen lebte, wie man sie nur aus Schwellenländern oder aus den Zeiten von Charles Dickens kannte. Außerhalb der Touristenrouten und reichen Wohngegenden konnte man die zunehmende Armut sehen. Immer mehr Menschen, vor allem Jugendliche aus Problemvierteln mit mangelhafter Schulausbildung, fühlten sich von der Glitzerwelt des Kommerzes ausgeschlossen und nahmen sich zunehmend mit Gewalt, was sie auf legalem Weg nicht haben konnten. Doch der Fall, für den Reeves aus dem Urlaub zurückbeordert worden war, hatte nichts mit Jugend- und Bandenkriminalität zu tun. Hierbei ging es um einen landesweit bislang vergeblich gesuchten Serienkiller, dessen Modus Operandi ebenso unberechenbar war wie das Wetter auf den Britischen Inseln.

Unter einem düsteren Wolkenhimmel ragte der alte Kastanienbaum vor Reeves auf wie das alte, steinerne Monument einer urzeitlichen Hinrichtungsstätte. Im gestrigen Nebel musste der Platz ein wahrlich schauriger Anblick gewesen sein. Es war also kein Wunder, dass der Ghost ihn zum Ort der Tat auserkoren hatte. Und der Ghost hatte die Wetterlage einmal mehr genutzt, denn der Nebel, der den ganzen verdammten gestrigen Tag angehalten und Reeves' Abreise nach Southend-on-Sea verzögert hatte, hatte nicht nur den Verkehr in ganz London lahmgelegt, sondern das mörderische Tun und Treiben in diesem Park wohlverborgen.

Er näherte sich dem mächtigen Baum und vernahm irgendwo dahinter die raue, stets etwas misstrauisch klingende Stimme von Dr. Dan Bullard, der seinen jungen Assistenten wie eines der grauen Eichhörnchen hin und her scheuchte.

»Untersuchen Sie auch die andere Seite der Fundstelle, klar!«

Der junge Mann – ein klein wenig tat er Reeves leid – huschte mit seinen Utensilien zur Beweismittelsicherung schnurstracks zur gegenüberliegenden Seite des Baums und zuckte erschrocken zusammen, als er Reeves auf sich zukommen sah.

»Und dann ab mit dem Leichnam in den Sack, bevor ihn noch die Borkenkäfer auffressen«, setzte Bullard hinzu.

Dabei galt der letzte Satz vor allem Reeves, denn der Pathologe hatte sein Näherkommen bemerkt und pflegte den Inspector gerne mit blödsinnigen Kommentaren aufzuziehen. Doch dieses Mal ließen Reeves die Bemerkungen kalt. Noch ärgerte es ihn zu sehr, dass Superintendent Edward Crowley keinen anderen Detective zum Walpole Park beordert hatte. Reeves hatte seit ewigen Zeiten keinen richtigen Urlaub mehr gehabt, und der Ghost war eigentlich nicht sein Fall. Aber vermutlich hatte es andernorts noch einen weiteren, womöglich größeren Zwischenfall gegeben, der die Beamten der Spezialeinheit beschäftigte.

»Hallo Inspector. Auch schon da?« Bullard grinste, und seine kleinen Wieselaugen blitzten auf, als hätte er Reeves gerade beim Kokainschnüffeln erwischt. Was für ein Wichser!

Reeves ignorierte ihn und ließ seinen Blick über den verwachsenen, wettergegerbten Baumstamm schweifen, dessen grobe Struktur ihn an eine südamerikanische Mangrove erinnerte. Fünf gestandene Männer wären notwendig gewesen, um den mächtigen Stamm mit den Armen zu umfassen. In der Erwartung, dass sich der Tatort etwas weiter rechts von Bullard befand, begann Reeves den Baum zu umrunden. Doch er hatte kaum drei Schritte getan, als er abrupt innehielt.

Das, was er aus der Ferne für eine extrem ausladende Verknöcherung der Baumrinde gehalten hatte, war in Wahrheit die Silhouette eines männlichen Leichnams.

»Mal was anderes als die übliche Messerstecherei«, meinte Bullard trocken.

Das konnte man wohl sagen. Reeves hatte während seiner fünfzehn Jahre beim Yard schon einiges an Gräueltaten zu sehen bekommen, mit kochend heißer Suppe verbrühte Gesichter, den Torso einer Frau in der Themse, von Ratten angefressene Leichenteile in stillgelegten U-Bahn-Schächten. Doch so etwas, nein, so etwas noch nicht.

Während ihm der metallische Geruch von Blut durch die Nase in jede Gehirnwindung stieg, trat er neben den Gerichtsmediziner und starrte auf die düstere Szenerie. Reeves hatte eine für einen Polizisten unangenehme Schwäche. Den Anblick und den Geruch von Blut ertrug er nur schwer. Dass er sich als junger Polizeibeamter bei einer Leichenbergung einmal auf die Überreste einer Toten übergeben hatte, haftete ihm noch heute an. Und die untere Rinde dieser Kastanie war so vollgesogen mit Blut, als wäre sie ein überfüllter Schwamm. Ebenso badeten der Boden und das spärliche Gras unter dem nackten Leichnam in Blut.

Einen Moment lang wandte Reeves den Blick ab und ließ ihn über das umliegende Gelände schweifen. Hier und da steckten ein paar Markierungen im Rasen, wo potenzielle Beweisstücke entdeckt worden waren. Fußabdrücke, Zigarettenstummel, Abfälle, Werkzeuge, was auch immer. Doch wie es aussah, lehnte das Hauptbeweismittel sarkastischerweise direkt am Baumstamm, und zwar zwischen den weit auseinandergespreizten Beinen des Toten.

Ein großer, schwarz-gelber Druckluftnagler, den man normalerweise bei Bauarbeiten einsetzte, um magazinierte Nägel in Holz, Stahl oder Beton zu treiben.

»Die Nagelpistole ist nicht das Mordinstrument«, erklärte Bullard so beiläufig, als stünden sie lediglich vor einer schief eingebauten Trockenwand. »Damit wurde er nur am Baumstamm fixiert, um dann weitere Qualen zu erleiden.«

Reeves' Aufmerksamkeit kehrte zu dem Leichnam zurück. Hoffentlich sah Bullard ihm nicht an, dass ihm von dem Anblick des an den Baumstamm getackerten Körpers speiübel geworden war.

»Tja«, fügte der Gerichtsmediziner hinzu. »Ihn zu kastrieren, hat dem Ghost diesmal nicht gereicht.«

Reeves starrte auf die große, klaffende Wunde im Unterleib des Toten, die aussah, als hätte man ihm die Genitalien mit einem einzigen Schnitt vom Leib getrennt. Kein Wunder, dass so viel Blut die Baumrinde und den Boden durchdrang. Doch die hässliche Unterleibswunde war nur eine von vielen, aber vermutlich die letzte, die dem Opfer zugefügt worden war.

Erneut ließ Reeves seinen Blick über den restlichen Tatort schweifen, als er über den Hauptweg Detective Superintendent Edward Crowley höchstpersönlich näher kommen sah. Der Superintendent bückte sich unter dem gelben Absperrband hindurch wie ein Pottwal, der versuchte, elegant aus dem Wasser auf- und abzutauchen, blieb dann in einer ihm angemessen erscheinenden Distanz vom Tatort stehen, um diesen nicht zu kontaminieren, und winkte Reeves und Bullard zu sich. Es gab auf der ganzen weiten Welt keinen Papieroverall, in den Crowleys immense Leibesfülle gepasst hätte.

»Wie sieht es aus?«, wandte er sich an Bullard und Reeves. Sein aufgeschwemmtes, teigiges Gesicht war vor Anstrengung so gerötet, als wäre er die Strecke vom Yard in der Nähe des Big Ben bis hierher zu Fuß gelatscht. Schweißperlen standen auf seiner Oberlippe.

»Sie haben ja mein Handyfoto gesehen, Superintendent«, erwiderte der Gerichtsmediziner seelenruhig. »Genaueres wissen wir erst nach der Obduktion. Aber ich würde schätzen, er ist seit mindestens zwanzig Stunden tot.«

»Tja«, meinte Crowley schwer schnaufend, »er hätte bei dem miesen Wetter gestern wohl besser zu Hause bleiben sollen.«

»Das hätte ihn auch nicht gerettet«, meinte Bullard. »Früher oder später hätte ihn sich der Ghost geschnappt.«

So ungern Reeves dies tat, aber in diesem Punkt stimmte er mit dem Gerichtsmediziner überein. Seinem letzten Opfer hatte der Ghost in dessen Haus in der Nähe von Edinburgh aufgelauert und sein vollendetes Werk dann später in der Nacht am National Monument of Scotland am Calton Hill präsentiert.

»Wissen wir schon, wer es ist?«, fragte Crowley zur Kastanie deutend, nachdem er ein weiteres Mal genug Sauerstoff gefasst hatte, um seine Sprechwerkzeuge zu aktivieren.

»Nein. Keine Kleidung, keine Papiere.«

Crowleys Gesicht nahm einen angewiderten Ausdruck an, so als stünde er nicht vor Bullard und Reeves, sondern direkt vor der verstümmelten Leiche. Als müsse er mit einem äußerst unliebsamen Gedanken kämpfen, sagte er: »Wir haben einen zweiten Einsatz oben nahe der Abbey. Diese ISA-Agentin denkt, dass es eine Verbindung zum hiesigen Fall gibt.« Er wandte sich Reeves zu. »Hier die Adresse, Chief Inspector. Treffen Sie sich mit ihr und klären Sie das ab, bevor diese Frau uns noch in der Presse zum Gespött der ganzen Welt macht.«

Das war es also, wovor sich Londons massereichster und bequemster Detective Superintendent wirklich fürchtete und weswegen er Reeves aus seinem wohlverdienten Urlaub zurückbeordert hatte. Die Medien! Eine solche Mordserie barg jede Menge polizeipolitischen Zündstoff, und deshalb sollte Reeves gar nicht am *Walpole Park*-Fall arbeiten, sondern für Crowley den Aufpasser spielen und diese überaus ambitionierte ISA-Agentin im Auge behalten.

Reeves hatte Paula Tennant und ihren Boss Robert Bernstein im Yard kurz aus der Entfernung gesehen, als sie zu einer Sonderermittlungsbesprechung mit Crowley und seinen Leuten erschienen waren, und irgendwie waren ihm diese Typen von der International Security Agency nicht ganz geheuer. Bernstein sah ja noch halbwegs wie ein Agent aus – allerdings hatte er auch etwas von einem unterkühlten Professor –, doch diese Tennant hatte in ihrer Lederjackenkluft gewirkt, als hätte man sie auf dem Trafalgar Square zusammen mit einer Horde zugekiffter Goths festgenommen.

Reeves war klar, dass das ein dummes Vorurteil war, doch der Gedanke hatte sich ihm bei ihrem Anblick schneller ins Gehirn gebohrt, als er diesen hätte unterdrücken und wieder verbannen können. Viel wahrscheinlicher war es, dass diese Agentin einfach nur einen verdammt guten Job machte, sonst würde sie Crowley nicht so viel Unbehagen bereiten. Nichts war Crowley heiliger als seine Stellung innerhalb der Metropolitan Police. Sollte Tennant straucheln, würde der Superintendent nicht zögern, sie für seine Karriere ans Messer zu liefern.

»Dann mache ich mich gleich mal auf den Weg, Superintendent, Doktor.«

Reeves zog den Schutzanzug aus und warf ihn in den dafür bereitstehenden Container. Dann lief er über den Hauptweg

Richtung Südausgang, wo sein Wagen halb auf dem Gehweg stand, und war unendlich erleichtert darüber, sich den verstümmelten Leichnam nicht noch einmal anschauen zu müssen.

Crowley hatte ihm noch irgendetwas Unverständliches hinterhergebrummt, doch es hatte nur so geklungen, als ob der Superintendent nun noch unleidiger war.

3

Reeves nahm die Route über die Castlebar Road, eine der breiten Verbindungsstraßen nach Norden, und bog nach zehnminütiger Fahrt über zwei nervige Ampelkreuzungen und zweimal Kreisverkehr in den Charlbury Grove, um nach etwa zweihundert Metern und einer Kurve auf der linken Seite die eindrucksvolle Ealing Abbey zu sehen, eine katholische Kirche mit angeschlossenem Internat. Die Katholiken schienen über jede Menge Geld zu verfügen, denn die Abtei und das Internatsgelände waren in einem tadellosen Zustand, und auf dem umfangreichen Grundstück der St Benedict's School fanden erweiternde Baumaßnahmen statt. Reeves bog unmittelbar vor der Kirche rechts in die Blakesley Avenue ein, eine Straße, die rechts und links von prächtigen Bäumen und schmucken, zweistöckigen viktorianischen Reihenhäusern aus rotem Backstein mit Erkern und schwarz in der Sonne schimmernden Schindeldächern gesäumt wurde. Etliche der kleinen Hauseinfahrten zur Straße hin waren in der letzten Zeit mit Eisentoren und Eisenzäunen versehen worden. An einigen Masten für Hinweisschilder hingen Neighbourhood-Watch-Schilder, die signalisierten, dass die Anwohner ihren Bezirk im Auge behielten, um Kriminalität und Vandalismus zu verhindern. Die Ausschreitungen und

Plünderungen vor wenigen Jahren steckten den Londonern noch tief in den Knochen.

Die Doppelhaushälfte, vor der Reeves halten sollte, war schon von Weitem zu erkennen, und zwar an den Einsatzwagen, den Absperrungen und den Constables, die davor Wache schoben und dafür sorgten, dass sich keiner der Schaulustigen in der Hauseinfahrt herumtrieb oder gar in das Haus eindrang, das im Gegensatz zu den Nachbaranwesen erste Anzeichen von Verwahrlosung zeigte.

Reeves parkte seinen Wagen drei Häuser weiter. Als er ausstieg und sich zu dem Anwesen umdrehte, trug das medizinische Einsatzteam gerade eine Bahre mit einem gelben Leichensack aus dem Haus. Der Leichensack wirkte fast leer, und so starrten die neugierigen Nachbarn und Passanten mit äußerst gemischten Gefühlen darauf. Jeder malte sich seiner eigenen Vorstellungskraft gemäß den Inhalt aus.

Reeves fragte sich, was ihn in diesem Haus wohl erwartete. Ein mörderischer Raubüberfall? Ein Familiendrama? Doch dann erinnerte er sich, dass Crowley davon gesprochen hatte, dass es laut der Agentin womöglich eine Verbindung zwischen diesem Tatort und jenem im Walpole Park gab und dass der Ghost vor allem Jagd auf eine Kategorie Serienmörder machte: Kinderschänder.

Er spürte, wie sich ihm ein Kloß im Hals bildete und sich sein Magen umdrehte, als die Bahre mit dem Leichensack in dem weißen Kastenwagen der Gerichtsmedizin verschwand.

Als sein Blick nun auf die Doppelhaushälfte fiel, erschien ihm diese mit einem Mal noch ungepflegter und düsterer. Während entlang der benachbarten Häuserfronten kräftige Pflanzen rankten und in den kleinen Vorgärten Blumen blühten, war die Fassade dieses Hauses nackt und leer. Von den Fensterbänken und Fensterrahmen blätterte bereits die Farbe ab, und die Hauseinfahrt war eine einzige Betonplatte.

Reeves wies sich bei einem der Constables als Inspector aus.

»Detective Superintendent Crowley schickt mich. Ich suche die ISA-Agentin Paula Tennant.«

Der Constable wies seinen jüngeren Kollegen an, Reeves ins Haus zu begleiten. Durch den überdachten, halbrunden Eingang wurde Reeves in den Flur und dann ins Wohnzimmer geführt, in dem noch ein Mann der Spurensicherung zugange war.

»Warten Sie bitte hier, Chief Inspector. Ich sage Agent Tennant Bescheid.«

Ohne etwas zu berühren, schaute Reeves sich in dem Zimmer um. An der Wand hingen etliche kleine Bilder, jedoch keine Porträts oder Landschaftsmalereien, sondern irgendwelche abstrakteren Darstellungen aus verschiedenfarbigem Sand hinter Glas, die ihn irgendwie an horizontlose Fotos der Wüste Sahara erinnerten, wenn es dort neben dem feinen goldgelben Sediment auch grauen und braunen Sand gegeben hätte. Die Komposition der abstrakten Linien und Formen hatte etwas Einnehmendes, ja Beruhigendes, das Reeves nicht näher hätte benennen können. Eigentlich hatte er keine Ader für Kunst, aber die optische Ausstrahlung dieser Sandbilder sprach ihn unmittelbar an.

Auf dem Kaminsims stand eine Reihe von Fotografien – Familienporträts aus früheren Zeiten. Allerdings waren die meisten Bilder schon ziemlich alt. Einige stammten aus den Siebzigern. Vater, Mutter und Sohn mit ihren Haustieren, Hunde und Katzen, und im Londoner Zoo. Dann ein paar Urlaubsfotos und ein weiteres Familienbild, vermutlich aus den Neunzigern. Das letzte Foto stammte aus dem vergangenen Jahrzehnt, das konnte Reeves unschwer anhand eines Kalenders im Hintergrund erkennen. Auf diesem Bild waren die Eltern sehr ergraut und stark gealtert. Ebenso gealtert war der kleine, kurzbeinige Corgi, der auf einem der anderen Fotos noch ein Welpe war. Und der kleine Junge auf den Bildern aus den Siebzigern, der nun mit Vater und Mutter auf einer Bank vor der Westminster Abbey saß, war selbst ein gereifter Mann in den Vierzigern. Wie es aussah, hatte der Sohn sein Elternhaus nie verlassen. Was angesichts der Londoner Mietpreise allerdings nicht ungewöhnlich war.

Das Räuspern in seinem Rücken verstand Reeves als Aufforderung, sich umzudrehen. Vor ihm stand ein Mitarbeiter der Spurensicherung, der noch immer seinen Papieroverall trug. Bei genauerem Hinschauen stellte Reeves fest, dass der Mann eine androgyn wirkende Frau war.

»Ich bin Pamela Padelsky. Es wird ein paar Minuten dauern, bis Agent Tennant hier ist.«

»Inspector Reeves. Kein Problem, ich habe heute eh nichts Besonderes vor.«

Padelsky reagierte nicht auf seinen kleinen Versuch der Auflockerung, sondern entgegnete fast schon spitz: »Sie sollten wissen, Agent Tennant hat das Geheimzimmer mit dem Jungen gefunden. Noah ist in ihren Armen gestorben. Sie hätte ihn nicht mehr retten können.«

Reeves verstand, was die Kriminaltechnikerin ihm sagen wollte, und kam sich wegen des Scherzes plötzlich wie ein Idiot vor.

»Es tut mir leid. Ich …«

»Schon gut, Inspector. Sie konnten es ja nicht ahnen.«

Reeves nickte. »Danke für die Information.«

Padelsky lag offensichtlich etwas an der Agentin, und daher wollte sie verhindern, dass Reeves ihre Person von vornherein falsch einschätzte. Weiblichen Polizisten wurde von ihren männlichen Kollegen gerne mal unterstellt, ihre Gefühle nicht im Griff zu haben. Wenn die Opfer eines Gewaltverbrechens jedoch Kinder waren, ging das allen an die Nieren. Und dieses Kind war ihr in den Armen weggestorben.

Die Kriminaltechnikerin wandte sich wieder ihrer Arbeit zu und nahm weitere Fingerabdrücke von den präparierten Möbeln, während Reeves tief durchatmete und sich weiter in dem eigentümlichen Wohnzimmer umschaute. Von der Tapete bis hin zum Teppich wirkte der Raum, als wäre die Zeit seit einem halben Jahrhundert stehen geblieben. Bis auf den großen LED-Flachbildschirm im Erker. Das Gerät war neueste Hightech, auch wenn es, der ihm unbekannten Marke nach, vermutlich zu den günstigeren Angeboten aus dem Elektromarkt gehörte.

Etwa zwei, drei Minuten später vernahm er Schritte im Korridor, und dann erschien der Constable mit der Agentin an seiner Seite, vor deren Arbeitswut Crowley so viele Manschetten hatte.

Paula Tennant war groß für eine Frau, aber immer noch einen halben Kopf kleiner als Reeves. Sie war schlank und hatte ein fein geschnittenes Gesicht mit hohen Wangenknochen, umrahmt von einer schräg geschnittenen, blonden Pagenfrisur. Ihre blauen Augen und der Bereich darum waren stark gerötet. Sie musterte ihn eindringlich. Reeves fühlte sich, als würde sie ihn binnen Sekunden durchleuchten und von da an genau wissen, mit wem sie es zu tun hatte. Crowley hatte dieser wissende Blick ganz sicher nicht gefallen, und ganz sicher hatte er auch ihre Leder- und Jeans-Kluft nicht gemocht. Und Reeves wurde noch etwas bewusst: Obwohl diese Frau beruflich schon einiges geleistet haben musste, um hier nun vor ihm zu stehen, schätzte er sie auf höchstens Ende zwanzig. Dabei wirkte sie auf ihn ebenso wie ein introvertiertes, aber neugieriges und kämpferisches Kind. Diese Augen hatten schon früh erwachsen werden müssen. Da war er sich sicher.

»Chief Inspector Warren Reeves?«

Er nickte. »Der bin ich.«

Sie stand ruhig vor ihm und reichte ihm die Hand. Der Händedruck strahlte Selbstbewusstsein aus und war keine Sekunde zu kurz oder zu lang. Ihre Stimme klang rau und belegt. Nichtsdestoweniger lag etwas Kühles, ja Kontrolliertes in ihrem Ton, auch wenn sie ihre Fassung nach dem Erlebnis mit dem Kind noch nicht gänzlich wiedergewonnen hatte.

»Ich bin Agent Paula Tennant von der ISA. Mein Chef, Vice Director Robert Bernstein, und Ihr oberster Boss, Deputy Commissioner Franklin, haben sich über unseren Einsatz beraten und sind darin übereingekommen, dass wir beide, Sie und ich, in diesem Fall zusammenarbeiten sollen. Ich werde die Ermittlung leiten.«

Reeves bemühte sich, seine Verwirrung nicht offenkundig werden zu lassen, und nahm sich für die Antwort einen Moment Zeit.

»Verstehen Sie mich bitte nicht falsch, Agent Tennant, aber gehört der Fall nicht Chief Inspector Turner?«

»Nicht mehr.«

»Und wieso, wenn ich fragen darf?«

»Das wird Ihnen Superintendent Crowley sicher erklären. Soweit man mir gesagt hat, haben Sie sich im Fall Ghost auf dem Laufenden gehalten.«

Reeves räusperte sich. So ein Mist konnte nur von Crowley stammen. »Soweit es mir als nicht direkt Ermittelndem gestattet war. Tiefere Einblicke in den Fall erhielt ich nicht.«

»Dann werde ich Ihnen die Akten geben, damit Sie sich einarbeiten können. Interpol verfolgt die Spur des Ghosts seit sieben Monaten, seit den ersten Morden in Italien, Frankreich und Deutschland. Jetzt hat seine Mission ihn nach Großbritannien geführt. Von Liverpool nach Edinburgh, in den schottischen Süden. Und nun ins Herz Großbritanniens, direkt nach London. Er liebt den Zickzackkurs.«

Reeves starrte sie an. Er hatte bisher nur von den Morden in Edinburgh und Liverpool gehört und den Fall daher für eine rein britische Angelegenheit gehalten. Dass der Ghost auch in anderen europäischen Ländern aktiv gewesen war und Interpol und die anderen Polizeidienste bisher wenig erfolgreich mit den Ermittlungen gewesen waren, war nicht Bestandteil der Unterlagen gewesen, die Reeves hatte einsehen können. Er hatte überhaupt erst vor Kurzem durch Turner von der Existenz der International Security Agency erfahren. Länder, die in besonders kniffligen Fällen um die Amtshilfe der ISA baten, wurden von deren Mitarbeitern unterstützt. Daher gab es seit einem halben Jahr für Europa im Londoner Walkie-Talkie-Gebäude eine ISA-Niederlassung, die als Versicherungsunternehmen getarnt war.

»Wie viele Morde sind es insgesamt?«, fragte er.

»Elf. Doch ich gehe jede Wette ein, dass das Dutzend heute voll wurde.«

»Sie denken an den Toten im Walpole Park?«

Tennant nickte. »Ich nehme an, Sie konnten sein Gesicht kaum noch erkennen. Aber sobald es vom Blut gereinigt ist, wird es dem jüngeren der beiden Männer auf diesen Kaminfotos sehr ähneln. Und ich gehe jede Wette ein, dass dieser Mann bereits seit einem Tag tot ist.«

»Die erste grobe Schätzung des Gerichtsmediziners ergab zwanzig Stunden.«

Die Agentin versuchte den unterschwelligen Zorn in ihrer Stimme zu kaschieren, doch Reeves nahm wahr, wie er sich bei den folgenden Worten sogar noch verstärkte. »Noah Hughes könnte noch leben, hätte der Ghost die Polizei früher informiert.«

»Vielleicht hat er nichts von dem geheimen Zimmer gewusst«, sagte Reeves vorsichtig. »Die Jungen in Edinburgh und Liverpool wurden doch gerettet.«

Im ersten Augenblick glaubte er, sie würde ihn für diesen sachlichen Einwand verachten, doch stattdessen schien sie in sich zu gehen und sich selbst zur Räson zu bringen.

»Kommen Sie, Inspector, ich zeige Ihnen am besten, was wir gefunden haben.«

Sie reichte ihm einen Papieroverall und weitere Schutzkleidung, zog selbst einen frischen über und führte ihn durch den langen, schmalen Flur zum hinteren Bereich des Erdgeschosses. Sämtliche Lampen waren überall eingeschaltet und zusätzliche Strahler aktiviert. Im hinteren Bereich führte eine Treppe ins Basement. Die meisten englischen Häuser hatten keinen Keller, und wenn es doch ein Untergeschoss gab, dann war dieses oftmals zu einer Kellerwohnung mit separatem Eingang ausgebaut, die von den Hauseigentümern in der Regel zu horrenden Preisen vermietet wurde. Doch dieses Haus unterschied sich in diesem Punkt. Eine schmale, steile Treppe führte entlang einer schlecht verputzten, bröckeligen Wand, durch die sich der Schimmel fraß, in die Tiefe. Der feuchte, unangenehme Modergeruch legte sich Reeves sofort als widerlicher Geschmack auf die Zunge. Während er vorsichtig hinter Agent Tennant durch die engen Kellerflure ging, berichtete sie ihm, was die Polizei bereits über Ron Walden herausgefunden hatte.

Der Mann, dessen geschundener Leichnam nun im Walpole Park an einer Kastanie hing, hatte die letzten zehn Jahre als Rezeptionist in einer Arztpraxis einen Stadtteil weiter in Acton gearbeitet. Sein Vater war vor dreizehn Jahren gestorben, die Mutter vier Jahre später. Seither hatte Walden das Haus alleine bewohnt und vor fünf Jahren damit angefangen, umfangreiche Umbauarbeiten im Keller vorzunehmen. Dafür hatte er sich in einem Baumarkt etliche Trockenwände, Einbauschränke und Spiegel besorgt. Zwei Drittel des Kellers unterschieden sich nicht von anderen Kellern mit ihren Abstellräumen und ihrem Gerümpel, dem Heizungssystem und den zahlreichen

Rohr- und Elektroleitungen, doch dann stand Reeves plötzlich in einem Raum, der so sauber und ordentlich war wie ein Zimmer in einer frisch renovierten Wohnung. Sein Blick fiel auf eine Reihe von Kanistern mit Glasreiniger und auf einen knallroten, massiven Werkzeugschrank aus Stahl, der vor einer makellos gemauerten Backsteinwand stand und gut zwei Meter hoch und ebenso breit war. Ein Werkzeugschrank so dick wie ein Safe.

»Ich bin dreimal an den verdammten Kanistern und dem Schrank vorbeigelaufen«, erklärte Tennant mit ihrem amerikanischen Akzent, »bevor mir dämmerte, was an diesem Raum nicht stimmt.«

Reeves sah sie stirnrunzelnd an. Vom Fensterputzen hatte er ebenso viel oder wenig Ahnung wie vom Heimwerken.

»Es gibt hier zwar jede Menge Glasreiniger«, erklärte Tennant, »doch die Fenster in jedem Stockwerk starren vor Dreck. Ebenso gibt es hier jede Menge Werkzeug …« Sie öffnete die beiden Hälften der schweren Flügeltür des Werkzeugschranks, die sich inwendig als Werkzeugregale entpuppten, »doch weit und breit keine Werkbank.«

Sie schlug auf die hintere Stahlwand des Schranks, und Reeves begriff, was sie meinte. Im ersten Moment konnte man die Rückwand für eine eingebaute und herunterklappbare Werkbank halten, doch dem war nicht so. Tennant deutete auf die Handwerkzeuge, die Maschinen und dann mit einer ausladenden Geste auf den restlichen Keller. »Hier unten liegt nichts zum Reparieren, und nichts weist darauf hin, dass hier jemals irgendetwas aus dem Haus in den letzten Monaten repariert worden ist. Dabei gibt es in den oberen Stockwerken und im anderen Teil des Kellers jede Menge Bedarf. Dort oben verrottet vieles, während hier in der Werkstatt alles klinisch rein ist. Außerdem ist dieser Bereich viel zu weit von den Zugangstüren entfernt. Ein Mann richtet seine Werkstatt in einem Gartenhaus ein, in einer Garage oder in einem Raum nahe dem nächsten Außenzugang, doch wohl kaum in der allerhintersten Ecke seines Kellers.«

Reeves begann zu dämmern, worauf sie hinauswollte.

Dann drückte Tennant plötzlich fest gegen die Rückwand des Schranks, und diese fuhr mit einem leisen Quietschen zur Seite und gab den Blick in einen weiteren Kellergang frei. Reeves wurde auf der anderen Seite von seinem eigenen Spiegelbild begrüßt. Und das vielfach.

»Willkommen in Waldens Spiegelkabinett«, sagte Tennant. »Hinter diesem Schrank hat er einfach alles verspiegelt. Die Wände, die Decke …« Ihre Stimme brach fast, sie hielt kurz inne, bevor sie fortfuhr. »Selbst das Kinderzimmer, wenn man das überhaupt so nennen kann.«

Reeves blickte sie schweigend an, dann folgte er ihr und trat durch den Schrank. Als Tennant auf der anderen Seite das Licht einschaltete, wurde er von kalten, weißen Strahlen geblendet. Er blinzelte, bis sich seine Augen an die grelle Beleuchtung gewöhnt hatten, dann sah er sich um. Als Tennant die Tür schloss, verlor er schon nach wenigen Metern die Orientierung. Doch dann wechselte die Farbe des weißen Spiegellabyrinths von Blau zu Rot. Und schließlich erreichten sie das Ende des Irrwegs, und Reeves starrte auf einen mit roten Neonröhren ausgestatteten Glaskäfig, dessen Maße er nicht wirklich abzuschätzen vermochte, ein Käfig mit einer Kinderzimmereinrichtung wie aus den Siebzigerjahren. Doch das Bett war das Bett von Erwachsenen. Ein großes Ehebett. Kingsize! Und das Bettzeug darauf war blutverschmiert.

Er spürte, wie sich ihm der Magen zusammenzog. Der Anblick erinnerte ihn an eine perfide Bühnendekoration, hinter deren Kulisse jede Sekunde ein wahnwitziges Theaterensemble auf seinen perversen Auftritt wartete. Doch das hier war kein Theater. Hier war ein Kind gestorben. Nein, nicht nur einfach gestorben, sondern bestialisch ermordet worden. Und jetzt blickte Reeves auf die Überbleibsel dieses Grauens, auf das Blut des kleinen Noah sowie die Rückstände der Arbeit der Spurensicherung. Er wandte sich ab, doch die allgegenwärtigen Spiegel gestatteten kein Ausweichen, es sei denn, er schloss die Augen. Einmal mehr kämpfte er gegen das Bedürfnis an, sich zu übergeben.

Einen Moment lang starrte er zu Boden, als er plötzlich zu begreifen glaubte, weshalb Tennant ihn vor allem hierhergeführt hatte. Nicht nur, weil er jetzt mit an diesem Fall arbeitete. Sie wollte, dass er diesen Fall und alles, was damit zusammenhing, zu seiner persönlichen Mission erklärte. Und dazu gehörte nicht nur das Aufspüren der Triebtäter, sondern auch die Jagd auf den Mann, der diese Täter ausfindig machte und auf grausamste Art ermordete: der Ghost.

Er gab sich einen inneren Ruck, blickte vom Boden auf und wandte sich Tennant zu, die wie hypnotisiert auf die kaleidoskopartig vervielfachte Spiegelwand starrte. Irgendetwas hinter dem Bett fesselte ihre Aufmerksamkeit.

Reeves trat näher und räusperte sich: »Sie sagten vorhin, der Junge könnte noch leben, hätte der Ghost die Polizei früher informiert. Doch wenn das Team von Scotland Yard diesen geheimen Bereich nicht entdeckt hat, wie können Sie so sicher sein, dass der Ghost es getan hat?«

Tennant bedachte ihn mit einem kurzen Blick, dann führte sie ihn näher zu den zerwühlten, blutigen Laken und deutete auf einen Spiegelabschnitt neben einem der weißen, blutigen Kissen.

Reeves erschauerte.

In Blut geschrieben standen dort die beiden Zeichen Alpha und Omega, die Symbole für Anfang und Ende, für Leben und Tod. Und so wie Tennant beim Anblick der Zeichen unter

Spannung stand, hatte sie dieses blutige Symbol in der letzten Zeit schon mehr als einmal gesehen.

»Das ist die Signatur des Ghosts«, erklärte sie. »Wir halten sie geheim, um Spinner, Lügner und potenzielle Nachahmer zu erkennen, die mit uns in Kontakt treten.« Ihr Blick musterte Reeves plötzlich intensiver. »Ist Ihnen nicht gut, Inspector?«

»Nein. Ich meine, alles okay, Agent. Ich … ich hatte es bisher nur noch nie mit einem Fall zu tun, in dem ein Kind das Opfer gewesen ist.«

Ihre Augen musterten ihn kurz, aber er konnte nicht sagen, ob sie dachte *Auch das noch, ein Weichei!* oder *Hoffentlich kotzt er mir nicht gleich aufs Bett.* Wahrscheinlich ging ihr beides durch den Kopf.

Als ob sie zu frieren begann, zog sie ihre Lederjacke enger um sich. »Kommen Sie. Hier können wir ohnehin nicht mehr viel tun. Wir müssen auf die Laborergebnisse warten, auch wenn ich bezweifle, dass der Ghost uns außer seiner Signatur noch einen Hinweis hinterlassen hat. Außerdem haben die Spürhunde dann mehr Ruhe.«

»Spürhunde?«, fragte Reeves.

»Noah war sicher nicht sein erstes Opfer. Walden könnte seine Opfer im Keller, im Garten oder im Geräteschuppen vergraben haben. Jedenfalls habe ich keine Kanister mit Lauge gesehen.«

Die Vorstellung, dass Walden die Kinderkörper in einer Wanne mit Lauge aufgelöst haben könnte, ließ Reeves' Magen erneut rebellieren.

»Am besten«, fuhr Tennant fort, »zeige ich Ihnen die Akten, und wir gehen sie noch mal genau durch. Vielleicht fällt uns etwas auf, das bisher übersehen wurde.«

Wie ein Schneeblinder folgte Reeves Tennant durch das Spiegellabyrinth, ohne einen Schimmer zu haben, woran sie sich eigentlich orientierte. Um aus diesem Glaskasten wieder herauszufinden, hätte er jeden einzelnen Spiegel zertrümmern müssen. Doch dann hielt Tennant plötzlich an, drückte mit ihren Latexhandschuhen an einer unmöglichen Stelle gegen das Glas, und die Rückwand des Werkzeugschranks fuhr mit dem gleichen unheimlichen Quietschen auf, das Reeves vorhin schon zu Ohren gekommen war. Die Tür öffnete sich so schwerfällig, als würde sich ganz allmählich ein Portal zu einer anderen Welt öffnen. Und genau genommen war es auch so, denn dieses Spiegellabyrinth, dieser schreckliche Ort, an dem sich grauenvolle Dinge abgespielt hatten, lag jenseits der normalen Wirklichkeit.

Als sie das Haus verließen und in die Einfahrt traten, stand zu Reeves' Verdruss Superintendent Crowley vor einem der vorderen Einsatzwagen im Gespräch mit einem hochgewachsenen, schlanken Mann in den Vierzigern, der Agent Tennants Boss sein musste. Der deutsch klingende Name des ranghohen ISA-Agenten hatte sich ihm sofort eingeprägt: Robert Bernstein. Irgendwie passte der Name zum klassischen Erscheinungsbild Bernsteins. Crowley nahm sich mit seinem Dreifachkinn, seinem enormen Bauchumfang und seiner Halbglatze neben dem Amerikaner mit den grauen Schläfen und dem markanten Gesicht aus wie ein aufrecht stehendes Walross.

Als Crowley sie entdeckte und sich Reeves und Tennant zuwandte, hätte Reeves schwören können, dass dem Amerikaner den Bruchteil einer Sekunde lang ein kurzes, mitleidiges Lächeln über die Lippen huschte.

»Wie sieht es aus?«, fragte der Superintendent sowohl an Reeves als auch an die Agentin gerichtet. Er war überreizt und missmutig, und es fiel ihm schwer, dies zu überspielen. »Gibt es eine Verbindung zwischen diesem Fall und dem drüben im Park?«

In einiger Distanz machte Reeves einen Wagen der Presse aus. Und wenn einer dastand, durfte man getrost davon ausgehen, dass es noch mehr gab und sich unter den Schaulustigen inzwischen etliche Sensationsjournalisten bewegten, die die Beamten ebenfalls in Schach halten mussten. Schwer in Zeiten, in denen man mit einem Handy theoretisch Filmbilder in Kinoqualität einfangen konnte.

Der amerikanische Agent trat näher und blieb ruhig neben Reeves stehen. Trotz der Ungeduld des Superintendent ergriff Paula Tennant die Gelegenheit, Reeves und ihren Boss persönlich miteinander bekannt zu machen.

»Chief Inspector Reeves, das ist mein Vorgesetzter Vice Director Robert Bernstein.«

Bernstein nickte Reeves zu und reichte ihm die Hand. »Kein leichter Fall, Chief Inspector, aber wie ich hörte, bringen Sie die besten Vorrausetzungen mit, um mit Agent Tennant an der Aufklärung zu arbeiten.«

Bernsteins schiefergraue Augen erfassten Reeves, als ob er den Scotland-Yard-Mann bis in den Zellkern hinein analysieren wollte. Der eindringliche Blick schien wohl ein unangenehmer Wesenszug bei ISA-Agenten zu sein, dachte Reeves. Doch bei Bernstein kam noch eine weitere Komponente hinzu, denn sein Blick war der Blick eines Herrschers, eines Mannes, der den Umgang mit der Macht ebenso gewohnt war wie das Fällen von gefährlichen und tödlichen Entscheidungen. Außerdem zeugten seine Augen von außerordentlicher Intelligenz, Gelehrtheit und einem erstklassigen Instinkt. Reeves fühlte sich daher wie ein aufgespießtes Insekt, das man für eine wissenschaftliche Untersuchung präpariert hatte.

»Also?«, wandte Crowley sich nach der Vorstellung erneut an Agent Tennant. »Konnten Sie einen Beleg für Ihre Theorie entdecken?«

Paula Tennant nickte. »Er hat sein Zeichen am Tatort hinterlassen.«

Obwohl die Nachricht genau das beinhaltete, was Crowley bereits befürchtet hatte, starrte er Tennant so ungläubig an, als hätte sie ihm einen Schlag gegen seinen umfangreichen Bauch verpasst. Zweifelsohne stand er unter enormem politischen Druck.

Reeves musste erneut an die Anwesenheit der Pressevertreter denken. Dass die Medien Crowley im Nacken saßen, hatte diesen vermutlich überhaupt erst dazu bewogen, sich von seinem bequemen Schreibtischstuhl hierherzubegeben. Der Superintendent war schon seit vielen Jahren kein Mann des Feldeinsatzes mehr, doch in düsteren Zeiten wie diesen kam die Präsenz eines höhergestellten Polizeibeamten am Tatort nun mal gut bei den Leuten an. Außerdem konnte ein negativer oder reißerischer Artikel in der Londoner Presse Crowleys Karriere sehr rasch ein Ende setzen und das ganze Land verrücktspielen lassen.

Tennant wandte sich ihrem Boss zu. »Möchten Sie den Tatort sehen?«

»Später«, winkte Bernstein mit aristokratischer Geste ab. »Sie wissen, was zu tun ist. Da fällt mir ein, der Superintendent war so freundlich, Ihnen und Chief Inspector Reeves ein eigenes Büro zur Verfügung zu stellen. Mit Blick auf die Themse, damit Ihr Geist sich frei entfalten kann und Sie sich voll und ganz auf den Fall konzentrieren können.«

»Das war das Mindeste«, brummte Crowley wie ein unleidiger Schüler, den man zwang, ein ungeliebtes klassisches Gedicht aufzusagen.

Reeves vermutete, dass das Büro alleine auf Betreiben der ISA für Tennant und ihn freigeräumt worden war. Crowley hätte niemals aus freien Stücken so einen Aufwand betrieben. Das Großraumbüro oder der Keller waren für seine Mitarbeiter gerade gut genug.

»Danke, Chef. Dann machen wir uns gleich auf den Weg. Morgen erhalten Sie einen ersten Bericht.«

Tennants letzter Satz schien Superintendent Crowley mit den bisherigen Unannehmlichkeiten des Tages wieder ein wenig zu versöhnen, obwohl sie ihn gar nicht direkt angesprochen hatte. Er blickte nicht mehr ganz so griesgrämig drein.

Reeves unterdrückte ein Seufzen. Vermutlich erhoffte Crowley sich über Nacht von der ISA-Agentin und ihm irgendwelche Wunderergebnisse. Doch Reeves wusste nur zu gut, Wunder geschahen nur in Märchen und Liebesromanen.

4

Detective Superintendent Edward Crowley blickte Warren Reeves und Paula Tennant noch einen Moment nach. »Es ist nichts Persönliches, Vice Director. Aber wir stehen hier vor einem Riesenproblem. An diesem Fall haben sich bereits gestandene Männer und Frauen anderer Polizeidienste die Zähne ausgebissen, und Ihre Agentin läuft nicht nur herum, als wäre sie auf dem Weg zu einem Rockfestival, sondern sie ist auch noch verdammt jung.«

»So ist es, Superintendent«, meinte Robert Bernstein kühl lächelnd. »Die bisherigen kriminalistischen Herangehensweisen haben versagt, und deshalb ist ein frischer Wind gefragt. Und der kommt nun mal aus jungen, unverbrauchten Köpfen.«

Crowley begegnete Bernsteins Blick und fühlte sich plötzlich wie eine Fliege an der Wand. Er wusste nicht, wie der ISA-Agent es anstellte, aber in der Gegenwart dieses Mannes fühlte sich der Superintendent nicht nur unbehaglich, sondern auch wie ein vorlauter Grünschnabel, der von Tuten und Blasen keine Ahnung hat. Dabei arbeitete Crowley schon seit über zwanzig Jahren bei der Londoner Polizei, hatte sich von ganz unten als Streifenpolizist hochgearbeitet. Außerdem hatte er, wie er fand, eine hohe emotionale Intelligenz, denn er hatte sich stets ausgezeichnet mit seinen Vorgesetzten verstanden und immer gewusst, wie er diesen den Rücken freihalten konnte, ohne sich selbst zu sehr ins Kreuzfeuer zu begeben und als Bauernopfer zu enden. Aber all dieses Wissen, all diese praktische und diplomatische Erfahrung schienen in der Gegenwart des ISA-Mannes dahinzuschmelzen wie Butter in der Sonne. Wenn sich die Medien- und Politikerhaie auf den verantwortlichen Superintendent stürzten, ihm womöglich keine angemessenen Antworten mehr auf ihre hinterhältigen Fragen einfielen und dieser Fall eine schlechte Presse bekam, dann würde Crowley all seine langjährige Berufserfahrung, all die harte Arbeit, die er für Scotland Yard und seine Vorgesetzten geleistet hatte, nichts mehr nützen. Und wie er gesehen hatte, hielten sich hinter der Polizeiabsperrung bereits etliche dieser journalistischen Blutsauger bereit.

Da kam ihm eine Idee, die vielleicht nicht die schlechteste war, wenn er sich einmal selbst loben durfte. Er konnte die Aufmerksamkeit von seiner Person und vom Yard weg auf die International Security Agency lenken, und so mochte es ein Segen sein, dass Robert Bernstein in diesem Moment an seiner Seite stand. Natürlich würde Crowley die ISA nicht namentlich erwähnen – die Geheimniskrämerei der ISA war ihm wohlbekannt –, doch ein indirekter Hinweis konnte nicht schaden. Dann wäre seine Behörde im Falle eines Falles zumindest nicht der alleinige Sündenbock. Die Presseheinis würden sich den Rest schon selbst zusammenreimen.

Als er sich umdrehte und seinen Blick über die Schaulustigen schweifen ließ, hatte er sofort Sichtkontakt zu einigen Medienleuten. Wie immer standen sie in der vordersten Reihe und legten prompt mit ihren Fragen los.

»Detective Superintendent! Stimmt es, dass die Leiche des kleinen Noah hier gefunden worden ist?«

»Wissen Sie schon etwas über den Entführer und Mörder?«

»Ist der kleine Noah das einzige Opfer?«

»Läuft der Mörder immer noch frei herum?«

»Was ist mit dem Mord im Walpole Park?«

»Einen Moment bitte!« Crowley hob die Hand und bat die Reporter um Ruhe, gleichzeitig achtete er auf Bernsteins Position. Der Vice Director und er mussten wie zwei ernst zu nehmende und bis zu einem gewissen Grad unzertrennliche Verbündete im Kampf gegen das Verbrechen wirken, wie zwei Männer, die alles in ihrer Macht Stehende taten, um die großen und kleinen Leute dieser Stadt zu beschützen. Inzwischen hielt er beide Hände in einer beschwichtigenden Geste hoch, und schließlich gab die laut durcheinanderschreiende Meute Ruhe, um zu hören, was er zu sagen hatte.

Aber er musste vorsichtig sein. Er musste unbedingt vermeiden, dass Noahs Eltern aus seinem Mund über die Presse erfuhren, dass der Leichnam ihres Kindes gefunden worden war.

»Wir stehen noch ganz am Anfang unserer Ermittlungen und können Ihnen keine Einzelheiten nennen.« Das war schon mal eine gute Einleitung, fand er. »Ja, es gibt zwei Tatorte, und ich versichere Ihnen, dass unsere Experten alles äußerst gründlich untersuchen werden und unter Kontrolle haben …«

»Was ist mit dem Mann, der in diesem Haus lebt?«, unterbrach ihn ein junger Journalist und hielt ihm den Handylautsprecher vors Gesicht. »Wurde der schon verhaftet?«

»Ja, was ist mit Ron Walden?«, brüllte ein anderer fast hysterisch über die Straße. Crowley konnte nur hoffen, dass sich der Mob nicht von den Hysterikern aufwiegeln ließ.

»Wie ich bereits erklärte«, sagte er betont deutlich und langsam, damit ihn jeder Einzelne dieser Aasgeier verstand und jedes Missverständnis ausgeschlossen war, und dabei ließ er seinen intensiven Blick von einem zum anderen wandern, »arbeiten wir an dem Fall. Und deshalb haben wir die Unterstützung erfahrener Spezialisten angefordert …«, er deutete auf Robert Bernstein, der wie ein aufrechter, Ehrfurcht gebietender Ritter – nur eben ohne Rüstung – neben ihm stand, »… um sicherzugehen, dass wir die Täter zur Strecke bringen.«

»Wann werden wir mehr über die Morde erfahren?«, rief eine weitere Stimme über den Platz.

»Gibt es schon ein Täterprofil?«, tönte es von der anderen Seite.

Jetzt wird es Zeit für den Rückzug, jetzt musst du die Kurve kriegen, alter Junge, sagte Crowley in Gedanken zu sich. Als könne ihn nichts erschüttern, erklärte er laut: »Das ist für heute alles, meine Damen und Herren! Sobald wir mehr haben, werden Sie es von uns erfahren!«

Er drehte sich um, achtete aber darauf, es nicht so wirken zu lassen, als befände er sich auf der Flucht. Weitere Fragen brandeten über die Einfahrt des Grundstücks, doch er ignorierte sie. Es war Zeit, dass er in seinen Wagen stieg, dieses Irrenhaus hinter sich ließ und ins Präsidium fuhr. Die Constables hielten sich schon bereit, um ihm eine Gasse freizuräumen.

Als Crowley Bernsteins Blick suchte, rechnete er damit, dass dieser stinksauer auf ihn war, was jedoch völlig egal war. Er hatte die Leute und seine Karriere, überhaupt die ganze Situation im Griff behalten. Und alleine das zählte in diesem Augenblick. Oder etwa nicht?

Dann stellte Crowley fest, dass Bernstein gar nicht mehr hier war. Wie konnte das sein? Gerade noch hatte Bernstein doch neben ihm gestanden. Was bildete sich dieser Lackaffe eigentlich ein? Glaubten diese ISA-Leute etwa, dass sie etwas Besseres waren als die Mitarbeiter der Metropolitan Police?

Crowley ging auf seinen Wagen zu und entdeckte den Vice Director im Fond der Polizeilimousine, und er war sich nicht sicher, ob er das gut finden sollte oder nicht.

»Nicht schlecht«, empfing ihn der ISA-Agent, als Crowley im Wagen neben ihm Platz nahm. »Integrität und Ehrgefühl bedeuten Ihnen zwar nicht allzu viel, wenn es um Ihre Stellung geht, dennoch appellieren Sie daran.«

»Was erlauben Sie sich …« Crowley lief hochrot an. Doch dann verstummte er.

Bernstein musterte ihn aus eiskalt funkelnden Augen wie ein Raubvogel, der auf ein kleines pelziges Tier starrt, bevor er seine Krallen in seine Beute schlägt. Und Crowley spürte, wie das Blut, das ihm gerade eben noch in den Kopf geschossen war, nun schlagartig wich.

Bernstein wartete auf Crowleys weitere Entgegnung, doch der Superintendent entschied, dass es besser war, sich mit diesem Mann nicht anzulegen.

5

Eigentlich erstaunte es Warren Reeves nicht wirklich, dass Agent Tennants nächster Schritt sie nicht direkt zum Gebäudekomplex der Metropolitan Police führte, sondern zurück zum Tatort des Ghosts, wo Dr. Dan Bullard und sein Team gerade dabei waren, die Leiche vom Baumstamm zu lösen und für die Gerichtsmedizin in einen Leichensack zu packen. Und wie Reeves schon vorher vermutet hatte, war es alles andere als ein Vergnügen, mit einem derart an einen Baum genagelten blutüberströmten Körper zu hantieren. Ron Walden war nicht gerade ein Leichtgewicht gewesen, und in totem Zustand war sein sperriger Leib gefühlt sicher noch mal um einiges schwerer. Das ganze unbeholfene Befreiungsszenario der Leiche vom Baumstamm erinnerte Reeves an die alten kurzen Stummfilmkomödien, die er als Kind auf BBC1 gesehen hatte. Dr. Bullards Assistenten ächzten und stöhnten, als hätten sie ein betäubtes Rhinozeros zu verladen. Immerhin lenkte das Geschehen Reeves ein paar Minuten von dem Gedanken an den anderen Tatort und dessen Leichenbergung ab.

Agent Tennant verfolgte die ganze Aktion mit einem Augenausdruck, als würde sie beim Entschärfen einer Bombe zusehen, von deren Unschädlichmachung ihrer aller Leben abhing. Dennoch glitt ihr Blick hin und wieder über das umliegende Gelände und zu den weit entfernten Häusern und Hochhäusern, von denen man teilweise Einblick in die Lichtung hatte.

»Sie denken, er beobachtet uns?«, konnte Reeves es sich nicht verkneifen zu fragen.

»Einer der deutschen Beamten äußerte den Verdacht. Er bekam eine SMS, in der der Ghost ihn auf ein Detail ansprach, das er nur als Zeuge der Leichenbergung mitbekommen haben konnte.«

Reeves starrte sie an, denn er spürte, wie sich nun jene Art Unbehagen in ihm breitmachte, die sich einstellt, wenn man sich wie auf dem Präsentierteller fühlt. Das Blätterdach der Kastanie und eine Trennwand aus Plastik schirmten zwar die meisten neugierigen Blicke ab, doch es würden trotzdem noch jede Menge Augenpaare versuchen, aus dem polizeilichen Tun und Treiben schlau zu werden. Wenigstens hatte es noch niemand gewagt, eine Kameradrohne über ihre Köpfe hinwegfliegen zu lassen.

Als der Leichensack geschlossen war, wandte Dr. Bullard sich mit seinen flinken, spöttischen Wieselaugen Agent Tennant zu.

»Und Sie denken wirklich, dass es sich bei diesem Mann um den Entführer des Jungen handelt?«

»Einhundertprozentig sicher bin ich mir natürlich nicht, aber nach allem, was ich über den Ghost weiß, halte ich es für sehr wahrscheinlich, dass Walden Noah entführt hat.«

Bullard musterte Tennant zwei Sekunden lang, eine seiner unhöflichen oder pikanten Entgegnungen auf der Zunge, doch irgendetwas hielt ihn dann doch von einem verbalen Schnellschuss ab, und er nickte nur kurz, als könne er fürs Erste mit dieser Antwort leben. »Dann schauen wir mal, was uns der Tote sonst noch zu erzählen hat. In zwei Stunden in der Gerichtsmedizin?«

»Wir werden da sein«, bestätigte Tennant.

»Dann bis später.«

Bullard schnappte sich seinen Materialkoffer, doch bevor er der Bahre mit dem Leichensack folgte, warf er Reeves noch ein herausforderndes Grinsen zu. Reeves tat, als ob es ihn nicht interessierte, und folgte Tennant zum Wagen.

»Hören Sie«, sagte die Agentin, als Reeves losfuhr, »es macht keinen Sinn, dass wir alle beide unsere Zeit in der Leichenhalle vergeuden. Sie sollten sich inzwischen mit dem Aktenberg vertraut machen, den ich schon durchgeackert und halbwegs verdaut habe. Je eher Sie auf dem aktuellen Stand sind, desto besser für unsere gesamte Ermittlungsarbeit.«

»Ich bin zwar nicht gerade ein Fan von Obduktionen, Agent«, erwiderte Reeves, so ruhig er konnte, »aber ich kann sie durchstehen. Glauben Sie mir.«

»Das bezweifle ich nicht. Aber es bringt uns mehr, wenn Sie sich so bald wie möglich mit den bisherigen Ermittlungsakten befassen. Was dieser Fall dringend braucht, ist eine neue Perspektive von außen. Dafür wurden wir beide auf den Ghost angesetzt. Sehen Sie sich die Berichte an, die Fotos, hören Sie die Bänder ab.«

»Bänder?«

»Die Telefonaufzeichnungen der anonymen Anrufe.«

»Sie haben die Stimme des Ghosts?«

Tennant zuckte mit den Achseln. »Ja. Aber er hat seine Stimme verfremdet. Wir versuchen herauszufinden, aus welchem Land, aus welcher Region er stammt. Vielleicht fällt Ihnen ja etwas auf.«

Reeves steuerte den Wagen über eine der belebten Londoner Kreuzungen. Er hatte die Route über das aristokratisch anmutende Nobelviertel Kensington mit seinen viktorianischen Reihenhäusern gewählt, das westlich vom Hyde Park lag. Gleich dahinter befanden sich Piccadilly und St James's mit dem

Buckingham Palace und dann Whitehall und Westminster mit den Houses of Parliament, dem Big Ben, dem Regierungssitz Downing Street, der Westminster Abbey und all den anderen Touristenattraktionen. Reeves selbst war nicht in London geboren, sondern stammte aus einem dieser verträumt ausschauenden Dörfern in Sussex. Und obwohl er nun schon seit fast zwei Jahrzehnten in der Stadt lebte, fühlte er sich hier bisweilen noch immer wie ein Besucher.

»Soweit ich hörte, kommt der Ghost jedenfalls ganz schön in der Welt herum«, meinte Reeves.

»Oh ja, das tut er«, entgegnete Agent Tennant ruhig. »Italien, Frankreich, Deutschland, Großbritannien. Und wir wissen noch immer nicht sicher, welcher Landsmann er ist.«

»Davon abgesehen könnte er eine Art Makler oder Handelsreisender sein.«

»Möglich. Auch wenn ich es für eher unwahrscheinlich halte«, meinte Tennant. »Was der Ghost tut … die Art, wie er vorgeht …« Sie hielt kurz inne, als suchte sie nach den richtigen Worten. »Das alles erfordert jede Menge akribische Recherche und Planung vor Ort. Das erledigt man nicht gerade mal so im Vorübergehen während eines beruflichen Kurztrips.«

Reeves dachte einen Moment über ihr Argument nach und erwiderte dann halb im Ernst, halb im Scherz: »Es sei denn, er hätte bereits vorab Zugang zu diesen Informationen.«

Tennant warf ihm einen kurzen Blick zu. Dann schaute sie nachdenklich aus dem Fenster auf die Royal Albert Hall und auf die Touristen, die aus dem Hyde Park auf den Bürgersteig strömten. Als Reeves schon dachte, sie würde gar nicht mehr auf seine Äußerung eingehen, sagte sie: »Es gäbe nur eine Möglichkeit, wie er das bewerkstelligen könnte. Und zwar, indem er einen Privatdetektiv engagiert.«

Reeves' Augenbrauen gingen hoch, während er ihre Antwort verarbeitete und sich hinter einem der schwarzen

Londoner Taxis in eine Autoschlange einreihte. »Er wäre ziemlich verrückt, einen Privatermittler zu engagieren, der am Ende nur noch eins und eins zusammenzählen muss«, entgegnete er.

Tennant nahm den Faden sinnierend auf. »Es sei denn, er beseitigt die jeweils engagierten Privatermittler ebenfalls.«

Der Gedanke war so absurd, dachte Reeves, dass Crowley ihn dafür vermutlich sofort degradiert und zurück auf Streife geschickt hätte, hätte er diesen in seiner Gegenwart geäußert. Mit Agent Tennant konnte der Superintendent so etwas natürlich nicht tun. Doch dann ging Reeves ein Licht auf. So aberwitzig diese Idee auch klang, war sie vielleicht gar nicht mal so abwegig. Wer würde schon einen Zusammenhang zwischen einem ermordeten Pädophilen und einem ermordeten Privatdetektiv erkennen, wenn es keine offensichtliche Verbindung zwischen den beiden gab? Und natürlich kein diesbezüglich verdächtiges Ermittlungsmaterial, denn das würde der Ghost dann natürlich ebenfalls beseitigen.

»Verdammt, ich glaube, Sie könnten damit recht haben«, sagte er schließlich. »Die Sache klingt zwar völlig verrückt, doch wir sollten ihr nachgehen. Mal schauen, ob bereits jemand im Großraum London vermisst wird, der sich als Privatermittler durchs Leben schlug.«

»Zu verlieren haben wir jedenfalls nichts«, meinte Tennant. Das alte, schwarze Taxi, das so gemächlich wie eine Pferdedroschke vor ihnen herfuhr, schien sie irgendwie zu beruhigen.

Schließlich erreichten sie den am Nordufer der Themse gelegenen Gebäudekomplex New Scotland Yard. Der Himmel hatte sich während der Fahrt eingetrübt. Schwere, dunkle Wolken zogen vom Westen heran und würden heftigen Regen mitbringen. Gott sei Dank hatte das Spurensicherungsteam seine Arbeit im Walpole Park schon erledigt.

Als sie das für sie freigeräumte Büro betraten, verschlug es Reeves für einen Moment die Sprache. Am gegenüberliegenden Themseufer rotierten die Glasgondeln des London Eye in ihrem gemächlichen halbstündigen Takt. Ein Blick rechts aus dem Fenster zeigte Big Ben zum Greifen nah. Doch all das schien Agent Paula Tennant überhaupt nicht wahrzunehmen. Sie steuerte direkt auf die zahlreichen Kisten zu, die an der Wand zum Flur aufgestapelt worden waren, sortierte diese um und rollte die noch leere Ermittlungstafel vor das Fenster. Dann deutete sie auf die Kistenstapel.

»Italien, Frankreich, Deutschland, Großbritannien. Ein Haufen Material, das Sie möglichst schnell durchackern sollten. Welchen Schreibtisch möchten Sie?«

»Das spielt für mich keine Rolle«, schwindelte Reeves.

»Gut. Dann nehme ich den mit Blick auf die Tafel. Der Fensterplatz gehört Ihnen.«

Die Computer auf den Tischen entsprachen zu Reeves' Erstaunen dem aktuellsten Stand der Technik. In Reeves' altem Büro befand sich lediglich ein Computer, dessen Soft- und Hardware es gerade noch so schafften, mit den heutigen Anforderungen fertigzuwerden. Es war nur noch eine Frage der Zeit, bis das Gerät trotz seiner letzten aufwendigen Updates endgültig den Geist aufgab.

Tennant zog die Lederjacke aus, hängte sie über den Schreibtischstuhl und schob die Ärmel des sportlichen Sweatshirts mit dem Ankh-Symbol zurück. Die Agentin war nicht nur schlank und wendig, sondern schien auch ansonsten regelmäßig ins Fitnessstudio zu gehen. Die Tattoos auf ihren Armen und Unterarmen spannten sich über eine stramme, aber nicht übertrainierte Muskulatur. Reeves fragte sich, ob Tennant sich auch den Oberkörper hatte tätowieren lassen, denn das Shirt verbarg ihr Dekolleté völlig.

Tennant tippte auf den Stapel mit den Italien-Kisten. »Dort fängt die Mordserie des Ghosts für uns an. Er hat dort vielleicht nicht das erste Mal gemordet, aber das erste Mal die Polizei kontaktiert. Auf Italienisch. Aber Italienisch ist nicht seine Muttersprache. Ebenso wenig ist es Französisch oder Deutsch.«

»Er spricht mehrere Sprachen?«

»Da es jeweils nur um ein paar Sätze geht und er nie auf Fragen antwortet, sind wir uns da nicht sicher. Das Ganze könnte ein Täuschungsmanöver sein.«

»Aber Sie sind sich sicher, dass es sich um dieselbe Person handelt?«

»Ja. Zumindest haben die Experten bisher keinen Zweifel daran. Wir haben da noch eine Theorie, aber von der werde ich Ihnen erst berichten, wenn Sie sich selbst einen Überblick verschafft und eine eigene Meinung gebildet haben. Beginnen Sie am besten mit dieser Kiste hier.«

Sie deutete auf die Italien-Kiste mit der niedrigsten Nummerierung. Dann kehrte sie mit zwei Kisten, die sie zuvor neben ihrem Schreibtisch abgestellt hatte, zur Ermittlungstafel zurück, öffnete eine davon und packte ein vorsortiertes Bündel aus: Fotos, Karten, Notizen, Marker, Schnüre – all das Material, das man zum Anlegen einer sinnvollen Ermittlungstafel brauchte.

Als der Timer von Tennants Uhr mit einem Summen den Termin bei der Gerichtsmedizin ankündigte, hatte Reeves die Akte des ersten Mordes in Italien studiert und Agent Tennant die Ermittlungstafel bereits gut bestückt. Daneben hatte sie eine Europakarte in die dafür vorgesehene Deckenschiene gehängt und darauf die Reiserouten des Ghosts mit kleinen roten Notizzetteln und Pinnwandnadeln in ihrer zeitlichen Reihenfolge dokumentiert. Wenn es ein Muster zu erkennen gab, dann jenes, dass der Ghost sein Morden von Land zu Land steigerte. Zwei Morde in Italien, drei in Frankreich, vier in

Deutschland. Und nun bereits drei in Großbritannien. Sollte er die Steigerungsrate beibehalten, würde er in Großbritannien noch mindestens zwei weitere Morde verüben, bevor er weiterzog. Die Zahl seiner Morde pro Land schien jedenfalls unabhängig von der jeweiligen nationalen Kapitalverbrechensrate.

Tennant deaktivierte den Alarm an ihrer Uhr und zog sich ihre Lederjacke über. »Dann werde ich mal schauen, was Doktor Bullard uns zu erzählen hat. Das Grinsen dürfte ihm inzwischen vergangen sein.«

»Warten Sie, ich komme mit …« Reeves erhob sich und griff nach seinem Mantel am Kleiderständer, doch Tennant winkte ab und deutete auf den Berg von Kisten, der bei ihm stand.

»Tut mir leid, Chief Inspector, aber das kostet uns zu viel Zeit.«

»Ich brauche etwas frische Luft.«

»Dann laufen Sie einmal um den Block, und wenn Sie genug Sauerstoff getankt haben, tauchen Sie wieder in die Akten ein. Ich werde Ihnen minutiös berichten, was Bullard für uns bereithält.«

Tennants Blick gab Reeves zu verstehen, dass dies keine Bitte war. Die ISA war von jetzt an für die weitere Ermittlungsarbeit der Ghost-Morde verantwortlich, und sie leitete diese Ermittlung.

»Also gut«, gab er nach, »dann hole ich mir jetzt noch einen Tee.« Er zog den Mantel über und folgte ihr auf den Flur.

Doch dann entschuldigte sie sich und nahm die Treppe anstelle des Fahrstuhls, der Fitness wegen, wie sie erklärte.

Reeves hoffte, dass sie kein Problem mit ihm hatte. Während der gesamten Autofahrt von Ealing nach Westminster hatte er davon jedenfalls nichts bemerkt. Als er die Kantine erreichte, den ersten Schluck heißen Tee zu sich nahm und in sein getoastetes Hähnchen-Schinken-Sandwich biss, sah die Welt jedoch schon viel besser aus.

6

Die Metropolitan Police verfügte über drei eigene forensische Labore. Eines lag in Lambeth in einem massiven Achtzigerjahre-Betonbunker, der aussah, als wäre er direkt aus dem Barbican Centre, Londons größtem Kultur- und Konferenzzentrum, herausgeschnitten worden. Das zweite war in einer Klinik in Newlands Park im Süden der Metropole untergebracht. Das Hauptlabor befand sich direkt in den Tiefen des Gebäudekomplexes New Scotland Yard nahe der Themse.

Wie Paula erfahren hatte, war der Forensic Science Service, die alte forensische Abteilung, vor wenigen Jahren komplett umstrukturiert worden, um den aktuellen kriminaltechnischen Anforderungen der forensischen Medizin, Toxikologie und Genetik sowie gewissen Interessenkonflikten seitens der für die Polizei arbeitenden Wissenschaftler gerecht zu werden. Es hatte in den letzten Jahren zunehmend Probleme bei der Inanspruchnahme kommerzieller, wissenschaftlicher Dienstleister und der damit verbundenen Integrität gegeben. Unter anderem waren Dinge weitergetragen worden, die nicht für die Öffentlichkeit bestimmt gewesen waren. Und so hatte der vorletzte Chef der Metropolitan Police seinen Hut nehmen müssen.

Als Paula im zweiten Untergeschoss den langen grauen Kellergang zu Dr. Bullards Reich durchschritt, fragte sie sich einmal mehr, warum die Sezierräume rechtsmedizinischer Institute auch heutzutage noch fast immer in den hintersten, fensterlosesten Winkeln von Gebäuden liegen mussten. Okay, die Klimatisierung war weit weniger kostspielig. Kellerräume waren von Natur aus kühl. Und die Toten brauchten ja kein Tageslicht mehr. Aber den Lebenden, die tagtäglich mit dem Tod in diesen kalten und tageslichtlosen Räumen arbeiteten, konnte etwas Sonnenlicht eigentlich nur guttun.

Aber vielleicht bevorzugten die meisten Gerichtsmediziner ja die Arbeit in den Untergeschossen ebenso, wie sie ihr Handwerk an den Körpern gewaltsam ums Leben gekommener Menschen schätzten. An dieser Stelle fragte Paula sich, weshalb ihr eigenes Leben eigentlich schon immer mit Schmerz, Gewalt und Tod zu tun gehabt hatte. Sie hatte nie darum gebeten. Schon gar nicht als Kind. Und doch war sie bereits in jungen Jahren auf Gedeih und Verderb der dunklen Seite des menschlichen Daseins ausgeliefert gewesen, ihrem Vater, einem chronischen Säufer. Dann wurde ihr wieder klar, wie viel sie andererseits dieser schrecklichen Kindheit verdankte, all den vielen Stunden, die sie ganz alleine hatte überstehen müssen. Und eines Tages hatte sie schließlich begriffen, dass ihre Mutter, eine selbst ernannte Heilige, gar nicht in dem Vater den Schuldigen sah, sondern vielmehr in ihrer Tochter, die ja ach so jung und ach so verführerisch war. Wie hätte ein guter Mann wie der ihre sich dagegen schon wehren können?

Paula spürte, wie der Zorn von damals wieder in ihr hochkochen wollte. Ausgerechnet jetzt, auf dem Weg zur Gerichtsmedizin. Doch dann besann sie sich darauf, dass sie ohne das Erleben all dieser schrecklichen Dinge in ihrer Jugend den Zwischenfall in Rom vor einem Dreivierteljahr wohl weder körperlich noch geistig halbwegs heil überstanden hätte. Bei der

Erinnerung an den *Sacro Bosco,* den verfluchten *Heiligen Wald* mit den Leichen schwangerer Frauen, musste sie tief Luft holen. Zu ihrem tiefsten Bedauern ging es im Fall des Ghosts wieder um eine Mordserie, die auch Kinder betraf.

* * *

Es hätte nicht viel gefehlt und sie hätte den Fall von Bernstein gar nicht bekommen. Zunächst war sie lediglich als Beraterin hinzugezogen worden. Bernstein hatte ihre Meinung hören wollen, nachdem sie sich einen Nachmittag lang mit den Akten befasst hatte. Doch in diesen paar Stunden hatte Paula Blut geleckt, hatte der *Ghost*-Fall sie regelrecht gepackt, denn das Ganze erinnerte sie in gewisser Weise an die in FBI-Kreisen legendäre *Mirror*-Mordserie. Ein Serienmörder, der Serientäter jagte und diese auf die gleiche Weise richtete wie diese ihre Opfer. Auge um Auge, Zahn um Zahn.

Also hatte Paula betont einsatzbereit vor Bernsteins Schreibtisch gestanden und ihm ein erstes Profil des Ghosts vorgelegt. Er hatte es mit Interesse gelesen. So wie man die Arbeit einer besonders begabten Schülerin zur Kenntnis nahm, ohne ihr im Anschluss mitzuteilen, was man von ihrer Analyse tatsächlich hielt.

Stattdessen hatte er ihr von seinem Austausch mit dem ISA-Außenbüro in London berichtet.

»Ich habe mit Agent Lowe gesprochen. Auch Scotland Yard bearbeitet inzwischen zwei Ghost-Morde. Interpol war bisher nicht in der Lage, den Täter dingfest zu machen.«

»Nicht einmal die deutschen Behörden? Die sind doch hervorragend organisiert und sonst so auf Zack?«

»Das ja«, ein amüsiertes Lächeln huschte über Bernsteins kantiges Gesicht, »aber es mangelt ihnen an Fantasie. Bisher war keiner in der Lage, die Natur des Ghosts in einem Profil halbwegs schlüssig zu erfassen. Was wir bisher haben, sind Standardanalysen wie aus dem Lehrbuch. Doch dieser Täter tickt anders.«

Paula schluckte innerlich. Dann taugte ihr Profil anscheinend ebenso wenig wie das der anderen. Wenn sie je gehofft hatte, den Fall zu ergattern, dann hatte sich diese Chance wohl gerade halbiert. Aber sie wäre nicht die gewesen, die sie war, wenn sie nicht trotzdem noch einmal vorgeprescht wäre. »Tut mir leid, Sir. Aber ich denke, dass ich mit meiner Einschätzung sehr nah dran bin.«

Er fixierte sie mit seinem durchdringenden, nicht zu deutenden Blick, sodass ihr innerlich heiß und kalt wurde. Wie sehr sie diesen Blick hasste, und wie sehr sie ihn bewunderte, wenn er andere traf.

»Damit könnten Sie recht haben, Tennant. Ihr Täterprofil unterscheidet sich jedenfalls erfrischend von dem der anderen.«

»Ich könnte gleich morgen nach London aufbrechen, Sir«, hatte sie sofort geantwortet.

»Sekunde. Wir sollten nichts überstürzen, Paula.«

Dass er sie nun mit ihrem Vornamen ansprach, war kein gutes Zeichen. Paula spürte, wie sich ihre Eingeweide zusammenzogen und die Narbe über ihrer Brust schlagartig wieder wie Feuer zu brennen begann. Die verfluchte Verletzung, die sie sich in Rom zugezogen hatte, haftete an ihr wie ein Warnschild, auf dem *Achtung, beschädigt!* oder *Vorsicht, rohe Eier!* stand. Bernstein würde sie nun gleich wieder daran erinnern, dass sie die seelischen Nachwirkungen jenes Falls noch lange nicht überwunden hatte und dass sie daher noch nicht für einen Auslandsjob bereit war. Außerdem war sie mehreren Gesprächsterminen mit dem Psychotherapeuten ferngeblieben.

Hol dich der Teufel, Dr. Drew Cochran, der du immer wieder alte Wunden aufreißt, um in ihnen herumzustochern. Auf diese Art

Therapie kann ich gut verzichten. Wer weiß, was du meinem Boss für einen Mist erzählt hast!

Sie straffte ihre Haltung und begegnete Bernsteins Blick, als säßen sie bei einem Pokerspiel. »Es geht mir gut, Sir«, beteuerte sie. »Es ist nicht das erste Mal gewesen, dass ich im Einsatz verletzt wurde. Außerdem habe ich gerade zwei Fälle in Illinois gelöst, beides Heimspiele. Ich könnte wieder etwas Auslandserfahrung vertragen.«

»Einen blutigen Tatort zu betreten und dort ein Opfer zu finden, ist eine Sache. Eine ganz andere ist es, selbst an einem solchen Ort gefoltert und beinahe ermordet worden zu sein.«

Fast hätte Paula sich für die überaus anschauliche Schilderung bedankt, denn nun erinnerte sie sich noch besser an die schwer verletzte Frau, die sie dort gefunden hatte. Aber auch daran, wie sie schließlich selbst Teil der ganzen blutigen Inszenierung geworden war. Dieser Albtraum würde sie den Rest ihres Lebens verfolgen, doch davon durften weder Dr. Cochran noch Robert Bernstein etwas merken. Also hatte sie das Zittern ihrer Hände unterdrückt und es auch noch geschafft, mit fester Stimme zu sprechen.

»Geben Sie mir den Fall Ghost – und wir schnappen den Kerl, Sir.«

Bernsteins Augen ruhten auf ihr wie die Augen eines Entomologen auf einem besonders seltenen Insekt. Und Paula konnte sich nicht sicher sein, ob er nun ihr Engagement anerkannte oder doch vielmehr ihr Täuschungsmanöver durchschaute.

Einen Moment herrschte Stille. Doch dann sagte er: »Ich sorge dafür, dass Sie die restlichen Informationen aus London erhalten. Ethan wird Ihnen einen Flug für morgen früh buchen.«

Paula brachte es fertig, weder übermäßige Freude noch Erleichterung zu zeigen, gab sich ganz professionell. Doch etwas musste sie dann doch noch loswerden, denn seit sie vor zwei Wochen das erste Mal von dem Gerücht über den Vice Director gehört hatte, beschäftigte sie eine Frage. Bernstein hatte sich gerade erhoben und seine Anzugjacke übergestreift, weil er noch zu einem Außentermin musste, als es aus ihr herausbrach: »Stimmt es, dass Sie die ISA verlassen werden, Sir?«

Bernstein hatte kurz gezögert, seine Jacke gerichtet und sich dann zu ihr umgedreht. »Warum sollte ich das tun, Agent?«

»Das ist es, was ich nicht verstehe, Sir. Warum?«

»Was sagt die Profilerin in Ihnen?«

Paula war seinem festen, klaren Blick begegnet. Einen Moment lang hatte sie die Stärke eines Raubtiers darin gesehen. Wie gerne hätte sie einmal in die Welt hinter diesen faszinierenden Augen geschaut.

Er hob eine Braue und wartete.

»Das Gerücht macht keinen Sinn«, erklärte sie.

Er nickte und schien sogar ein wenig stolz auf ihre Schlussfolgerung zu sein. Dann gestand er: »Es wird allerdings einige Umstrukturierungen geben, Paula. Aber darüber kann und will ich jetzt noch nicht sprechen.«

»Verstehe. Das Ganze ist noch unter Verschluss.«

Ein kaum merkliches Lächeln huschte über seine Lippen, was seinem Gesicht für den Bruchteil einer Sekunde etwas Spitzbübisches verlieh. »Bis auf die Gerüchte offensichtlich.«

* * *

Als Paula nun das kühle Reich von Dr. Dan Bullard betrat, war Ron Waldens Leichnam bereits aus dem Kühlfach geholt worden, und Bullard hatte, wie er erklärte, schon die Fingernägel asserviert und, soweit möglich, die Abstriche gemacht. Nun war er bereit, mit der eigentlichen Obduktion zu beginnen.

»Ich vermisse Chief Inspector Reeves«, stellte er mit einem spöttischen Singsang in der Stimme fest, während er Paula den

Schrank mit der Schutzkleidung zeigte und sich selbst einen neuen Schutz überstreifte. Paula schnappte sich gleich zwei der Papieroveralls, so sehr kroch ihr die Kälte in die Knochen.

»Der Inspector arbeitet sich in den Fall ein. Ich habe ihm gegenüber ein paar Tage Wissensvorsprung, die gilt es für ihn aufzuholen.«

»Natürlich«, antwortete der Doktor wenig überzeugt und selbstgefällig – und ein wenig enttäuscht?

Paula musterte ihn, während sie den zweiten Anzug überstreifte. Irgendwie passte bei dem Mann anatomisch nichts richtig zusammen. Die Wieselaugen blickten aus einem Pferdegesicht, der Kopf saß auf einem viel zu langen Hals, und an dem relativ kurzen Körper schienen schier endlose Gliedmaßen zu hängen. Zudem hatte Bullard große Hände mit langen, dünnen Spinnenfingern. Irgendwie erinnerte er Paula an eine dieser grotesken Figuren aus einem Animationsfilm, dessen Titel ihr partout nicht einfallen wollte.

Was Bullard konkret gegen Reeves hatte, entzog sich Paulas Kenntnis, aber es schien nicht wirklich etwas Persönliches zu sein. Eher hatte der Doktor in dem Inspector so etwas wie ein willkommenes Opfer für seine Launenhaftigkeit gefunden. Oder steckte etwas anderes dahinter? Da Reeves weder darunter zu leiden noch die Sache ernst zu nehmen schien, beschloss Paula, Bullards Äußerungen nicht weiter zu beachten.

»Dann wollen wir mal«, sagte er und trat mit einem seiner Assistenten an den Seziertisch, auf dem Ron Waldens malträtierter Leichnam aufgebahrt lag.

»Kein schöner Anblick. Aber was will man machen, wenn einem kein besseres Rohmaterial angeliefert wird?«

Der Assistent stieß ein gackerndes Lachen aus und schaltete die grelle OP-Beleuchtung ein. Er wollte sich zweifelsohne bei seinem Vorgesetzten beliebt machen, selbst wenn das bedeutete, einen geschmacklosen Witz gut zu finden.

Paula wechselte mit Bullard einen kurzen Blick über den Leichnam hinweg und gab ihm damit zu verstehen, dass sie seine pietätlosen Kommentare selbst bei einem Mann wie Ron Walden für unangebracht hielt und er sich gefälligst auf die Obduktion konzentrieren sollte. Als Antwort huschte ein spöttisches Lächeln über die schwülstigen Lippen des Arztes, doch er verzichtete von da an auf jede weitere unangemessene Bemerkung.

Paula konzentrierte sich auf die Leiche und nahm, soweit möglich, jedes Detail des zu Tode gefolterten Mannes in sich auf. Die Nageleinschusslöcher in den Händen und Füßen ließen Walden wie das Abbild eines in der Römerzeit gekreuzigten Unruhestifters aussehen. Noch einen Tag zuvor war dieser Körper die menschliche Hülle eines Kinder mordenden Monsters gewesen – auch wenn Walden sich selbst vermutlich nicht als solches gesehen hatte –, und nun lag da auf dem kalten Stahltisch nicht mehr als ein Haufen geschundenen und verwesenden Fleisches, denn selbst vor Monstern machte der Tod nicht halt. Und manchmal wurde ein Monster wie Walden von einem anderen Monster zur Strecke gebracht.

Paula hatte während ihres Jobs und ihrer privaten Studien einiges über das Sterben gelernt – und in Italien fast am eigenen Leib. Und zwar ebenso über die natürliche wie gewaltsame Variante. In Hollywood-Filmen starben erschossene oder erstochene Menschen meist von einer auf die andere Sekunde. Peng! Dann der obligatorische Griff an die Brust. Und schon fiel man, gefällt wie ein Baum, tot um. Aber das entsprach in keiner Weise der Realität. In Wirklichkeit war das Sterben ein oft langsamer, fast schon schleichender Prozess, der bereits dann einsetzte, wenn das Herz-Kreislauf-System anfing, seine Arbeit einzustellen. Selbst der Herzstillstand bedeutete noch lange nicht das Lebensende. Und je nach der Umgebung, in der ein Sterbender lag, konnte es nach dem Hirntod noch bis zu einhundert Stunden dauern, ehe alle Zellen des Körpers abgestorben waren. Und gerade hierin lag das entscheidende Faktum für die Transplantationsmedizin, denn erst wenn die Gehirnfunktion eines Menschen ein für alle Mal erloschen war, durften die Organe für eine Transplantation entnommen und zwecks Heilung in einen anderen Körper verpflanzt werden.

Paula fragte sich, wie sich Ron Waldens aktive Sterbephase für ihn wohl dargestellt hatte, jenes Zeitintervall von vier bis sechs Minuten, in der sein Herzschlag, seine Atmung und sein Herz-Kreislauf-System aufgehört hatten zu arbeiten, und die man den klinischen Tod nannte. In dieser Phase sprach man von der Wiederbelebungszeit, in der noch eine Reanimation möglich war. Erst danach setzte der irreversible biologische Tod ein. Was hatte Walden in diesen Minuten erlebt, in denen sein Gehirn im allerkritischsten Ausnahmezustand gewesen war? Hatte er sich von der Pein, die sein Mörder ihm zugefügt hatte, endlich erlöst gefühlt? Oder hatte er gar einen Blick in die eigene Seelenhölle geworfen?

Paulas Blick glitt über die Füße, Schienbeine und Waden des Toten, dorthin, wo das wenige Blut, das ihm nach der Folter noch geblieben war, abgesunken war, als er an dem Baum gehangen hatte. Dann wanderte ihre Aufmerksamkeit zu Waldens Gesicht mit den geschlossenen Augen. Seine Miene zeigte weder Furcht noch Entsetzen noch Schmerz, sondern wirkte beinahe friedlich, was sie als eine ungeheure Ungerechtigkeit empfand. So grotesk es klang, dieser Kinder mordende Mann hatte seine letzte Lebensstunde in der Gesellschaft des Ghosts verbracht, eine unglaubliche Tortur mitgemacht, und doch schien sein Antlitz davon völlig unberührt.

Dr. Bullards Assistent, der bereits den Computer eingeschaltete hatte, reichte dem Gerichtsmediziner ein Headset, sodass dieser direkt in das Mikrofon und auf eine MP3-Datei sprechen konnte. Bullard nannte zuerst die Fallnummer, gefolgt von Datum und Uhrzeit, und die Namen und Berufsbezeichnungen der Anwesenden. Dann zählte er die äußeren Merkmale des Leichnams auf, Alter, Größe, Gewicht und jene Verletzungen, die man oberflächlich erkennen konnte. Vom Gesicht abgesehen, war der Körper von Wunden übersät. Einer der Nachbarn des Ermordeten hatte inzwischen bestätigt, dass es sich bei dem Toten tatsächlich um Walden handelte. Also brauchte die Polizei den Leichnam wenigstens nicht anderweitig zu identifizieren.

Nach ein paar Minuten schaltete Bullard das Mikrofon einen Moment lang aus.

»Wer immer das getan hat«, erklärte er, »ist ein Profi, ein Kenner der menschlichen Anatomie. Er weiß ganz genau, was er dem menschlichen Körper zumuten kann, um das Leiden zu verlängern und den Tod hinauszuzögern.«

Das hatte Paula auch in den kriminaltechnischen Berichten aus den anderen Ländern gelesen. Einer der Verfasser war sogar so weit gegangen, die Vermutung zu äußern, dass es sich bei dem Ghost um einen Mediziner oder Ex-Mediziner handeln könnte. Die beigebrachten Wunden waren allesamt äußerst schmerzhaft, doch es war vermieden worden, wichtige Organe zu beschädigen. Das war aber auch schon die einzige Gemeinsamkeit all dieser Morde, denn der Ghost hatte bisher die Methode seines Mordens niemals wiederholt. In diesem Fall hatte er eine Nagelpistole und ein sehr scharfes Messer – ein Rasiermesser oder ein Skalpell – verwendet. Das letzte Mal bestand sein Folter- und Mordinstrument aus einem simplen Wasserglas. Davor waren die Instrumente seiner Wahl der Klemmverschluss eines Aktenordners sowie ein Kugelschreiber gewesen. Was er seinen Opfern damit angetan hatte, hätte Paula sich nicht einmal in ihren dunkelsten Vorstellungen ausmalen können. Doch sie hatte es ja zur Genüge durch die medizinischen Berichte erfahren.

Ein Gedanke, den sie während des Aktenstudiums gehabt hatte, kam ihr mit einem Mal wieder in den Sinn. Warum die Frage, die damit einherging, nicht einfach in den Raum stellen?

»Welche Art Mediziner wäre eigentlich viel oder regelmäßig auf Reisen?«, fragte sie.

»Ein Forscher würde sicher etliche Konferenzen, Fachmessen und Kongresse aufsuchen müssen«, meinte der Assistent sofort.

»Eher unwahrscheinlich«, entgegnete Bullard. »Aber immer mehr Mediziner arbeiten nach dem Studium inzwischen gar nicht mehr in der Praxis, sondern für Industriekonzerne oder Pharmaunternehmen. Bessere Arbeitszeiten, bessere Gehälter …« Sein Blick streifte den jungen Assistenten. »Ich sollte wohl besser meinen Mund halten.«

»Und was wären das für Jobs?«, fragte Paula weiter.

Bullard zuckte mit den Achseln. »Im Gesundheitsmanagement und Controlling werden immer Leute gesucht. Dann gäbe es noch die Journalisten für die Fachmedien. Auch die kommen viel in der Welt herum.«

»Interessant. Das könnte uns bei den Ermittlungen vielleicht weiterhelfen.«

Bullard nickte und schaltete das Mikro wieder ein. Dann griff er nach einem Skalpell, beugte sich über den Oberkörper des Toten und setzte das Instrument unterhalb des Kinns an. Mit einer verblüffenden Eleganz führte er den Y-Schnitt bis zum Schambein durch, klappte die Haut- und Fleischfalten über den Rippen zurück und brach die Knochen über den inneren Organen mit einer schweren Schere auf, um Herz und Lunge zu entnehmen, zu wiegen und zu untersuchen.

Paula musste für einen Moment die Augen schließen, weniger aus Ekel, sondern weil sie bei jeder beginnenden Obduktion die Y-Narbe auf ihrem eigenen Oberkörper spürte. Es war, als brannte das Narbengewebe auf einmal wie ein Feuermal.

Ruhig atmen.

Ein. Aus. Ein. Aus. Ein …

»Ah, Doktor Bernstein …«, hörte sie plötzlich den Gerichtsmediziner sagen, als begrüße er einen altehrwürdigen Kollegen, bei dem er einst studiert hatte. Er signalisierte seinem Assistenten, das Aufnahmegerät für einen Moment auszuschalten. »Haben Sie es doch noch hierhergeschafft.« Kurz unterbrach Bullard die Untersuchung. »Die Schutzkleidung finden Sie dort drüben im Schrank. Wir sind gerade mit dem Brustkorb fertig und öffnen jetzt den Bauchraum. Noch haben Sie nichts verpasst.«

Bernstein grüßte und trat eine Minute später im weißen Schutzanzug neben Paula, um Bullards bis dahin geleistete Arbeit in Augenschein zu nehmen. Paula nahm wahr, wie der junge Assistent ihren Chef verstohlen musterte und die Anspannung dabei in ihm wuchs, als stünde er unter Strom. Wie es aussah, hatte er es bisher noch nie mit hochrangigen Mitarbeitern der Polizei oder anderer Ermittlungsbehörden zu tun gehabt.

»Keines der inneren Organe scheint verletzt«, bemerkte Bernstein ruhig. »Äußerst ungewöhnlich bei solch einem brutalen Verbrechen.«

»Allerdings«, bestätigte der Arzt. »Ihre Mitarbeiterin hat sich darüber auch gerade Gedanken gemacht.«

Bernstein bedachte Paula mit einem zufriedenen Blick. An manchen Tagen konnte sie es immer noch nicht fassen, dass er sie nach einem gescheiterten Aufnahmeverfahren beim FBI zur ISA geholt hatte. Paula hatte zu jener Zeit in einer seiner Kriminalistik-Vorlesungen gesessen und ein paar Fragen gestellt, die nicht einmal besonders klug gewesen waren, aber irgendwie hatte Bernstein sie seither als Nachwuchsagentin für seine Organisation auf dem Radar gehabt.

* * *

Besonders fasziniert hatte sie das Seminar über die *Mirror*-Morde, ein Fall, der etwa ein Jahrzehnt vor ihrem Studienende die gesamten Vereinigten Staaten von der Ost- bis zur Westküste in Atem gehalten hatte. Bernstein hatte damals als Special Agent des FBI die Untersuchung geleitet und war dem Serienmörder so nahe gekommen, dass er diesen in seinem Refugium, dem Keller eines alten, stillgelegten Fabrikgebäudes, aufgespürt hatte. Doch einer der jüngeren Agenten hatte dann die Nerven verloren, und so hatte der Serienmörder im letzten Moment doch noch durch die Kanalisation entwischen können. Seither schien der *Mirror*-Mörder wie vom Erdboden verschluckt.

Einige Jahre nach dieser Vorlesung hatte Paula von einem älteren Kollegen schließlich im Vertrauen erfahren, dass der *Mirror*-Mörder, kurz bevor er von der Bildfläche verschwand, auch Bernsteins Frau ermordet hatte. Hätte Paula vor der Teilnahme an dem Seminar davon gewusst, hätte sie sich einige ihrer Fragen gespart. Doch so hatte sie sich mit ihrer unbändigen Wissbegierde ins Rampenlicht gespielt.

»Entschuldigen Sie, Sir«, hatte sie forsch gesagt, bevor der Mut sie wieder verließ, »aber haben Sie die Suche nach dem *Mirror*-Mörder jemals aufgegeben?«

Im Hörsaal war es mit einem Male so still geworden, dass man eine Stecknadel hätte fallen hören, und Paula hatte die Blicke sämtlicher Mitstudenten auf sich gespürt. Bernstein hatte einen Moment dagestanden wie eine Marmorstatue. Dann war er, ohne eine Miene zu verziehen, an den Rand des Podiums getreten und hatte zu ihr emporgeschaut.

»Eine interessante Frage, Mrs …?«

Da er auf die Distanz den Namen auf dem Schild an ihrer Jacke nicht lesen konnte, wartete er geduldig, bis sie ihn nannte.

»Tennant, Sir … Paula … Tennant«, stammelte sie aufgeregt.

»Ah ja. Also, was denken Sie, Mrs Tennant?«

»Ich … ich weiß es nicht, Sir. Deshalb frage ich ja.«

Bernsteins schiefergraue Augen hielten ihren Blick fest, und ein unheimlicher Schauer jagte durch ihren Körper.

»Und ich denke«, begann er, »dass Sie die Antwort auf Ihre Frage bereits kennen.«

Unwillkürlich straffte Paula ihre Haltung, weil sie sonst das Gefühl gehabt hätte, den Boden unter den Füßen zu verlieren. Natürlich hatte sie sich nicht vorstellen können, dass ein Agent von Bernsteins Kaliber den Fall einfach so zu den Akten legte. Doch der *Mirror*-Mörder war nun einmal abgetaucht und hatte sich bis auf den heutigen Tag nicht aus seiner Tarnung hervorgewagt. Und das trotz des mörderischen Triebs, der nach wie vor in ihm brodeln musste.

Schließlich nahm sie all ihren Mut zusammen, um nicht als kompletter Narr dazustehen, und erklärte: »Der *Mirror*-Mörder ist noch dort draußen.« Ihre Stimme klang bei Weitem nicht so selbstsicher, wie sie es sich gewünscht hätte, aber das war ihr in diesem Moment fast egal. »Er verbirgt sich hinter irgendeiner bürgerlichen Fassade. Und vielleicht …« An diesem Punkt legte sie eine bedeutungsvolle Pause ein, das heißt, sie hoffte, dass die Wirkung bedeutungsvoll rüberkam. »… ist er sogar wieder aktiv. Irgendwo in den Vereinigten Staaten. Möglicherweise auch in Kanada. Und deshalb haben Sie Ihre Suche nach ihm nie eingestellt.«

Ein aufgeregtes Murmeln ging durch den Hörsaal, als wären Paula und ihre Mitstudenten Besucher eines antiken Amphitheaters, dessen größte Gladiatoren-Attraktion sich gerade in die Arena begab. Bernstein trat vom Rand des Podiums zurück und lehnte sich gegen das hohe Pult, auf dem sein Computer mit dem Vorlesungsmaterial stand.

»Wieso in den USA? Wieso in Kanada?«, fragte er. »Warum nicht Mexiko, Peru, Ecuador, Kolumbien oder gar Europa?«

Obwohl er diesen Gedanken scheinbar an das ganze Auditorium richtete, wusste jeder, dass die Frage einzig und allein Paula galt.

Paula räusperte sich. »Ein Teil Europas käme vielleicht infrage. Der *Mirror*-Mörder agierte aber nie unterhalb des vierzigsten Breitengrads.«

»Vielleicht mag er keine Hitze?«, warf einer von Paulas Kommilitonen ein, der zwei Reihen vor ihr saß.

Ein nervöses Lachen ging durch den Raum, und die im Hörsaal herrschende Anspannung verstärkte sich. Und dann bereute der junge Mann auch schon seine Vorwitzigkeit, denn Bernstein wandte sich nun ihm zu.

»Der Fall scheint Sie sehr zu amüsieren, Mr …«

»Iles«, antwortete er sofort und rutschte unbehaglich auf seinem Platz herum.

»Mr Iles, Sie könnten mit Ihrer Vermutung sogar recht haben, denn wie schnell sich der Körper eines Leichnams zersetzt, hängt sehr von seiner Umgebungstemperatur ab, weshalb der *Mirror*-Mörder seine Opfer nach der Tat über Wochen wie verderbliche Lebensmittel in Gefriertruhen aufbewahrte, bevor er sie der Öffentlichkeit präsentierte.«

Er schaute sich in den Reihen der Anwesenden um, und obwohl er die Aufmerksamkeit aller hatte, schien es bis auf Paula keiner zu wagen, seinem Blick wirklich zu begegnen.

»Welchen Grund könnte es noch dafür geben, dass der *Mirror*-Mörder seine Opfer nie unterhalb des vierzigsten Breitengrades heimsuchte?«, fuhr er fort.

»Die Sprachbarriere?«, warf Paula vorsichtig ein.

Bernstein nahm sie ins Visier und bat sie mit einer Geste fortzufahren.

»Vielleicht spricht er kein Spanisch oder Portugiesisch«, antwortete sie. Ihr eigenes Schul-Spanisch funktionierte mehr schlecht als recht. Dafür sprach sie ganz gut Italienisch und ein wenig Deutsch, was jedoch kein Wunder war, denn ihre Großmutter stammte aus Italien und ihr Großvater aus Deutschland. »Oder er ist einfach extrem heimatverbunden. Südamerika liegt nicht gerade um die Ecke, wenn man aus Illinois stammt.«

Bernstein hob eine Braue. »Woher haben Sie die Information, dass der *Mirror*-Mörder aus Illinois stammt, Mrs Tennant?«

»Wenn ich mich recht erinnere, aus einem Artikel des *Crime Magazine*.«

»Und Sie vertrauen den Artikeln eines Revolverblatts?«

Paula errötete. »Nicht immer, aber manchmal schon, Sir.«

»Hm.« Bernstein trat hinter das Pult und aktivierte den Computer. Zehn Sekunden später erschien eine Karte der USA auf dem wandgroßen Display hinter ihm. Wie er nun erklärte, war mit deren Hilfe der wahrscheinliche Aufenthaltsort des Serienmörders festgestellt worden. Die Analysten des FBI hatten die dreiundzwanzig bekannten *Mirror*-Tatorte kartografiert und damit ein geografisches Profil erstellt, denn wie die Kriminalwissenschaft herausgefunden hatte, brachten Serienmörder ihre Opfer meist nicht sehr weit entfernt von ihrem Wohn- oder Arbeitsplatz um. Dennoch mordeten sie fast niemals in ihrer eigenen Straße oder in ihrem Viertel, denn dort hätte man sie entdecken und identifizieren können, und deshalb gab es unweigerlich eine räumliche Tabuzone.

Gebannt starrten Paula und ihre Kommilitonen auf das Geo-Profil, das den Ermittlern, wie Bernstein berichtete, geholfen hatte, sich zunächst einmal auf alle Verdächtigen innerhalb dieses tabuisierten Gebietes zu konzentrieren. Der Aktionsradius des *Mirror*-Mörders reichte von Boston, New York und Philadelphia über Chicago, Lincoln und Denver bis hin nach Seattle, also über die komplette Ost-West-Route des Nordens der USA. Jedoch nahm die Häufigkeit der Tatorte zum Osten hin merklich ab. Zwei Drittel aller Morde waren zwischen New York und Chicago verübt worden, weshalb als Wohnort des *Mirror*-Mörders die Gegend um Detroit ermittelt worden war, denn hier hatte es in einem Radius von zweihundert Kilometern keinen einzigen *Mirror*-Tatort gegeben.

Paula hörte wie ihre Mitstudenten gespannt zu – und runzelte schließlich die Stirn, was sie fast immer tat, wenn ihr etwas ungereimt vorkam. Laut *Crime Magazine* war der Serientäter nämlich in Chicago aufgespürt worden, obwohl die Tatortdichte rund um die Metropole ein gutes Stück über dem Mittelwert gelegen hatte.

»Entschuldigen Sie, Sir, aber wurde der *Mirror*-Mörder nicht in Chicago gestellt?«

Bernstein bedachte sie mit einem anerkennenden Blick, wandte sich dann wieder der Allgemeinheit zu und deutete mit dem Laserpointer entlang der Tatorte. »Es mag einigen von Ihnen amüsant erscheinen, aber tatsächlich dauerte es eine Weile, bis wir realisierten, dass all diese Tatorte extra so platziert worden waren, um uns nach Detroit zu führen. Die wahre Tabuzone des *Mirror*-Mörders lag tatsächlich in Chicago.«

Alle starrten wie hypnotisiert auf die Karte.

Paula gab sich einen weiteren inneren Ruck. »Dann setzte der *Mirror*-Mörder das Geo-Profiling also gegen das FBI ein.« Das war an sich schon eine Sensation, denn zu dieser Zeit war die Methode zur Bestimmung eines geografischen Täterprofils noch nicht weiter an die Öffentlichkeit gelangt.

Bernstein schaute ihr tief in die Augen, ehe er antwortete. »Über Monate und Jahre hinweg hat er uns mit diesem Trick an der Nase herumgeführt. Doch dann wurde er sich seiner selbst zu sicher.«

Ein nervöses Lachen ging durch den Hörsaal, das zugleich ernüchtert wie erleichtert klang. Irgendwann machten die meisten Serienmörder einen Fehler, wurden leichtsinnig oder überheblich. Selbst die klügsten.

Doch Paula war noch ein ganz anderer Gedanke gekommen, und als sie begann, diesen zu Ende zu denken, kam sie sich wie eine Verräterin, ja wie eine Nestbeschmutzerin vor. »Aber dann …« Sie stockte, bekam noch mehr Angst vor der eigenen Courage.

»Ja, Mrs Tennant?« Bernsteins Augen hielten ihren Blick auf eine eigentümlich sanfte Weise fest.

Paula spürte, wie sich ihr Magen schlagartig zusammenzog, als arbeite sie leibhaftig an dem Fall und als stünde sie nun mit ihrer Aussage vor Gericht.

»Aber dann kannte sich der *Mirror*-Mörder schon damals mit interner Polizeiarbeit aus. Ich meine, er könnte mit seinem kriminalistischen Wissen sogar ein hochrangiger Polizeibeamter sein. Vielleicht sogar ein Dozent – an einer Universität.«

Totenstille herrschte im Saal, als dächten alle, Paula hätte Bernstein angeklagt. Doch der ehemalige FBI-Agent zuckte mit keiner Wimper, als er mit gutmütigem Spott entgegnete: »Man könnte fast meinen, Mrs Tennant, Sie wüssten mehr über den Fall der *Mirror*-Morde als das *Crime Magazine*.«

Daraufhin war im Hörsaal schallendes Gelächter ausgebrochen. Endlich hatte die Anspannung ein Ventil gefunden und machte sich Luft. Ein paar Sekunden lang hatte Bernstein Paula angesehen, als hätte sie da gerade eine Wahrheit ausgesprochen, an die sich bisher niemand herangewagt hatte. Doch dann hatte das Pausensignal das Ende der Vorlesung eingeläutet.

* * *

Und nun, wenige Jahre später, stand Paula in diesem Londoner Obduktionssaal neben Bernstein, während ein Rechtsmediziner, der ganz gerne mal andere Leute drangsalierte, den Bauchraum eines verfluchten Kindermörders aufschnitt, die inneren Organe von der Wirbelsäule löste, als Ganzes heraushob und sie dann wie hinter einer offenen Metzgertheke in eine große Metallschale legte.

»Die Leber und die linke Niere weisen Prellungen auf, doch keines der Hauptorgane wurde durch einen der Bolzennägel oder das Messer verletzt«, bemerkte er. »Ich werde mir das natürlich noch einmal genauer anschauen.«

Nachdem er die Organe vermessen, gewogen, weiter inspiziert und Proben für die Labore entnommen hatte, schickte Bullard sich an, den Unterleib zu untersuchen.

Bis auf den Anus war nichts mehr davon übrig.

»Er wurde nicht vergewaltigt.« Bullard rümpfte die Nase und legte die Stirn in Falten. »Wir haben seine Geschlechtsteile nicht am Tatort gefunden. Denken Sie, der Mörder hat sie als Trophäe mitgenommen?«

»Bisher hat der Ghost keine Trophäen gesammelt«, erklärte Paula. »Doch so wie er seine Vorgehensweise von Fall zu Fall ändert, wäre das durchaus denkbar.«

Bullard untersuchte die blutige Öffnung, wo einmal Hoden und Penis gewesen waren, noch einmal. »Hm … Harnröhre, Samenleiter … alles in allem ein sauberer, exquisiter Schnitt.« Er ließ seinen Blick noch einmal im Ganzen über Waldens ausgeweideten Körper gleiten. »Ich würde sagen, die Geschlechtsorgane wurden ganz zum Schluss entfernt. Mit einem sehr scharfen Schneidewerkzeug.«

Bullards Assistent fotografierte den verwüsteten Unterleib fast so, als ginge es um eine pornografische Darstellung.

»Danke. Das dürfte reichen«, meinte Bullard schließlich.

Dann machte der Arzt sich daran, Waldens Kopf genauer zu untersuchen, bevor er den Schädel öffnen und das Gehirn entnehmen würde. Mit einer winzigen Taschenlampe leuchtete er in die Ohren, die Nase und den Mund.

Und dann stutzte er.

»Merkwürdig. Was haben wir denn da?« Er leuchtete noch tiefer in den Rachen hinein. »Juan, reichen Sie mir doch mal die große Pinzette.« An Paula und Bernstein gewandt, meinte er: »Um das Opfer am Schreien zu hindern, hat Ihr Mörder ihm einen Lappen in den Mund gestopft.«

Vorsichtig und mit drei Anläufen zog Bullard den blutdurchtränkten Inhalt aus der Mundhöhle heraus, wobei sich seine Miene von einem routinierten »Das habe ich alles schon einmal gesehen«-Ausdruck in einen verblüfften, ja schockierten Ausdruck verwandelte.

Paula starrte auf die blutige, glitschige Masse, die an der großen Pinzette hing. Jetzt wussten sie alle, wo Waldens Genitalien abgeblieben waren.

Bullards Assistent hielt eilends eine Metallschale darunter, damit die Weichteile dem Arzt nicht noch entglitten und auf den Fußboden platschten. Dabei machte der junge Mann ein Gesicht, als hätte man ihn gerade selbst entmannt. Aber auch Bullard vergaß fast, in sein Headset zu sprechen, um den Fund zu dokumentieren. Bernstein schien das Ganze aus einer nüchternen Distanz heraus zu beobachten, um die Paula ihn einmal mehr beneidete und die sie an seine Selbstbeherrschung damals im Hörsaal erinnerte, als ihre Frage ihn noch einmal auf besondere Weise an den Tod seiner Frau hatte erinnern müssen. Durch die Adern ihres Chefs schien so etwas wie Eiswasser zu fließen.

Bullard breitete die Genitalien in der Schale aus, als hantierte er mit einem toten, an Land gespülten Tintenfisch. Dann untersuchte er die zugefügten Verletzungen. »Es sind die gleichen Schnittwunden, daher wird es auch das gleiche Schneidewerkzeug gewesen sein. Vermutlich eines dieser modernen mittelgroßen, sehr scharfen Küchenmesser.«

Das Gesicht des Assistenten nahm vom Zuhören und dem weiteren Anblick eine ungesunde grüne Tönung an.

»Juan …«, schalt Bullard. »Wenn Sie einen Moment rausgehen müssen, dann tun Sie das. Aber kotzen Sie mir hier nicht die Auslage voll.«

Das ließ Juan sich nicht zweimal sagen, machte auf dem Absatz kehrt und verschwand.

»Denken Sie, diese neue Vorgehensweise hat für den Ghost eine tiefere Bedeutung, Sir?«, fragte Paula ihren Chef.

Bernstein löste den Blick von der Metallschale und ihrem schwabbeligen Inhalt. »Inwiefern? Als eine Botschaft an uns?«

Paula nickte. »Das wäre doch immerhin möglich.«

Bernstein tauschte einen kurzen Blick mit Bullard aus, bevor er sagte: »Möglich ja, aber vielleicht ist die Antwort auf Ihre Frage auch weit weniger kompliziert, Agent Tennant.«

Paula brauchte nicht viel Fantasie, um sich vorzustellen, was Bernstein damit meinte. Der Ghost hatte es sehr wahrscheinlich einfach nur als eine große Genugtuung empfunden, Walden zum Abschied zu kastrieren und ihm jenen Körperteil, der anderen so viel Schmerz und Leid zugefügt hatte, in den Rachen zu stopfen.

Nachdem Bullard mit der Untersuchung der Genitalien fertig war, setzte er die Obduktion an Waldens Kopf fort, bis zur Öffnung des Schädels und der Entnahme des Gehirns. Waldens Denkapparat unterschied sich oberflächlich betrachtet in nichts von dem anderer Menschen, und doch hatte dieses Gehirn einen mörderischen Triebtäter hervorgebracht. Es würde später noch in Scheiben geschnitten werden, auf der Suche nach einem Tumor oder einer sonstigen anatomischen Auffälligkeit. Vielleicht hatte ja eine organische Erkrankung dazu geführt, dass Walden seinen Trieb nicht mehr hatte im Zaum halten können. Eine Computertomografie des lebenden Gehirns hätte möglicherweise offenbart, dass Waldens Stirnhirn nicht in der Lage gewesen war, seine unheilvollen Fantasien zu kontrollieren. Oder aber es stimmte etwas mit seinem limbischen System nicht. Eine Anomalie im Hypothalamus, der Amygdala oder dem Hippocampus. Das waren, evolutionär gesehen, die ältesten Teile des menschlichen Gehirnareals, die für die Regulierung der Nahrungsaufnahme, der Sexualität, die Wahrnehmung von Emotionen oder das Ausüben von Gewalt maßgebend waren. Vielleicht hatte das Stirnhirn Waldens keine Macht über eine dieser limbischen Regionen gehabt.

Paula seufzte innerlich. Alles in allem waren das viel zu viele Vielleichts. Sie würde die Ergebnisse des Labors abwarten müssen und natürlich Bullards abschließenden Bericht. Es konnten noch Dinge zutage treten, an die sie jetzt im Traum nicht dachte. Letzten Endes war das Böse nur schwer zu fassen, auch wenn es bei Walden den Anschein hatte, als ob vor allem der Tod der Eltern – und der damit verloren gegangene regulierende Einfluss – das Zünglein an der Waage zum Übel hatte ausschlagen lassen.

Als die Obduktion schließlich vorüber war und sie sich ihrer Schutzkleidung entledigen konnte, fühlte sie sich für den Moment unendlich erleichtert. Selbst der Rückweg durch den tristen Kellerkorridor zum Aufzug, fort von der Leichenhalle mit ihren medizinischen Gerüchen und dem Gestank des Todes, wurde zu einer Art Erholung.

»Das war ein langer Tag«, meinte Bernstein auf dem Weg zum Lift. »Für heute sollten wir es gut sein lassen.« Mit ruhigen Schritten, als spürte auch er die dunkle, hoffnungslose Aura dieses Ortes, ging er neben Paula. In seinem maßgeschneiderten Anzug mit den dunklen Lederschuhen wirkte er nicht wie ein Agent, sondern eher wie das Oberhaupt einer traditionsreichen Familiendynastie. Paula fand, dass der aufmerksame Blick seiner Augen sowohl etwas Anziehendes als auch etwas Unheimliches in sich barg. Sie hatte es schon das ein oder andere Mal erlebt, wie sogenannte hohe Tiere von anderen Organisationen sich ihr Alpha-Männchen-Gehabe binnen einer Minute in Bernsteins Gegenwart geschenkt hatten, als beugten sie sich einer höheren und gefährlicheren Macht. Paula gedachte jedoch nicht, sich von seiner dominanten Persönlichkeit einschüchtern zu lassen. Sie schüttelte den Kopf und bestand auf ihrer Position.

»Tut mir leid, Chef. Aber wenn unser Muster stimmt, wenn der Ghost seine Mordrate pro Land steigert, dann wird er noch zweimal zuschlagen, ehe er Großbritannien verlässt, und außer dem stetigen Leichenpfad, den er uns hinterlässt, haben wir bisher noch immer nichts Wegweisendes in der Hand. Jede Stunde zählt.«

Bernstein musterte sie ruhig und nahm sich ganze zehn Sekunden Zeit mit der Antwort. »Sie wissen, was mit übermüdeten Agenten passiert?«

Paula drückte den Aufzugsknopf. »Nein. Was denn? Sie stolpern über die eigenen Füße und fallen die Treppe hinunter?«

Bernstein blieb ernst. »Das auch. Aber vor allem machen sie leichter Fehler, übersehen Verbindungen, ziehen eher die falschen Schlüsse, was zu falschen Entscheidungen führt. Außerdem sind übermüdete Agenten in Stresssituationen weniger belastbar.«

»Das Risiko werde ich eingehen.«

Bernstein schüttelte den Kopf. »Ich aber nicht. Es wird die Zeit kommen, in der Sie während dieser Ermittlung keine einzige Stunde Schlaf mehr finden werden. Heute Abend ist sicher keine Gefahr mehr im Verzug. Der Ghost hat sein zwölftes Opfer gerade erst eliminiert. Und Sie haben in den letzten Tagen etliche Kisten Aktenmaterial studiert und können nun ohnehin erst einmal nichts weiter tun, als auf Dr. Bullards und Dr. Padelskys Berichte zu warten. Wenn Sie also eine Spur finden und nicht übersehen wollen, brauchen Sie dafür einen klaren und ausgeruhten Geist. Der eigentliche Ermittlungsstress kommt noch früh genug.«

Die Aufzugstür ging auf, und Bernstein ließ ihr den Vortritt. In der Metallspiegelung der Kabine konnte Paula sehen, dass ihr die Müdigkeit tatsächlich ins Gesicht geschrieben stand. Möglich, dass es nur am künstlichen Licht der Liftkabine lag, doch ihre Haut wirkte so fahl, als wäre sie selbst ein Leichnam, und ihre rot geränderten Augen schauten aus, als wären sie chronisch entzündet. Bernstein drückte den Knopf für das Erdgeschoss, Paula den für ihre Büroetage.

»Also gut. Sie haben gewonnen. Ich werde nur noch kurz Inspector Reeves Bescheid geben und meine Tasche holen.«

»Dann sehen wir uns morgen, Agent Tennant«, sagte Bernstein, als er aus dem Aufzug trat. »Ich wünsche Ihnen noch eine gute Nacht.«

7

Kaum war die Aufzugstür wieder geschlossen, klingelte Paulas Handy. Es war Murray. Sie ertappte sich bei einem Lächeln. Noch vor drei Wochen war Dave Murray ein respektierter Chief Inspector bei der Chicagoer Polizei gewesen. Jetzt, als umtriebiger Polizeibeamter im Ruhestand, wusste er noch nicht so recht, was er mit seiner neu gewonnenen Freizeit anfangen sollte. In vielerlei Hinsicht hatte Murray Paulas Kindheit und damit ihr Leben gerettet, denn ihr Vater war bereits nüchtern ein Scheusal gewesen, im Suff aber ein Mann, der jede Menschlichkeit verlor. Als Kind hatte Paula erlebt, dass es in der Wohnung ihrer Familie keinen Ort gab, an dem sie sich wirklich sicher fühlen konnte. Ihr Vater hatte die Mutter gequält und verprügelt, die auch noch aus religiösem Irrglauben davon überzeugt war, sie hätte es verdient, und seine Tochter in etlichen volltrunkenen Nächten missbraucht.

Die Erinnerung machte Paula nach all den vielen Jahren noch immer zornig. Vor allem, wenn sie an die Nacht dachte, in der ihr Vater die Mutter fast totgeschlagen hätte. Fast. Keiner der Nachbarn hatte es gewagt, sich zu rühren, aus Angst vor der Rache des Vaters. Also hatte Paula, die damals noch zur Grundschule ging, all ihren Mut zusammengekratzt und die

Polizei informiert, als ihre Mutter schon halb tot in der Küche am Boden lag.

Mucksmäuschenstill hatte sie sich in der Diele versteckt, um sofort die Tür aufreißen zu können, sobald Hilfe kam. Im Dunkeln hatte sie auf die Sirene des Polizeiwagens gelauscht, doch es hatte sich kein Sirenengeheul genähert.

Und während der Vater immer noch auf die bereits bewusstlose Mutter eingeschrien und -geprügelt hatte, hatte es an der Tür geklopft – eine Klingel hatte die Wohnung nicht –, und zwar dermaßen wuchtig, dass Paula vor Schreck wie ein Gummiball aufgesprungen war. Und als sie schließlich die Tür öffnete, stand er plötzlich da, der Police Officer. Ein Riese von einem Mann. Dave Murray war mit seinem Partner aufgetaucht, und er hatte die Situation binnen einer einzigen Minute geregelt.

Es war das erste Mal gewesen, dass Paula erlebt hatte, wie ihr Vater vor Furcht fast schlagartig nüchtern wurde, als er mit dem Officer konfrontiert worden war. Und das hatte nicht einmal so sehr an Murrays Körpergröße und Masse gelegen – Murray war von der Statur her ein Grizzlybär –, sondern vor allem an seinem zornigen, alles durchdringenden Blick, der klarmachte, dass Murray zu allem fähig war. Wie Murray ihr Jahre später anvertraut hatte, hatte er diesen Blick von seiner Mutter geerbt, einer kleinen, drahtigen, sanftmütigen und freundlichen Person, der allerdings nichts so sehr verhasst war wie böswillige Ungerechtigkeit. Niemand in Amanda Murrays Lebensumfeld hätte es je gewagt, ihr oder ihren Lieben auch nur ein Haar zu krümmen, denn der zu bezahlende Preis wäre einfach zu hoch gewesen.

Seit einigen Jahren wohnte Paula nun in der Nachbarschaft ihres Ersatzvaters, in Western Springs, einem ruhigen Vorort von Chicago, und so hatten sie und Murray, der seit seiner Scheidung ebenfalls Single war, immer aufeinander achtgegeben. Im

Augenblick, wo Paula Tausende Kilometer entfernt in London arbeitete, betreute der pensionierte Polizist Paulas einäugigen Kater Laurel und ihren kleinen pummeligen Mops Hardy, beides im wahrsten Sinne des Wortes Findelkinder. Paula hatte Laurel aus dem Müll gefischt und den verwahrlosten Hardy auf der Straße aufgegabelt. Es war nicht ganz einfach gewesen, die beiden ungleichen Haustiere aneinander zu gewöhnen, doch nach einigen Wochen, in denen die Fetzen geflogen waren, hatte der strenge, aristokratische Laurel endlich den kleinen speckigen Hardy, der durchaus ein Gentleman von einem Hund war, akzeptiert. Und inzwischen mochte keiner der beiden mehr ohne den anderen sein.

»Und? Wie gefällt dir London?«, fragte Murray, kaum dass sie das Gespräch angenommen hatte. »Es soll dort im Winter ja sehr mild sein.«

»Gegen den Chicagoer Winter kommt der Winter hier mit Sicherheit nicht an. Aber noch haben wir keinen Winter, Ray. Außerdem hoffe ich, den Fall noch vor dem Wintereinbruch aufgeklärt zu haben.«

»Ja klar, der Fall, über den du sicher wieder nicht reden darfst«, neckte er sie. »Aber ich verstehe das. Du bist nun mal in geheimer ISA-Mission unterwegs, und ich bin nur ein alter, tattriger Pensionär, der in deiner Wohnung nach dem Rechten schaut, deinen Kaktus gießt und deine Tierkinder versorgt, wenn du mal wieder auf Weltreise bist.«

»Du warst es gewesen, der mich überhaupt erst auf den Polizeijob gebracht hat, Ray. Schon vergessen?« Obwohl sie sein breites, ironisches Grinsen nicht sehen konnte, wusste sie, dass er es in diesem Moment aufsetzte.

»Na ja, von etwas muss der Mensch ja leben. Und du hast nun mal diesen Biss und dieses angeborene kriminalistische Gespür, das ein guter Cop braucht, um den Bösewichten auf die Schliche zu kommen und sie dingfest zu machen. Apropos

Bösewicht. Laurel hat dein Vorratslager an Toilettenpapierrollen entdeckt und deine Wohnung damit dekoriert. Sehr originell, wie ich finde. Und Hardy hat einen deiner Hausschuhe so richtig schön durchgekaut. Ich habe ein paar eindrucksvolle Fotos von allem geschossen. Ich schicke sie dir später.«

Paula seufzte laut vernehmlich, was Murray hörbar amüsierte. Er lachte leise.

»Ich werde den Fall so schnell abschließen wie nur irgend möglich.«

Die Aufzugstür öffnete sich, und sie beschloss, noch einen kleinen Umweg zu machen, um sich einen Cappuccino am Automaten zu holen.

»Das dachte ich mir. Bis dahin nehme ich deine beiden Helden erst einmal bei mir in Gewahrsam. Dann habe ich sie besser unter Kontrolle. Das wird Laurel zwar nicht sonderlich gefallen, aber wer sich nicht zu benehmen weiß, muss nun mal mit den Konsequenzen leben.«

»Du weißt ja, wo ihr Futter steht.«

»Ich habe schon die Schalen, die Leinen und die beiden Federbetten eingepackt. Jetzt hoffe ich, dass sie sich an die neue Katzen- und Hundetoilette in meinem Haus gewöhnen. Sonst habe ich ein ernsthaftes Problem.«

»Vergiss den Kaktus nicht!«

Murray lachte. »Ich ruf dich wieder an, wenn es Neuigkeiten zu berichten gibt. Viel Erfolg bei der Ermittlung. Und sei verdammt noch mal vorsichtig. Die Sache in Rom … das war eine verflucht knappe Geschichte!«

»Ich bin vorsichtig, Ray. Versprochen. Auf bald!«

»Auf bald!« Murray ließ Hardy noch einmal kurz ins Mikrofon bellen, während Laurel natürlich nicht daran dachte, mal ein kurzes Hallo zu miauen.

Mit dem Cappuccino in der Hand betrat Paula das Büro, in dem Chief Inspector Reeves noch immer hoch konzentriert an seinem Schreibtisch über den Akten brütete. Ein beinahe unberührter Becher Tee stand neben ihm. Reeves konnte höchstens zwei, drei Schluck genommen haben, bevor er wohl vergessen hatte, dass der Tee überhaupt auf seinem Tisch stand.

Paula warf einen Blick auf die Ermittlungstafel, die sie vor ihrem Termin in der Gerichtsmedizin angefangen hatte, mit den Fotos der Opfer, den Leichenfundorten, kurzen Notizen und Verbindungsfäden zu bestücken. Aber es geschah kein Wunder in Form eines unerwarteten Geistesblitzes, der ihr die Identität des Ghosts sozusagen auf dem Silbertablett serviert hätte.

Kurz schaute sie aus dem Fenster, nahm einen Schluck von dem Cappuccino und spürte, wie ihr die heiße Flüssigkeit die Kehle hinunterrann und ihren Körper und ihre Seele belebte. Draußen hatte Nebelregen eingesetzt, er verwischte die Konturen der Gebäude und des Flusses und verwandelte das beleuchtete London Eye, das höchste Riesenrad Europas, in ein gigantisches, jenseitig anmutendes Portal. Sie hätte noch eine ganze Weile darauf schauen können, aber sie löste schließlich den Blick und wandte sich Reeves zu, der gerade von den Akten aufsah und sich den Nacken rieb.

Obwohl seine Augen vom anstrengenden Aktenstudium gerötet waren, wirkte er nicht übermäßig müde. Vielmehr schien er sich gerade in einem Flow zu befinden, der seine volle Aufmerksamkeit absorbierte und sein Interesse an dem Fall zutiefst befriedigte. Paula kannte diesen Zustand, der einem das Gefühl gab, alle Puzzleteile zu überblicken und dem ersehnten Durchbruch zuzustreben. Leider wechselte sich dieser Eindruck der Klarsicht mit schöner Regelmäßigkeit meist bald mit einem anderen ab, nämlich dem, mit der Ermittlung keinen einzigen Zentimeter voranzukommen und dazu verdammt zu sein, auf der Stelle zu treten.

»Ich bin mit Italien und Frankreich durch und habe gerade die Deutschland-Box geöffnet«, erklärte Reeves, nahm einen Schluck von dem kalten Tee und verzog angewidert das Gesicht. »Außerdem habe ich veranlasst, dass man nach unseren möglicherweise vermissten Privatdetektiven Ausschau hält. Wie war die Autopsie?«

»Geruchsstark, langwierig und bisher wenig erhellend«, erklärte sie. »Dafür sind am Ende Waldens Genitalien wiederaufgetaucht.«

»Oha«, meinte Reeves und stellte den kalten Tee wieder auf den Schreibtisch.

»Der Ghost hat sie ihm nach der Verstümmelung in den Rachen gestopft.«

»Autsch …« Reeves verzog das Gesicht zu einer Grimasse, die gleichzeitig null Mitgefühl für das Opfer offenbarte. »Ich nehme an, jetzt warten wir erst einmal auf den medizinischen und kriminaltechnischen Bericht.«

Paula seufzte. »So sieht es aus.«

Reeves zog eine der Akten aus dem Stapel hervor. »Wie ich sehe, haben Sie bereits an dem psychologischen Profil des Ghosts gearbeitet. Ich bin kein Profiler, habe aber eine Reihe von Seminaren für Scotland-Yard-Mitarbeiter besucht. Ihre Hypothese scheint mir in einigen Punkten plausibel zu sein, in anderen wiederum frage ich mich, wie Sie zu Ihren Schlussfolgerungen kommen. Weibliche Intuition?«

Paula musste kurz lachen, fasste sich aber sogleich wieder, als sie Reeves' verwirrte Miene sah.

»Ich meinte das nicht respektlos, Agent«, versicherte er. »Ganz im Gegenteil. Ich würde die Assoziationskette Ihrer Analyse nur gerne verstehen.«

»Glauben Sie mir, Inspector, die verstehe ich selbst manchmal nicht. Stellen Sie also ruhig Ihre Fragen, und ich werde antworten, so gut ich es kann. Außerdem bin ich für jede Anregung und neue Sichtweise dankbar.«

»Okay. Dann fange ich mit den Punkten des Profils an, die mir schlüssig erscheinen.«

Paula nickte, zog sich ihren Schreibtischstuhl heran und nahm Platz.

»Also: Unser Mann ist groß und kräftig, sonst hätte er einige seiner Opfer, darunter Walden, trotz des Überraschungsmoments kaum überwältigen und fortschaffen können. Die jeweiligen Hautabschürfungen und Prellungen an den Körpern der Opfer zeigen, dass sie nicht freiwillig mit ihrem Mörder mitgegangen sind und dass er sie nicht mit vorgehaltener Waffe dazu gezwungen hat. Er verfügt über einen höheren Bildungsabschluss, der ihm in einer beruflich höheren Position ein unauffälliges, internationales Reisen erlaubt, und ist höchstwahrscheinlich Europäer. Das führt uns zu seinen guten Fremdsprachenkenntnissen, die es ihn vermeiden lassen, uns einen Hinweis auf seine Herkunft durch seine Aussprache, den Gebrauch landestypischer oder regionaler Redewendungen oder Worte zu offenbaren. Seine Reisezeit tangiert keine der einschlägigen großen Messeveranstaltungen. Weder in der IT-Branche noch in sonstigen Bereichen.« Er machte eine Pause, als wartete er darauf, dass Paula etwas erläuterte, doch sie nickte nur und bat ihn fortzufahren.

»Sie schätzen sein Alter auf fünfunddreißig bis fünfundfünfzig. Das erscheint mir ein recht begrenzter Zeitraum zu sein. Wieso nicht zwischen dreißig und sechzig? Auch Dreißigjährige können den Wunsch nach Vergeltung verspüren oder das Bedürfnis haben, den Beschützer zu spielen. Und ein Sechzigjähriger kann durchaus fit genug sein, um es unter den richtigen Voraussetzungen mit einem sportlichen Mann wie Walden aufzunehmen. Oder etwa nicht?«

Paula saß einen Moment ganz still. »Natürlich kann unser Mann auch sechzig und fit wie ein Turnschuh sein, doch aufgrund seiner vielen Reisen ist es wahrscheinlicher, dass er mitten im Berufsleben steht, eine Position bekleidet, in der er seit geraumer Zeit relativ unabhängig ist und reichlich Reiseerfahrung sammeln konnte. Er ist mit der Welt der Bahnhöfe, Flugzeughallen, Hotels und Leihwagen vertraut. Und er weiß, wie eine europäische Großstadt und das private Leben seiner dort ausgewählten Opfer funktionieren.«

Reeves überlegte. »Dennoch könnte er einfach auch reich sein und pensioniert. Ein fitter Rentner, der nach einer neuen Aufgabe sucht und diese nun als Racheengel gefunden hat. Somit hätte er auch die Zeit, seine Opfer auszuspionieren.«

»Haben Sie sich schon die Bänder angehört?«, fragte Paula.

»Nein, noch nicht.«

»Sobald Sie seine wenn auch verfremdete Stimme gehört haben, reden wir noch einmal über diesen Punkt. Okay?«

Reeves wirkte plötzlich verlegen. »Okay. Sie haben recht. Das werde ich noch nachholen.« Er blätterte die nächste Seite der Akte auf, die er mit gelben Post-its versehen hatte, und fuhr fort. »Unser Mörder hat also sehr wahrscheinlich einen hohen Intelligenzquotienten. Er ist selbstbeherrscht und planerisch. Sein Wesen ist vordergründig einnehmend und von hoher Sozialkompetenz. In Wahrheit ist er allerdings manipulativ, egozentrisch und gemütsarm. Das klingt nach dem gängigen Profil eines Serienmörders.«

Paula nickte erneut. »Viele der typischen Charakteristika eines Serienmörders treffen auf ihn zu. Doch es gibt auch Abweichungen, wenn man damit beginnt, die Fassade seines Tuns und Treibens zu hinterfragen.«

Reeves deutete auf eine Stelle des Täterprofiles. »Damals während des Grundlagenseminars erklärte man uns, dass neunzig Prozent der Serienmörder an einer gravierenden Persönlichkeitsstörung litten. Das hätte ich auch bei unserem Täter erwartet. Sie halten ihn jedoch für geistig gesund. Wieso?«

»Gleich vorweg: Er ist nicht normal im Sinne von normal. Aber er ist auch kein einfacher Psychopath. Das Leben ist für ihn kein Spiel, kein Jagdgrund, aus dem heraus man sich nimmt, was man will. Er folgt einem Codex. Er hat einen wenn auch zugegeben ungewöhnlichen Sinn für Moral.«

Reeves redete nicht lange um den heißen Brei. »Angesichts der sadistischen Quälerei und Ermordung seines letzten Opfers fällt es mir schwer, von einem Sinn für Moral zu sprechen. Selbst wenn er nicht aus einem sexuellen Motiv heraus mordet oder sich narzisstisch gekränkt fühlt, so lebt er doch seine sadistischen Vorlieben aus.«

Paula nahm einen weiteren Schluck ihres mittlerweile nur noch lauwarmen Cappuccinos und entgegnete dann: »Auge um Auge, Zahn um Zahn. Er muss nicht wirklich sadistisch sein, um zu tun, was er tut.«

»Dann also kein Psychopath, aber auch kein perverser Narzisst?«

Paula verstand Reeves' Verwirrung nur zu gut, denn die Profile der meisten Serientäter in der Welt endeten mit dem Fazit des perversen Narzissten. Auch die Profiler aus Italien, Frankreich und Deutschland waren zu diesem Schluss gekommen. Alles, was der Ghost für die dortigen Profiler war, war ein perverser Narzisst, der skrupellos in Serie mordete und der seinen Taten nach außen hin einen moralischen Anstrich zu verleihen versuchte. Nach dem Motto: *Seht her, ich richte jene bösen Buben, die ihr nicht in der Lage seid zu fassen und zu richten.* Aber in Wahrheit sei der Ghost nichts weiter als ein Egoist, dem das, was er tat, einzig zur Befriedigung seiner eigenen Gelüste diente. Daher lebte er frei nach der Formel: *Folter ist Macht, Mord ist Macht. Und beides zusammen ergibt Glück und Befriedigung.*

Paula stimmte dieser Analyse im aktuellen Fall nur bis zu einem gewissen Grad zu, denn es gab etwas im Verhalten des

Ghosts, das dazu nicht passte, auf das sie aber ebenso wenig den Finger legen konnte. Daher hatte sie inzwischen eine neue Theorie.

»Es gäbe noch eine Möglichkeit«, sagte sie.

»Und die wäre?«, fragte Reeves fasziniert.

»Wir haben es mit zwei Tätern zu tun. Einem Auftragskiller und einem Auftraggeber.«

Reeves starrte sie an, als hätte sie gerade einen Hasen aus einem Zylinder gezaubert. »Dann wäre der eigentliche Racheengel nicht der Mörder. Jedenfalls nicht direkt.«

Paula nickte. »Die ausgewählten Opfer sind allerdings alle Serienmörder, und sie haben in den Augen des Ghosts ihr Leben verwirkt. Sie sind Todgeweihte, weil sie das Leben anderer Menschen auf bestialische Weise zerstört haben.«

Reeves runzelte die Stirn und ließ sich ihre Worte durch den Kopf gehen. »Zwei Täter … ein sehr interessanter Ansatz. Denken Sie, der Ghost hatte eine schwere Kindheit und wurde selbst als Kind missbraucht?«

»Ich würde es in Betracht ziehen. Vielleicht hat er als Kind nie aufrichtige Zuneigung erfahren. Sein Elternhaus könnte ihn in eine Rolle gezwungen haben, die er zu erfüllen hatte, um anerkannt zu werden. Die Erfahrungen, die wir alle in der Kindheit und Jugend machen, prägen unser Wesen, unsere Gefühlswelt, unser Vermögen, Freundschaften und überhaupt Beziehungen einzugehen, sie geben uns entweder Selbstvertrauen oder lassen uns ein Leben lang in Unsicherheit zurück.«

»Aber wären wir dann nicht wieder beim Profil des perversen Narzissten?«

»Sollten wir es tatsächlich mit zwei Tätern zu tun haben, bräuchten wir zwei Profile. Und keiner von beiden wäre dann ein typischer Serienmörder.«

»Was wäre, wenn er lediglich den Mord an einem Kind aus der eigenen Familie rächt? Er könnte ein Vater sein. Würde das nicht zu Ihrer Theorie eines Auftraggebers passen?«

Paula nickte anerkennend. Reeves mochte in seinem schlichten dunkelbraunen Anzug und mit dem aschblonden Standard-Männerhaarschnitt zwar eher unscheinbar wirken, aber er war ein guter Polizist. Und dabei war er nicht nur ein tüchtiger Arbeiter, sondern er besaß auch noch eine überdurchschnittliche Vorstellungskraft. Außerdem klebte er nicht an einer einmal gefassten Meinung fest, für die er dann stur nach passenden Indizien suchte. Sein Geist war weit flexibler als der vieler seiner Kolleginnen und Kollegen. Und er besaß trotz allem, was er bisher in seinem Londoner Job erlebt haben musste, eine gesunde Portion Mitmenschlichkeit und Empathie. Er war nicht abgestumpft. Und alleine das war schon außergewöhnlich.

»Darüber mache ich mir gerade meine Gedanken«, sagte sie, »denn die Stimme des Anrufers bei der Polizei müsste dann nicht die Stimme des Killers sein.«

Sie legte eine kurze Pause ein, setzte den Cappuccino ab und trat vor die Ermittlungstafel mit den daran gehefteten Fotos und Notizzetteln. Die Fotos zeigten jedes Opfer vor und nach dem Tod, alles Männer, die mehr als fünf Kinder auf dem Gewissen hatten, Mädchen wie Jungen. Dann betrachtete sie die Fotos der Tatorte oder die der Leichenfundorte, wenn der Tatort nicht bekannt war. Auch hier zeigte sich der Ghost sehr flexibel und damit unberechenbar. Paula hatte noch den ein oder anderen interessanten Zeitungsartikel an die Tafel geheftet, im Hintergrund eine abstrakte Europakarte, während eine Detailkarte Europas mit den gängigsten Flug- und Reiserouten noch einmal zusätzlich danebenhing. Der Ghost hatte sich das erste Mal in Venedig bei der Polizei gemeldet und sein dortiges Opfer in einer stillgelegten kleinen Kirche deponiert, aufgebahrt wie die aus einem Stein gehauene Skulptur eines

Erzbischofs auf einem Marmorsarkophag. Der Leichnam hatte keine Hände und Füße mehr gehabt. Der zweite Kontakt mit der italienischen Polizei war in Mailand erfolgt. Diesem Opfer hatten Zunge, Augen und Ohren gefehlt. Dann ist der Ghost nach Frankreich gewechselt, Lyon, Bordeaux, Paris, wo es mit den Kastrationen begann. In Bremen war schließlich der sechste Anruf an die Polizei erfolgt. Das nächste Opfer war aus einer Luxus-Limousine entführt und in München präsentiert worden. All seine Bodyguards hatten dem multimillionenschweren Geschäftsmann aus dem Nahen Osten nichts genutzt. Wie Paula erfahren hatte, hatte der Mann nicht einmal vor seiner fünfjährigen Tochter haltgemacht und sich nach deren Tod und der Anklage der Mutter mit fünfzigtausend Dollar bei der Familie seiner Frau von seiner Schuld vor dem Gesetz freigekauft. Der Ghost hatte den Mann bei lebendigem Leib auf die Spitze eines Eisenzauns gespießt. Und dann war er weitergezogen. In Frankfurt und Berlin hatte er die nächsten Opfer heimgesucht, bevor er für eineinhalb Monate untergetaucht und dann in Liverpool wieder aktiv geworden war.

Ob es etwas zu bedeuten hatte, dass er sich von Süd- nach Nordeuropa durcharbeitete? Würde er irgendwann in Skandinavien auftauchen, sofern Paula ihn nicht vorher fasste?

Wo lebte der Ghost, falls er einen festen Wohnsitz hatte? In welchem Land lag sein verfluchter Ankerpunkt? Und *wie* wählte er seine Opfer aus? Hatte er ein Pädophilen-Netzwerk unterwandert? Die Opfer, deren Fundorte er der Polizei bisher gemeldet hatte, waren nicht als Straftäter bekannt gewesen.

Paula bemerkte aus dem Augenwinkel, dass Reeves sie beobachtete. Der Inspector sagte aber kein Wort, als wolle er sie in ihrer Konzentration auf gar keinen Fall stören.

Sie trank ihren mittlerweile fast kalten Cappuccino Schluck für Schluck aus und warf den leeren Becher schließlich in den in der Ecke stehenden Abfallkorb. Heute Abend würde ihr keine Erleuchtung mehr kommen.

»Ich weiß nicht, wie es Ihnen geht, Inspector, aber ich brauche jetzt ein paar Stunden Schlaf.«

Reeves unterdrückte mit vorgehaltener Hand ein Gähnen. »Ich werde noch ein wenig in die deutschen Unterlagen reinschauen.«

»Als ich sagte, Sie hätten viel aufzuholen, meinte ich nicht, Sie sollen die Akten in einer einzigen Nacht durcharbeiten.«

Reeves zuckte mit den Achseln und lächelte. »Das habe ich auch nicht vor. Aber es gibt noch ein, zwei Dinge, die ich mir für heute vorgenommen habe.« Er stockte kurz, tippte sich an die Stirn und griff nach einer Akte auf seinem Tisch. »Da fällt mir ein, hier ist Doktor Padelskys vorläufiger Bericht zu Waldens Haus. Falls Sie noch einen Blick hineinwerfen wollen.«

Paula nahm die Akte entgegen und überflog sie. Der Bericht enthielt nichts Neues, bis auf die Tatsache, dass die restlichen Kinderleichen noch nicht gefunden worden waren. Alleine in Großbritannien wurden jedes Jahr Hunderte von Kindern dauerhaft vermisst. Die meisten wurden jedoch nicht Opfer von Gewaltverbrechen, sondern von Kinderhandel. Padelsky hatte gehofft, mit dem Auffinden und Identifizieren der Kinderleichen wenigstens die quälende Ungewissheit einiger Eltern beenden zu können. Aber der Leichenspürhund, der Waldens Haus vom Obergeschoss bis zum Keller und ebenso Garten und Schuppen durchschnüffelt hatte, war nicht fündig geworden.

Die Frage war nun, was Walden mit den toten Kindern angestellt hatte. Paula wusste, dass der Kamin in seinem Haus nur noch eine Attrappe war. Also konnte er die Leichname nicht verbrannt haben. Auch hatte Paula weder so etwas wie ein besonderes Pflanzenbeet in Waldens Garten entdeckt – ja, nicht mal einen Misthaufen – noch im Haus eine neu hochgezogene

Wand beziehungsweise einen verdächtigen Hohlraum. Sah man von der Wand im Keller ab, vor der der massive, rote Werkzeugschrank stand.

Sie seufzte. »Wir sollten es noch einmal mit dem Spürhund versuchen. Vielleicht hatte er einen schlechten Tag.«

Reeves schüttelte den Kopf. »Nicht Ruby. Das können Sie mir glauben, Agent. Die Hündin hat mit ihrer Superspürnase einen Tag zuvor noch einen in Beton gegossenen und vergrabenen Leichnam aufgespürt. Außerdem ist sie ein seltener Multitask-Hund.«

»Ein Multitask-Hund?« Paula hatte noch nie von diesem Begriff gehört.

»Ja. Ich habe Ruby schon ein paar Mal im Einsatz erlebt, und ihr Führer Mr Gediman hat mir mal erklärt, dass sie nicht nur auf das Finden von Leichen trainiert werden konnte, sondern auch auf Drogen, bestimmte Sprengstoffe, einige Krankheiten und auf Fährten. Selbst das Böse könne sie förmlich an einem Menschen riechen. Sie ist so was wie ein Einstein der Hundewelt.«

Paula starrte Reeves verblüfft an. »Sie soll das Böse riechen können? Wie soll das denn gehen?«

»Keine Ahnung. Vielleicht hat das Böse einen speziellen Geruch, oder sie besitzt eine ganz außergewöhnliche Empathie und fühlt sich bedroht, wenn sie ihm begegnet. Ich habe Ruby einmal in der Gegenwart von Superintendent Crowley erlebt. Sie hat ihn angeknurrt, worauf Crowley zügig das Tatortgelände verlassen hat. Gediman erklärte mir, dass sie den Superintendent nicht leiden könne und dass sie manchmal mit anderen Menschen ähnliche Probleme hätte, dann sogar den Schwanz einklemme und versuche, auf Distanz zu gehen. Gediman nimmt Rubys Reaktion jedenfalls nicht auf die leichte Schulter. Er meint, sie hätte eine bessere Menschenkenntnis als er.«

Nachdenklich legte Paula die Akte auf Reeves' Tisch zurück. »Die Leichen der anderen Kinder konnte Ruby jedenfalls nicht in Waldens Haus finden. Das könnte also bedeuten, dass er sie nicht nur unentdeckt ins Haus gebracht, sondern auch im Verborgenen wieder fortgeschafft hat.«

»Damit hätte er aber sein Risiko verdoppelt, von der Nachbarschaft entdeckt zu werden«, überlegte Reeves.

»Nicht unbedingt. Die Kinder waren noch klein. Ihre Körper hätten in eine Reisetasche, einen Koffer oder eine Umzugskiste hineingepasst.«

Beim Gedanken an Noah wurde ihr erneut schlecht, und sie bedauerte, den Cappuccino auf nüchternen Magen getrunken zu haben.

Reeves schien ihr Unwohlsein nicht zu bemerken.

»Dann wird es wirklich schwierig, ihre Leichen zu finden. Wir leben in einer Neunmillionenstadt. Alleine unsere stillgelegten U-Bahn-Tunnel, das Kanalisationsnetz und die Mülldeponien sind Welten für sich. Vom Umland mit seinen Kanälen, Wiesen, Feldern und Wäldern ganz zu schweigen.«

Und doch, dachte Paula, tauchten auch in den großen Metropolen immer wieder die Körper Ermordeter auf.

Sie nahm ihre Tasche und ging zur Tür, doch bevor sie den Raum verließ, sagte sie: »Irgendwo in Waldens Haus gibt es einen Hinweis, und den werden wir finden. Machen Sie nicht zu lange, Inspector.«

8

Irgendwo in Waldens Haus gibt es einen Hinweis, und den werden wir finden! Der an Reeves gerichtete Satz echote in Paulas Gehirn wie einer dieser nervigen Popsongs, die einem über Stunden hinweg im Ohr bleiben, ohne dass man sie abzuschütteln vermag.

Als sie mit dem Leihwagen bereits auf dem Weg zu ihrem ISA-Apartment bei Clapham Common im Süden Londons war, entschied sie sich schließlich um, gab Ron Waldens Adresse in das Navigationsgerät ein und folgte den Anweisungen, bis sie eine Dreiviertelstunde später in Ealing vor Waldens Haus ankam.

Zwei Bobbys hielten Wache, einer stand am Haupteingang, der andere am seitlichen Zugang, der über eine schlichte weiße Holztür zum Hinterhof und zum Garten führte. Paula wollte dem Bobby am Haupteingang ihre Marke zeigen, doch der Mann erinnerte sich an sie und ließ sie problemlos passieren. Im Flur zog sie sich zuerst ein paar Latexhandschuhe über, bevor sie nach dem Lichtschalter tastete. Die Sonne war zwar schon vor über zwei Stunden untergegangen, im Haus wäre es jedoch auch wegen der zugezogenen Vorhänge stockdunkel gewesen.

Zuerst inspizierte sie Waldens Schlafzimmer, weil es ihr das privateste von allen Zimmern des Hauses erschien. Er mochte im Spiegelkabinett des Kellers seinen unheilvollen Trieben nachgegangen sein, doch sein Zimmer mit dem kleinen Bad im ersten Stock und der Wohnraum und die Küche im Erdgeschoss waren sein eigentliches Zuhause. Das Schlafzimmer der Eltern hatte er selbst Jahre nach ihrem Tod nicht übernommen und auch nicht verändert, ja, er schien es nicht einmal mehr betreten zu haben, so staubig und muffig war es darin.

Waldens Schlafzimmer erinnerte sie eher an das Zimmer eines jungen Mannes, eines Collegestudenten, und nicht an den Schlafraum eines Erwachsenen, der seit etlichen Jahren im Berufsleben stand. An den Wänden hingen die verblichenen Poster von Fußballstars und Rockmusikern. Jedoch keine Bilder von Frauen wie zum Beispiel solche aus dem *Playboy*. Als Erstes nahm sie sich den Einbauschrank vor, schob die Kleidung an der Halterung beiseite und überprüfte die oberen Fächer mit den kleinen Klapptüren und schließlich die Rückwand, die Seitenwände und den Boden. Der Schrank enthielt kein Geheimfach, auch keinen verborgenen Durchgang zu einem anderen Raum. Dafür war das Haus auch zu klein und übersichtlich. Dann nahm sie sich das Bett vor, doch weder das Gestell noch die Matratze offenbarten ihr eine Überraschung. Den Schreibtisch vor dem Fenster hatte sie im Nullkommanichts durchsucht. Das Holz der Arbeitsplatte war bis auf einen Bereich in der Mitte vom Sonnenlicht zahlreicher Sommer ausgebleicht worden. Und da nur die Mitte staubfrei war, musste dort noch bis vor Kurzem sein Computer gestanden haben. Wahrscheinlich hatte der Ghost dieses Beweisstück entsorgt, weil es zu ihm hätte führen können. Auf der Beweismittelliste war nämlich kein Rechner aufgeführt.

Waldens blitzsaubere Küche bot die ein oder andere Überraschung. Die Schränke waren, vermutlich noch von den Eltern, nicht nur mit ausreichend Geschirr und Küchengerät bestückt, sondern auch nach deren Tod noch regelmäßig in

Gebrauch gewesen. Selbst der Kühlschrank wies darauf hin, dass Walden sich nicht von Tütensuppen oder Fast Food ernährt hatte. Obwohl er alleine lebte, hatte er ziemlich regelmäßig gekocht. Und das vermutlich auch für die entführten Kinder, denn es lagen jede Menge Nudel-, Kuchen- und Puddingrezepte in einer der Schubladen. Und ein Schichtenpudding mit lustigem Smiley-Gesicht stand noch fertig im obersten Kühlschrankfach. Bei dem Gedanken, dass der Pudding für den kleinen Noah als Trostpflaster gedacht gewesen war, drehte sich Paula der Magen um.

Die Wohnzimmerschränke und die Kommode zu durchforsten, nahm weniger Zeit in Anspruch als gedacht. Aber auch hier fiel Paula weder in den Schubladen noch den großen Fächern etwas Verdächtiges auf. Wenn Walden eine Trophäensammlung angelegt hatte, war sie ausgezeichnet versteckt. Vielleicht tauchte diese aber auch hinter einem der zahlreichen Spiegel im Keller auf.

Paula betrachtete die Fotografien an der Wand. Laut einer winzigen Beschriftung stammten die meisten aus dem Richmond Park. Dann war da die Kollektion mit den vier Schichtbildern, verschiedenfarbiger Sand hinter Glas, an der gegenüberliegenden Wand. Das heißt, ein Bild fehlte. Paula würde Dr. Padelsky gleich morgen darauf ansprechen. Und natürlich gab es noch die Familienfotos auf dem Kaminsims. Die Walden-Familie mit ihren Haustieren – Hunde wie Katzen – wirkte darauf so unglaublich normal und zufrieden. Weit und breit war nicht der Hauch eines finsteren Schattens über ihrem Familienschicksal zu sehen. Eigentlich die typische glückliche Familie aus der englischen Mittelschicht. Selbst in Ron Waldens Kinder- und Teenageraugen lag nicht der geringste Hinweis auf das, was ihn Jahrzehnte später einmal antreiben würde, Kinder zu entführen und zu ermorden. Die Haustiere hatten ihm vertraut.

Nach und nach nahm sie die Bilder, betrachtete sie eingehend und stellte sie dann auf den Kaminsims zurück. Am Ende lief ihr ein eiskalter Schauer über den Rücken.

Sie hatte nun über eine Stunde in dem Haus verbracht und stand noch immer mit leeren Händen da. Sollte sie noch einmal in den Keller gehen? Immerhin war sie nicht alleine. Draußen standen die beiden Bobbys und bewachten das Anwesen. Und außerdem war der Keller – als hätte Ron Walden die Dunkelheit gefürchtet – gut beleuchtet. Also warum nicht?

Weil Noah in deinen Armen dort unten gestorben ist.

Sie überwand sich und hatte die erste Stufe hinab in den Untergrund gerade betreten, als ihr Handy klingelte und sie zusammenzucken ließ. Als sie die unbekannte Nummer auf dem Display sah, runzelte sie die Stirn. Nur sehr wenige Leute hatten ihre Nummer, und deren Nummern waren größtenteils wiederum in ihrem Handy gespeichert. Sie entschied sich, das Gespräch nicht entgegenzunehmen, und drückte den Anruf weg. Sehr wahrscheinlich hatte sich der Anrufer nur verwählt. Als sie ihren Weg fortsetzte, stieg ihr der muffige Geruch von Moder und kühler Feuchtigkeit in die Nase und versetzte sie ein paar Sekunden lang in ihre Kindheit zurück, erinnerte sie jedoch nicht an einen schimmeligen Keller, sondern an das winterkalte, schlecht gelüftete Wohnhaus mit den großflächigen Eisblumen an den Fenstern, in das ihre Eltern in Chicago nach dem Tod des Großvaters gezogen waren. Wie sehr sie in diesem Haus vor allem in den Nächten gefroren hatte.

Als sie Waldens Kellerraum mit dem großen, roten Werkzeugschrank betrat und das Licht einschaltete, hielt sie kurz inne und schaute sich um. Ab dieser Grenze hatte sie das Gefühl, sich auf noch feindlicherem Terrain zu bewegen. Und dann dämmerte ihr, dass sich etwas verändert hatte. Jemand hatte die Schranktür, den Durchgang zum Spiegellabyrinth, geschlossen. Vermutlich Dr. Padelsky oder einer der anderen Mitarbeiter des Spurensicherungsteams.

Sie ging auf den mächtigen Schrank zu und verharrte einen Moment davor, sammelte sich. Als sie die Hand nach dem Türgriff ausstreckte, klingelte ihr Handy erneut. Wieder die unbekannte Nummer. Es war unwahrscheinlich, dass sich jemand zweimal verwählte, denn durch das Wegdrücken des ersten Anrufes war der Anrufer zur Mailbox weitergeleitet worden und wusste spätestens dann, wen er angerufen hatte. Außerdem unterdrückte der Anrufer seine Nummer nicht. Vielleicht war ihm bewusst, dass sie solch einen Anruf dann erst recht nicht entgegennehmen würde. Also gut.

»Tennant«, meldete sie sich knapp.

»Hallo Agent.«

Die verfremdete Stimme aus den Aufzeichnungen!

»Wie ich erfahren habe, ist Chief Inspector Turner raus aus dem Spiel. Und Sie sind nun dafür drin. Meine aufrichtige Gratulation.«

Er war es. Der Ghost! Paula stand da wie erstarrt, spürte das brennende Narbengewebe zwischen ihren Brüsten und einen Stich in ihrem Magen, als hätte man ihr ein Stilett hineingerammt.

»Mit wem spreche ich, Sir?« Eine blöde Frage, ja, aber sie wollte etwas Zeit gewinnen. Auch um ihren Schrecken zu überwinden. Leider klang ihre eigene Stimme nicht ganz so fest, wie sie es sich gewünscht hätte.

»Sie haben Sinn für Humor, Agent Tennant. Das ist gut. Das wird vieles leichter machen, finden Sie nicht?«

»Kommt darauf an.« Paula trat von dem Schrank zurück, dennoch drang ihr weiterhin der Geruch von Metall und Werkzeugöl in die Nase. »Was wollen Sie?«

»Eigentlich will ich Ihnen nur einen unnötigen Weg ersparen. Oder lieben Sie Waldens Spiegelkabinett so sehr?«

Was für eine perfide Frage. Natürlich würde sie auf nichts lieber verzichten, als sich noch einmal in diesen verdammten Glaskasten zu begeben, in dem der kleine Noah gestorben war. Doch woher wusste der Ghost überhaupt, dass sie gerade im Begriff war, dies zu tun? Es gab keine Kameraüberwachung vor oder im Haus. Ob er von irgendwo draußen das Licht im Keller sah? Im Geiste überblickte sie Waldens Grundstück und die Positionen der Nachbarhäuser. Welche Möglichkeiten gab es, sie hier von den benachbarten Fenstern oder Gärten aus zu beobachten?

Als hätte der Ghost in ihren Kopf hineingeschaut, sagte er: »Bemühen Sie sich nicht, Agent. Konzentrieren Sie sich lieber auf das, was ich Ihnen als kleines Präsent im Schrank hinterlegt habe. Na los, nur Mut. Öffnen Sie ihn.«

Paula zögerte, dann trat sie vor, packte die beiden halbkreisförmigen Griffe und zog die rote Flügeltür auf.

Die hintere Wand des Schranks stand offen, zeigte den Gang dahinter und so schrak sie für eine Sekunde vor ihrem eigenen Spiegelbild zurück. Doch dann fiel ihr Blick auf etwas, das auf dem Boden des Schranks mitten im Durchgang stand. Das fehlende Sandbild aus dem Wohnzimmer!

Bei dem Anblick wurde ihr klar, dass der Ghost trotz der beiden wachhabenden Bobbys in Waldens Haus gewesen war! Vielleicht war er sogar noch immer hier! Im Spiegelkeller!

Sie schnappte sich das Sandbild, verschloss die Tür und sicherte die Türgriffe mit ihren Handschellen. Danach holte sie tief Atem und trat mit dem Bild in der Hand zurück von dem Schrank, als könnte der Ghost trotzdem noch jeden Augenblick dort herauskommen.

Ein Lachen drang aus dem Handylautsprecher.

»Nicht schlecht, Agent Tennant. Sie amüsieren mich. Doch konzentrieren wir uns wieder auf das Wesentliche: die Kinder.«

Paula drehte sich vorsichtig in dem Kellerraum um, suchte sogar die mit dicken Brettern vernagelten Fenster ab. Doch es erschien ihr unmöglich, dass jemand hindurchschauen konnte. Es gab keinen einzigen Spalt im Holz.

Der Ghost fuhr fort: »Nehmen Sie das Bild und klingeln Sie bei Waldens Nachbarn. Welche, werden Sie schon bald herausfinden. Fragen Sie sie, was mit ihrem Irish Setter geschehen ist. Und nun entschuldigen Sie mich. Die Pflicht ruft.«

Paula hörte noch ein fernes Hundebellen am anderen Ende der Leitung, und dann war die Verbindung tot. Der Ghost hatte sein Handy deaktiviert. Egal, denn sie hatte ohnehin nicht damit gerechnet, dass er sich über sein Telefon verriet. Die Nummer auf dem Display, die sie nun in ihrem Speicher hatte, gehörte ziemlich sicher zu einem Prepaid-Handy.

Sie eilte zurück zur Treppe und verließ zügig den Keller. Sollte er in der Nähe des Hauses sein, erwischte sie ihn vielleicht noch. Sie hoffte, dass der Hund weiterhin bellte und ihr die Richtung verriet.

Im Erdgeschoss angelangt, rannte sie an der Treppe zum ersten Stock vorbei und durch den Flur, riss die Haustür auf und blickte einem verdutzten Constable ins Gesicht, der sich erschrocken zu ihr umgedreht hatte. Sie lauschte. Wo zum Henker war der Hund? Verdammt, er hatte aufgehört zu bellen!

»Ist etwas passiert, Agent?«, fragte der Mann.

»Haben Sie jemanden gesehen? Oder etwas gehört, Constable? Zum Beispiel ein Hundebellen.«

»Nein, es war niemand hier. Auch kein Hund.«

Paula berichtete ihm von dem Hundebellen, behielt aber für sich, unter welchen Umständen sie es gehört hatte. Niemand außer dem Kernteam der Ermittlung durfte von einem Anruf des Ghosts erfahren. Die Gefahr war viel zu groß, dass dieses Geheimnis doch noch an die Öffentlichkeit drang. »Was ist mit Ihrem Kollegen am Seiteneingang?«

Der Constable rief seinen Kollegen herbei, doch auch dieser hatte nichts Verdächtiges bemerkt. Aber er hatte in einem der Hinterhöfe und Gärten ebenfalls ein entferntes Hundebellen gehört. Woher es gekommen war? Er hatte keine Ahnung. Es war zu kurz gewesen, um es in der Nachbarschaft orten zu können.

Paula stellte das Sandbild auf den Treppenabsatz unter dem Vordach, sodass der zunehmende Regen ihm nichts anhaben konnte, holte ihre kleine, am Schlüsselbund befestigte LED-Taschenlampe hervor und wies den Constable an, auf das Bild aufzupassen.

»Kommen Sie«, sagte sie zu dem zweiten Polizisten, während der andere am Haupteingang blieb.

Vorsichtig liefen sie durch den Seitenweg an dem verkümmerten Hausfassadengewächs vorbei, unter dem die Mülltonnen standen, die vom Spurensicherungsteam bereits am Mittag untersucht worden waren. Bevor Paula jedoch am Ende des Seitenzugangs um die Ecke bog, zog sie ihre SIG Sauer hervor. Wahrscheinlich hielten die beiden Constables sie für verrückt, aber damit musste sie klarkommen. Es war nicht das erste Mal, dass sie einer heißen Spur folgte, die anderen ein völliges Rätsel war, weil Paula nicht darüber sprechen durfte.

Bis auf den schmalen Lichtstrahl der Taschenlampe lagen Einfahrt und Garten in völliger Dunkelheit. Kein einziger Lichtschimmer drang aus den hinteren Kellerräumen, um den grauen Betonboden, der im Regen wie die Oberfläche eines schmutzigen Teichs glänzte, oder die verwilderten Rosenhecken zum Garten hin zu bescheinen. Da der Hof völlig leer war – weder Gartenmöbel noch Grillgeräte noch Sonstiges standen dort –, bot er für einen potenziellen Eindringling keinerlei Möglichkeit sich zu verbergen.

Paula drehte sich um und ließ das Licht der Lampe über die Konturen des Gartens wandern, über die Büsche und Sträucher und den einzigen Baum – eine Trauerweide – weiter hinten nahe dem Nachbargrundstück. Die Umgebung des Hauses war schnell überblickt. Sie wies den Constable an, im Hof zu warten, und betrat den Rasen, ein verwildertes, buckliges Grün, das den Namen *englischer Rasen* seit einer Weile nicht mehr verdiente.

Der Regen wurde heftiger.

Sie ging auf den kleinen Geräteschuppen zu, von dem sie wusste, dass er einen Rasenmäher, eine Heckenschere und ein paar andere Gartenutensilien enthielt, darunter ein paar alte ungeöffnete Plastiksäcke mit Gartenerde und diverse Tüten mit Saatgut, die dort seit Jahren lagerten und nicht mehr benutzt worden waren. Eine Sekunde lang ging ihr durch den Kopf, dass das Licht ihrer Taschenlampe ihre Position verriet und den Eindringling warnte, andererseits hätte sie in der Finsternis der wolkenverhangenen Nacht nicht einmal den Schuppen vom Hof aus gesehen. So wusste sie wenigstens halbwegs, wohin sie ihre Schritte setzte und auf was sie in der Dunkelheit zuging.

Sie beobachtete die Schatten und hatte das Gefühl, die Schatten beobachteten sie.

Als der Umriss des Geräteschuppens deutlicher vor ihr auftauchte, beschleunigte sich ihr Herzschlag. Ebenso verstärkte sich ihre Wachsamkeit. Sie lauschte in die Stille, aber es kam kein Geräusch aus dem kleinen Holzhaus. Und als sie die Tür schwungvoll aufriss und hineinleuchtete, war es auch tatsächlich leer.

Sie ging weiter mit dem Rücken an der Wand des Schuppens, leuchtete dabei aber mehr in die Richtung, aus der sie gekommen war, um ihr Näherkommen zu kaschieren. Lauschend blieb sie am Ende der Wand stehen, sprang dann ruckartig vor und leuchtete auf den dürren Bretterzaun des Nachbargrundstücks.

Kein Mensch war weit und breit zu sehen.

Sie richtete das Licht auf den Boden. An einer Stelle war das Gras niedergedrückt. Definitiv war jemand noch vor wenigen Minuten hier gewesen. Die Spur führte hinüber zur Trauerweide.

Erneut spannte Paula alle Muskeln an und folgte der Spur. Die nassen, dürren, beinahe blattlosen Äste der Weide hingen trübsinnig herunter und bewegten sich wie ein unheimlicher Fadenvorhang im Wind. Paula trat vorsichtig unter die weit ausladenden Äste, folgte der Fährte um den Stamm herum und leuchtete nach oben in die Baumkrone hinein, da die Spur abrupt endete.

Niemand war da. Oder jemand war auf den Baum geklettert und hatte sich an dem dicken Ast, der zum nächsten Garten reichte, aufs Nachbargrundstück gehangelt. Paula richtete den Lichtkegel durch den Lattenzaun, konnte auf der anderen Seite aber keine Spuren ausmachen.

Sie untersuchte den Boden unter der Weide, doch da war zu viel verwildertes Gras, um einen brauchbaren Schuhabdruck zu erkennen.

Als Paula den Bereich unter der Trauerweide gerade verlassen wollte, um noch einmal hinter dem Schuppen nachzusehen, knirschte plötzlich etwas unter ihren schwarzen Lederstiefeln. Reflexartig zog sie den rechten Fuß zurück und richtete den Strahl der Taschenlampe auf die Stelle.

Ein dichtes Grasbüschel, in dem etwas lag.

Sie bückte sich und schob das Gras vorsichtig beiseite. Und dann sah sie es. Ein billiges Prepaid-Handy, dessen Display zertrümmert worden war.

9

»Würden Sie bitte die Lampe halten, Constable Taylor?«

Paula reichte dem jungen uniformierten Mann mit dem Bobby-Helm die kleine Taschenlampe von ihrem Schlüsselbund, zog ein paar frische Latexhandschuhe über und steckte das kaputte Handy in einen Beweismittelbeutel, den sie aus ihrer Jackentasche herausgeholt hatte. Es regnete zu stark, um mit der Beweismittelsicherung zu warten, bis die Leute von der Spurensicherung eintrafen.

»Er muss sich ins Haus geschlichen haben, als ich auf dem Seitenweg stand«, meinte der Constable zerknirscht.

»Mag sein. Ich frage mich jedoch, ob es einen weiteren, einen geheimen Zugang zu dem Haus gibt.«

Sie steckte die Plastiktüte mit dem Handy in ihre Jackentasche. Eigentlich sicherte sie das Handy eher pro forma, denn sie bezweifelte, dass ein Mann wie der Ghost einen Fingerabdruck oder eine genetische Spur hinterließ, von Informationen auf dem Prepaid-Handy ganz zu schweigen. Der Mann war vieles, aber kein Idiot.

»Soll ich den tragbaren Scheinwerfer aus dem Wagen holen, damit wir den Hof und den Garten genauer inspizieren können?«, fragte Taylor. Er schien sein vermeintliches Versagen bezüglich der Bewachung unbedingt wiedergutmachen zu wollen.

Paula überlegte eine Sekunde. Bei dem Regen war das längst vergebliche Liebesmüh. Außerdem würde das unnötig die Aufmerksamkeit der Nachbarn und möglicher Schaulustiger auf sich ziehen. Pamela Padelsky hatte ohnehin vorgehabt, mit ihren Leuten den Spiegelkeller auseinanderzunehmen. Wenn es einen geheimen Weg in das Haus und aus ihm heraus gab, dann würden sie diesen mit ziemlicher Sicherheit hinter einem der zahlreichen Spiegel finden.

»Lassen wir das Doktor Padelsky entscheiden, wenn sie hier ist, Constable«, sagte sie. »Am besten, Sie gehen jetzt wieder zurück auf Ihren Posten.«

Taylor nickte, wirkte dabei aber so schuldbewusst, dass Paula noch hinzufügte: »Hören Sie, Constable, Sie haben Ihre Arbeit gut gemacht. Der Hund hätte wegen sonst was bellen können, und Hundegebell ist schwer zu orten. Außerdem kann keiner von uns durch Wände sehen. Klar?« Es waren doch immer die Falschen, die an sich zweifelten.

»Klar, Ma'am. Danke, Ma'am.«

Als Paula zur Vorderseite des Hauses zurückkehrte, bemerkte sie, wie sich der Vorhang im Erker des Hauses gegenüber leicht bewegte. Sie schnappte sich das Sandbild, steckte es zum Schutz vor dem Regen in eine Tüte und teilte dem älteren Constable mit, dass sie den Nachbarn auf der gegenüberliegenden Straßenseite einen kurzen Besuch abstatten würde.

Das Haus wirkte trotz seiner einladenden und gepflegten Fassade so finster, als hätten die Bewohner – wie auf einem sinkenden Schiff – alles stehen und liegen lassen, um es Hals über Kopf zu verlassen. Erst nach dem dritten energischen Klingeln öffnete eine Frau mittleren Alters mit helmartiger Margaret-Thatcher-Gedächtnis-Frisur die Tür einen Spaltbreit. Sie musterte Paula von der schwarzen abgewetzten Lederjacke bis zu den regennassen Lederstiefeln, als stünde eine schwerkriminelle Rockerbraut vor ihr.

Da kein Namensschild neben der Klingel stand, fackelte Paula nicht lange, zeigte ihre Marke und wies sich als ermittelnde Beamtin aus. Mrs Keller, so stellte sich die Frau ihr nun mit Namen vor, fühlte sich sichtlich unwohl in ihrer Haut und erklärte, sie und ihr Mann hätten die Fragen der Polizei bereits beantwortet. Paula ließ nicht locker, und schließlich bat Mrs Keller sie herein und führte sie in den großen Wohnraum mit dem Erker, in dem drei Personen auf einer geräumigen Couchgarnitur Platz genommen hatten. Wie in Waldens Haus hingen an den Wänden etliche kleinere Bilder, während auf dem Kaminsims Familienfotos standen. Im Kamin brannte ein ordentliches Feuer. Dicke, schwere Vorhänge vor den Fenstern und ein zusätzlicher elektrischer Heizkörper sorgten dafür, dass die Temperatur im Raum halbwegs behaglich blieb.

Mr Keller, ein dürrer, kleiner Mann, erhob sich schwerfällig von der Couch, nickte Paula zu und reichte ihr die Hand.

Bei den beiden anderen Anwesenden handelte es sich um ein befreundetes Ehepaar aus der Nachbarschaft. Paula war aufgrund des ein wenig schuldbewussten Gesichtsausdrucks von Mr Keller klar, dass die Ereignisse des Tages im Haus gegenüber das Hauptgesprächsthema des Abends gewesen waren. Ebenso bemerkte sie, dass die schweren Vorhänge, wenn man sie ein wenig zur Seite schob, es durchaus ermöglichten, einen raschen Blick auf die Straße zu werfen, ohne sich gleich zu verraten. Vermutlich war der Herr des Hauses in dieser Kunst jedoch etwas ungeschickt, hatte es aber trotz der beiden Constables auf der anderen Straßenseite gewagt.

Paula fragte das Übliche, ob irgendjemandem in der letzten Stunde etwas in der Straße aufgefallen sei. Ein Wagen oder eine Person, die dort normalerweise nicht hingehörte und die nicht gewirkt habe wie ein typischer Gaffer oder ein Journalist. Doch sowohl das Ehepaar Keller als auch seine Gäste verneinten, wiesen allerdings auch darauf hin, dass sie an diesem Nachmittag nicht mehr vor die Tür gegangen waren.

Paula holte das Sandbild aus der Tüte und stellte es auf den Wohnzimmertisch.

»Sagt Ihnen das etwas?«

Als wären sie telepathisch miteinander verbunden, nickte das Ehepaar Keller synchron. Mrs Keller wirkte sogar etwas bedrückt und deutete auf die Wand hinter Paula, dort hing – fast hinter dem Vorhang – eine kleinere Version des Sandbilds mit anderem Muster.

»Wir haben eines für unseren verstorbenen Irish Setter Duke anfertigen lassen.« Die Frau trat vor das Bild und schob den Vorhang zur Seite. »Es ist wunderschön. Finden Sie nicht?«

Mrs Keller stand da, als erwarte sie von der Agentin eine Zustimmung, doch der Gedanke, der Paula durch den Kopf ging, deckte sich nicht mit dem Adjektiv *wunderschön,* sondern eher mit den Worten *makaber* oder *schauerlich*, sofern sich ihre Vermutung bestätigte.

»Ich bin mir nicht sicher, ob ich Sie richtig verstehe, Mrs Keller«, sagte sie daher.

Als Mrs Keller nicht begriff, worin das Problem für Paula lag, erklärte ihr Ehemann: »Als Duke an Altersschwäche starb, hätten wir ihn gerne in unserem Garten begraben, doch da das verboten ist, bot Ron Walden uns an, sich um Dukes toten Körper und dessen Einäscherung zu kümmern.«

»Sie meinen, er brachte Dukes toten Körper zu einem Tierkrematorium.«

»Ja. Für eine Einzeleinäscherung. So konnten wir Dukes Asche erhalten.«

»Ja, das stimmt«, fügte Mrs Keller hinzu. »Ron hat dann für uns dieses wunderschöne Bild aus Dukes Asche mit Sand kreiert.«

Paula widerstand der Versuchung, von Dukes Asche-mit-Sand-Schaukasten an der Wand auf das Sandbild auf dem Wohnzimmertisch zu starren.

Mr Keller ergänzte seelenruhig: »Ron Walden arbeitet …«, er stockte, »… arbeitete ehrenamtlich in einem Tierkrematorium, müssen Sie wissen. Er verstand eine ganze Menge von Tierbestattungen.«

Paula steckte das Sandbild beiläufig in die Plastiktüte zurück, während sie das Gehörte halbwegs verdaute. »Haben Sie zufällig die Adresse des Krematoriums?«

»Nein. Aber es liegt im nächsten Borough. In Acton. Sie finden die Adresse im Internet.« Er blickte auf die Uhr. »Aber um diese Zeit werden Sie dort niemanden mehr antreffen.«

Das hatte Paula auch nicht erwartet. Dennoch nickte sie dem Hausherrn zu, als hätte seine Äußerung sie vor einem unnötigen Ausflug bewahrt. »Danke. Sollte Ihnen noch etwas ein- oder auffallen …« Sie reichte ihm eine Visitenkarte.

»Dann melden wir uns bei Ihnen.« Er hielt die Karte in den Fingern, als enthielte sie einen Explosivstoff. »Kein Problem.«

Als Paula das Haus verließ und die Straße überquerte, nahm sie weder den Wind noch den Regen noch den Constable auf der anderen Seite wahr. Hinter ihrem Rücken glaubte sie aber zu spüren, wie sich der Vorhang am Fenster erneut kurz bewegte, als wollten die Kellers ganz sichergehen, dass die seltsame Frau, die ihre Abendruhe gestört hatte, sobald nicht wiederkam.

»Es scheint, als hätte Ihr Besuch gegenüber nichts Gutes ans Licht gebracht«, meinte der Polizist.

»Das stimmt. Aber manchmal ist nichts Gutes auch ein Fortschritt«, entgegnete Paula.

Der Constable nickte, als verstünde er. Dann warf er einen kurzen Blick auf seine Armbanduhr. »Doktor Padelsky dürfte gleich hier sein.«

»Gut. Ich schaue mir inzwischen das Wohnzimmer noch einmal an.«

Dann stand Paula wieder vor der Wand und schaute auf die drei restlichen Sandbilder, die mit dem vierten Bild ein Quadrat gebildet hätten. Und sie musste feststellen, dass für sie kein Trost darin lag, die Überreste der anderen Kinder gefunden zu haben.

WEDER FURCHT NOCH MITGEFÜHL

10

Henri Chapman lehnte sich an das Geländer aus Metall und Glas und schaute wie Dutzende andere Besucher des Shoppingcenters Westfield in Shepherd's Bush hinunter auf das große Becken, in dem sich sieben Wasser-Laufbälle von fast zwei Meter Durchmesser rollend über das Wasser bewegten. In den Bällen torkelten, fielen und krochen auf allen vieren Kinder und Jugendliche, die versuchten, das Gleichgewicht in ihrem Ball zu behalten und trockenen Fußes von einem Ende des Beckens zum anderen zu gelangen. Die Mütter und Väter der Kinder standen in der Nähe des Beckenrands und schauten ihrem Nachwuchs beim ebenso lustigen wie lächerlichen Kampf mit dem Gleichgewicht zu. Am hinteren Beckenrand stand bereits eine lange Doppelschlange von weiteren Kindern und Jugendlichen an, die alle sehnsüchtig darauf warteten, als Nächste dranzukommen.

Chapman beobachtete die Kinder in ihrer Unbeholfenheit. Selten schaffte es eines von ihnen länger als ein, zwei Sekunden, aufrecht zu stehen. Die meisten landeten gleich wieder auf dem Bauch oder Hintern und kamen nicht wieder aus ihrer kriechenden Position hoch. Nur ein Mädchen mit schwarzem, seidigem Haar, das ihr wie ein Schleier bis zu den Schultern reichte, übertrumpfte sie alle und machte dabei in seiner knackigen blauen

Jeans und dem knappen T-Shirt auch noch eine ausgesprochen gute Figur.

Im Gegensatz zu der Mutter der Kleinen, einer molligen, in ein pinkfarbenes Kleid gequetschten Frau in den Dreißigern, die sichtlich stolz auf die sportliche Leistung ihrer Tochter war und sich fast schon hämisch über die Ungeschicklichkeit der anderen Kinder amüsierte. Chapman wusste, dass die Frau nicht nur eine Schwäche für alles Süße, sondern eine ausgewachsene Essstörung hatte, und dass ihre Tochter – passenderweise hieß die Kleine Grace – in einer sehr behüteten Welt lebte und über alle Maßen verwöhnt und gefördert wurde. Grace ging auf eine Privatschule, nahm Ballett- und Klavierunterricht und besuchte einen Sportverein fürs Trampolinspringen. Von daher war es also kein Wunder, dass sie den anderen Kindern im Wasser-Laufball überlegen war. Grace war gelenkig, so biegsam wie ein Schilfrohr, und sie hatte im wahrsten Sinne des Wortes die Reflexe einer Katze.

Außerdem hielt die Kleine sich selbst für eine ganz besondere Prinzessin und war davon überzeugt, dass alle Welt sie als solche zu behandeln hatte. Sie kokettierte mit ihrem guten Aussehen ebenso wie mit ihrer Sexualität. Selbst jetzt in diesem großen durchsichtigen Wasser-Laufball, den Chapman nur allzu gerne mit ihr geteilt hätte, war die Kleine sich ihres körperlichen Wertes bewusst. Und sie baute auf diese Wirkung, um zu bekommen, was sie wollte. Dessen war Chapman sich von Anfang an sicher gewesen.

Überaus anmutig kehrte Grace schließlich in dem Riesenball zur Ausgangsposition des Wasserbeckens zurück und brachte dabei das Kunststück fertig, mit keinem der anderen Bälle mit den Tollpatschen zusammenzustoßen. Es schien wie ein Tanz, bei dem das Berühren der anderen Teilnehmer strengstens verboten war.

Chapman holte tief Luft. Sein letzter Tanz war nun schon eine Weile her. Genau genommen ein Jahr und vier Monate. Und seit drei Monaten beobachtete er Grace. Damals hatte er Mutter und Tochter das erste Mal in diesem Shoppingcenter gesehen. Beim Kinobesuch und später beim Eisessen und Einkaufen. Die enge Jeans, die Grace heute trug, war an jenem Tag anprobiert und gekauft worden. Chapman erinnerte sich noch genau, wie die Kleine sich darin vor dem Spiegel präsentiert und bewundert hatte. Wie ein Mannequin. Ein sexy Anblick. Chapman hatte ein paar Meter weiter durch einen hohen Verkaufsständer hindurchgespäht. Das gehörte zum Spiel, denn es wurde langsam Zeit, dass er aufs Tanzparkett zurückkehrte.

Chapmans Herz schlug schneller, als er Grace nun anmutig aus dem Wasser-Laufball aussteigen sah. Die perfekte Körperhaltung, die vollendete Balance. Leider hatte jedes Kind nur fünf Minuten für diesen Spaß. Chapman hätte Grace gerne viele, viele Stunden geschenkt.

Wie dem auch sei, sein geduldiges Beobachten und Warten würde sich schon bald auszahlen.

Sie ist es und nur sie allein!

Ihre Grazie und Geschicklichkeit waren so erstaunlich wie erregend!

Auch wenn Grace es in dieser Stunde noch nicht wusste, sie würde zu ihm kommen. Freiwillig. Und er würde ihr rückhaltlos dienen und ihr geben, wonach sie sich am meisten sehnte.

Aber er musste vorsichtig sein. Die Mutter der Kleinen war nicht dumm. Sie gehörte nicht zu diesen modernen Tussis, die kaum noch von ihrem Smartphone aufschauten und darüber die wirkliche Welt aus dem Blick verloren. Diese Mutter war wachsam. Sie würde Chapman die Sache nicht leichtmachen.

Aber wurde das Spiel dadurch nicht noch interessanter?

Letztendlich hatte Chapman alle Informationen, die er brauchte. Er wusste, wo Grace wohnte. Er wusste, wo sie zur

Schule ging. Er wusste, wann ihr Ballettunterricht anfing und ihr Trampolinspringen aufhörte. Ebenso wusste er, welche Bus- und U-Bahn-Linien Grace in der Regel nahm.

Als Chapman vom Geländer zurücktrat, betrachtete er sein Spiegelbild im Glas. Er war genau von dem Kaliber, das Grace gefallen würde. Gut aussehend mit seinem dunklen Haar und den wasserblauen Augen. Groß. Gepflegt. Auch mangelte es ihm nicht an einer gewissen Eleganz.

Seine Augen wandten sich wieder Grace zu. Mutter und Tochter umarmten sich gerade und heischten nach anerkennenden Blicken in ihrer Umgebung.

Oh ja, dieses Mädchen wollte von ihm bewundert werden. Es brauchte seine ungeteilte Aufmerksamkeit.

Und die sollte es schon bald bekommen.

* * *

Henri Chapman konnte die ihm bevorstehende schwarze Nacht nicht sehen, die sich zügig wie ein Unwetter auf ihn zubewegte. Denn ein Augenpaar hatte ihn im Visier, kalt wie Eis, finster wie das Grau des Himmels kurz vor einem heftigen Wolkenbruch. Das Augenpaar folgte Chapman, seit er das Shoppingcenter betreten hatte. Jetzt befand es sich auf der anderen Seite der Galerie und beobachtete vermeintlich amüsiert das Treiben der Kinder in den Wasser-Laufbällen. Doch tatsächlich zog es entlang Chapmans Blickrichtung in Gedanken eine imaginäre Linie, die bei einem der Wasser-Laufbälle endete.

Das kleine, schwarzhaarige Mädchen war in der Tat überaus talentiert. Das Wasserbecken im Erdgeschoss sowie das gewaltige Gebäudegewölbe aus zigtausend dreieckigen Glaselementen darüber schienen als Kulisse für ihre künstlerische Darbietung wie geschaffen zu sein. Das eisgraue Augenpaar wanderte ruhig, aber hoch konzentriert zwischen dem Kind und Chapman hin und her.

Dann schien Chapmans Blick den des eisgrauen Augenpaares für einen Sekundenbruchteil zu tangieren. Doch das war nur ein unwirklicher Spuk, eine jener schicksalhaften Situationen ohne tatsächliches Erkennen. Der mittelgroße, feiste Chapman mit dem schütteren braunen Haar und dem faltigen Buchhaltergesicht war viel zu sehr auf die Akrobatik der Kleinen im Wasser-Laufball fixiert, als dass er seine restliche Umgebung wahrgenommen hätte. Oh ja, Chapman fühlte sich im Dschungel des Shoppingcenters sicher, denn schließlich sah er sich als Jäger und nicht als Gejagter.

Der gut gekleidete Mann, zu dem das eisige Augenpaar gehörte, ging ohne Eile einmal um die Galerie herum, bis er nur wenige Meter neben Chapman am Geländer stehen blieb. Von hier aus hatte man in der Tat die beste Aussicht auf das Wasserbecken und seine Akteure, und die Kleine in dem Ball veranstaltete einen dermaßen anmutigen Tanz, dass es nicht nur Chapman faszinierte. Doch nur in Chapmans Augen konnte der Mann mit dem kalten Blick dieses unheimliche Funkeln erkennen, dieses Leuchten in den Augen des Raubtiers, wenn es hungrig die greifbar nahe Beute fixierte.

Während der Mann Chapmans privates Vorspiel beobachtete, malte er sich im Geiste dessen überraschten Gesichtsausdruck aus, wenn ihm alsbald ein ganz eigenes, besonderes Spektakel blühte.

11

Es war eine kurze Nacht gewesen. Mit unruhigem Schlaf und schlechten Träumen. Die Art von Träumen, die Paula seit der Kindheit plagten. Nur dass inzwischen noch ein Albtraum hinzugekommen war. Die Y-Narbe über ihrer Brust bescherte ihr jede Menge schreckliche Bilder. Meistens erinnerte sie sich an diese furchtbaren Träume nicht, aber wenn sie es tat, dann war es wie ein Trip durch das Höllentor in Dantes *Inferno*.

Erst nachdem Paula geduscht, sich angezogen und im Frühstücksrestaurant gleich um die Ecke ein englisches Frühstück mit einem starken Kaffee zu sich genommen hatte, begannen sich die finsteren Wolkengebilde in ihrem Geist zu verziehen.

Constable Taylor und sie hatten in der gestrigen Nacht, nachdem Dr. Padelsky und einer ihrer Mitarbeiter eingetroffen waren, noch die Nachbarhäuser abgeklappert und deren Bewohner befragt. Ein paar Häuser von Waldens Anwesen entfernt gab es eine Bed-&-Breakfast-Pension. Dort hatten sie mit sämtlichen Gästen gesprochen: einem spanischen Rentnerehepaar, das sich das erste Mal eine Reise nach London geleistet hatte; einem Studentenpärchen aus Schweden, das auf einer Rundreise durch England und Schottland war; einem pensionierten Schotten, der überraschenderweise das erste Mal in der britischen Hauptstadt war; und zwei jungen Frauen, die vor allem an einer Shoppingtour in der City interessiert waren. Keinem der Pensionsgäste war etwas Verdächtiges aufgefallen, und keiner hatte verdächtig gewirkt oder zum Profil des Ghosts gepasst. Paula hatte dennoch ihre Karte hinterlassen und sich die Verbindungsdaten der Rezeption geben lassen. Danach hatten Constable Taylor und sie noch die Häuser jener Grundstücke aufgesucht, die von der östlich gelegenen Parallelstraße an Waldens Anwesen grenzten. Doch es war wie verhext. Nicht einmal die Hunde in der dortigen Nachbarschaft hatten auf einen Fremden in ihren Revieren reagiert und angeschlagen.

Frustriert war Paula mit dem schüchternen, aber aufgeweckten Constable, der mit einer gesunden Portion Ehrgeiz gesegnet war, zu Waldens Haus zurückgekehrt. Dr. Padelsky und ihr Assistent hatten ihren Job zu dem Zeitpunkt bereits erledigt und das zerstörte Handy sowie die vermeintlichen Sandbilder mit zum Yard genommen. Dafür waren nun drei neue Constables für die Bewachung abgestellt worden, um auch Hof und Garten besser im Blick zu haben.

Als Paula schließlich auf dem Weg zu ihrer Unterkunft die nassen, dunklen Straßen von Ealing entlangfuhr, war ihr etwas ganz anderes aufgefallen. Dort, wo einen halben Tag zuvor noch überall die Vermisstenbilder des kleinen Noah an Laternenmasten, Hinweisschildern und Baumstämmen gehangen hatten, waren jetzt nur noch die gelben Schleifen, mit denen die Bilder zusätzlich befestigt worden waren, übrig. Alleine in Waldens Straße und bis hinunter zum Ealing Broadway hingen gut zwei Dutzend solcher Trauerschleifen. Paulas Herz hatte sich bei dem Anblick angefühlt, als hätte es eine starke Faust zusammengequetscht. Sie konnte kaum erahnen, wie sich die Eltern des Kindes nun fühlen mussten. Kein Mensch auf der ganzen weiten Welt hätte noch etwas am Schicksal des kleinen Jungen ändern können.

Und Ron Walden war nun auch tot. Außer den Schlagzeilen in den Zeitungen und in den Nachrichten würde der Fall keine weiteren Konsequenzen nach sich ziehen. Es würde keine Gerichtsverhandlung geben und keine Verurteilung. Keine Haftstrafe oder die Einweisung in eine geschlossene Anstalt. In gewisser Weise war der Fall Noah Hughes durch die Tat des Ghosts auf eine verfluchte Weise abgeschlossen worden. Ganz zu schweigen davon, dass jede Art von Selbstjustiz – und nichts anderes nahm sich Waldens Mörder heraus – eine gefährliche Anfeindung des Rechtsstaats darstellte.

Paula war in einer No-go-Area Chicagos aufgewachsen und hatte erlebt, was es hieß, wenn das Faustrecht regierte, die Macht des Stärkeren über den Schwächeren. Auch hatte sie erfahren, was es bedeutete, wenn der Mob ein Wohnviertel beherrschte und das Recht in die eigene Hand nahm.

Als Paula nach dem Frühstück das Gebäude der Metropolitan Police betrat und schließlich vor der Ermittlungstafel im Büro stand, das sie mit Reeves teilte, beschäftigte sie vor allem die Frage, wie der Ghost überhaupt auf seine Opfer kam. Europa war kein Dorf, sondern ein Kontinent. Allerdings ein Kontinent, der in der modernen Zeit durch das Word Wide Web vernetzt wurde. Und in diesem Internet gab es eine Welt des digitalen Untergrunds, Foren und Treffpunkte, in denen Anleitungen zum Bombenbau ebenso zum Inhaltsgut gehörten wie der Handel mit Menschen oder das Predigen von Hass. Und so unsichtbar diese verborgene Welt auch für den normalen Internetnutzer war, so leicht war sie für Insider mit nur wenigen Klicks erreichbar. Einer von Paulas Kollegen aus der Staatsanwaltschaft hatte erst vor wenigen Wochen dafür gesorgt, dass ein Suizid-Forum aus dem Netz genommen worden war, nachdem sich zwei junge Männer über die sichersten Methoden informiert, zum Sterben verabredet und umgebracht hatten. Die Polizei hatte die notwendigen Informationen zum Schließen des Suizid-Forums dann auf den Festplatten der beiden Selbstmörder gefunden.

Das Hauptproblem war jedoch, dass es noch viele weitere Foren dieser Art gab, und selbst das jüngst geschlossene Forum konnte schon bald wieder im Untergrund des Webs auftauchen, ohne dass es bemerkt wurde, denn Suchmaschinen wie Google waren außerstande, diese Foren zu finden. Und auch wenn die Plattformen theoretisch jedem Nutzer des Internets offenstanden, so brauchte es doch jede Menge Passwörter und Usernamen, die es erst ermöglichten, sich in diese Unterwelt mit ihren Foren und Unterforen zu begeben.

Ebenso war es ein großes Problem, dass die Betreiber solcher Onlineplattformen oftmals in fernen Ländern lebten, wodurch es extrem schwierig wurde, ihrer habhaft zu werden. Alle Welt diskutierte über die Datensicherheit im Netz, doch die eigentlichen, viel schrecklicheren Gefahren lagen in den Ebenen darunter. Und so waren gerade auch Kinder mit ihren Computern und Smartphones sehr gefährdet. Die meisten Eltern hatten weder einen Schimmer noch eine Vorstellung davon, in welchen digitalen Gettos sich ihr Nachwuchs herumtrieb. Im Grunde war das Darknet ein Abbild der Wirklichkeit, in der sich Geheimes, Gutes wie Böses, im Verborgenen hinter verschlossenen Türen und nur für Eingeweihte abspielte.

»Grob gesagt«, hatte Paulas Kollege weiter erklärt, »besteht der Unterschied zwischen dem Internet und seinem finsteren Zwilling darin, dass im Internet haufenweise Haustiervideos hochgeladen werden, während im verschlüsselten Darknet extreme Gewaltvideos unter Decknamen, aber persönlich weitergereicht werden.«

»Wie darf ich mir das mit der Verschlüsselung vorstellen?«, hatte Paula gefragt.

»Nun, die Verbindung zwischen den einzelnen Computern der Nutzer wird zum Beispiel im Tor-Netzwerk über drei Knotenpunkte hinweg codiert. Der Datenverlauf ist daher nicht mehr kontrollierbar, und das macht es den Ermittlungsbehörden unmöglich, die Kommunikation zwischen den Usern zu verfolgen. Wissen Sie, Agent Tennant, Kriminelle, die ihre unredlichen Geschäfte früher in geheimen, dunklen Großstadtwinkeln abwickelten und sich dafür selbst auf gefährliches Terrain begeben mussten, sitzen jetzt bequem zu Hause vor ihrem Computer.« Er hielt kurz inne. »Aber das Darknet hat auch gute Seiten.«

»Und die wären?«

»Unter anderem ermöglicht es Verfolgten und Menschenrechtsaktivisten in Diktaturen, im Verborgenen zu kommunizieren. Das Darknet an sich ist nicht schlecht. Es sind die Kriminellen, die seinen digitalen Schutzmantel nutzen und es zum größten Tatort unserer Welt machen, zu einem gefährlichen und finsteren Ort.«

Paula hatte auch von den besonderen polizeilichen Ermittlungsmethoden erfahren, mit denen schließlich doch immer wieder Foren aufgespürt und bekämpft wurden. Doch darüber sprach man nicht in der Öffentlichkeit, um die Mitarbeiter und den Erfolg dieser Pfade nicht zu gefährden.

Paula ging davon aus, dass auch der Ghost im Darknet operierte, dass er seine Opfer in einem oder mehreren pädophilen Netzwerken ausspähte. Wäre dem Ghost allerdings wirklich am Schicksal der Kinder gelegen, hätte er die entsprechenden Foren auffliegen lassen können. Wie dem auch war, die Computer all seiner Opfer, einschließlich Ron Waldens Rechner, waren verschwunden. Und das sprach dafür, dass der Ghost seine Jagd im Darknet begann, um sie dann später in der realen Welt fortzusetzen und zu beenden. Sehr wahrscheinlich hatte er Ron Walden in einem Forum kennengelernt und sich mit ihm verabredet. Wie die beiden jungen Männer es getan hatten, die sich dann zum gemeinsamen Sterben getroffen hatten. Aber wäre Walden tatsächlich ein solches Risiko eingegangen? Schließlich konnten auch die User eines solchen Forums nie wissen, wer hinter den Usernamen wirklich steckte.

Nun ja, auch Männer wie Walden konnten sich vermutlich verdammt einsam fühlen und das drängende Bedürfnis verspüren, über ihr Tun und Treiben mit Gleichgesinnten zu reden. Und irgendwann reichte der alleinige Kontakt über das Internet dann wahrscheinlich nicht mehr aus.

Fakt war jedenfalls, dass keines der zwölf bekannten Opfer polizeilich auffällig geworden war. Bis zu ihrer Ermordung hatten sie für die Polizei praktisch gar nicht existiert. Auch handelte es sich nicht um Täter, die der Justiz mangels Beweisen entkommen waren. Fakt war leider ebenso, dass der abgeschottete Bereich des Darknets vermutlich um ein Vielfaches größer war als das Internet. Es musste schon mit dem Teufel zugehen, wenn man dort die sprichwörtliche Nadel im Heuhaufen ausfindig machen wollte. Die Chance, den Ghost in dieser rechtsfreien Anonymität aufzuspüren, war fast null.

Doch Paula stellte sich auch die Frage, ob andere Forumsmitglieder inzwischen von den Morden erfahren hatten und argwöhnisch geworden waren. Bislang jedenfalls war die Medienpräsenz kaum mehr als eine Fußnote, denn es wurden tagtäglich Kinder vermisst und ebenso wurden tagtäglich etliche Gewaltverbrechen begangen. Außerdem waren die europäischen Medien nicht miteinander vernetzt. Was in krimineller Hinsicht in Italien oder Frankreich in den Zeitungen oder im Fernsehen Thema war, spielte in Deutschland oder Großbritannien im Großen und Ganzen keine Rolle. Da die Mordrate des Ghosts sich allerdings von Land zu Land gesteigert hatte, wurde es immer wahrscheinlicher, dass die Öffentlichkeit über kurz oder lang von diesem Fall erfuhr. In Italien waren es noch zwei Morde gewesen, in Frankreich bereits drei, in Deutschland vier. Und nun hatte sich mit Ron Walden in Großbritannien gerade der dritte Mord ereignet. Sollte der Ghost seiner Steigerungsrate treu bleiben, würden noch zwei weitere Morde in Großbritannien folgen, ehe er in ein anderes Land weiterzog. Vielleicht war es sogar an der Zeit, den Medien aller betroffenen Länder einen Tipp zu geben.

Paula starrte auf die Ermittlungstafel und die Europakarte daneben, als müssten ihr die Antworten auf all ihre Fragen von dort schier entgegenspringen. Was natürlich nicht geschah.

Als Inspector Reeves im Büro auftauchte, machte er den Eindruck, als hätte auch er eine extrem kurze Nacht hinter sich.

»Morgen«, nuschelte er, gähnte hinter vorgehaltener Hand und hängte seine Jacke an den Kleiderständer, nachdem er zwei mitgebrachte Automatenkaffees und eine große Pappkiste auf seinem Schreibtisch abgestellt hatte. »Kaffee und Donuts. Es sind alle Sorten dabei. Greifen Sie zu.«

Paula nahm den Kaffee dankend an, ließ aber erst einmal die Finger von den lecker aussehenden Donuts, da sie bereits ein ausgiebiges Frühstück mit Eiern, Schinken, Speck, Würstchen, Pilzen, Tomaten und Buttertoast vertilgt hatte. Wie Murray immer sagte: »Fitness und Kampfgewicht halten. Das erhöht in unserem Job ungemein die Überlebenschancen.«

Reeves nahm ein paar Schlucke Kaffee und verzehrte einen der Donuts mit Schokoladenglasur. Paula hatte das Gefühl, dass er etwas auf dem Herzen hatte, und dann rückte der Inspector schließlich auch mit der Sprache raus.

»Doktor Padelsky berichtete mir vorhin von Ihrem Einsatz gestern Abend. Wieso haben Sie mich nicht informiert und hinzugezogen?« Er klang tatsächlich beleidigt.

»Tut mir leid, Inspector, aber zum einen habe ich mich auf der Heimfahrt spontan dazu entschlossen, und zum anderen hätten Sie nichts weiter tun können, als ebenfalls bei strömendem Regen in einem klatschnassen Hinterhof herumzustolpern, in dem die entscheidenden Spuren ohnehin schon längst weggespült worden waren. Es ist einfach wichtiger, dass Sie mit Ihrem Aktenstudium weiterkommen und Ihren Bericht schreiben, damit wir über den Fall diskutieren können.«

Reeves wägte ihre Erklärung ab, entschied dann offenbar, dass sie für ihn akzeptabel war, und griff nach einem zweiten Donut. Diesmal einem mit bunten Zuckerperlen. Seltsam. Paula hätte den Inspector mit dem Dreitagebart und dem kurzen, aschblonden Haar, dessen Unscheinbarkeit im Grunde eine perfekte Tarnung war, für kein Süßmaul gehalten.

»Die Schasche mit den Asche-Schaukäschten …«, begann er mit vollem Mund, schluckte dann aber und wiederholte den Satz. »Sorry. Die Sache mit den Asche-Schaukästen. Wie kamen Sie darauf?«

Paula sah ihm an, wie sehr ihn die Neugierde antrieb. Vermutlich tippte er auf ihre Intuition, dass irgendein weibliches Hormon sie hatte hellhörig werden lassen, doch damit lag er völlig falsch. Es war schon verblüffend, wie ein gewisser Sexismus selbst in solch einer simplen Frage lag.

»Ich bekam einen Hinweis.«

Reeves legte den angebissenen Donut ab und schaute sie an, als traute er seinen Ohren nicht.

»Von wem? Hat der Ghost sich etwa bei Ihnen gemeldet?«

Reeves schaltete wahrlich schnell. Paula erzählte ihm die Geschichte mit dem Anruf und dem Sandbild, das auf dem Boden des roten Werkzeugschranks gestanden hatte.

»Ich sollte einen der Nachbarn fragen, was es mit dem Sandbild auf sich hat. Und dabei erfuhr ich, dass Walden ehrenamtlich für ein Tierkrematorium in Acton gearbeitet hat.«

»Er hat die Kinder dort verbrannt?«

Einen Moment lang herrschte Stille. Reeves' Gesichtsfarbe wechselte mehrmals.

»So sieht es zumindest aus. Die Asche wird nun untersucht.«

Paula konnte förmlich sehen, wie das kriminalistische Räderwerk hinter Reeves' Augen zu arbeiten anfing. »Und Sie sind sich sicher, dass der Anrufer der Ghost war?«

»Die gleiche verfremdete Stimme wie auf den Bändern. Ja.« Paula hatte sich die tiefe, metallisch verzerrte Tonlage nur zu gut ins Gehirn eingebrannt.

»Ich habe mir den Zusammenschnitt der Aufnahmen in der jeweiligen Landessprache gestern Abend noch angehört«, fuhr Reeves fort. »Und ich könnte nicht sagen, aus welchem Land unser Anrufer stammt. Außer, dass er eher kein Osteuropäer ist.«

Das hatten die bisher ermittelnden Behörden auch ausgeschlossen. Aber schon Zwei- oder Dreisprachigkeit würde es erst einmal unmöglich machen herauszufinden, woher der Ghost stammte. Ganz davon zu schweigen, dass sein Wohnort in einer zunehmend globalisierten Welt nicht seinem Geburtsland entsprechen musste. Ebenso gut konnte er zwar in Italien, Frankreich oder Deutschland geboren worden sein, jedoch ein englisches Internat besucht haben.

Paula ließ ihren Blick über die Ermittlungstafel und die vermutete Reiseroute des Ghosts gleiten. Über die Porträts seiner Opfer. Wie total unterschiedlich diese Männer während ihres Lebens gewesen waren. Die Auswahl reichte von einem arbeitslosen Trinker aus einem Problemviertel bis hin zu einem Multimillionär, der mit seinen Bodyguards unterwegs gewesen war. Und alle verband höchstwahrscheinlich ein ganz bestimmter Bereich in der finsteren Welt des Darknets.

Paula wollte Reeves gerade antworten, als ihr Handy zu klingeln begann. Sie blickte aufs Display. Dr. Padelsky. Sie meldete sich und hörte der Kriminaltechnikerin zu.

»Danke, Doktor. Ich komme gleich rüber.«

»Was ist passiert?«, fragte Reeves, kaum, dass sie das Handy abgeschaltet hatte.

»Es wurde ein brauchbarer Fingerabdruck auf dem Telefon gefunden, das in Waldens Garten hinter dem Schuppen lag.«

Reeves legte den halb aufgegessenen Donut kurz ab, schnappte sich seine Jacke und nahm den Donut wieder an sich. Dieses Mal würde er nicht bei den Akten bleiben.

12

Dr. Padelsky empfing Paula und Reeves im weißen Kittel der Kriminaltechnikerin. Sie wirkte frisch und ausgeruht, obwohl sie sich ebenfalls die halbe Nacht in Waldens Haus um die Ohren geschlagen hatte. Im Nebenraum, der durch eine Glasscheibe abgetrennt war, arbeitete ihr Assistent, der Schutzanzug, Latexhandschuhe und Mundschutz trug. Der Inhalt eines der Asche-Schaukastenbilder wurde gerade Löffel für Löffel vorsichtig von ihm durch ein feines Sieb gegeben. Das feine Puder, das dabei auf eine blitzeblanke Metallschale fiel und Staub aufwirbelte, erinnerte Paula makabererweise an die Backkunst ihrer Großmutter, daran, wie sie das Mehl durchsiebte, um es von Spreu, Steinchen und Unrat zu befreien. Damals war das Sieben noch notwendig gewesen, wenn man sich nicht seine Zähne ruinieren oder Krankheiten einfangen wollte. Dass das Mehldurchsieben nur bedingt half, war den Leuten nicht klar gewesen, denn wer hatte zu Großmutters Zeiten schon etwas über Pilzsporen und Bakterien gewusst?

Erstaunlicherweise hielt sich der Mythos vom Durchsieben des Mehls bis heute, obwohl das schon lange nicht mehr nötig war. Die hygienischen Verhältnisse der Lebensmittelproduktion waren weit besser geworden, Ungeziefer nicht die Regel, sondern eher die Ausnahme. Und ob Mehl nun gesiebt worden war oder nicht, machte bei der weiteren Verarbeitung keinen Unterschied. Das alles hatte Murray Paula erklärt, denn der pensionierte Chief Inspector war ein begeisterter Hobbykoch.

»Die Asche von Bild Nummer drei«, sagte Padelsky wenig hoffnungsvoll. »Bisher haben wir keine Knochenreste gefunden. Walden muss die Asche der Kinder durchgesiebt haben, bevor er die Schaukastenbilder anfertigte. Egal, wir werden trotzdem versuchen herauszufinden, ob das nur Erde oder organische Asche ist.«

»Ich dachte immer, keine DNA überlebt den Verbrennungsprozess in einem Krematorium«, wandte Paula ein.

»Das tut sie auch nicht, weswegen wir auf eine Methode aus der Geologie zurückgreifen müssen. Wir geben die Asche an ein Speziallabor weiter, in dem die Aschenproben mit Protonen beschossen werden. Dadurch können wir sehen, welche Elemente in der Probe enthalten sind. Finden wir neben Kalzium auch Phosphor, handelt es sich eindeutig nicht um Erde. Beide Elemente zusammen finden sich nämlich in tierischen oder menschlichen Knochen.«

Wenn Paula an etwas nicht zweifelte, dann an dem Hinweis des Ghosts, dass die Asche von den verbrannten Kinderleichen stammte. Auch war sie gespannt, was Constable Taylor, der sich heute Vormittag auf den Weg zum Tierkrematorium gemacht hatte, noch herausfinden würde, gab sich aber keinen Illusionen hin.

Padelsky winkte sie zu sich. »Kommen Sie.« Und führte sie über den Gang in ein anderes Labor. Dort war der Fingerabdruck auf dem Handy entdeckt worden.

Padelsky gestand, dass der Fingerabdruck von einem der Assistenten fast übersehen worden war, doch Paulas Chef hätte das Handy noch einmal unter die Lupe genommen. Mit Abdruckpulver war der Fingerabdruck mit dem bloßen Auge nicht erkennbar gewesen, doch Bernstein hatte ihn mittels modernster Technik schließlich entdeckt und sichtbar gemacht. Wo Paulas Chef sich zurzeit befand? Natürlich in einer Besprechung mit Detective Superintendent Crowley.

»Wir haben den Abdruck vor einer halben Stunde eingescannt, um die Merkmale bestimmen und mit den Fingerabdrücken in den Datenbanken abgleichen zu können. Und bingo!«

Auch in der modernen Kriminalistik waren Finger- oder Handflächenabdrücke mit ihren einzigartigen anatomischen Merkmalen nach wie vor ein begehrtes Mittel zur Identifikation tatverdächtiger Personen. Alleine in Großbritannien waren Millionen davon gespeichert. Doch Paula bezweifelte, dass der Ghost dermaßen unvorsichtig geworden war, einen seiner Fingerabdrücke zu hinterlassen. Andererseits konnte man nie wissen. Er wäre wahrlich nicht der erste Serienmörder in der Kriminalgeschichte, den eine kleine Unachtsamkeit überführt hätte.

Paula und Reeves traten vor einen der Rechner in dem Labor, und Padelsky rief das Ergebnis der Personenidentifizierung auf.

»Das hier hat unsere Datenbank vor einigen Minuten ausgespuckt.«

Paula blinzelte, denn das, was ihr die digitale Verbrecherkartei anzeigte, deckte sich nicht annähernd mit ihrer Vorstellung des Ghosts. Andererseits hatte sie keine Ahnung, wie der Mann überhaupt aussah.

»Jack Debreau«, fuhr Padelsky fort. »Zweiundvierzig, eins achtzig groß, sportlich. Studierte hier in London Computerwissenschaften. Wurde dann aber Lehrer an einer Grundschule für Jungen. Bis vor vier Jahren kein Vorstrafenregister. Vor zwei Monaten wurde er aus einer dreieinhalbjährigen Haft entlassen.«

»Für welches Vergehen hat er gesessen?«, fragte Reeves und beugte sich vor, um auch den Text lesen zu können.

»Er hatte rund eine Million Dateien mit pädophilen Files auf seinem Rechner und einigen externen Festplatten gespeichert.«

Paula ließ sich nicht anmerken, wie sehr ihr Padelskys Antwort an die Nieren ging. Diese Files waren sicher nicht nur zu Debreaus Privatvergnügen gespeichert worden, sondern Handelsobjekte. Dabei stellte Debreaus Fall noch nicht einmal die Spitze des Eisbergs dar, denn die Gesellschaft verschloss nur zu gerne die Augen vor der Existenz und dem wahren Ausmaß pädophiler Netzwerke. Erst vor einem halben Jahrzehnt war ein Verbrecherring dieser Art im Londoner Regierungsviertel gesprengt worden, der sich dort stillschweigend vor mehr als dreißig Jahren hatte etablieren können und zu dessen Kundenstamm hochrangige Politiker, Richter sowie andere Prominente des öffentlichen Lebens gehört hatten. Aber bei Weitem nicht alle hatten angeklagt werden können, denn wie ein pensionierter Polizist aussagte, waren angeblich verloren gegangene Akten mit Missbrauchsvorwürfen in Wahrheit vom britischen Inlandsgeheimdienst beschlagnahmt worden.

Paula starrte Debreaus Profilfoto an. Dieses freche Grinsen in den Augen. Dazu der topfartige Prinz-Eisenherz-Haarschnitt um ein durchaus attraktives Gesicht. Nein, dieser Mann war trotz allem nicht der Ghost. Aber Debreau war wieder frei und somit für Ghost ein wandelndes Ziel.

»Das ist nicht unser Mann«, sagte Paula. »Sondern ein Köder.«

»Und wieso kann Debreau nicht Ihr Ghost sein?«, fragte Padelsky mit hochgezogener Braue.

»Weil sein Profil nicht zu unserem Täter passt. Der Ghost ermordet Männer, die sich an Kindern vergehen, würde aber selbst nie ein Kind anrühren.«

»Hm«, überlegte Padelsky. »Dennoch befand Debreau sich letzten Abend auf Waldens Grundstück.«

»Es hat den Anschein, ja. Ob es tatsächlich so war, wissen wir noch nicht. Haben Sie seine Adresse, Doktor?«

»Sicher. Einen Moment.« Padelsky klickte auf einen Link. »Whitechapel. 37 Tudor House. In der Fairclough Street.« Die Kriminaltechnikerin richtete sich nachdenklich auf. »Das ist ja verrückt«, meinte sie.

Reeves tauschte mit Paula einen kurzen Blick aus, bevor er sagte: »Sie machen es ganz schön spannend, Doktor Padelsky.«

»Ach herrje, entschuldigen Sie. Es hat nichts mit Ihrem Fall zu tun. Aber die Fairclough Street kreuzt die Henriques Street, die zu Zeiten Jack the Rippers noch Berner Street hieß. Dort wurde Elizabeth Stride, das erste Opfer der Ripper-Doppelmordnacht, mit durchgeschnittener Kehle an eine Hauswand gelehnt gefunden.«

»Jack the Ripper?« Reeves wirkte, als hätte Padelsky gerade einen wirklich schlechten Scherz gemacht, aber diese ließ sich davon nicht irritieren.

»Ja, die Whitechapel-Morde. Aber es hat sicher nichts mit dem Ghost zu tun.«

Paula fixierte die Adresse am Bildschirm. Entweder es war purer Zufall oder aber Ghost hatte einen verdammt makabren Sinn für Humor und würde sich sein nächstes Opfer in Whitechapel aussuchen.

»Hat Debreau einen Job, wo wir ihn antreffen könnten?«, fragte Paula.

Padelsky klickte noch ein wenig herum, bevor sie den entsprechenden Datensatz fand.

»Laut Eintrag seines Bewährungshelfers fängt er nächste Woche ein bezahltes Praktikum bei einem Beerdigungsinstitut an.«

»Okay«, sagte Paula. »Dann schauen wir doch mal bei ihm zu Hause vorbei.«

13

Tudor House erwies sich als ein altes viktorianisches Mehrfamilienhaus mit spitzem Schindeldach und Dutzenden Schornsteinen, die wie kariöse Zahnstummel in den Himmel ragten. In Zeiten, als es noch keine Zentralheizung gab, hatte jedes Zimmer einer Wohnung eine eigene Feuerstelle und einen eigenen Schornstein gehabt. Inzwischen waren die alten Häuser allerdings renoviert und auf einen technisch neueren Stand gebracht worden. Viele wurden mittlerweile zentralbeheizt. Die Schornsteine prangten zwar noch immer auf den Dächern, doch ihre Kamine waren längst außer Betrieb und die Schächte versiegelt.

Paula und Reeves hatten ihren Wagen ein paar Häuser weiter geparkt und sich dem alten Haus mit seinen roten Backsteinen und den weißen Fensterrahmen zu Fuß genähert. Ein Constable in Zivilkleidung hatte sich unauffällig zum Hinterausgang begeben, der zum Parkplatz führte. Die Haupteingangstür war zwar geschlossen, aber nicht verriegelt, und so hatte Paula mithilfe einer alten Chip-Karte leicht ins Innere gelangen können, ohne zuvor klingeln zu müssen.

»Lernt man das bei der ISA?« Reeves starrte sie an, als hätte sie soeben die Eingangspforte des Buckingham Palace geknackt, um der Queen und ihrem Prinzgemahl nachzustellen. Doch Paula zuckte nur mit der Schulter.

»Wieso fragen Sie, Inspector? Die Tür war doch offen. Sie hat nur etwas geklemmt.«

Damit entlockte sie dem ernsten Mann ein etwas verkrampftes Lächeln.

Das Hausinnere entpuppte sich als ein überraschend kurviges Labyrinth mit zwei schmalen Treppenhäusern und engen Fluren, in denen keine zwei Mann nebeneinander gehen konnten. Zehn Ein- bis Drei-Zimmer-Apartments pro Stockwerk. In jeder Tür ein Spion, der einen Weitwinkelblick in den Flur gewährte. Debreaus Apartment lag im obersten Stock auf der halben Strecke des Gangs. Paula sah weder eine Klingel noch einen Türklopfer, also pochte sie mit den Knöcheln der rechten Hand an die Tür, wartete und klopfte nach ein paar Sekunden erneut. Beim dritten und vierten Versuch rief sie Debreaus Namen durch die Tür. Doch nichts rührte sich. Niemand öffnete.

»Tja, entweder er ist da drin und macht einen auf toter Mann«, meinte Reeves leise, »oder aber er ist unterwegs.«

Paula hörte ein Geräusch hinter der schräg gegenüberliegenden Wohnungstür. Wahrscheinlich spähte der Nachbar durch den Spion, um zu sehen, was auf dem Gang los war. Paula beschloss, ihr Glück bei ihm zu versuchen, und klopfte an, während Reeves die Tür von Debreaus Apartment im Auge behielt.

Nachdem Paula noch einmal hartnäckiger klopfte, ging die mit einer Kette gesicherte Tür einen Spaltbreit auf und ein kleiner Mann mit Bart, Fellhut und Hornbrille erschien im Sichtfeld. Er trug einen billigen braunen Anzug, darunter ein langes orientalisch anmutendes Hemd und eine altmodische Strickjacke. Paula vermutete, dass der Mann aus Indien oder Pakistan stammte.

»Du Polizei? Ich nix wissen«, erklärte er sofort.

»Entschuldigen Sie die Störung, Sir. Wir wollten zu Mr Debreau. Wissen Sie, wo wir ihn finden können?«

»Haben Mann von gegenüber seit gestern nix gehört und nix gesehen.« Er wollte die Tür wieder schließen, doch Paula hatte bereits ihren Stiefel in die Öffnung geschoben.

»Mr Debreau ist ein wichtiger Zeuge«, sagte sie. »Sie wissen nicht zufällig, wo er sein könnte?«

Im Hintergrund hörte Paula durch die Türöffnung Toben und Kindergeschrei. Entweder lief ein Fernseher in der Wohnung des Fellhut-Mannes oder ein Park oder Spielplatz war ganz in der Nähe. Als der Mann ihr Stutzen bemerkte, erklärte er: »Primary School hinter Haus. Viele laute Kinder. Nerve jede Tag.«

Paula starrte an dem kleinen Mann vorbei. Sollte Debreau es so kurz nach seiner Entlassung tatsächlich gewagt haben, sich in der Nähe einer Grundschule niederzulassen?

»Ja, gell. Du auch genervt«, deutete der Mann ihren Gesichtsausdruck falsch.

»Darf ich kurz einen Blick aus Ihrem Fenster werfen, Sir?«

»Äh …« Mr Fellhut zögerte.

»Bitte, Sir«, fügte Paula mit eindringlicher Stimme und ernsthafter Miene hinzu.

»Na gut. Aber du ziehen vorher Schuhe aus!«

Paula öffnete geschwind die Reißverschlüsse ihrer Stiefel, stellte diese neben die Tür und stand nun in dicken rot-weißen, mit Sternen bestickten Socken im Flur. Reeves hob angesichts der ziemlich weihnachtlichen Wintersockenpracht eine Augenbraue. *Ach, zum Teufel, sollte er doch denken, was er wollte.*

Der Fellhut-Mann, dessen Augen ebenfalls für einen Moment an ihren Socken haften blieben, öffnete die Tür nun ganz und wies Paula den Weg durch sein recht geräumiges Zwei-Zimmer-Apartment mit Kochnische und kleinem Bad.

Der Wohnraum war erstaunlich effizient eingerichtet und dabei sehr gemütlich und gepflegt.

»Ich gerade lüften wegen Kochen«, erklärte er.

Auf dem Gasherd standen zwei große Pfannen. In der einen köchelte eine gewaltige Portion Nudeln mit allerlei Gemüsesorten auf niedriger Flamme. In der anderen brutzelten Fleischstücke am Spieß. Auf dem rechteckigen Tisch war für eine Person gedeckt: Löffel, Gabel und ein schlichtes Wasserglas.

Paula trat ans Fenster und blickte über ein Nachbargrundstück und eine hohe Mauer hinweg auf einen Schulhof.

»Große Pause«, sagte Mr Fellhut. »Immer diese Zeit.«

Die Kinder tollten so voller Energie herum, als würde das Spielen in der nächsten Stunde für immer verboten. Eine hohe Mauer mit zwei weit auseinanderliegenden Gittertoren umgab den Hof. Das eine Tor führte nach hinten raus zum Parkplatz für die Lehrer, das andere war der Hauptzugang für die Schüler.

»Ich schon geredet mit Lehrer auf Schulhof«, meinte der Fellhut-Mann und rückte seine Brille zurecht. »Nutzt aber nix. Kinder trotzdem weiter laut.«

Paula bemerkte, dass zwar ein neuer Fernseher und ein aktuelles Computermodell im Zimmer standen, auf dem Tisch in der Küchennische jedoch ein älteres Handymodell lag. An der Wand hing ein Kalender mit den britischen Feiertagen, in den ein paar wenige Termine eingetragen worden waren, einer davon in der nächsten Woche.

»Haben Sie Mr Debreaus Handynummer, Mr …?«

»Mr Khan, bitte schön. Nein, ich nix Nummer. Mr Debreau kein Freund. Wohnt nur gleicher Gang.«

Plötzlich hörte Paula auf dem Flur Stimmen. Sie eilte zurück zur Tür, spähte auf den Gang und sah Reeves mit einem Mann im Kapuzenshirt reden, der eine große Einkaufstüte auf dem Arm trug. Wie es aussah, war der Kapuzentyp gerade vom Discounter um die Ecke zurückgekommen.

»Entschuldigen Sie mich, Mr Khan.« Paula schlüpfte in ihre Stiefel und ging auf Reeves und den Typen zu, der sie zunächst gar nicht bemerkte.

»Mein Handy?«, antwortete der Kapuzenshirt-Typ. »Das wurde mir vor zwei Tagen in der Tube geklaut. Und jetzt sagen Sie nur, Scotland Yard macht wegen eines Handy-Diebstahls inzwischen Hausbesuche?«

»Mr Debreau?«, begann Paula und trat näher in sein Sichtfeld.

Der Mann starrte sie an, als käme sie aus einer anderen Dimension. »Ja, der bin ich. Aber das habe ich Ihrem Kollegen bereits bestätigt. Was wollen Sie also von mir?« Sein Blick glitt über ihre Lederjacke bis hin zu den Stiefeln.

Paula deutete zu Mr Khan, dessen Ohrmuscheln immer größer zu werden schienen. »Wollen Sie das wirklich hier auf dem Gang mit uns klären?«

Missgestimmt sah Debreau kurz zu dem kleinen Mann. »Nein. Eher nicht. Na schön, kommen Sie rein.«

Er schloss die Tür auf, insgesamt zwei Schlösser, von denen aber nur eins ein Sicherheitsschloss war, und Paula und Reeves traten in einen Raum, der nur von der Aufteilung her Ähnlichkeit mit Mr Khans Apartment hatte. Die Möbel – auch die in der Kochnische – waren schäbig und verströmten einen modrig-süßlichen bis säuerlichen Geruch. Zudem roch es nach ungewaschener Wäsche und alten Essensresten. In der Kochecke stapelten sich leere Fast-Food-Kartons eines Asia-Imbisses. Ungewaschenes Geschirr gammelte in der Spüle vor sich hin. Mehrere Päckchen mit schwarzem Tee und ein Wasserkocher befanden sich auf der kleinen Arbeitsfläche daneben. Auf dem Bett lag ein zerknautschter Schlafsack. Am Fenster stand ein Tisch mit einem alten Radio darauf, neben dem eine ausländische Zeitung mit Schnörkelschrift aufgeschlagen war. Lernte Debreau etwa Arabisch? Falls ja, fiel es ihm wohl verdammt schwer. Die Tischplatte war so zerkratzt, als hätte eine Großkatze aus dem Londoner Zoo ihre Pranken daran gewetzt.

»Home sweet home«, sagte Debreau und zog die Kapuze seines Shirts zurück. Zum Vorschein kam ein Bürstenschnitt wie beim Militär, allerdings weißblond gefärbt. Der Prinz-Eisenherz-Haarschnitt war also passé. »Kann ich Ihnen etwas anbieten? Ein Glas Wasser vielleicht?«

Debreau stellte die Plastiktüte, die unter anderem zwei Rotweinflaschen enthielt, neben der Spüle ab. In der Tüte war jedenfalls kein Fast Food. Das hätte Paula schon auf dem Gang gerochen.

»Nein danke«, sagte Reeves. »Kommen wir gleich zur Sache. Ihr Handy wurde letzte Nacht an einem Tatort gefunden.«

»An einem Tatort?« Jetzt hatten sie Debreaus volle Aufmerksamkeit. Er wirkte aufrichtig überrascht. »Was für ein Tatort?«

»Sie haben vielleicht in der Zeitung darüber gelesen. Oder in den Nachrichten davon gehört.«

Paula sah, wie Debreaus Blick verlegen zur Zeitung auf dem Tisch ging.

»Die Sache in Ealing?«, fragte er. »Damit habe ich nichts zu tun!«

»Von welcher Sache in Ealing sprechen Sie denn?«, hakte Reeves nach.

»Na, der Fall mit dem vermissten Jungen natürlich. Was denn sonst? Damit habe ich nichts zu tun«, wiederholte er.

»Seltsamerweise wurde Ihr Handy aber auf dem Anwesen des Täters gefunden.« Paula holte ihr eigenes Handy hervor und zeigte ihm das Foto, das sie von seinem Telefon gemacht hatte.

»Sorry, aber das ist nicht mein Handy. Ich benutze kein Kartentelefon.«

»Sicher?«

»Ganz sicher. Ich habe einen Handy-Vertrag.« Er zog eine Brieftasche mit seinen Papieren aus der Gesäßtasche und zeigte ihnen den Vertrag.

»Wieso hat unser Labor dann Ihren Daumenabdruck darauf gefunden? Merkwürdig, oder?«, wandte Reeves ein.

»Keine Ahnung, wie der da draufkam. Von mir ist er jedenfalls nicht. Falls es wirklich meiner ist.«

»Unsere Datenbank sagt ja.«

»Mal davon abgesehen, dass ich nicht dort war, denken Sie, ich wäre wirklich so dämlich, mein Handy dort zurückzulassen? Da will mir jemand etwas anhängen.«

Paula zeigte ein neutrales Gesicht. »Kennen Sie einen Mann namens Ron Walden?«

»Das ist doch der Typ aus den Nachrichten, oder? Der, der den kleinen Jungen auf dem Gewissen haben soll.«

»Kennen Sie ihn?«, hakte Reeves nach, ohne auf Debreaus Frage einzugehen.

»Woher sollte ich den kennen? Im Strafvollzug hat er sich mir jedenfalls nicht vorgestellt.«

»Was ist mit Ihren Verbindungen im Darknet?«, fragte Paula. »Klingelt da etwas?«

»Dort bin ich nicht mehr. Außerdem tritt dort niemand mit seinem Realnamen auf. Wer weiß schon, wer hinter Superhengst21 oder LieberOnkel14 steckt? Vielleicht jemand aus der Königsfamilie? Oder ein Polizist? Nein, tut mir leid, ich kann Ihnen da nicht weiterhelfen. Alles, was ich will, ist mein Leben wieder auf die Reihe kriegen. Klar?«

Paulas Blick wanderte durch das Apartment. »Klar.«

Reeves sagte kühl: »Verlassen Sie nicht die Stadt, Mr Debreau. Und denken Sie an Ihre Bewährungsauflagen.«

Debreau setzte ein unschuldiges Lächeln auf, was ihm ein erstaunlich jugendliches Aussehen verlieh. »Die hab ich zutiefst verinnerlicht, Inspector. Das können Sie mir glauben.«

Paula hatte den Eindruck, dass der Mann bezüglich des Handys die Wahrheit sprach, ansonsten aber hatte sie bei der ganzen Sache ein ungutes Gefühl. Irgendetwas entging ihr hier. Doch sie kam einfach nicht darauf, was es war.

»Hätten Sie etwas dagegen, uns aufs Revier zu begleiten, um dort Ihre Aussage bezüglich des Handys zu wiederholen?«, hörte sie Reeves sagen.

Debreau seufzte. »Wenn es nicht anders geht, klar. Aber können wir das nicht auch gleich hier erledigen? Es ist ein weiter und teurer Weg für mich von Scotland Yard hierher zurück. Außerdem habe ich noch eine Menge zu erledigen, bevor ich nächste Woche mit meinem neuen Job beginne.«

Reeves nahm seine Aussage noch einmal digital mit dem Tablet auf, und Debreau unterzeichnete sie. »Ich hoffe, Sie finden den Typen bald, der mir das mit dem Daumenabdruck eingebrockt hat.«

»Haben Sie einen Verdacht, Mr Debreau?«, fragte Paula.

»Na ja, es gibt da eine Gruppe besorgter Bürger, eine private Organisation, die Männern, die angeblich ihren Kindern nachstellen, das Leben schwer macht. Dort würde ich an Ihrer Stelle zuerst vorbeischauen.«

»Im regulären Internet?«, fragte Reeves erstaunt. Öffentliche Pranger, wie es sie in den USA gab, waren in Europa nämlich verboten. »Wie ist der Name?«

»PYC. Protect Your Child. Die Gruppe ist im Internet, aber ich gehe jede Wette ein, dass es auch eine Plattform im Darknet gibt.«

»Sie haben die Adresse nicht zufällig?«

»Die legale Plattform steht ganz normal im Netz. Einen Moment.« Debreau griff in seine Jackentasche, zog einen Kassenbon raus und schrieb die Internetadresse auf die Rückseite der Discounter-Quittung. »Bitte sehr.«

»Noch etwas«, begann Paula. »Suchen Sie sich eine andere Wohnung. Die hier ist zu nah an der Grundschule. Verstanden?«

Debreau tat erstaunt, so als fühlte er sich in seiner Ehre verletzt. »Denken Sie im Ernst, dass ich hier wohnen bleiben will? Dieses Apartment ist nur eine Übergangslösung.«

»Gut. Denn ich werde die entsprechende Behörde darüber in Kenntnis setzen.«

»Natürlich. Nach meiner ersten Gehaltszahlung bin ich hier weg.«

Der bittere Sarkasmus in seiner Stimme entging weder Paula noch Reeves.

14

Paula und Reeves fuhren Richtung Southwark, eine um diese Zeit gute Strecke, um zügig nach Westminster zurückzukommen, auch wenn man zunächst einen großen Bogen Richtung Süden und Südwesten machen und die Themse zweimal überqueren musste. Als sie die Tower Bridge erreichten, erinnerte Paula sich an eine BBC-Radiosendung, die kurz vor der Ankunft in ihrem Londoner Apartment im Taxi gelaufen war. Der Moderator hatte etwas über die Geschichte der alten Klappbrücke zum Besten gegeben, und so hatte Paula erfahren, dass die eindrucksvolle Brücke mit ihrem neugotischen Steingemäuer seit über einhundertzwanzig Jahren in Betrieb war. Paula gefiel besonders das blau-weiß gestrichene Geländer und die ebenfalls in Blau-Weiß gehaltene Aufhängung der Tower Bridge. Wie der Moderator weiter berichtet hatte, passierten tagtäglich alleine vierzigtausend Fahrzeuge die Brücke – von den Menschenmassen ganz zu schweigen –, weswegen sie einige Jahre zuvor umfangreich renoviert und für mehrere Monate für den Straßenverkehr gesperrt worden war. Paula war froh, dass die alte Klappbrücke derzeit in Betrieb war. Irgendwie hatte sie ein Faible für Geschichte, was vielleicht daran lag, dass ihre Großmutter im Fernsehen so gerne historische Dokumentationen über Europa, besonders Italien, verfolgt hatte.

Als sie die Tower Bridge überquerten, blickte Reeves hinter seinem Lenkrad noch immer so grimmig drein, als sähe er auf den Straßen und Fußgängerwegen anstelle der Passanten und Touristen lauter Debreaus frei herumlaufen, die er nur zu gerne über den Haufen fahren würde.

»Solche Typen machen mich krank«, hörte Paula ihn schließlich missmutig murmeln, als sie die Brücke hinter sich gelassen hatten und der Tower Bridge Road folgten. Zwei- bis dreistöckige Flachdachhäuser aus roten und beigen Ziegelsteinen säumten schon bald die Straße, in deren Erdgeschossen sich kleinere Geschäfte wie Schnellrestaurants, Trockenreinigungen, Cafés, Friseursalons, Charity-Shops oder Gemischtwarenläden befanden. »Dieses selbstgefällige Grinsen. Wir hätten ihn mit aufs Revier nehmen sollen.«

»Er hat die Wahrheit gesagt, was das Handy angeht, Inspector.«

Reeves fluchte leise und erwiderte dann: »Aber er ist nicht sauber. Die Sache mit der Grundschule … die stinkt zum Himmel.«

»Deshalb haben wir ihn ermahnt und werden die Sache melden. Seinen Bewährungshelfer sollten wir gleich mitmelden.«

»Als ob das etwas brächte«, schnaubte Reeves.

»Kann man in Ihrem Land Menschen für etwas verhaften, das sie noch nicht verbrochen haben?«

»Nein, natürlich nicht.«

»Gut, in meinem Land kann man das nämlich auch nicht. Auch wenn ich nur allzu gut verstehe, wie Sie sich gerade fühlen.«

Reeves hob kurz die Augenbrauen an, entgegnete aber nichts.

Neben dem Unmut, den Paula noch immer gegenüber Debreau empfand, brodelte auch ein zunehmendes Unzufriedenheitsgefühl in ihr. Und das lag nicht nur an der

Tatsache, dass die Spur des verflixten Prepaid-Handys zu nichts geführt hatte oder Debreau auf seine unsympathische, aalglatte Art auf jede ihrer Fragen die passende Antwort gehabt hatte. Verdammt, Reeves hatte recht, der Typ war wie die Pest. Alleine, dass er es trotz seiner Vorstrafen gewagt hatte, eine Wohnung in der Nähe einer Grundschule zu beziehen, war der Gipfel an Unverfrorenheit!

Nein, das war ganz sicher kein Versehen!

Ebenso wenig wie es ein Versehen gewesen sein konnte, dass der Ghost Paula ausgerechnet durch den Handy-Fund auf Debreaus Spur gebracht hatte. Das hatte etwas zu bedeuten. Das alles gehörte zu einem Plan.

Sie berichtete Reeves von ihrem Gedankengang und endete mit dem Satz: »Vielleicht ist Debreau sein nächstes Opfer.«

Reeves hatte den Wagen inzwischen hinter einer Schlange von roten Doppeldeckerbussen und schwarzen Taxis eingereiht. Die Bürgersteige links und rechts quollen vor allem an den Bushaltestellen vor Menschen fast über.

»Debreau hat mit Kinderpornografie gehandelt«, entgegnete er, während er auf das Bremspedal trat, um Abstand zum Taxi vor ihnen zu halten. »Ein Kindesmissbrauch konnte ihm bisher nicht nachgewiesen werden.«

Das stimmte, und doch hatte Reeves' Überlegung einen Haken.

»Keines der bisherigen Opfer des Ghosts war als Missbrauchstäter bekannt«, wandte sie ein. »Und doch hatten sie bereits mehrere Kinder auf dem Gewissen.«

»Dann ist es dieses Mal vielleicht ein Mord mit Ansage.«

Reeves drückte plötzlich aufs Gaspedal und zog so flott an drei Bussen und zwei Taxis vorbei, dass Paula in ihren Sitz gedrückt wurde.

Irgendwie machte der rasante Tempowechsel ihren Kopf frei. Sie ging die Begegnung mit Debreau noch einmal im Geiste durch. Was hatte daran nicht gestimmt? Und wieso dachte sie immer wieder an diesen Mr Khan?

Mr Khan hatte typisch pakistanisch-englische Kleidung getragen, und in der Küche hatte er ein pakistanisches Gericht in den Pfannen zubereitet, und doch wollte das Apartment – selbst wenn es möbliert an ihn vermietet worden war – nicht so recht zu ihm passen, denn es hatte sich kein einziges persönliches Einrichtungselement aus seiner Kultur dort befunden.

Schließlich wanderten Paulas Gedanken zu dem Apartment, in dem Reeves und sie mit Debreau gesprochen hatten. Die vielen leeren Fast-Food-Kartons aus asiatischen Schnellrestaurants. Die Einrichtung, die so spärlich wie aus einem Charity-Shop gewesen war. Die Zeitung mit der Schnörkelschrift auf dem Tisch.

Und dann lief es Paula eiskalt den Rücken runter.

»Wir müssen umkehren, Inspector. Sofort!«

»Sofort?« Trotz seiner Skepsis reagierte Reeves überraschend gelassen auf ihre Worte. »Das hier ist eine Einbahnstraße, Agent. Also bitte noch ein wenig Geduld. Inzwischen können Sie mir erzählen, was Sie glauben, gerade herausgefunden zu haben.«

15

Als die beiden Beamten das Apartment verlassen hatten, wartete Jack Debreau noch fünf Minuten, ehe er hinaus auf den Flur trat und dann an die Tür klopfte, hinter der Mr Khan fröhlich vor sich hin kochte. Nach ein paar Sekunden wurde die Tür von dem kleinen Mann geöffnet, und Debreau trat ein.

»Wohnung geputzt. Essen fertig. Fülle noch Portion für mich ab. Dann gehen.«

Mr Khan war ein kluger Mann. Er stellte keine Fragen. Nie. Er war mit dem Arrangement zufrieden, das Debreau mit ihm getroffen hatte, denn der Tausch der beiden Apartments brachte ihm neben drei kostenlosen, warmen Mahlzeiten pro Woche zusätzlich noch sechshundert Pfund im Monat ein. Und das war für den alten Pakistani ein Glück, das er sich auf gar keinen Fall durch unbedachte Äußerungen verscherzen würde.

Nachdem Mr Khan gegangen war, trat Debreau seitlich ans Fenster und schaute auf die spielenden Kinder in dem ummauerten und umzäunten Hof hinunter. Der Blickwinkel war der optimalste der alten Wohnanlage und dabei auch noch unauffällig, wenn man wusste, wie man sich beim Erkunden am besten verhielt. Als Erstes hatte Debreau eine Jalousie angebracht, die es ihm ermöglichte, hinauszublicken, ohne ihn als Beobachter zu verraten. Ebenso besaß er ein entspiegeltes

Fernglas und eine Zoomkamera, die ihm einen guten Einblick in die hinteren Klassenräume verschaffte.

Debreau kannte nun die Lehrer. Und er kannte die Schüler. Er wusste genau, wann die Pausen der Schule stattfanden. Ebenso hatte er das Verhalten und die Gewohnheiten der ihm am interessantesten erscheinenden Kinder studiert. Er kannte die Lauten und die Stillen, die Klugen und die Naiven, die Mutigen und die Duckmäuser, die Einzelgänger und die Mitläufer, die wenigen Wölfe inmitten der Schafe. Er wusste inzwischen, welche Kinder nach der Schule von ihren Eltern abgeholt wurden und welche alleine mit dem Bus, der Tube, zu Fuß oder mit dem Fahrrad unterwegs waren.

Debreau hatte sich zwei Kinder ausgespäht. Einen Jungen und ein Mädchen. Das Geschlecht seiner Favoriten spielte eine untergeordnete Rolle. Aber er war auch nicht an dem typischen Jungen oder dem typischen Mädchen interessiert. Die gab es zuhauf. Die waren für ihn langweilige stereotype Massenware. Ihn interessierten die Jungs mit femininen Zügen und Verhaltensweisen und die Mädchen, die lieber Fußball spielten und sich fürs Raufen interessierten als fürs Hüpfen und Springen oder für Gummitwist. Kinder von diesem Schlag zu entdecken, war nicht so einfach. Doch schließlich hatte sich seine Geduld ausgezahlt. Er hatte diese beiden auf dem Schulhof gefunden und sein Beobachten von da an vor allem auf sie konzentriert.

Erst vor ein paar Tagen war das Mädchen – Debreau hatte es auf den Namen Max getauft – von einem Jungen herausgefordert worden, der es für einen schwächlichen Jungen gehalten hatte. Er war gerade noch mal mit einem dicken, blauen Auge davongekommen und würde die eher einzelgängerische Max kein zweites Mal provozieren. Max war keine Schönheit, aber sie besaß mit ihrem unbändigen roten Haar und den frechen Sommersprossen eine gewisse herbe Attraktivität. Und sie hatte – wie der Junge, den Debreau auserkoren hatte – diese klugen, hellen, wissenden Augen, die den Eindruck vermittelten, sie blicke in eine verborgene, tiefgründige Welt.

Der Junge allerdings – Debreau nannte ihn Cinderella – war eine echte Schönheit. Er war ein Mischling – ein Elternteil stammte womöglich von den Philippinen oder aus China – mit dichtem, pechschwarzem, schulterlangem Haar und schwarzbraunen Augen, wie zwei unendlich tiefe Brunnen, aus denen ein geheimnisvolles Licht herausstrahlte. Cinderella hätte locker eine Model-Karriere machen können. Jedenfalls irgendetwas in der Art. Debreau hatte registriert, wie etliche der hausbackenen Mädchen ihn anstarrten, wenn sie sich unbeobachtet glaubten. Weniger, weil sie sich in ihn verguckt hatten, sondern vielmehr deshalb, weil sie sich wünschten, auch so ein schöner Mensch zu sein. Aber die Natur war nun einmal, wie sie war. Im Großen und Ganzen geizte sie mit wirklich gutem Aussehen ebenso wie mit wirklicher Brillanz. Debreau wusste nur zu gut, welch unverschämtes Glück er mit seinem Aussehen und seiner überragenden Klugheit hatte. Vor allem Letzteres hatte ihn im Gefängnis vor schlimmeren Konfrontationen bewahrt.

Während Debreau durch das Fensterglas schaute, Max am Haupteingang und Cinderella im Hinterhof in der Nähe der Kellertreppe sah, dachte er darüber nach, ob er die beiden nicht irgendwie zusammenbringen konnte. Als Freunde natürlich und dann später als Paar. Irgendwo waren die beiden Kinder doch seelenverwandt, nur konnten sie diese Verwandtschaft aus irgendeinem Grund in dem anderen nicht erkennen.

Der Junge war allerdings nicht so ein Einzelgänger wie das Mädchen. Er hatte zwar seinen eigenen Kopf und seine eigenen Interessen, schloss sich aber hin und wieder einem kleinen Kreis aus Mädchen und einem weiteren Jungen an, die sich vor allem für Mode, Musik und Tanz begeisterten. Keines dieser anderen Kinder hatte jedoch Debreaus Aufmerksamkeit erregt. Nein, sie waren nicht

Debreaus Fall. Sie waren einfach nur Nachahmer, Mitläufer, und sehr wahrscheinlich würde keines von ihnen je eine echte und starke Persönlichkeit entwickeln, so wie Debreau es schon früh getan hatte. Außerdem war der andere Junge der Gruppe – er nannte ihn Camilla – grobschlächtig und dicklicher, als ihm guttat, und dazu hatte er auch noch etwas Affektiertes, das schon ans Tuntige grenzte. Und wenn Debreau als echter Kerl auf etwas nicht stand, dann waren es affektierte Tunten.

Wie dem auch sei, Max und Cinderella pflegten zwar den ein oder anderen Kontakt zu ihren Mitschülern, hatten aber nicht das, was man einen besten Freund nennt. Natürlich würde Debreau letztendlich diesen Platz in ihrem Leben einnehmen, doch es mochte interessant sein zu beobachten, wie Max und Cinderella aufeinander reagierten, wenn sie feststellten, dass sie füreinander bestimmt waren, so wie Adam und Eva oder Bonnie und Clyde.

Oh ja, Debreau würde Schicksal spielen. Und das gleich zweimal. Sein Blick ging zu dem weißen Wandschrank, in dem sich eine kleine Drohne befand. Sowohl der Junge als auch das Mädchen waren von ferngesteuerten Modellhubschraubern und Mini-Drohnen fasziniert. Aber ihre Eltern konnten sich einen solchen Spaß für ihre Kinder nicht leisten. Und Max und Cinderella hatten auch kein Ticket für den Bus. Max fuhr mit dem Fahrrad, und Cinderella ging die eineinhalb Kilometer bis zur Wohnung der Eltern zu Fuß. Dabei nahm der Junge regelmäßig eine Abkürzung, einen schmalen Weg, der zwischen hohen Hinterhofmauern verlief und an Büschen und Mülltonnen vorbeiführte, die eine exzellente Deckung boten. Diese Abkürzung scheute Cinderella nicht einmal am späten Nachmittag, wenn es bereits dunkel und einsam in der Gasse wurde.

Debreau seufzte. Er konnte sein Glück kaum fassen. Und er gedachte auch nicht mehr allzu lange damit zu warten, es in vollen Zügen zu genießen. Das Spielen und Toben der Kinder hinter dem Fensterglas klang für ihn wie eine verheißungsvolle Musik. Ja, es wurde allmählich Zeit, dass er den Dirigentenstab wieder in die Hand nahm und der Musik seinen Stempel aufdrückte.

Mit diesem ergötzlichen Gedanken trat Debreau für einen Moment vom Fenster zurück und begab sich in den Küchenbereich, wo er sich eine große Schale mit den von Mr Khan gekochten köstlichen Gemüse-Nudeln füllte und sich einen Fleischspieß dazu nahm. Der kleine Pakistani war für einen Laien ein wahrer Meisterkoch. Was immer er auch auf dem Gasherd zubereitete, es gelang in vorzüglicher Restaurant-Qualität. Debreau setzte sich an den von Mr Khan gedeckten Tisch in der Nähe des Fensters. Er liebte es hinauszuschauen, während er aß.

Als der Gong das Ende der Schulhofpause ankündigte, kehrte er mit der leeren Schale zur Küchentheke zurück, um sich einen Nachschlag zu holen. Und gerade als er die Schale halb gefüllt hatte, klopfte es ruhig, aber bestimmt an die Tür.

Es war nicht das mit Mr Khan vereinbarte Klopfzeichen. Waren die beiden Polizisten etwa zurückgekehrt?

Debreau setzte die halb gefüllte Schale neben der Spüle ab, säuberte sich die Finger an einem Handtuch und schlich leise zur Tür, ohne diese zu öffnen. Er erwartete weder Besuch noch eine Lieferung. Vielleicht erledigte sich die Sache von selbst, wenn er erst einmal nicht reagierte.

Aber es klopfte ein zweites Mal, ohne dass sich jemand zu erkennen gab.

Debreau spähte durch den Spion. Der Gang war leer. Keine Menschenseele weit und breit.

Die Ruhe und Gelassenheit, die Debreau eben noch empfunden hatte, waren mit einem Mal verschwunden.

Nein, er würde sich ganz still verhalten. Wer immer an die Tür geklopft hatte, war noch da. Im toten Winkel. Aber vielleicht hatte Mr Khan schon reagiert und schaute seinerseits gerade durch den Türspion. Khan würde Debreau dann berichten können, wer da an seiner Tür gewesen war. Vermutlich die beiden Polizisten. Und die durften auf gar keinen Fall herausfinden, dass Khans Wohnung in Wahrheit die seine war.

Debreaus Herz schlug schneller. Fast als wäre er auf der Jagd.

Dann klopfte es plötzlich ein drittes Mal. Und zwar so laut und heftig, dass Debreau erschrocken einen Satz nach hinten machte und dabei die Stehlampe zwischen Küchen- und Wohnbereich anrempelte.

Mist. Jetzt war es mit dem Vortäuschen einer leeren Wohnung vorbei. Er musste improvisieren. Und dabei hoffen, dass es sich nicht um die beiden Bullen handelte.

Er eilte zum Bad, schnappte sich ein Handtuch und schlug die Badezimmertür zu. Sollten es die Polizisten sein, hatte er eh verspielt, doch wenn es jemand anderer war, dann sollte es wenigstens so wirken, als wäre er gerade aus dem Bad gekommen.

»Einen Moment, bitte! Einen Moment!«

Im Vorrübergehen rückte er die Lampe zurecht. Dann warf er sich das Handtuch über die Schulter und öffnete die Tür.

Vor ihm stand ein hochgewachsener, schlanker Mann in einem schwarzen, langen Mantel mit der Kapuze auf dem Kopf. Debreau registrierte die Transportbox einer bekannten Lieferfirma, die er bei sich trug. *Gott sei Dank, doch nur eine Bestellung von Mr Khan.*

»Mr Khan?«, fragte der Mann mit einem fast schon inquisitorischen Unterton in der Stimme. Vermutlich, weil Debreaus Äußeres nicht zu einem pakistanischen Namen passte.

»Nein«, erklärte Debreau. »Ich bin nur der vorübergehende Untermieter. Aber ich nehme die Lieferung für Mr Khan gerne an.«

Ein Lächeln huschte über die Lippen des Lieferanten. »Danke. Das ist sehr nett von Ihnen.«

Der Mann öffnete die Box und zog irgendeine merkwürdige Apparatur daraus hervor. Debreau erstarrte. Ein Taser?

Eine Sekunde darauf trafen ihn zwei pfeilartige Projektile mitten in die Brust, und ein solch unbeschreiblicher Schmerz schoss durch seinen Körper, dass er nicht einmal mehr in der Lage war, einen Schrei auszustoßen. Er fiel um wie ein gefällter Baum.

Als Debreau wieder zu sich kam, saß er auf einem der beiden Küchenstühle mit Blick aus dem Fenster. In Unterhemd und Unterhose. Verdammt, er hatte sich eingenässt. Doch das sollte noch sein geringstes Problem sein. Er spürte einen Knebel in seinem Mund, und er war auf dem verdammten Küchenstuhl an Armen und Beinen mit Klebeband fixiert.

»Wie fühlen Sie sich?«, fragte eine überraschend einnehmende Stimme hinter ihm. »Sitzen Sie bequem? Oder soll ich Ihnen ein Kissen holen?«

Was für eine Frage? Hatte der Typ sie noch alle? Debreau riss an seinen Fesseln. Vergebens.

»Eine interessante Aussicht haben Sie hier. An Ihrer Stelle hätte ich die Räumlichkeiten wohl auch mit Mr Khan getauscht.«

Debreau spürte, wie ihm heiß und kalt wurde. Verdammt, wer war der Kerl? Kannte der ihn aus dem Knast? Debreau war nämlich nicht so leichtsinnig, persönliche Kontakte im Darknet zu pflegen. Anonymität war dort überlebenswichtig.

Der Mann trat neben ihn. Er trug Handschuhe und war immer noch von Kopf bis Fuß in den langen, schwarzen Kapuzenmantel gehüllt. In der Hand hielt er ein Schälmesser.

»Sie und ich«, sagte er, »wir werden dieses unselige Spiel heute ein für alle Mal beenden.«

16

Obwohl es unwahrscheinlich war, dass Jack Debreau das Wohnhaus fluchtartig verlassen würde – dafür war er sich seiner viel zu sicher –, stand Paula unter Strom, als Reeves und sie geschlagene zwölf Minuten vor der Tower Bridge im Stau stehen mussten, weil die mittleren Brückenteile hochgeklappt worden waren für ein Kreuzfahrtschiff, das im aufkommenden Nebel zusehends verschwand. Wie Reeves erklärte, war Nebel seit vielen Jahren eher selten in London, doch wenn er im Herbst oder Winter dann doch entlang der Themse aufzog, verschlang er gerne mal ganze Stadtteile. Und manchmal sogar die gesamte Stadt.

Als die Schlange aus Taxis, Bussen und Pkws sich endlich wieder in Bewegung setzte, konnte Paula sich ein »Na endlich!« nicht verkneifen. Dann fuhren sie an den in Blau und Weiß gestrichenen Fachwerkträgern der Brücke vorbei und unter dem mächtigen Südturm hindurch. Optisch erinnerte die aus der viktorianischen Ära stammende Brücke an den weit älteren Tower of London, und einen Moment fühlte sich Paula trotz der modernen Touristenbusse und Besucherströme in die Zeit der in dichtem Nebel über das Kopfsteinpflaster ratternden, vornehmen Pferdedroschken zurückversetzt. Sie hatte allerdings auch den ein oder anderen Bericht über die

Lebensbedingungen der Allerärmsten im damaligen London gelesen, über Menschen, die das deprimierende soziale Elend in die Prostitution und Kriminalität getrieben hatte. London war jedoch kein Einzelfall gewesen. Damals nannte man die Slums in den Metropolen diesseits wie jenseits des großen Teichs *die Höllen* der *Armut* oder *die Viertel* der *Verdammten*. Heutzutage mochten zwar nicht mehr die extreme Verwahrlosung und das Elend der viktorianischen Zeit herrschen, doch Paula war nicht entgangen, dass in manchen Gegenden Londons viele abgerissene, hoffnungslose und zwielichtige Gestalten unterwegs waren.

Es dauerte noch geschlagene zwanzig Minuten, ehe sie Debreaus Viertel endlich erreichten. Um ihre Ankunft nicht zu verraten, parkten sie ein paar Straßen von Debreaus Wohnung entfernt und legten die restlichen Meter zu Fuß zurück. Damit weder Khan noch Debreau sie bereits zufällig aus dem Fenster erblicken konnten, näherten sie sich dem Haus von der Seite her. Jetzt stellte der Nebel sich als ein Segen heraus.

Sie eilten die Stufen des schmalen Treppenhauses hinauf, und als sie den dritten Stock erreichten, erblickte Paula am gegenüberliegenden Ende des Flurs einen Mann in einem langen Kapuzenmantel mit einer Transportbox unter dem Arm. Vermutlich einer der zahlreichen Londoner Fast-Food-Lieferanten. Sie erreichten Mr Khans Apartment, von dem Paula nun überzeugt war, dass hier in Wahrheit Debreau wohnte. Laut und vernehmlich hämmerte sie mit der Faust an die Tür, was den Mann mit der Fast-Food-Box dazu veranlasste, sich noch einmal nach ihnen umzudrehen, bevor er kopfschüttelnd um die Ecke verschwand.

Zu Paulas Verblüffung war die Apartmenttür nur angelehnt und ging nun unter der Wucht ihres Anklopfens ein Stück weit auf. Sofort gab sie Reeves ein Zeichen und zog ihre Waffe. Der Inspector nickte und tat es ihr gleich. Sie stieß die Tür ganz auf.

Während Reeves ihr Deckung gab, blieb sie stehen und lauschte. Dann trat sie ein, schaute in den Wohnraum und erstarrte. Für einen Moment bekam sie keinen Ton heraus. Reeves, der ihr leise gefolgt war und über ihre Schulter schaute, sagte: »Heilige Scheiße.«

Debreau saß nackt und blutüberströmt auf einem Küchenstuhl vor dem Fenster. Doch bevor Paula sich ihm näherte, musste sie erst einmal sichergehen, dass der Täter nicht noch irgendwo in der Wohnung lauerte. Suchend schaute sie sich um, während Reeves sie weiter sicherte, warf einen Blick in das kleine Bad, dessen Waschbecken ebenfalls mit Blut besudelt war, und in den makellosen Schlafraum. Die ganze Aktion dauerte kaum mehr als eine halbe Minute.

Schließlich wandte sie sich mit angespannter Miene Debreau zu. Der Bereich vor dem Fenster sah wie ein Schlachtplatz aus. Sie trat an den Stuhl heran, achtete aber darauf, nicht in das Blut zu treten. Es war offensichtlich, dass kein Arzt der Welt Debreau mehr würde helfen können.

»Verdammt, seine Augen!«, entfuhr es Reeves. »Und …«

Er fing an zu würgen und eilte hinaus auf den Flur, wo er sich lautstark übergab. Der metallische, scharfe Geruch des frischen Bluts in dem Raum war überwältigend. Selbst Paula, deren Magen einiges aushielt, musste sich zusammenreißen. Es war jedoch weniger das Blut, das ihr und Reeves zu schaffen machte. Debreaus leichenblasser Körper zuckte noch, aber es war das letzte Muskelzucken eines Toten. Der Mörder hatte ihm die Augen herausgeschnitten und ihn kastriert. Und dann hatte er Debreau vor dem Fenster zum Schulhof in seinem Blut sterben lassen.

Als Paula sich bückte und dem Blick der blinden Augenhöhlen folgte, entdeckte sie auf dem Fensterglas ein in Blut geschriebenes Zeichen.

Alpha und Omega. Anfang und Ende. Leben und Tod. Die Signatur des Ghosts!

Paula konnte fast sicher davon ausgehen, dass Ghost sein Zeichen auch irgendwo auf dem Leichnam hinterlassen hatte. Doch so voller Blut, wie der Tote war, konnte sie nichts erkennen. Der Körper würde erst einmal gereinigt werden müssen, nachdem die Spurensicherung ihre Arbeit hier abgeschlossen hatte. Im Geiste sah sie Padelskys Team schon mit Koffern und Boxen am Tatort erscheinen, während sie hörte, wie Reeves draußen auf dem Gang schnaufte und hustete, und plötzlich fuhr sie aufgrund einer Eingebung ruckartig hoch.

Der Mann im Treppenhaus!

Sie wollte schon aus der Wohnung rennen, als sie sich noch einmal zum Fenster wandte, hinter dem inzwischen noch dichtere Nebelschwaden durch die Straßen waberten und die umliegenden Häuser mehr und mehr verschluckten. Doch unten, auf der anderen Straßenseite, konnte sie noch schemenhaft eine menschliche Gestalt neben der Laterne erkennen. Der Schatten machte ein Handzeichen, und es schien, als schaue er zu ihr hinauf.

Paula machte auf dem Absatz kehrt und rannte durch den Wohnraum zum Flur, wo Reeves mit einer Hand an die Wand gelehnt noch immer nach Atem rang. Er wirkte zutiefst beschämt und tat ihr leid, aber darauf konnte sie jetzt keine Rücksicht nehmen. Jetzt zählte jede Sekunde.

»Informieren Sie Doktor Padelsky und Doktor Bullard. Und rufen Sie Verstärkung!«, rief sie ihm im Vorbeihasten zu.

»Wo wollen Sie hin?«, röchelte er ihr völlig verblüfft hinterher.

»Wenn mich nicht alles täuscht, steht der Mörder noch unten auf der Straße. Passen Sie auf den Tatort auf!«

Im Treppenhaus nahm sie gleich zwei Stufen auf einmal und sprang den letzten Treppenabsatz mit zwei großen

Schritten hinunter. Unten angekommen, riss sie die Haustür auf und rannte auf den Gehweg, doch die Gestalt, die eben noch unter der Laterne gestanden und sie verhöhnt hatte, war verschwunden.

Paula spähte über den Platz und in beide Straßenrichtungen. Die eine Richtung schien menschenleer, doch in der anderen entfernte sich ein dunkler Schemen, der ein langes Gewand zu tragen schien. Sie fackelte nicht lange und nahm die Verfolgung auf, vorbei an hohen Backsteinmauern, Wohnhäusern und Fabriken, in denen um diese Zeit keine Menschenseele zu leben oder zu arbeiten schien. Der unwirkliche Nebel verlieh den Gebäuden und Straßen eine unheimliche Aura, verfremdete Entfernungen und dämpfte jedes Geräusch. Dennoch hatte Paula den Eindruck, dass sie allmählich zu dem Mann im Kapuzenmantel aufholte. Irgendwie zeichnete sich seine Silhouette mit jedem Meter, den sie zurücklegte, schärfer ab und wurde größer.

Und dann war er plötzlich verschwunden. Wie vom Erdboden verschluckt. Als hätte sich ein verdammtes Höllenloch unter ihm aufgetan.

Paula eilte weiter und wäre fast an einem schmalen Seitenweg vorbeigelaufen, hätte der gedämpfte Widerhall ihrer Schritte ihr empfindliches Gehör nicht auf die Veränderung in ihrer Umgebung aufmerksam gemacht. Das überdurchschnittliche Hörvermögen hatte sie während ihrer Kindheit im Chicagoer Getto entwickelt. Hier entlang musste er geflüchtet sein. Aber war es klug, ihm bei diesen Sichtverhältnissen in diese beengte Gasse zu folgen?

Doch was hatte sie schon für eine Wahl? Bis Verstärkung eintraf, war es zu spät, und der Fremde war mit ziemlicher Sicherheit Debreaus Mörder und damit der Ghost.

Sei bloß vorsichtig. Er verhöhnt und verarscht dich! Du glaubst doch nicht, dass es Zufall ist, dass er dich in diese hohle Gasse lockt?

Mist! Wie es ausschaute, kannte der Kerl sich in der Gegend sehr gut aus oder hatte diese vorab nach möglichen Fluchtwegen erkundet. Etwas, von dem Paula sich vorstellen konnte, dass es zum Ghost passte. Planung!

Sie zog ihre Waffe und die LED-Taschenlampe aus der Jacke, entschied sich dann aber gegen die Lampe, da diese ihr in dem Nebel nicht viel bringen, sie dafür aber umso rascher verraten würde. Langsam, Schritt für Schritt, tastete sie sich voran. Die ersten Meter der Gasse waren einfach zu passieren, nichts stand rechts oder links im Weg herum, doch dann näherte sie sich einem großen, dunklen Müllcontainer auf Rollen mit Scharnierdeckel, der vor der Hintertür eines Restaurants stand. Nur zu leicht konnte jemand hinter solch einem Ding für einen Überraschungsangriff Deckung suchen.

Paula beschloss das Risiko einzugehen, drückte sich vorsichtig an die Wand und umrundete den massiven Kasten leise, um dann ruckartig mit der Waffe im Anschlag um die Ecke zu schauen. Aber niemand hielt sich dort verborgen.

Auf ihrem Weg durch den dichten Nebel lauerten weitere Gefahrenquellen. Aufgetürmte Müllsäcke, Türnischen, in denen man sich gut verbergen konnte, und weitere Großcontainer und Mülltonnen. Einigen der Container und Müllsackhaufen musste sie sogar in die Mitte der Gasse ausweichen, was sie zwar hurtig wie ein Wiesel tat, dennoch bot sie so ein leichtes Ziel. Sie durfte in ihrer Wachsamkeit kein Stück nachlassen. So gut es in der Nebelsuppe ging, musste sie ihre Umgebung im Auge behalten, was Zeit kostete. Aber selbst wenn das bedeutete, dass der Täter seinen Vorsprung dadurch ausbaute: Sicher war sicher.

Sie hatte gerade zwei weitere große Container passiert, als sie irgendwo vor sich ein lautes, wenn auch gedämpftes Scheppern hörte und fast zeitgleich einen gotterbärmlichen Schrei. Sofort suchte sie mit dem Rücken an einer Wand Schutz und spähte in die Richtung, aus der der Lärm gekommen war. Erschrocken zuckte sie zurück, als ein niedriger Schatten wie ein Blitz aus dem Nebel heranschoss, an ihr vorbeiflitzte und unter dem Container ihr schräg gegenüber in Deckung ging.

Eine Katze! Verdammt! Fast hätte sie auf das Tier geschossen!

Die Katze hatte sich aber nicht nur erschrocken, sondern war zutiefst angsterfüllt und in Panik. Sie glotzte Paula an, als hätte sie die Frau erst jetzt bemerkt, wagte es aber nicht, ihren vermeintlich so sicheren Platz wieder zu verlassen, um weiter zu fliehen.

Paula rührte sich ebenso wenig wie das Tier von der Stelle und lauschte in den Nebel hinein. Dann raste plötzlich inmitten der Dunstschwaden etwas durch die Luft auf sie zu. Sie versuchte auszuweichen, hatte es jedoch zu spät bemerkt, und so traf es sie seitlich am Kopf, und sie stürzte zu Boden.

17

Reeves hatte das Gefühl, dass der säuerlich-scharfe Geruch seines Erbrochenen an jeder Faser seiner Kleidung haftete und in jede Pore seiner Haut eingedrungen war. Tatsächlich aber hatte er es gerade noch geschafft, den Tatort und sich selbst nicht von oben bis unten vollzusauen. Lediglich die Spitzen seiner Schuhe hatten ein paar Spritzer abbekommen, und die hatte er bereits weggewischt. Dennoch schämte er sich in Grund und Boden, wobei er in Letzterem am liebsten versunken wäre. Stattdessen stand er nun da und starrte durch die angelehnte Wohnungstür in Debreaus Apartment, während er auf das Spurensicherungsteam, den Gerichtsmediziner und die Polizeiverstärkung wartete, und dabei fühlte er sich im Augenblick wie der letzte unfähige Penner.

Außerdem sorgte er sich um Paula Tennant, aber er durfte den Tatort nicht unbewacht lassen. Die ISA-Agentin schien zwar ganz schön tough zu sein, war nun aber ganz alleine in diesem verflixten Nebel hinter dem Ghost her. Und der war weiß Gott nicht zimperlich.

Reeves' Blick glitt kurz über Debreaus Leichnam. Von der Tür aus konnte er den geschundenen Körper zwar nur von hinten sehen, doch alleine schon bei der Erinnerung an die leeren, zerfetzten Augenhöhlen und den blutigen Schoß wurde ihm erneut speiübel. Paula Tennant konnte sagen, was sie wollte, dieser Mörder war ein Sadist. Er wollte seinen Opfern nicht nur höllisch wehtun, er genoss es. So viel stand für Reeves fest.

Padelsky traf mit ihren Assistenten vor Bullard ein, und sie erfasste Reeves unangenehme Situation auf dem Gang sofort. Keine besondere Leistung, wenn der ganze Flur nach Reeves' halb verdautem Mageninhalt stank und er selbst bleich danebenstand. Aber sie kreidete ihm die Sache nicht an.

»Hier. Nehmen Sie eine davon, Inspector. Dann wird es schon wieder.« Sie reichte ihm ein Beruhigungsmittel für den Magen und eine Wasserflasche.

»Danke, Doktor.« Er schluckte die Tablette mit dem Wasser, als kippte er einen Whisky hinunter, heilfroh darüber, den widerlichen Geschmack halbwegs loszuwerden.

Padelsky und ihre Leute streiften sich Schutzanzüge über und wandten sich der Szenerie in dem Apartment zu, wobei der Kriminaltechnikerin ein leises »Mein Gott!« entfuhr. Doch sie hatte sich schnell wieder im Griff und erteilte ihren beiden Mitarbeitern Anweisungen. Reeves beobachtete, wie sie ihre Koffer mit der Ausrüstung auf dem Boden im Küchenbereich abstellten und öffneten. Beweismitteltüten, Sammelgläser, Tupfer, Lupe oder Fingerabdruckpulver gehörten ebenso dazu wie ein Kompass und eine Digitalkamera für eine fotografische Bestandsaufnahme des gesamten Tatorts.

Da Reeves im Moment nichts weiter tun konnte, als dafür zu sorgen, dass sich keine Unbefugten oder Schaulustigen vor dem Raum herumdrückten, zog er sich wieder in den Gang zurück. Die Polizeiverstärkung musste ebenfalls jeden Moment eintreffen. Da er selbst den Tatort nicht verlassen konnte, hatte er die Zentrale kontaktiert, um Paula Tennants Handy lokalisieren zu lassen und ihr Unterstützung zu schicken. Zweimal hatte er bereits versucht, die Agentin telefonisch zu erreichen. Leider vergebens.

Doch noch vor dem Polizeieinsatzteam, das direkt zum Tatort kommen sollte, traf Dr. Bullard, großspurig wie immer, mit seinem Assistenten ein. Reeves' Malheur war für den Gerichtsmediziner natürlich ein gefundenes Fressen. Er hielt auf dem Gang inne und schnupperte, so als nähme er eine verheißungsvolle Witterung auf. Dann schüttelte er den Kopf, als müsse er mit seinen teuren Lederschuhen durch Schlick und Dreck waten.

»Na, Inspector, wohl kein schöner Anblick? Mal schauen, was Ihr böser Bube dieses Mal angestellt hat.«

Reeves gab keine Antwort. Sollte Bullard sich seine Arroganz doch sonst wohin stecken. Er sorgte sich zu sehr um Paula Tennant, als dass ihn das dumme Gewäsch und die Boshaftigkeit eines alternden, mit dem Leben unzufriedenen Gerichtsmediziners hätte treffen können. Stattdessen deutete er – nach außen ungerührt – in das Apartment, denn dort spielte für Bullard jetzt die Musik.

Der Gerichtsmediziner gab seinem folgsamen und verhuschten Assistenten ein Zeichen, zog sich einen der mitgebrachten Schutzanzüge über und trat dann in das Zimmer mit dem schrecklichen Gestank des Todes.

»Autsch!«, meinte Bullard, als er vorsichtig vor Debreaus Leiche getreten war. »Das war sicher verdammt unangenehm.«

Padelsky, die gerade etwas mit der Pinzette aufgenommen und in einem der Beutel verstaut hatte, blickte genervt von ihrer Arbeit auf. »Es wäre mir lieb, wenn Sie Ihre unpassenden Kommentare für sich behielten, Doktor Bullard, und sich stattdessen auf die Arbeit konzentrierten.« Ihre Stimmlage war dabei von einer Härte, die Reeves ihr nicht zugetraut hätte.

»Uh, da ist wohl jemand mit dem falschen Fuß aufgestanden«, gab der Gerichtsmediziner bissig zurück. Als Padelsky jedoch nicht darauf einging, meinte er nur noch: »Na, dann wollen wir mal sehen, was unser Toter zu berichten hat.«

Eine Minute später traf die Verstärkung in Form eines Trupps uniformierter Polizisten ein und nahm Reeves' Anweisungen entgegen, Flur, Haus und Gelände zu sichern. Als das erledigt war, versuchte Reeves erneut, Agent Tennant zu erreichen. Eigentlich musste ihr Handy längst geortet und der zweite Polizeitrupp zu ihr unterwegs sein. Es klingelte dreimal. Und gerade als er die Hoffnung schon aufgeben wollte, sprang Gott sei Dank nicht die Mailbox an.

»Inspector Reeves?«

Reeves spürte, wie es ihm eiskalt den Rücken runterlief. Er erkannte die metallisch verzerrte Stimme sofort.

Scheiße! Der Ghost!

Gleichzeitig klang es am anderen Ende der Leitung, als hätte Reeves' Gesprächspartner jemanden im Würgegriff.

»Sie sind doch Inspector Reeves, oder etwa nicht?«

Reeves zögerte. »Wo ist Agent Tennant?«

Es entstand eine kurze Pause. Erneut hörte der Inspector so etwas wie ein eigentümliches Quieken und Schnaufen, als würde jemandem die Luft zum Atmen abgeschnürt.

»Wo ist Agent Tennant?«, wiederholte Reeves scharf.

»Keine Sorge, Inspector. Sie ruht sich nur ein wenig aus. Wenn Sie es wünschen, dürfen Sie sie gerne hier abholen ... oh, einen Moment, jetzt ist mir doch glatt der Name dieser Gasse entfallen. Aber den werden Sie sicher schnell herausfinden.«

Damit beendete der Ghost das Gespräch.

Padelsky, die Reeves am nächsten gestanden hatte, unterbrach kurz ihre Arbeit und kam auf ihn zu. »Gibt es ein Problem? Ich meine, abgesehen von dem Problem in diesem Apartment.«

»Das will ich nicht hoffen, Doktor«, antwortete Reeves angespannt. »Bitte entschuldigen Sie mich einen Moment.«

Padelsky hob eine Braue ob der Abfuhr, nickte dann aber und kehrte an ihre Arbeit zurück. Reeves wollte gerade die Zentrale anrufen, um sich zu vergewissern, dass die

Unterstützung schon zu Tennant unterwegs war, als Mr Khan plötzlich aus dem Apartment schräg gegenüber auf dem Gang erschien. Der kleine Mann mit dem Fellhut stand einen Moment da wie vom Donner gerührt, doch dann machte er auch schon auf dem Absatz kehrt, um über das hintere Treppenhaus zu verschwinden.

»Los! Hinterher!«

Reeves bedeutete einem der Constables, Mr Khan zu stellen. Den anderen Constable wies er an, den Mann dann bis zur Vernehmung in seiner Wohnung festzuhalten und zu bewachen.

Dann sprach er mit einem der Beamten in der Zentrale. Ja, ein weiterer Einsatzwagen sei nach Whitechapel unterwegs. Es herrsche jedoch gerade dichter Verkehr, und daher stieße auch eine Polizeisirene an ihre Grenzen. Außerdem habe man Agent Tennants Handy noch nicht orten können.

Reeves fluchte in sich hinein und legte auf. Er erinnerte sich, dass der Ghost von einer Gasse gesprochen hatte. Deshalb öffnete er das Internetprogramm seines Handys, rief eine Straßenkarte von Whitechapel auf und ließ seinen Standort bestimmen. Dann zoomte er ein klein wenig aus der Karte heraus, um einen größeren Kartenausschnitt rund um Debreaus Wohnhaus zu sehen. Wenn die Gasse in der Nähe war, musste er sie doch auf diesem Plan finden. Die Suche zog sich ein wenig hin, da der Bildschirm klein und seine Augen nicht die allerbesten waren. Doch schließlich entdeckte er die schmale Linie einer Gasse auf der Karte und zoomte hinein.

Der Old Tower Walk! Das musste die Gasse sein!

Sofort zog er zwei seiner Constables ab und schickte sie hinter Agent Tennant her.

18

Paula kam wieder zu sich. Ihr Schädel brummte und tat vor allem hinter der linken Schläfe weh, dort, wo das Objekt sie getroffen hatte. Sie betastete die angeschwollene Stelle und überprüfte ihre Fingerspitzen. Immerhin kein Blut. Sie sammelte sich und sah auf die Armbanduhr. Etliche Minuten waren verstrichen, seit sie Debreaus Wohnung verlassen hatte. Als sie nach ihrer SIG Sauer greifen wollte, stellte sie fest, dass sowohl die Waffe als auch ihr Handy und die Taschenlampe fort waren. Ihre Ausweispapiere hingegen lagen auf ihrem Schoß. Blut klebte daran. Etwa doch ihr eigenes? Erneut betastete sie die Beule an ihrem Kopf. Nein, es schaute nicht danach aus.

Ihr Blick fiel auf den ihr gegenüberstehenden hohen Rollcontainer, der im Nebel wie eine wuchtige Kutsche ohne Pferde wirkte. Das fahle Licht einer altersschwachen Straßenlaterne ein paar Meter weiter beleuchtete die Umgebung mehr schlecht als recht. Aber Paula glaubte noch immer die Konturen der Katze seitlich hinter der linken Vorderrolle des Containers zu sehen. Und schließlich war sie sich sicher, dass ihr Brummschädel ihr keinen Streich spielte. Die Katze saß noch immer geduckt und verängstigt da, hatte sich kein Stück weggerührt und starrte sie an, als frage sie sich, ob sie der Frau, die da an der Wand gegenüber lehnte, trauen konnte. Paula konnte sich nicht erinnern, je in ihrem Leben einer dermaßen eingeschüchterten Katze begegnet zu sein. Selbst ihr einäugiger Kater Laurel, der ganz sicher einiges in seinem Katzenleben mitgemacht hatte, war nicht so furchtsam und wie gelähmt gewesen, als Paula ihn zwischen diversen Müllsäcken aus einer Mülltonne herausgefischt hatte.

Als sie den Kopf leicht drehte, um weiter ihre Umgebung zu überprüfen, kehrte das Schädelbrummen schlagartig und um ein Vielfaches verstärkt zurück. Es brauchte ein paar Sekunden, ehe sie den Schmerz und den erneut aufkommenden Schwindel überwand und sich weiter umschauen konnte. Nein, es gab keinen Zweifel, sie hatte beim ersten Mal nichts übersehen. Was immer für eine Art Geschoss sie hinter der linken Schläfe getroffen hatte, war mitsamt ihrer SIG Sauer, dem Handy und der Taschenlampe verschwunden. Und normalerweise bekamen derartige Gegenstände nicht von selbst Beine und machten sich auf und davon. Wer immer sie niedergestreckt hatte, war nun im Besitz ihrer Waffe!

Vorsichtig sah sie sich in der nebligen Gasse um. Die Dunstschwaden waren während der Zeit ihrer Bewusstlosigkeit einen Tick dichter geworden und schränkten ihre Sicht noch mehr ein. Zumindest in einem Radius von etwa zwölf Metern schien keine Menschenseele in der Nähe zu sein.

Sie steckte ihren blutverschmierten Ausweis in einen der Beweisbeutel, die sie mit sich trug, und rappelte sich wankend und fröstelnd auf die Knie. Als sie ihre Jacke schließen wollte, bemerkte sie, dass ihre Hemdbluse um zwei Knöpfe weiter geöffnet worden war, sodass nun unter dem Unterhemd ein Teil ihrer Y-Narbe sichtbar war.

Sie schnappte nach Luft. Auf der verheilten Narbe war Blut. Sie wischte darüber und atmete erleichtert auf, als sie feststellte, dass auch dieses Blut nicht ihr eigenes war. Dafür war nun aber ein Teil ihrer albtraumhaften Erinnerung wachgerüttelt. Das alte, verfallene Haus inmitten der Felder und Wälder. Die Frau, die sie dort in ihrem Elend liegend gefunden hatte und … Nein! Nein, sie wollte auf gar keinen Fall tiefer in diese Erinnerung eintauchen.

Zitternd knöpfte sie die Bluse zu, wurde aber das Gefühl der aufkommenden Klaustrophobie nicht los, während sie versuchte, jeden weiteren Gedanken an diesen Tag zu verscheuchen. Dafür kamen ihr nun der anschließende Krankenhausaufenthalt und die Genesungszeit in den Sinn, eine Zeit, die alles andere als leicht gewesen war, auch wenn Robert Bernstein, Dave Murray und Kardinal Calitri sie unterstützt hatten. Letztendlich war sie nach all den Wochen heilfroh gewesen, als sie endlich wieder ihre Arbeit aufnehmen und so etwas wie einen Schlussstrich ziehen konnte. An dem Tag, als sie das erste Mal wieder ihr Chicagoer Büro betrat, hatte sie noch geglaubt, sie könne alles einfach hinter sich lassen und den gottverdammten Schrecken vergessen. Schließlich war Rom weit entfernt, der Mörder tot und die Schnittwunden längst verheilt. Aber die Narbe ließ sie nicht los, war nun ein Teil ihrer selbst geworden, ein stetiges Mahnmal, dessen Ursache tief in ihr Gedächtnis gebrannt worden war. Das alles war jetzt untrennbar ein Teil ihres Wesens.

Meistens gelang es ihr dank der Arbeit allerdings, das Erlebte zu verdrängen, doch es gab Zeiten, in denen die Wucht der Emotion sie buchstäblich auseinanderzureißen drohte, in denen sie einfach nicht gegen die biochemische Stressreaktion in ihrem Gehirn ankam. Immerhin hatte sie gelernt, beim morgendlichen Blick in den Badezimmerspiegel die Existenz der Narbe weitgehend auszublenden. So als wäre da etwas am Rande ihres Wahrnehmungsfeldes, das sich sofort auflöste, sobald sie hinsah. Doch in einer Situation, wie sie sie gerade erlebte, half alles verdrängen Wollen nichts. Das einsame verfallene Haus war überdeutlich in ihrem Bewusstsein. Ebenso die verstümmelte Frau – und der Mann mit der Maske.

Paulas Psychotherapeut hatte zwar davon gesprochen, dass die Therapie ihr helfen würde, mit dem Erlebten klarzukommen, und dass sich ihr Seelenleben wieder weitgehend normalisieren würde, doch Paula hatte nicht den Eindruck, dass die schmerzhafte Intensität ihrer seelischen Narben seither nachgelassen hatte. Sobald die Erinnerung aus den Tiefen ihres Unterbewusstseins situationsbedingt wie die Lava aus einem Vulkan aus ihr herausbrach, war das ganze Elend wieder da.

Du hast keine Ahnung, wovon du sprichst, Dr. Drew Cochran. Deine Tests und Gespräche helfen bestenfalls deiner Forschung. Für dich ist doch jeder Patient nur ein Objekt. Egal, ob er ein Mörder im Todestrakt oder ein Polizist ist.

Fast war es ihr, als hörte sie Cochrans hinkenden Gang irgendwo weiter hinten im Nebel, als entfernte sich das Klacken des Gehstocks, den er an seinen schlechtesten Tagen benutzte. Würde er den Ghost in seine wissenschaftlichen Finger bekommen, würde er sicher sofort damit beginnen, das Gehirn des Serienmörders zu untersuchen und zu therapieren. Cochran war der festen Überzeugung, selbst das Böse brauchte nur die richtige Therapie, sprich Gehirnkorrektur, dann würde es seine finstere Seite schon kontrollieren können und ein wertvolles Mitglied der Gesellschaft sein. Lächerlich! Das wirklich Böse wollte nicht therapiert werden. Es wollte seine Mitmenschen beherrschen. Es wollte ängstigen, quälen, erniedrigen und töten. Es wollte die Not und das Leid der anderen spüren, denn daraus zog es seinen Lebenssinn und seine Lebenskraft. Die Lust an der Macht und die Lust an der Gewalt waren sein Ding!

Eines Tages würde Cochran noch das Opfer einer seiner therapierten und wieder auf die Gesellschaft losgelassenen Soziopathen werden. Diese aus der Masse der Mörder herausragenden kaltblütigen Killer wussten genau, was sie taten. Mit vorgetäuschtem Charme umschmeichelten sie ihre Opfer und planten derweil eiskalt und gewissenlos deren Leiden, Sterben und Tod.

Eigentlich sollte die Messung der Hirnströme Cochran bereits ernüchtern. Soziopathen-Gehirne reagierten auf Begriffe wie *Verstümmelung* ebenso emotionslos wie auf neutrale Worte wie *Tisch* oder *Stuhl*. Ihr Gehirn machte da keinen Unterschied. Auch Angst war für sie selbst emotional nicht erlebbar, aber sie erkannten und genossen die Furcht in den Augen ihrer Opfer. Für Soziopathen waren Psychotherapien lediglich ein kostenloses Studium in Psychologie, um ihre Opfer noch effektiver hinters Licht führen zu können. Jeder vermeintlich therapierte Soziopath auf freiem Fuß war für Paula nicht mehr als eine tickende Zeitbombe.

Verdammt!, schalt sie sich in Gedanken. *Hier geht es gerade nicht um dein Erlebnis in Rom oder um Cochrans verdrehte und gefährliche Weltsicht. Hier geht es um den Ghost! Also reiß dich verdammt noch mal zusammen!*

Sie atmete tief durch. Sie war im Dienst. Sie musste sich zusammennehmen. Sie musste sich unbedingt konzentrieren, um mitzubekommen, was gerade um sie herum geschah. Jetzt zählten nur der Ghost und diese verdammte neblige Gasse. Und so versuchte sie, die positive Seite der Situation zu sehen. Man hatte ihre Bluse geöffnet, sie an der Narbe zwischen ihren Brüsten berührt, sie entkleiden und womöglich sogar vergewaltigen wollen, doch der Anblick der Narbe hatte sie anscheinend vor Schlimmerem bewahrt!

Damit hattest du wohl nicht gerechnet, du elender Bastard!

Im selben Moment dämmerte ihr, dass es überhaupt nicht zum Profil des Ghosts passte, eine Frau zu überfallen und ihr Gewalt anzutun. Natürlich konnte sie sich irren, aber das glaubte sie nicht. Jemand anderes musste sie in der Gasse überrumpelt haben, nachdem der Ghost längst auf und davon war. Dass dieser jemand nun im Besitz ihrer SIG Sauer und ihres

Handys war, machte die Sache allerdings kein bisschen einfacher. Paula fluchte in sich hinein. Dann fiel ihr Blick wieder auf die völlig verstörte Katze. Sollte dieser jemand auch das Tier dermaßen eingeschüchtert haben?

Behutsam kroch sie auf die Katze zu. Wer immer sie überfallen hatte, war nun wie der Ghost längst über alle Berge. Und sie mochte das verängstigte Tier hier nicht zurücklassen. Als sie den Container fast erreicht hatte, spannte die Katze sich plötzlich an, machte einen Buckel und begann wild zu fauchen. Doch sie fauchte nicht in Paulas Richtung.

Paula begriff: Das Tier und sie waren nicht alleine.

Und dann fiel ihr Blick auf ihn. Er stand vielleicht ein halbes Dutzend Schritte von dem Container entfernt. Auf der Seite, wo sich keine Laterne und somit kein Lichtschimmer befand. Eine hohe, dunkle Silhouette umgeben von waberndem Grau.

Der Mann, den sie am Ende von Debreaus Hausflur gesehen hatte. Der Kerl im langen Kapuzenmantel.

Der Nebel schien seine natürliche Umgebung zu sein, so als könne er nach Belieben darin verschwinden oder daraus wieder auftauchen, ohne je die Orientierung zu verlieren. Paula spürte, wie das Adrenalin durch ihre Adern schoss, wie sie binnen einer Sekunde hellwach wurde. Sie wünschte, sie hätte noch ihre Waffe, doch sollte es zum Äußersten kommen, steckte immer noch ihr Bowiemesser im rechten Stiefelschaft.

Sie stockte. Oder etwa nicht? Was, wenn es wie die Pistole gestohlen worden war?

Dummerweise war sie gerade in die Hocke gegangen und hatte beide Hände auf dem Asphalt abgestützt, um sich der Katze besser nähern zu können. Aus dieser Position würde sie nicht gerade unauffällig nach dem Messer greifen können.

Dann zerrte der Kapuzenmann etwas, das hinter ihm verborgen im Nebel gelegen hatte, nach vorne und ließ es unsanft neben sich plumpsen. Was immer es war, das Bündel war groß und es rührte sich nicht.

»Ich glaube, das hier gehört Ihnen.« Mit diesen Worten legte er eine Schusswaffe, ein Handy und eine Taschenlampe der Reihe nach auf einer kleinen Mauer ab.

Paula starrte auf die Utensilien, doch der Schauer, der ihr über den Rücken lief, hatte einen ganz anderen Grund. Nämlich die metallische und doch so menschlich klingende Stimme des Mannes. Es war dieselbe Stimme, die ihr in der letzten Nacht in Waldens Haus den Hinweis am Telefon gegeben hatte, der schließlich über das Sandbild zu den Nachbarn und schließlich zum Tierkrematorium geführt hatte.

Dieser Mann war tatsächlich der Ghost!

Er ließ einen weiteren Gegenstand auf das feuchte Pflaster fallen. Es war etwas, das Paula auf die Distanz nicht erkennen konnte. Es sah irgendwie aus wie eine massive Astgabel.

»Das Handwerkszeug unseres jungen Freundes«, erklärte er. »Er jagt damit Tiere. Und Menschen, wenn sich ihm die Gelegenheit bietet. Sie hatten mehr Glück als Verstand. Sie könnten jetzt tot sein.«

Paula richtete sich langsam auf. Sofort spürte sie wieder den Schmerz und das Dröhnen in ihrem Kopf, ganz zu schweigen von dem üblen Schwindelgefühl. Trotzdem war sie fest entschlossen, den Ghost zu verhaften.

»Oh nein, Agent«, sagte er in befehlsgewohntem Ton. »Sie bleiben schön dort, wo Sie sind, oder ich leihe mir die Schleuder und eines der Gummigeschosse des Jungen aus. Verstanden?«

Paula verharrte neben dem Container. Was blieb ihr im Moment auch anderes übrig? Sie fragte sich, wie der Ghost diese Sache mit der Stimme machte. Benutzte er unter der Kapuze einen Stimmenverzerrer? Sosehr sie sich auch bemühte, sie konnte nicht unter seine Kapuze spähen. Und abgesehen von dem verfluchten herumwabernden Nebel war er ohnehin zu weit von ihr entfernt.

»Ich werde Sie nicht so einfach gehen lassen«, sagte sie. »Das muss Ihnen doch klar sein.« Angesichts ihrer Situation eine völlig idiotische Bemerkung.

Spinnst du? Du bist hier nicht in einem englischen Krimi oder die Heldin in einem Actionfilm.

Der Ghost stand im Nebel wie eine Statue und erinnerte Paula an das Denkmal des wegen Ketzerei verbrannten Philosophen Giordano Bruno auf dem Campo de' Fiori in Rom. Sie hatte keine Ahnung, was er über ihre Worte dachte. Vielleicht grinste er unter der Kapuze und dachte, sie sei völlig übergeschnappt. Wie dem auch war, seine eiskalte Entgegnung traf Paula wie ein Schlag ins Gesicht.

»Oh doch, Agent, das werden Sie.« Er sagte es so gelassen, als befänden sie sich bei einem Plauderstündchen in einem Pub. »Sie werden mich ebenso gehen lassen wie Chefinspektor Rossini, Kommissar Bürger, Inspektor Laurent und Inspector Turner. Und wissen Sie, wieso?« Paula hielt sich mit einer Antwort zurück. Es war eine rhetorische Frage, so viel stand fest. »Weil keiner Ihrer Kollegen eine andere Wahl hatte.«

Mit dem letzten Satz hob er die rechte Hand, zeigte ihr das aus der Pistole entfernte Stangenmagazin mit der Munition und warf es einfach irgendwo hinter sich in den Nebel. Paula hörte das Geräusch des auf dem Boden aufschlagenden und schlitternden Magazins.

»Und jetzt entschuldigen Sie mich. Ich will Sie nicht länger aufhalten. Sie haben diesen jungen Mann zu verhaften und noch einen ziemlich unangenehmen Fall zu bearbeiten. Außerdem dürfte Ihr Kollege, Inspector Reeves, gleich hier sein.«

Ohne Paula den Rücken zuzukehren oder sie aus den Augen zu lassen, trat der Ghost in die dichten, milchigen Nebelschleier zurück, aus denen er gekommen war, und verschwand so lautlos, wie er vor wenigen Minuten unvermittelt aus dem Nebel aufgetaucht war. Ob die deutschen Polizeibeamten ihm deshalb den Namen Ghost gegeben hatten? Dabei steckte hinter dem ganzen Mysterium sicher nicht mehr, als dass er Gummisohlen oder sonst etwas Schalldämpfendes trug.

Verflucht, wieso neigten Menschen, auch selbst gestandene Kriminalbeamte, immer dazu, solchen Monstern etwas Überirdisches, ja Übermenschliches anzudichten und ihnen dann auch noch einen Namen wie einen Titel zu verleihen? Selbst der Ghost war nur ein ganz normaler Sterblicher, zugegebenermaßen ein recht cleverer. Dass er Kinderschänder jagte, ließ ihn nicht zu den Guten gehören, auch wenn er das vielleicht von sich selbst behaupten würde. Die dunkle Seite des Menschseins bestimmte sein Leben, und sie offenbarte sich bei ihm in der Rache, im Hass, in der Verachtung und letztendlich der Ausübung all dieser brutalen Morde.

Obwohl Paula die Stimme gehört hatte, war sie sich noch immer nicht sicher, ob es sich bei dem Ghost nun um einen oder gar zwei Täter handelte. Der Kapuzenmann mochte nach wie vor nur die ausführende Hand sein, während der Kopf des möglichen Mörderduos im Verborgenen blieb.

Ob er nun aufgrund seiner verqueren Moralvorstellung dachte, dass sie ihm etwas schuldete? Da würde Paula ihn bitter enttäuschen müssen. Auf das Täuschungsmanöverspiel *Die Kraft der guten Tat* ließ sie sich seit ihrer Kindheit nicht mehr ein. Welchem inneren Kompass der Ghost auch immer folgte, er beschritt mit seiner destruktiven Gewalt den Pfad des Verbrechens. Und deshalb würde er Paula auch nicht in Konflikt mit ihrer eigenen hellen und dunklen Seite bringen.

Sie wartete und lauschte in den verfluchten Nebel, der seine Zuflucht war. Nichts. Dieses Mal schien er tatsächlich verschwunden zu sein. Paula verlor keine Sekunde mehr, erhob sich und näherte sich dem menschlichen Bündel und ihren Utensilien. Der junge Mann – er trug einen graugrünen, abgenutzten Armee-Parka, schmutzige Jeans und ausgetretene graue Sportschuhe – war bewusstlos, aber er atmete ruhig und gleichmäßig, auch wenn seine Nase gebrochen und sowohl Ober- als auch Unterlippe aufgerissen waren. Neben ihm lag die Steinschleuder, mit der er die Katze verletzt und Paula eiskalt niedergestreckt hatte. Seine Hände und Füße waren mit Kabelbindern fest verschnürt, als wäre er ein eingefangenes und gefesseltes Kalb beim Rodeo. Sollte er zu sich kommen, würde das jeden Fluchtversuch vereiteln. Der Ghost machte wahrlich keine halben Sachen.

Paula untersuchte die Hände des Jungen, insbesondere die Finger. Er hatte keinen einzigen Tropfen Blut daran. Wer immer aber ihren Ausweis in der Hand gehalten, ihre Bluse geöffnet und ihre Narbe berührt hatte, musste Blut an den Händen haben, sofern er keine Handschuhe trug. Im gleichen Augenblick dämmerte ihr, dass der Junge weder ihre Kreditkarte noch ihr Bargeld angerührt hatte. Paula bezweifelte aber, dass die SIG Sauer, das Handy und die Lampe ihm als Beute genug gewesen waren. Dann war es schon eher wahrscheinlich, dass der Ghost zurückgekehrt und den Jungen überrascht hatte.

Als Paula den Gedanken weiterspann, schnürte sich ihr Magen zusammen und ihre Knie wurden weich, denn wenn der Junge es nicht gewesen war, dann hatte der Ghost ihren ISA-Ausweis in der Hand gehalten und ihre Narbe berührt. Und dabei hatte er wohl noch immer Debreaus Blut oder das des Jungen an seinen Fingern gehabt.

Sie begann leicht zu zittern, murmelte »Verdammt!« und zog die Lederjacke enger um sich.

Dann ignorierte sie den Druck im Magen und den stechenden Kopfschmerz, so gut es ging, und steckte die SIG Sauer ein. Über das Handy meldete sie Reeves, dass es ihr gut gehe. Dann schnappte sie sich die LED-Lampe, um sich auf die Suche nach dem Magazin zu machen, das irgendwo weiter hinten in der Gasse lag. Sie fand es ein paar Meter entfernt im Schmutz der Abwasserrinne, die durch die Mitte des Weges verlief. Obwohl sie bezweifelte, dass der Ghost Fingerabdrücke hinterlassen hatte, packte sie es sicherheitshalber in den letzten Beweismittelbeutel, den sie noch in der Jackentasche hatte.

Als sie zu dem Jungen und der Katze zurückkehrte, war das Tier verschwunden. Paula konnte nur noch hoffen, dass es nicht zu schwer verletzt und in der Lage war, sich in Sicherheit zu bringen.

Sie wandte sich erneut dem Jungen zu, als sich zwei Lichtsäulen gespenstisch durch den Nebel auf sie zubewegten. Angespannt stand sie da, halb hinter dem Container in Deckung, da ihre Waffe nicht geladen war. Doch dann tauchten aus den Dunstschwaden zwei Bobby-Helme auf.

Erleichtert atmete sie auf. Reeves' Hilfe war eingetroffen.

IM ZEICHEN DES BLUTES

19

Zuerst schnitt er ihr die Jeans mit gespielter Vorsicht Stück für Stück vom Leib, und natürlich genoss er es, sie dabei zu verletzen und zu beobachten, wie sie mit dem Schmerz und ihrer Furcht rang. Das Skalpell ritzte entlang ihrer Oberschenkel feine, brennende Wunden ins Fleisch. Sie spürte das warme Blut auf der Haut, die schmalen Rinnsale, deren heiße Tropfen wie roter Regen in die Finsternis fielen. Der Mann hinter der Maske sprach dazu Worte. Seine Stimme hatte etwas eigentümlich Beruhigendes, doch die Bedeutung dahinter schürte ihre Angst. Sie fieberte und zitterte, denn sie hatte während ihrer Ermittlungsarbeit gesehen, wozu er fähig war.

Sie wollte ihn anschauen, ihm in die Augen sehen und ihm ihre Wut und Angst entgegenbrüllen, doch ihr Kopf war fixiert und die Welt um sie herum merkwürdig verzerrt. Die Schatten wirkten dunkler und gefährlicher. Und die wenigen Stellen mit dem Licht schienen beinahe strahlend hell zu glühen. Außerdem drehte sich der Raum, und die Wände waren in permanenter Bewegung. Oben war unten, und unten war oben. Und dann wieder konnten oben, unten, rechts und links überall sein.

Dann öffnete er ihre Bluse, gab ihr einen symbolischen Kuss und setzte das Skalpell auf ihrem Brustbein an. Sie wollte aus Leibeskräften an ihren Fesseln zerren und schreien, sich von dem verflixten Stuhl losreißen und ihm das Skalpell in den Kopf rammen, doch alles, was sie fertigbrachte, war zu bitten und zu flehen und den Schmerz hinauszubrüllen …

* * *

Mit einem Schrei, der durch Mark und Bein ging, wachte Paula aus dem Albtraum auf, warf die Bettdecke zurück und lag da wie gelähmt. Dann atmete sie tief durch, nahm allen Mut zusammen und berührte die Narbe, die sich zwischen ihren Brüsten über dem Brustbein fortsetzte und dort abrupt aufhörte. Kein offenes, rohes Fleisch, kein fließendes Blut. Kein Skalpell, das sich einen Weg zu ihren Eingeweiden bahnte. Unendlich erleichtert atmete sie auf.

Durch das geschlossene Fenster hörte sie das frühmorgendliche Bellen eines Hundes in der Nachbarschaft. Es klang tief und kräftig wie von einem Rottweiler oder einer großen Dogge. In den letzten Tagen hatte sie das Bellen jeden Morgen gehört, sobald der Besitzer das Tier in den Hinterhofgarten ließ, und es hatte sie – Gott sei Dank! – jedes Mal aus ihrem Albtraum herausgeholt. Nein, sie war nicht mehr in Italien und auch nicht mehr in der Klinik. Der Albdruck löste sich auf, und ihr Bewusstsein kehrte mit jeder verstreichenden Sekunde in die Gegenwart zurück. Nach England. Nach London. Zum Fall Ghost, an dem sie aktuell arbeitete. Sie spürte, wie sich ihr eben noch rasender Herzschlag normalisierte und wie ihre aufgewühlte Seele zur Ruhe kam. Seit ihrer Kindheit waren Albträume für Paula nichts Ungewöhnliches, doch dieser hatte ihre bisherigen längst in den Schatten gestellt. Und er suchte sie nur zu gerne in den frühen Morgenstunden heim, um sie schweißgebadet aus dem Schlaf zu reißen.

Ihr Blick fiel auf die Digitaluhr auf dem Nachttisch. Es war noch früh am Morgen. Fürs Duschen und Frühstücken hatte sie noch über eine Stunde Zeit. Wenigstens war dieser Albtraum ein guter Wecker.

Sie stieg aus dem Bett und nahm eine Wechseldusche. Das abwechselnd heiße und kalte Wasser klärte ihr Hirn und stärkte ihr Immunsystem. Nach dem Ankleiden – die Dusche hatte ihre Wirkung gut entfaltet und ihre müden Knochen belebt – ging sie in das kleine Café-Restaurant gegenüber, bestellte sich ein English Breakfast und verfolgte über den Flachbildschirm an der Wand die lokalen Nachrichten von BBC London.

Noch immer wurde über den kleinen Noah und seinen Mörder berichtet. Ron Waldens Haus erschien auf dem Bildschirm, davor zwei wachsame Constables mit ihren Bobby-Helmen sowie ein paar Schaulustige und Journalisten. Kein Wort jedoch über Waldens wirkliches Schicksal. Bekannt gegeben wurde nur, dass sein Leichnam in einem Park in Ealing gefunden worden war. Aber das reichte den Presseleuten und den sozialen Medien schon für die wildesten Spekulationen, bis hin zu der Frage, ob Noahs Vater blutige Rache geübt hatte.

Nach dem Frühstück kehrte Paula noch einmal in ihr Apartment zurück, um ihre E-Mails zu checken. Dave Murray hatte ihr ein Foto von ihrer Chicagoer Wohnung geschickt, genauer dem Wohnraum mit ihren Haustieren Laurel und Hardy und geschätzten mehreren Hundert Metern Toilettenpapier. Sie musste grinsen. Murray hatte nicht übertrieben. Laurel hatte den Monatsvorrat an Toilettenpapier über die halbe Wohnung verteilt und es sogar noch fertiggebracht, den kleinen pummeligen Hardy bis zur Schnauze darin einzuwickeln. Ein wahrlich kurioses kleines Kunstwerk.

Paula beantwortete nur die wichtigsten E-Mails. Ein knappes halbes Dutzend. Den Rest schob sie in den Ordner für später. Als schließlich ihr Handy klingelte, war Reeves dran.

»Guten Morgen, Agent. Gut geschlafen?«

»Es hätte schlechter sein können. Und Sie?«

»Es geht. Ich bin mit den Akten jetzt fast durch. Doch weswegen ich eigentlich anrufe: Dr. Bullard wird Debreaus Leichnam gleich heute Morgen untersuchen. Falls Sie bei der Autopsie dabei sein wollen, könnten wir uns in der Gerichtsmedizin treffen.«

Eine Leichenschau so kurz nach dem Frühstück war zwar nicht gerade Paulas bevorzugter Start in den Tag, aber im Fall Ghost wollte sie sich diese Untersuchung keineswegs entgehen lassen.

»Wann?«

»Gleich um acht.«

Sie blickte auf die Uhr. Viertel vor acht. »Das werde ich nicht mehr schaffen. Ich breche aber sofort auf.« Sie machte eine kurze Pause, das Bild im Kopf, wie es Reeves in Debreaus Apartment speiübel geworden war. »Hören Sie, wir müssen dort nicht beide aufkreuzen.«

»Danke, aber das geht schon, Agent. Eine Pause von den Akten wird mir guttun. Außerdem hat Doktor Bullard, wie ich ihn kenne, bereits einen Eimer für mich bereitgestellt. Und den werde ich nutzen, wenn es sein muss.«

»Okay. Dann bis gleich. Warten Sie aber nicht auf mich. Doktor Bullard soll ruhig schon mal anfangen«, sagte sie, obwohl sie sich ziemlich sicher war, dass Bullard wegen ihr ohnehin den Obduktionstermin nicht um nur eine Minute verschieben würde.

Als Paula endlich in der Gerichtsmedizin eintraf und sich den Schutzanzug überzog, waren Bullard und sein Assistent gerade dabei, Debreaus Brustkorb zu öffnen. Reeves stand ihnen mit einem ziemlich blassen Gesicht und mit etwas Abstand vom Untersuchungstisch gegenüber. Etwa einen Meter neben ihm stand ein blauer Eimer, dessen Boden mit Wasser gefüllt war. Reeves schien im Geiste irgendein Mantra vor sich hin zu sagen, welches ihn sowohl den Gestank als auch den Anblick ertragen ließ. Die mentholhaltige Erkältungssalbe, die Paula ihm für die Nasenflügel gereicht hatte, schien ihm nicht wirklich viel zu helfen. Sie erinnerte sich daran, dass auch einer der italienischen Ermittler, mit denen sie es vor Monaten zu tun gehabt hatte, Obduktionen nur schwer hatte ertragen können. Trotzdem war der Mann ein guter Polizist gewesen.

Bullard hatte den Y-Schnitt gerade durchgeführt und das Fleisch und die Haut des Toten zurückgeklappt, als Paula neben Reeves trat und einen ersten Blick auf die Untersuchung warf.

Der Arzt lächelte affektiert und entblößte dabei eine Reihe perfekter weißer Zähne, von denen wahrscheinlich kein einziger mehr ein Original war. »Hallo Agent, ich hoffe, Ihr Morgen war vergnüglicher als Ihr gestriger Tag.« Er griff nach einer großen Schere und brach damit die Rippen nacheinander auf.

Paula ging auf seine Bemerkung gar nicht erst ein. »Guten Morgen, Doktor. Schon etwas entdeckt?«

»Wie man's nimmt.« Routiniert entfernte er die Organe, die sein Assistent sorgfältig fotografierte, vermaß und wog, wobei er hin und wieder einen abschätzenden Blick auf Reeves warf. Dabei war Bullards eben noch strahlendes Lächeln einem Gesichtsausdruck gewichen, der wohl höchste Konzentration und Professionalität ausdrücken sollte, auf Paula jedoch nur überheblich wirkte. »Bei der ersten Untersuchung im Apartment des Opfers entdeckte ich keine Verletzung, die auf eine körperliche Konfrontation hingewiesen hätte. Oder darauf, dass das Opfer hinterrücks niedergeschlagen worden wäre.«

»Es gab generell keinerlei Kampfspuren in der Wohnung«, meinte Reeves.

Bullard nickte. »Was daran lag, dass das Opfer tatsächlich keinen Widerstand geleistet hat.« Er trat einem halben Schritt vom Tisch zurück und wandte sich seinem Assistenten zu. »Juan, wären Sie so frei, Agent Tennant und Inspector Reeves die entsprechende Aufnahme zu zeigen?«

»Natürlich, Doktor.« Der Assistent zog die Handschuhe aus und eilte zum Computer, wo er eine Fotodatei aufrief. Währenddessen meinte Bullard zu Reeves: »Sie halten sich heute tapfer, Inspector. Das muss man Ihnen lassen.«

»Man soll den Tag nicht vor dem Abend loben«, entgegnete Reeves, was Bullard die Lippen zu einem kleinen Lächeln verziehen ließ. »Was haben Sie entdeckt, das Sie nicht auch mir schon hätten sagen können?«

»Nehmen Sie es nicht persönlich, Inspector. Ich hasse es ganz einfach, Informationen wiederholen zu müssen. Deshalb habe ich gewartet, bis auch Agent Tennant zugegen ist.« Erneut wandte er sich seinem Gehilfen zu. »Juan, sind wir so weit?«

»Noch eine Sekunde, Sir. Ah ja, jetzt hab ich's. Da ist die Fotoserie.«

Paula und Reeves verließen den Obduktionstisch und traten vor den Computerbildschirm. Im Hintergrund fuhr Bullard mit seiner Erläuterung fort. »Nachdem wir die Leiche gereinigt und restlos von Blut und Geweberesten befreit hatten, entdeckten wir zwar keine Alpha-und-Omega-Schnitzerei, dafür aber diese Verbrennungen auf der Brust.«

Kein Alpha und Omega dieses Mal auf dem Toten?

Paula beugte sich näher zum Bildschirm vor. Für diese Art von Verletzung konnte es nur eine Erklärung geben. Ein Taser! Paula musste an die Transportkiste denken, die der Ghost im Treppenhaus noch bei sich hatte. Als sie ihn dann bis in die neblige Gasse verfolgt hatte, war ihr die Kiste gar nicht mehr aufgefallen, und als die Bobbys das Gelände später nach ihr durchsucht hatten, war sie auch nicht mehr aufgetaucht. Bis jetzt hatte Paula sich gefragt, ob der Ghost damit eine Trophäe oder Debreaus Laptop fortgeschafft hatte. Trophäensammeln war zwar etwas, was er ihres Wissens nach bisher nicht getan hatte, aber es gab bekanntlich für alles ein erstes Mal, und der Ghost hatte seinen Modus Operandi bisher immer wieder geändert, um es den Ermittlern nicht zu einfach zu machen. Doch nun wurde ihr durch Bullards Entdeckung die wahre Bedeutung der Transportkiste klar.

»Der Mörder war tatsächlich als Bote getarnt«, erklärte sie. »Deshalb wurde Debreau nicht misstrauisch, als er die Tür öffnete.«

Bullard dachte einen Moment nach. »Das würde einen Sinn ergeben. Ihr Mörder zückte statt einer Pizza Calzone einen Elektroschocker, um das sensorische und motorische Nervensystem seines Opfers lahmzulegen. Oder anders gesagt«, erläuterte er, als hätte er zwei Erstsemester vor sich stehen, »Ihr werter Mörder hat sein Opfer durch einen Elektroschock paralysiert und dadurch dermaßen außer Gefecht gesetzt, dass dieses außerstande war, sich zu wehren. Der Rest muss dann relativ zügig vonstattengegangen sein.«

Paula ließ schnaubend den Atem entweichen. Sie hatte ihn schon beim ersten Satz verstanden. Doch auch wenn Bullard sich gerne reden hörte, seine Analyse der Brandverletzung traf voll ins Schwarze. Und all das hatte sich abgespielt, während sie und Reeves auf dem Weg nach Westminster und dann wieder zurück nach Whitechapel gewesen waren. Aber als wäre das nicht genug, hatte der Ghost sie dieses Mal sogar noch vor dem Mord zu seinem nächsten Opfer geführt! Ein kurzer Blick zu Reeves sagte ihr, dass dem Inspector gerade ein ganz ähnlicher Gedanke durch den Kopf ging.

Reeves deutete auf die große Wunde an Debreaus Unterleib. »Was ist mit seinen Geschlechtsorganen?«

Bullard zuckte mit den Schultern. »In der Mundhöhle und im Rachen habe ich als Erstes nachgeschaut. Aber bisher sind sie nicht aufgetaucht. Auch in keiner anderen Körperöffnung.« Er hatte sich inzwischen dem Bauchraum des Toten zugewandt, diesen geöffnet und – von Juan unterstützt – die Eingeweide entfernt.

Reeves schien sein inneres Mantra nun noch intensiver runterzubeten. Der Gestank im Saal war unbeschreiblich.

Bullard nahm sich der Eingeweide voller Hingabe an. »Unser Opfer war übrigens in einer erstaunlich guten Verfassung. Schauen Sie nur, was für ein jugendlicher Darm …«

Während der Gerichtsmediziner seine Bewunderung für Debreaus Eingeweide weiter ausführte, schaltete ein Teil von Paula ab, während ein anderer Teil von ihr rekapitulierte, was seit vorgestern alles geschehen war. Es musste irgendwo eine Verbindung, irgendein verräterisches Muster zu den früheren Morden des Ghosts geben. Auch wenn er dieses Mal kein Alpha und Omega in die Haut seines Opfers geritzt hatte.

Als Bullard sich den Kopf des Toten vornahm, um das Gehirn zu entnehmen, kam Paula schließlich zu der Erkenntnis, dass keine Obduktion der Welt je helfen würde, den Fall Ghost zu lösen. Herkömmliche Ermittlungsmethoden griffen hier nicht. Hier brauchte es einen völlig neuen Ansatz. Nur welchen? Schon jetzt trieb der Ghost sie und Reeves wie zwei Volltrottel vor sich her, und wenn sie sich weiter auf seine Tour einließen, würde er sie am Ende noch am Nasenring durch die Arena führen.

Was hatte der Ghost in der Gasse noch mal zu ihr gesagt?

Sie werden mich ebenso gehen lassen wie Chefinspektor Rossini, Kommissar Bürger, Inspektor Laurent und Inspector Turner. Und wissen Sie, wieso? Weil keiner Ihrer Kollegen eine andere Wahl hatte.

Aufgrund der Umstände hatte Paula den Kerl tatsächlich laufen lassen müssen. Aber vielleicht steckte mehr hinter diesen Worten, als ihr zurzeit bewusst war. Vielleicht hatte der Ghost all diese Ermittler nicht nur einfach irregeführt, sondern irgendwie erpresst.

Dann wurde ihr plötzlich klar, dass der Ghost diesmal in der Wahl seines Opfers anders als sonst vorgegangen war, denn

Debreau war der erste polizeilich registrierte Pädophile, den er heimgesucht hatte. Doch warum hatte der Ghost überhaupt Debreau ausgewählt? Um die Polizei und die ISA vorzuführen? Oder um zu zeigen, dass er auch über Polizeiakten und Strafvollzugsverfahren informiert war?

Sie schaute auf den vor ihr liegenden ausgeschlachteten Leichnam, der noch einen Tag zuvor die lebendige Hülle eines Mannes gewesen war, der Kindern durch eine Fensterscheibe nachgestellt und sicher mehr vorgehabt hatte, und sie ertappte sich dabei, dass sie keinerlei Mitleid oder Bedauern für Debreau empfand. Im Gegenteil, sie war sogar erleichtert darüber, dass dieser Mann keinem Kind mehr Gewalt antun würde.

Als sie den Blick abwandte, war ihr jedoch auch bewusst, dass die Selbstjustiz des Ghosts trotzdem ein Ende haben musste. Und dafür würde sie einen anderen ermittlungstechnischen Weg beschreiten müssen, einen Weg, der es mit den Spielregeln und Vorgehensweisen des Ghosts würde aufnehmen können.

Nun gut, mein Lieber, du hältst dich also für ganz besonders clever. Wir werden sehen, wie clever du wirklich bist.

20

Henri Chapman machte es sich auf einer der Bänke auf dem Primrose Hill bequem. Der im Norden des Regent's Park gelegene Hügel bot einen grandiosen Blick auf die Londoner City, wenn es nicht gerade zu diesig oder zu neblig war. Im sechzehnten Jahrhundert war der Hügel Teil des Jagdgebietes von Heinrich VIII. gewesen, jenem Tudor-König, der mit der katholischen Kirche gebrochen und zwei seiner Gattinnen hatte hinrichten lassen. Chapman war ein Fan von Heinrich, denn der König war ein Mann ganz nach seinem Geschmack. Dabei sah Chapman in ihm weniger den Tyrannen, als vielmehr den mutigen, durchsetzungsfähigen Mann, der selbst vor dem damaligen Papst keine Furcht zeigte. Einen Mann, der bekam, was er wollte.

Chapman hantierte mit einer Kompaktkamera herum, gab das Bild eines ambitionierten Hobbyfotografen ab, der an der Parklandschaft mit den alten Bäumen und der Londoner Skyline am Horizont Gefallen fand. In Wirklichkeit aber hatte er es mit dem Zwanzigfach-Zoom auf die kleine Grace abgesehen, die im Westfield so virtuos in ihrem Laufball übers Wasser getanzt war und jetzt mit ihren Freunden und ihrem Hund, einem kleinen reinrassigen braunen Köter, dessen Rasse Chapman allerdings nicht sicher identifizieren konnte, im Park unterwegs war.

Primrose Hill hieß nicht nur der Hügel, sondern das gesamte am Hügel gelegene Wohngebiet. Die meisten Wohnhäuser stammten noch aus der viktorianischen Zeit und gehörten äußerst wohlhabenden Londonern. Der Starkoch Jamie Oliver lebte hier. Ebenso hatten der Filmregisseur Tim Burton, der Schauspieler Jude Law und das Topmodel Kate Moss hier ihre Häuser. Wer hier wohnte, dem ging es in der Regel finanziell verdammt gut.

Chapman hatte ein kleines Zimmer im Nachbarviertel Camden, acht Quadratmeter in einer Wohnung, deren Küche, Bad und Toilette er sich mit zwei anderen Leuten teilte. Dort würde er Grace natürlich nicht unterbringen können. Aber er kannte im Nordosten von Greater London eine alte, verlassene Fabrikhalle, deren zweistöckiges Kellergeschoss sich seit fünf Jahren als ideal für seine Passion erwiesen hatte. Ein herrlicher Irrgarten voller Rohrsysteme, Kabelstränge und finsterer Gänge, die zu Räumen führten, deren dicke Stahltüren keinen Schrei nach außen dringen ließen. Den größten und abgelegensten Raum mit einer vier Meter hohen Decke und einem Wasserbecken hatte er für seine Bedürfnisse umgerüstet. Ein alter Raubtierkäfig aus dem Londoner Zoo, in dem einst Großkatzen transportiert worden waren, bildete die Zierde der Einrichtung. Doch Chapman hatte das Interieur an diesem Tag noch um ein weiteres Stück bereichert, um Grace eine ganz besondere Freude zu machen. In den frühen Morgenstunden hatte er das Paket bereits zu seinem geheimen Refugium gebracht und einen ersten Testlauf im Becken gemacht. Leider hatte er sich dabei ziemlich dämlich angestellt, nun ja, er war nun mal kein besonders sportlicher Mann. Doch immerhin hatte er sich beim Aussteigen aus dem Wasser-Laufball nichts gebrochen. Das Wasser war nicht besonders tief.

Auch den Käfig hatte er für Grace extra neu eingerichtet. Eine neue Matratze, ein paar Puppen – alles Prinzessinnen, die meisten davon nackt – sowie diverse Comichefte und etwas Schokolade. Und den kleinen Kühlschrank hatte er frisch bestückt. Grace sollte sich während seiner Abwesenheit nicht langweilen, und verhungern sollte sie schon gar nicht.

Unauffällig folgte Chapmans Blick Grace und ihren Freunden, und er beobachtete, wie die Kleine anmutig über den Rasen tollte. Die Kinder hatten neben dem Hund einen Ball und einen Roller dabei. Nachdem sie sich auf dem Hügel ausgetobt hatten, nahmen sie unter einem der großen Bäume Platz. Chapman gesellte sich unauffällig in ihre Nähe, scheinbar völlig auf die Skyline in der Ferne konzentriert und nach einer besonderen Perspektive suchend. Vielleicht konnte er etwas vom Gespräch der Kinder aufschnappen. Etwas, das ihm bei seiner ersten persönlichen Begegnung mit Grace helfen würde. Schließlich war er kein Unmensch. Er wollte dem Kind ja keine Angst einjagen. So fing man keine Freundschaft an. Immerhin wusste er schon mal, wie sehr Grace Disney-Filme liebte. Mehrmals hatte er die Kleine mit der Mutter im Disney Store im Westfield stöbern sehen, und deshalb hatte er Grace ein paar Disney-Bücher besorgt.

Chapman musste sich beherrschen, um den Kindern nicht zu nahe zu kommen. Niemand sollte bemerken, dass er sie überhaupt wahrnahm. Da an diesem heiteren Tag nach dem gestrigen Nebel noch andere Fotografen und etliche Touristen unterwegs waren, fiel er zum Glück nicht weiter auf. Außerdem trug er zur Tarnung eine klassische Brille mit Fensterglas und eine Tweed-Kappe. Natürlich beides aus billiger Massenproduktion. Kein Mensch würde diese Dinge, sollten sie einmal verloren gehen, zu ihm zurückverfolgen können.

Als Chapman ein weiteres Foto schoss, auf dem natürlich rein zufällig wieder Grace drauf war, traf sich sein Blick für ein paar Sekunden mit dem des Mädchens und das Blut gefror in seinen Adern. Hatte sie ihn bemerkt? Kannte sie sein

Geheimnis? Nein, sie konnte unmöglich von seinen Absichten wissen. Dennoch wurde er für einen Moment von Angst und Zweifel erfasst, als tappte er in eine extra für ihn ausgelegte perfide Falle. Doch dann widmete Grace sich wieder dem Hund und ihren Spielgefährten, und dies tat sie ebenso unbeschwert wie in den Minuten zuvor. Chapman war nie wirklich in ihrem Bewusstsein aufgetaucht. Er war nur einer der vielen Besucher des Parks, die auf dem Hügel mit ihren Kameras herumliefen, die Aussicht bestaunten und Fotos schossen.

Trotzdem hielt Chapman es nun für angebracht, sich von der Kindergruppe zu entfernen. Man sollte das Schicksal niemals herausfordern, hatte seine Mutter einmal zu ihm gesagt. Zur Sicherheit machte er noch ein paar Zoomaufnahmen von The Shard. Mit den schweren Wolkenfeldern im Hintergrund bot das höchste Gebäude Londons ein äußerst dramatisches Motiv. Irgendwie erinnerte ihn The Shard an den Dunklen Turm von Mordor. Es fehlte nur noch das lidlose, alles überwachende Auge darauf.

Aus dem Augenwinkel warf Chapman einen letzten flüchtigen Blick auf Grace. Es war gut, dass sie sich im Kreise ihrer Freunde so wohl und sicher fühlte. Das Gefühl der Sicherheit würde sich auf die Mutter übertragen, die es ihrer Tochter bisher nur selten erlaubte, mit ihren Kameraden unterwegs zu sein. Aber darauf war Chapmans Plan nicht angewiesen.

Er zog sich gemächlich zur Kuppe des Hügels mit den Sitzbänken zurück, wo eine Reihe von asiatischen Touristen gerade Richtung Londoner City schaute und ein Foto nach dem anderen schoss. Ein paar Schüler oder Studenten saßen auf einer Bank, und etwas abseits hatte es sich ein gut gekleideter Herr mit einer Zeitung bequem gemacht, der ab und an von der Zeitung aufschaute, als sinnierte er über das Gelesene. Dann ging sein Blick stets nachdenklich über die Bäume hinweg zum Horizont. Der Kleidung nach besaß der Kerl ganz sicher eines der teuren Häuser hier. Vermutlich studierte er gerade die Wirtschaftsberichte und dachte über das eine oder andere lukrative Geschäft nach. Als einen der hier lebenden prominenten Schauspieler, die dazu in der Lage waren, Charakterrollen zu spielen, erkannte Chapman den Mann jedenfalls nicht.

Nachdem er auf die Uhr gesehen hatte, beschloss Chapman, dass es Zeit war, zu seinem geheimen Refugium zurückzukehren, um dort die letzten Vorbereitungen für Grace zu treffen. Er verließ den Hügel Richtung Norden und ging zu seinem Wagen, der unweit seiner Wohnung in einer Seitenstraße geparkt war.

* * *

Auf einer der Bänke unweit der Kinder mit dem Hund faltete der vornehme Mann, der Chapman bereits im Shoppingcenter beobachtet hatte, seine Zeitung zusammen und legte diese unter die Bank. Als er gegangen war, nahm ein Mann im Kapuzenmantel seinen Platz ein, griff nach der Zeitung, schlug diese auf und blätterte eine Weile darin herum.

Dann zog der Mann im Kapuzenmantel ein kleines, rotes Büchlein aus der Manteltasche und machte einen sorgfältigen Eintrag. Als er das Buch wieder einsteckte und sich erhob, lächelte er dem kleinen Mädchen mit dem Hund und ihren Freunden zu. Danach verließ er den höchsten Punkt von Primrose Hill in Richtung Camden Town.

Er hatte dabei keine Eile, ganz im Gegenteil. Er kannte Henri Chapmans Ziel, und alles war nun für ihn vorbereitet.

21

Im *Red Hart* war an diesem Abend die Hölle los. Paula und Reeves hatten den Pub aufgesucht, weil Inspector Turner hier des Öfteren sein Feierabendbier zu sich nahm. Die Holzvertäfelung samt den schlichten Holztischen mit den ungepolsterten Stühlen verliehen der Kneipe nicht gerade etwas von der typisch englischen Gemütlichkeit. Auch die gerahmten Standardfotos des historischen London schienen eher willkürlich und lieblos an die Wände gehängt, etwas schief und in unregelmäßigen Abständen. Dennoch war der Pub an diesem Abend so gut besucht, dass sich an der Theke mit den Zapfhähnen eine lange Schlange von Gästen gebildet hatte und alle Tische belegt waren. Obwohl der Wirt und seine Mitarbeiter nach Leibeskräften alles in ihrer Macht Stehende taten, um die Gläser ihrer Kunden so schnell wie möglich bis zum Rand mit Bier zu füllen, kamen sie kaum nach.

»Halten Sie es wirklich für eine gute Idee, mit Inspector Turner zu reden?«, fragte Reeves, während sie sich auf der Suche nach dem Inspector durch die lärmende Menge drängten.

»Der Ghost hat mich zu Waldens Nachbarn dirigiert«, entgegnete Paula gerade so laut, dass nur Reeves es mitbekommen konnte. »Dann hat er mich mit dem Fingerabdruck auf dem Handy zu Debreau gelotst. Bisher bin ich seinen Hinweisen wie eine willfährige Schachfigur gefolgt, doch das muss aufhören. Wir müssen wissen, ob der Ghost das gleiche Spielchen schon mit Turner und den anderen gespielt hat.«

In dem Gedränge war es nicht einfach, Turner auszumachen. Paula hoffte, dass er nicht bereits gegangen war. Bei den Gästen, die draußen vor der Tür rauchten, tranken und schwatzten, hatten sie den Inspector jedenfalls nicht gesehen. Schließlich entdeckte Reeves Turners Partner an einem Tisch in der hintersten Ecke, gleich dort, wo eine enge, schmale Treppe zu den Toiletten hinunterführte. Als der Mann Reeves auf sich zukommen sah, schien er im ersten Moment erfreut, doch seine Freude legte sich, als er ahnte, wen Reeves im Schlepptau hatte.

»Guten Abend, Detective Sergeant Stephens«, grüßte Reeves den Polizisten und trat so an den Tisch heran, dass die anderen Umstehenden sich mehr oder weniger freiwillig zurückzogen.

Stephens hob sein halb leer getrunkenes Pint zum Gruß und wartete, bis Reeves seine Begleitung vorstellt hatte, obwohl er sicher schon von Agent Paula Tennant gehört hatte. Seinem übermütigen Lächeln und dem Glanz in den grünen Augen zufolge hatte der rothaarige Sergeant schon ein, zwei Pints intus.

»Dann hat Crowley Ihnen also tatsächlich den Fall aufgedrückt«, sagte er und bezog Paula in seinen Blick mit ein. »Nein, ich beneide Sie nicht, Chief Inspector. Kein bisschen. Schlimme Sache. Auch wenn es im Fall Ghost wenigstens keine unschuldigen Opfer trifft.«

»Ist Turner irgendwo?«, wollte Reeves wissen und ging erst gar nicht auf Stephens' Worte ein.

Bevor Stephens sich bequemte zu antworten, nahm er einen großen Schluck Guinness zu sich, stellte das Glas dann auf den Tisch, wischte sich genüsslich mit dem Jackenärmel den Mund ab und schüttelte den Kopf.

»Nein. Ich habe William seit gestern nicht mehr gesehen. Er war beim Doc und hat sich krankgemeldet. Irgendwas mit dem Rücken.« Er schaute kurz hinab auf sein Glas, als glaubte er selbst nicht ganz an den Grund für die Krankmeldung. »Geht es um den Fall? Vielleicht kann ich Ihnen weiterhelfen, schließlich haben William und ich uns gemeinsam mit dem Ghost befasst. Crowley macht inzwischen ganz schön Druck, stimmt's?«

Dass Detective Superintendent Crowley Druck machte, war nichts Neues, aber Stephens betonte es so, als enthüllte er damit vor Reeves' und Paulas Augen ein besonderes Geheimnis. Als ihm klar wurde, dass er damit niemanden beeindrucken konnte, wandte er sich Paula zu. »Sie denken also, Sie haben eine reelle Chance, diesen Mistkerl zu schnappen? Nun ja, ihr von der ISA sollt ja wahre Wunder vollbringen.«

Paula sah über die verbale Spitze hinweg. Es war für keinen Detective ein gutes Gefühl, einen Kriminalfall, in den man sich eingearbeitet hatte, plötzlich von seinen Vorgesetzten entzogen zu bekommen. Für Chief Inspector Turner musste es sogar noch härter gewesen sein als für seinen rangniedrigeren Partner. Er hatte die Leitung des Falls innegehabt. »Wir sind keine Zauberer, Detective Sergeant. Aber wir werden unser Bestes tun, um den Ghost zu überführen. Hatten Sie je direkten Kontakt mit ihm?«

Stephens sah sie an, als machte sie einen schlechten Scherz. »Was meinen Sie? Dass er uns zu einem Pint eingeladen hat, um mit uns über seine zukünftigen Pläne zu schwadronieren?« Als er Paulas ernstem Blick begegnete, winkte er jedoch beschwichtigend ab und beehrte sie mit einem trunkenen, humorlosen Lächeln. »Entschuldigen Sie, es war ein langer Tag. Nein, er hat nie unsere Gesellschaft gesucht, von den wenigen Telefonaten abgesehen, in denen er der Polizei mitteilte, wo wir das nächste Präsent abholen könnten.«

»Hat er Sie oder Turner über Waldens Ableben informiert?« Paula wusste, dass der Anruf über die Notrufzentrale Scotland

Yards eingegangen war, dennoch konnte der Ghost Stephens oder Turner ebenfalls kontaktiert haben.

»Mich hat er jedenfalls nicht angerufen. Falls ja, stünde das in meinem Bericht und Sie bräuchten nicht zu fragen.«

»Danke, Detective. Das war's auch schon.« Paula gab Reeves ein Zeichen, sich zurückzuziehen. Hier würden sie zu keinen neuen Erkenntnissen gelangen. Also quetschten sie sich durch den Pub an der Theke vorbei Richtung Ausgang.

»Das war nicht gerade sehr ergiebig«, meinte Reeves vor der Eingangstür, als ihnen die kühle, feuchte Luft ins Gesicht wehte. Er schlug den Kragen seiner Jacke hoch und beeilte sich, vom Pub wegzukommen. Im Gegensatz zu den anderen Gästen, die vor der Tür standen und dort genüsslich ihr Pint tranken, schien der Inspector alles andere als ein Fan von Pubs zu sein.

»Haben Sie Inspector Turners Adresse?«, fragte Paula.

»Ja. Ist in meinem digitalen Adressbuch. Habe sie vorhin auf dem Revier vorsichtshalber rausgesucht.«

»Gut. Dann fahren wir gleich zu Ihrem Kollegen. Mal schauen, was es mit dieser Rückengeschichte auf sich hat.«

»Sie denken auch, die Krankmeldung ist nur ein Vorwand?«

»Turner wurde der Fall entzogen, ohne dass uns mitgeteilt worden wäre, weshalb. Es könnte sein, dass mehr dahintersteckt.«

Eine Straße weiter stiegen sie in den Wagen, und Reeves gab Turners Adresse in das Navigationsgerät ein.

»Richmond?« Paula hob eine Braue. »Ist das nicht ein ziemlich teures Londoner Pflaster für einen Polizisten?«

»Kommt aufs Viertel an. Außerdem lebt Turners Familie dort schon seit drei, vier Generationen in der Nähe des Parks. Die haben dort ein kleines Haus und eine Eigentumswohnung, hab ich mal aufgeschnappt. Es lässt sich in London ganz gut leben, sofern man die wahnwitzigen Mieten nicht bezahlen muss. Die machen vielen Bürgern das Leben schwer. Viele sind gezwungen, täglich von außerhalb zur Arbeit zu pendeln. Oft bis zu zweieinhalb Stunden nur in eine Richtung. Ich gehöre Gott sei Dank nicht dazu.«

Paula kannte das Problem von Chicago her. Hätte Murray nicht bereits seit Jahren in Western Springs ein kleines Haus besessen und ihr den Tipp mit der frei gewordenen Wohnung in seiner Nachbarschaft geben können, würde sie höchstwahrscheinlich auch in einem alten, zugigen Apartment wohnen und dafür eine Miete abdrücken, mit der man andernorts locker die Raten für ein Haus bezahlen konnte. So aber hatte ihr das Schicksal eine helle, warme und günstige Wohnung beschert. Nicht viele Menschen, die in Metropolen oder deren näherem Umfeld lebten, hatten solch ein Glück.

Der Inspector setzte den Blinker und lenkte den Wagen zügig aus der Parklücke heraus, was Paula zusammenzucken ließ. Der britische Linksverkehr war keine Sache, an die man sich innerhalb von ein paar Tagen gewöhnte. Für eine Sekunde hatte sie geglaubt, sie würden geradewegs in den Gegenverkehr hineinfahren.

Reeves schaltete die Scheinwerfer ein. Obwohl es erst gegen siebzehn Uhr nachmittags war, dämmerte es bereits. Die Straßen glänzten im Nebelregen wie pechschwarze Spiegel. Hier und da hatten die Passanten – ein faszinierendes Völkergemisch – auf den Gehwegen Schirme aufgespannt, viele liefen jedoch lediglich mit Hut, Mütze oder Kapuze und aufgestelltem Kragen durch das nasskalte Zwielicht. Reeves steuerte den Wagen routinicrt durch dic Straßcn. Stattliche Straßenzüge wechselten sich mit schäbigen, vom Verfall gezeichneten Wohnvierteln ab. Wie Reeves erklärte, lebten Arm und Reich in London oftmals dicht beieinander, manchmal nur durch einen Straßenzug voneinander getrennt.

Schließlich bedachte er Paula mit einem nachdenklichen Seitenblick und räusperte sich: »Entschuldigen Sie, wenn ich das jetzt so sage, aber Sie erscheinen mir verdammt jung für Ihren Job.«

Paula musste unwillkürlich lachen. »Danke, aber der Eindruck täuscht. Ich bin schon seit einigen Jahren im Polizeidienst.«

»Liegt es in der Familie? Ich meine, war Ihr Vater schon Polizist?«

Schlagartig stieg ein Gefühl der Übelkeit in Paula empor, und dies nur, weil Reeves ihren Vater ins Spiel gebracht hatte. Wie sie es hasste, dass alleine die Erwähnung ihres Vaters nach all den vielen Jahren noch immer diese Macht über sie hatte. Edward Lee Tennant, dieses Reptil von einem Menschen. Verhasste Kindheits- und Jugenderinnerungen flackerten vor ihrem geistigen Auge auf, Emotionen, die sie bis heute nie wirklich aus ihrem Leben hatte verbannen können. Doch ihre Routine half ihr. Sie zuckte daher nur mit den Achseln.

Warum sie Polizistin geworden war? Ganz einfach, seit ihrer Kindheit hatte sie miterleben müssen, wie guten, rechtschaffenen Menschen von rücksichtslosen und verbrecherischen Naturen das Leben zur Hölle gemacht worden war. Oftmals aus dem simplen Grund, weil andere Menschen – Menschen, die hätten helfen können! – aus Furcht oder Gleichgültigkeit weggeschaut und geschwiegen hatten. Und nicht zuletzt war Paula selbst jahrelang ein Opfer gewesen. Bis zu dem Tag, als sie hatte erfahren dürfen, was es für einen Unterschied machte, wenn ein Mensch einmal nicht wegsah und half. Doch all das wollte und konnte sie einem Außenstehenden wie Reeves nicht erklären, deshalb sagte sie nur: »Nein, ich führe keine Familientradition fort. Vielleicht habe ich als Kind einfach zu viele Kriminalfilme gesehen und wollte den bösen Jungs das Handwerk legen. Wie war das bei Ihnen?«

Es war offensichtlich, dass Reeves ihre vage Antwort enttäuschte, dennoch rang er sich ein Lächeln ab. »Familientradition.

Ich bin der fünfte Polizist in Folge. Mein Ururgroßvater war sozusagen einer von jenen Detectives, die vergeblich versucht haben, den Ripper zu schnappen.«

»Im Ernst?« Paula starrte ihn überrascht und beeindruckt an.

Er nickte und setzte ein schiefes Grinsen auf. »Die Ermittlungsarbeit liegt mir wohl im Blut. Ich hoffe allerdings inständig, dass wir mit dem Ghost mehr Glück haben als mein Ururgroßvater damals mit dem Ripper. In der Gasse in Whitechapel bei Debreaus Wohnung haben wir allerdings eine ebenso schlechte Figur gemacht wie er.«

So ernst die Lage auch war, Paula musste darüber unwillkürlich lachen, und Reeves stimmte mit ein. Ihr gefiel der trockene Humor des Inspectors.

»Warum die ISA?«, fragte er nach einer Weile kameradschaftlichen Schweigens. »Diese ständigen Auslandsreisen müssen für Sie und Ihre Familie doch alles andere als einfach sein.«

Paula verkniff sich eine weitere brüske Antwort. Reeves konnte ja nicht wissen, dass ihre Familie so ziemlich das Letzte war, worüber sie sprechen wollte. Ihr Vater hatte nie auch nur einen einzigen Gedanken an das Leben oder die Zukunft seiner Tochter verschwendet. Es war ihm schlichtweg egal gewesen, was einmal aus seinem Kind werden würde, solange er nur eine Flasche Whiskey greifbar hatte und hin und wieder ihren kleinen, wehrlosen Körper. Und Paulas scheinheilige Mutter hatte vor allem davon geträumt, dass ihre Tochter einmal Ordensfrau werden würde, sozusagen als ihr Geschenk an die Heilige Mutter Kirche, um sich eine Art Heiligenstatus im Himmelreich zu sichern. Nie hatte sie Paula nach deren Vorstellungen für ihr Leben gefragt. Sie hatte einfach vorausgesetzt, dass ihre Tochter nach der Highschool in ein Kloster eintreten und von da an in ihrem Namen dem Herrn dienen würde. Der einzige Mensch, der sich damals überhaupt für Paulas Zukunft und ihr Potenzial interessiert hatte, war Dave Murray gewesen. Und jetzt waren nur noch Ray, Laurel und Hardy ihre ganze Familie.

Erneut wich sie Reeves' Frage aus. »Ein Polizistenjob ist für keine Familie leicht zu ertragen. Selbst, wenn man nicht das ganze Jahr in der Weltgeschichte herumreist. Nach fünf Generationen scheint Ihre Familie aber ganz gut damit zurechtzukommen.«

Reeves nickte. Er schien endlich begriffen zu haben, dass Paula nicht mehr über ihr Leben preisgeben würde. Während er die Fahrbahn nicht aus den Augen ließ, antwortete er: »Oh ja, die Gewohnheit macht vieles leichter. So funktionieren wir Menschen nun mal.«

Es folgte minutenlanges Schweigen, was Paula jedoch keineswegs als unangenehm empfand. Auch Reeves schien ganz entspannt. Jeder hing seinen Gedanken nach, während sie weiter durch das dämmrige Halbdunkel fuhren. Paula bemerkte schließlich, wie sich das Stadtbild und die Landschaft veränderten. Wo zuvor noch dicht befahrene und oftmals enge Straßen mit roten Doppeldeckerbussen durch typische Londoner Wohnviertel führten, begann nun ein Abschnitt, der zunehmend wie ein im Abenddunst liegendes Auenland wirkte. Paula erblickte im Grünen vereinzelt malerische Häuser, denen nach einer Weile vornehme, große Backsteinhäuser und weiß gestrichene Villen folgten. Dazwischen tauchten ebenso idyllische Garten- und Parkflächen auf, die bei schönem Wetter geradezu wundervoll ausschauen mussten. Und parallel dazu schlängelte sich ein schmaler, gemütlich vor sich hin mäandernder Fluss durch das Tal, von dem Paula nicht glauben konnte, dass es sich um die Themse handelte, die in der City keinen so beschaulichen Anblick bot.

»Viele Londoner träumen davon, hier zu leben«, erklärte Reeves. »Fern von der stickigen Stadt. Im Richmond Park gibt es sogar frei laufende Hirsche. Dort fühlt man sich wie in der freien Natur. Aber die Lage hier hat auch einen Haken.«

»Und der wäre?«, fragte Paula, denn sie konnte sich diesen Haken beim besten Willen nicht vorstellen.

»Richmond liegt in der Einflugschneise von Heathrow. Alle paar Minuten fliegt eine Passagiermaschine über den Himmel. Sie werden es merken, sobald wir aussteigen.«

Reeves hielt schließlich vor einer sechsstöckigen im Halbrund angelegten Wohnanlage, zu der ein halbes Dutzend Häuser aus braunem Backstein mit weiß gestrichenen Fenstern gehörten. Hier lag Turners Eigentumswohnung.

Kaum, dass der Inspector den Motor abgeschaltet und die Wagentür geöffnet hatte, schlug Paula auch schon das Dröhnen eines über den Ort donnernden Flugzeugs entgegen. Das war tagtäglich gewiss kein Zuckerschlecken für die Anwohner.

Sie stiegen aus und gingen auf den Häuserkomplex zu. Reeves deutete auf eine Hausnummer und dann hinauf zum vierten Stock. Hinter dem Erkerfenster brannte ein warmes, einladendes Licht.

»Unser Inspector scheint zu Hause zu sein.«

22

Henri Chapman stieg über das schmale, kleine Treppenhaus im hinteren Bereich der Fabrikhalle zum untersten Kellergeschoss hinab. Keine Menschenseele war weit und breit zu sehen. Hier war er völlig für sich alleine. Hier fühlte er sich wie in einem dieser klassischen Endzeit-Blockbuster, in denen die Menschheit ihre Zivilisation nahezu ausgelöscht hatte und kleinere Gruppen oder Einzelne um ihr Überleben kämpften. Der Lichtstrahl seiner Taschenlampe beleuchtete die glitschigen Steinstufen zu seinen Füßen. *Immer schön vorsichtig und gleichmäßig gehen, einen Schritt nach dem anderen!* So mancher Unrat bedeckte den Boden. Hellbrauner Rost überzog das Metallgeländer, das er niemals berührte. Die weiße und graue Farbe an den feuchten Wänden schälte sich wie verwesendes Gewebe ab. Irgendwo unter sich hörte Chapman Wasser aus undichten Rohrleitungen tropfen. An stürmischen Tagen pfiff der Wind durch die Halle und die Gänge, als stünde man in einem Windkanal. Heute jedoch war es windstill.

Chapman erreichte eine schief in den Angeln hängende Metalltür. Dahinter lag ein Tunnel, und am Ende dieses finsteren Tunnels führte eine leiterähnliche Treppe in die Tiefe. Das war das Stück des Wegs, das Chapman zugegebenermaßen absolut nicht mochte und das ihm während der Umbaumaßnahmen viel Kopfzerbrechen bereitet hatte. Den Käfig hatte er über viele Wochen hinweg in Einzelteilen heruntergeschleppt und dann neu zusammengebaut. Ebenso war er mit den meisten anderen Einrichtungsgegenständen verfahren. Aber so gefährlich und mühsam die ganze Arbeit auch gewesen war, der Aufwand hatte sich gelohnt, und das Ergebnis erfüllte ihn jedes Mal mit großem Stolz, wenn er eine seiner Partnerinnen hierher einlud.

Chapman schloss die Metalltür hinter sich und folgte dem zweieinhalb Meter hohen Tunnel, der selbst im Licht der Taschenlampe scheinbar ins Nirgendwo führte. Doch Chapman wusste nur zu gut: Am Ende dieses Tunnels lag sein wundersames Reich. Hier geschahen all die schönen und atemberaubenden Dinge, die sich die meisten Menschen nicht einmal zu erträumen wagten. Chapman machte ihnen deswegen keinen Vorwurf. Er selbst hatte viele Jahre gebraucht, um aus seinen wiederkehrenden und immer ausgefeilteren Träumen greifbare Realität werden zu lassen. Wie seine Mutter schon gesagt hatte, viele erreichte Ziele begannen mit einem Traum.

Als er den Fuß der Leitertreppe erreichte, stieg er in knöcheltiefes, kaltes Wasser. Doch darüber musste er sich keine Gedanken machen, denn seine Stiefel waren wasserdicht und gefüttert. Und die ganze Einrichtung mit dem Käfig für Grace befand sich auf einem von ihm errichteten Sockel aus alten Holzschwellen, die er auf dem verlassenen Fabrikgelände gefunden hatte.

Der Raum, in dem er nun stand, erinnerte ihn an den alten Betonbunker für U-Boote, in dem er als Kind oftmals herumgestromert war. Richtung Norden fiel der Boden ab. Dort hatte sich genug Wasser angesammelt, um darin bis zu den Knien zu versinken. Chapman schaltete den LED-Strahler an und ließ den Blick über den beleuchteten Bereich seines Studios gleiten. Er fühlte sich wie ein begnadeter Künstler.

Einmal mehr dachte er an Grace. Die Kleine würde seine vierte romantische Erfahrung sein, und er wollte, dass ihre Begegnung an diesem Ort zu einem ganz besonderen Ereignis wurde. Also schaltete er den Projektor ein, den er hierhergeschleppt hatte, und auf der hinteren Wand über der Wasseroberfläche erschien eine Disney-Figur: Arielle, die Meerjungfrau, Grace' Lieblingscharakter.

Und schon bald würde die Kleine, die in der Blüte ihrer Jahre stand, seine Arielle werden. Oh ja, sie hatte das Zeug dazu!

Chapman betrachtete die Projektion noch einen Moment und kostete die Freude daran aus. Vor allem stellte er sich Grace' fröhliches Erstaunen darüber vor.

Dann hörte er plötzlich ein ominöses Geräusch. Es dauerte drei Sekunden, ehe er es zuordnen konnte.

Die Käfigtür! Jemand befand sich hinter ihm! In seinem Heiligtum!

Ruckartig, wie ein bewaffneter Cowboy in einem Wildwestfilm, drehte er sich um. Jemand hockte auf dem Metallgeflecht des Käfigs und ließ die Beine über der Öffnung baumeln, als säße er auf dem dicken Ast eines Baumes.

»Eine schöne Idee, Henri.« Die Gestalt stützte sich vom Käfigrand ab und sprang auf den überfluteten Boden. Eine Höhe von fast zwei Metern, dennoch spritzte kaum Wasser auf, als der Eindringling mit seinen Stiefeln auf dem Beton landete. »Nur schade, dass Grace sich nicht für Arielle interessiert.«

Was sollte das? Natürlich liebte Grace die anmutige Meerjungfrau. Chapman hatte die Abbildung auf einem ihrer Schulhefte oder Zeichenblöcke gesehen. Dann dämmerte ihm, dass der Fremde eigentlich gar nicht von ihm und Grace hätte wissen sollen. Wer war der Typ? Ein Bulle? Falls ja, war er vielleicht nicht alleine hier!

»Wovon reden Sie, Mann?« Chapman war auf der Hut, sah sich argwöhnisch um, blinzelte irritiert. Dummerweise lag alles jenseits des Scheinwerferlichts für seine Augen zurzeit in undurchdringlicher Dunkelheit.

»Grace liebt Tarzan und Herkules. Am besten, Sie tauschen Ihr Geburtstagsgeschenk gleich wieder um.«

»Geburtstag?«, stammelte Chapman verwirrt. Gleichzeitig irritierte ihn die von den Betonwänden widerhallende, merkwürdig verzerrte Stimme des Fremden.

»Soll das bedeuten, Sie wussten nicht, dass Grace am Samstag ihren elften Geburtstag feiert, Henri? Wozu dann der ganze Zirkus hier? Die Puppen, die Bilderbücher, der Projektor … der Wasser-Laufball? Wollten Sie nicht eine unvergessliche Party für Ihren Ehrengast steigen lassen?«

Chapman spürte, wie die Wut über die Unverschämtheit dieses Mannes in ihm hochzukochen begann. Was bildete sich dieser Typ im Kapuzenmantel eigentlich ein, seine aufrichtigen Gefühle für Grace dermaßen in den Dreck zu ziehen? Aber er hielt sich zurück und fragte sich, woher der Kerl überhaupt von diesem geheimen Ort wusste. Hatte er ihn etwa beobachtet und verfolgt? War er ein von Grace' Mutter engagierter Privatdetektiv? So übervorsichtig, wie diese Frau war, war das tatsächlich vorstellbar.

»Wer zur Hölle sind Sie? Und was wollen Sie?« Sein Blick ging kurz in die Richtung, wo normalerweise sein Werkzeugkasten stand. Bis auf seine Fäuste hatte er im Augenblick nichts, was er als Waffe hätte nutzen können. Was er jetzt brauchte, war ein Hammer oder ein Schraubenschlüssel. Oder eine Kette. Irgendwas, das ihm half, diesem Idioten das Maul zu stopfen, aber der Werkzeugkasten war verschwunden.

»Was haben Sie sich zu Ihrem elften Geburtstag gewünscht, Henri? Ein Fahrrad? Einen Fußball?«

Chapman stand da wie gelähmt. Was sollte er auf diese unsinnige Frage antworten?

»Grace hat nur einen Wunsch. Sie will mit ihrer Mutter das Planetarium besuchen, in dem sie mit ihrem Daddy war, kurz bevor er bei dem Autounfall starb.«

Chapman überlegte, was er tun konnte, denn diese Begegnung spitzte sich gefährlich zu.

Dann setzte sich der Fremde in Bewegung. Mit ein paar großen Schritten war er bei ihm, sodass ein Ausweichen unmöglich war, und holte mit der Faust zu einem wuchtigen Schlag aus.

Als Chapman langsam wieder zu sich kam, schaute er von einer erhöhten Perspektive auf die bunte Projektion von Arielle. Einen Moment später wurde ihm klar, dass er unglaublich fror und auf dem Boden des Käfigs lag, mit dem Rücken an der hinteren Gitterwand. Und das nackt! Und die Käfigtür war verschlossen!

»Wieder wach, Henri?« Die metallisch monotone Stimme des Kapuzenmanns.

»Verdammt! Was soll das?« Chapman sprang auf und rüttelte an der Käfigtür. Natürlich bewirkte das nichts. Das massive Schloss mit der Kette hatte er selbst gekauft.

Ohne Hektik sprang der Fremde auf den Sockel und ging neben dem Käfig in die Hocke. »Dann wollen wir mal.«

Mit diesen Worten zog er den Werkzeugkasten heran.

23

Als nach längerem, energischem Klopfen Inspector Turners Wohnungstür endlich aufging und ein Koloss von einem Mann in der Türöffnung stand, fuhr Paula unwillkürlich wie ein ertapptes Kind zusammen. Turner war fast zwei Meter groß und dazu auch noch entsprechend massig und breit. Irgendwie erinnerte er Paula von der Statur her an die schottischen Baumstammwerfer der Highlands. Wo dieser Mann in fittem Zustand hinschlug, wuchs gewiss kein Gras mehr. Und nun sah er Paula dermaßen mürrisch an, dass sie all ihre Courage zusammenkratzen musste, um halbwegs unbeeindruckt zu wirken. Aus dem Augenwinkel bemerkte sie, wie Reeves kurz den Kopf wegdrehte und grinste. Natürlich kannte er Turners eindrucksvolle Erscheinung, und so hatte ihn Paulas Reaktion auf den Riesen umso köstlicher amüsiert. Aber Paula nahm es ihm nicht übel, insgeheim musste sie selbst über die Situation schmunzeln.

Als Turner Reeves erkannte, nahm seine Miene einen etwas gemäßigteren Ausdruck an, auch wenn er nach wie vor genervt und argwöhnisch wirkte. »Was zum Teufel führt dich zu mir, Inspector?«

Reeves rollte mit den Augen. »Jetzt komm schon, William. Wir sind wohl kaum zum Tee hier. Darf ich vorstellen? Agent

Tennant von der ISA. Können wir den Rest bitte drinnen besprechen?«

Turner seufzte, als hätte man ihn gerade gebeten, zehn Zentner Kohlen aus dem Keller zu holen. Dann bat er die beiden herein, schloss die Tür und wies ihnen humpelnd den Weg in die Küche. Paula sah sich verblüfft und unauffällig um. Der möblierte Flur war geräumig und deutete darauf hin, dass die Wohnung insgesamt weit größer war, als es von außen den Anschein hatte. Bestätigt wurde dieser Eindruck, als sie die Küche betraten. Die Decke war zwar nicht hoch, aber der Raum war für eine Küche, die in einem Londoner Apartmenthaus lag, ziemlich groß, und das Mobiliar erinnerte an den Stil englischer Landhausküchen, wie sie in modernen Einrichtungskatalogen abgebildet waren. Weiß lackiertes Holz, Oberschränke mit satinierten Glasfronten, hinter denen man Töpfe und Geschirr erahnen konnte, und dazu matt glänzende Griffe aus Messing. Vor dem Fenster – mit Blick auf eine mächtige Baumkrone – stand ein massiver Tisch mit ebenso stabil anmutenden und gut gepolsterten Stühlen, alles aus weiß lackiertem Holz und mit gedrechselten Beinen. Wenn man auf diese Art Einrichtung stand, konnte man sich hier sicher wohlfühlen. Der Ausblick auf das Grün bot zudem die Illusion, sich in einem alten englischen Landhaus zu befinden. Am Kühlschrank erblickte Paula einen Fotomagnet, der Turner und seine Frau beim Rudern zeigte. War das auf der Themse? Vermutlich hatte Mrs Turner für die klassische, massive Kücheneinrichtung gesorgt, in der sich auch ein Riese wie ihr Mann bequem bewegen konnte.

»Agent Tennant, das ist Detective Chief Inspector William Turner – nach dem berühmten englischen Landschaftsmaler benannt. Williams Mutter war im Kirchenchor und ein Fan von Turners romantischer Malerei«, stellte Reeves ihr seinen Kollegen vor.

Nun war es an Turner, mit den Augen zu rollen. »Nachdem du das nun klargestellt hast, Warren, *was* willst du von mir?«

»Dreimal darfst du raten.«

Turner seufzte so durchdringend, wie es wohl nur ein Mann seiner Statur fertigbrachte. Dann drehte er sich mit schmerzverzerrter Miene um. »Ich mache uns erst einmal Tee.«

»Das ist nicht nötig«, versicherte Paula etwas unbeholfen, um dem humpelnden Mann die Mühe zu ersparen.

»Es macht keine Umstände, Agent. Ich wollte ohnehin Tee trinken und hatte bereits welchen gekocht. Außerdem tut mir etwas Bewegung ganz gut, auch wenn mein Rücken dagegen rebelliert.« Turner holte zwei weitere Teetassen mit Untertellern aus dem Oberschrank und platzierte diese auf dem Tresen. Dann hinkte er mit ausdrucksloser Miene zu einer großen Teekanne.

»Haben Sie hier irgendwo ein Tablett?«, fragte Paula. Dann konnte sie Turner nämlich helfen und die Tassen zum Tisch tragen.

»Ja. Gleich neben Ihnen. Im Schrank unten links.«

Paula holte das Tablett heraus, stellte das Geschirr darauf und trug es zu Turner, der die Tassen nacheinander füllte.

»Was ist mit deinem Rücken passiert?«, fragte Reeves, während Paula das Tablett zum Tisch hinübertrug, die dampfenden Tassen verteilte und sich dann auf einem der Holzstühle niederließ. Turner blieb noch einen Moment stehen, so als müsste er sich erst gegen den Schmerz wappnen, der ihm beim Laufen bevorstand.

»Ach, nur so eine dumme Sache beim Wochenendeinkauf«, erklärte er. »Es hätte überall passieren können. Aber mir passiert so etwas natürlich, wenn ich dabei bin, eine Packung Walkers in den Einkaufswagen zu legen.«

»Walkers?« Paula verstand nicht.

»Eine Tüte Kartoffelchips«, erklärte Reeves und unterdrückte ein Grinsen.

Als Turner Platz nahm, verzog er vor Schmerz das Gesicht. »Mein erster Hexenschuss. Hätte nicht gedacht, dass der so verdammt unangenehm sein kann.« Vorsichtig trank er einen Schluck von seinem Tee, ehe er feststellte: »Dann habt ihr den Fall Ghost nun also am Hals.«

Paula nickte. »Und zwei weitere Tote.«

»Gleich zwei in so kurzer Zeit?« Turner hob beide Brauen. »Dann wären es jetzt insgesamt dreizehn Morde«, stellte er nachdenklich fest.

»Jedenfalls soweit wir wissen«, bestätigte Reeves. »Zwei in Italien. Drei in Frankreich. Vier in Deutschland. Und nun vier Morde in Großbritannien. Wenn der Ghost seine Steigerungsrate beibehält, wird er noch einen Mord begehen, bevor er das Land verlässt.«

»Ich könnte mir vorstellen, dass Crowley darum betet, dass das bald passiert. Wie damals beim Ripper 1888. Fünfmal hat der zugeschlagen, und dann hörten die Morde plötzlich auf, und er war wie vom Erdboden verschluckt.«

Turners Direktheit in Bezug auf Crowley überraschte Paula nicht wirklich, sie passte zu dem ruppigen Mann und war etwas, mit dem sie gut umgehen konnte. Direktheit lag ihr mehr als diplomatisches Um-den-heißen-Brei-Herumreden.

»Ist der Ghost je mit Ihnen in Kontakt getreten, Inspector?«, fragte sie.

Als hätte sie einen üblen Dämon herbeigerufen, schaute Turner sie einen Moment lang an, und dieser Blick sagte ihr eigentlich schon alles. Der Ghost hatte zu Turner ebenso Verbindung aufgenommen wie zu ihr und den anderen Ermittlern, auch wenn davon keine Silbe in den Berichten stand.

»Als durch den Anruf des Ghosts klar wurde, dass es zwischen den Morden in Liverpool und Edinburgh einen

Zusammenhang gab, wurde ich mit dem Fall betraut. Er rief mich an, noch bevor ich in Edinburgh eintraf.«

»Was hat er gesagt?«

»Er wünschte mir Glück bei der Ermittlung. Dann ließ er mich wissen, wer der Tote in Liverpool war, enthüllte dessen komplette Identität und schickte mir eine Akte, in der aufgelistet war, welcher Verbrechen sich der Mann schuldig gemacht hatte.«

Paula dachte über das Gehörte nach und nahm einen Schluck aus der verschnörkelten Keramiktasse auf der *Sweet Home Coffee* aufgedruckt stand. Normalerweise bevorzugte sie Kaffee, doch dieser Tee mit Milch schmeckte gut und schien eine wohltuend beruhigende Wirkung auf sie zu haben. Offenbar war etwas dran an dem englischen Klischee, dass Tee jedes Problem kleiner machte.

»Der Ghost hat inzwischen auch mich kontaktiert«, erklärte sie. »Genau genommen waren es zwei Gespräche.« Sie berichtete Turner von dem Anruf in Waldens Haus und von der Begegnung in der nebligen Gasse. Er hörte ihr aufmerksam zu, während er ab und an vorsichtig an dem heißen Tee nippte. Dann wandte er sich Reeves zu.

»Was ist mit dir, Warren? Hat er dich angerufen?«

»Bisher nicht. Wie es aussieht, spricht er nur die leitenden Ermittler an. Wieso hast du nichts davon in deinem Bericht erwähnt?«

»Das habe ich. Zunächst.«

Paula und Reeves stellten ihre Teetassen ab und starrten den Riesen verblüfft an.

»Was soll das heißen – *zunächst*?«, fragte Paula.

Turner holte tief Luft und wirkte plötzlich wie jemand, der sich aus dem Keller eines zusammengestürzten Hauses freischaufeln musste. Was er nun zu sagen hatte, fiel ihm alles andere als leicht.

»Was ich euch beiden jetzt anvertraue, ist inoffiziell. Verstehen wir uns?«

Paula nickte knapp, und Reeves folgte ihrem Beispiel.

»In der Hoffnung, den Ghost zu schnappen, habe ich mich auf ein ziemlich dämliches Spiel eingelassen. Er wollte natürlich, dass niemand von unserem Kontakt erfährt. Dafür erhielt ich Informationen, die mir halfen, andere Fälle zu knacken. Ich hatte gehofft, ihm auf diese Weise mit der Zeit näherzukommen. Ihr wisst schon, Vertrauen aufbauen und so. Doch dann, als ich mir zu sicher war, habe ich Crowley eingeweiht, und die Verbindung zum Ghost brach von einem zum anderen Tag ab.«

»Davon steht nichts in den Unterlagen«, erwiderte Paula.

»Ich hatte jede Einzelheit in einem inoffiziellen Bericht festgehalten und Crowley ausgehändigt.«

»Hast du eine Kopie?«, fragte Reeves

»Ich hatte eine digitale Kopie. Aber die ist zusammen mit meinem Computer verschwunden.«

Einen Moment lang sagte keiner einen Ton. Dann fragte Reeves geradeheraus: »Weshalb hat man dir den Fall entzogen?«

Turner zuckte mit den Achseln, was er angesichts seiner Rückenschmerzen sofort bereute. Dann schaute er in seine Tasse, als lägen auf deren Boden magische Teeblätter, aus deren Anordnung er die Zukunft dieses Falls ablesen konnte. Aber natürlich war dem nicht so.

»Na ja, mein Katz-und-Maus-Spiel mit dem Ghost hat nichts gebracht. Der Kerl läuft nach wie vor frei dort draußen herum. Dafür sitzen jetzt immerhin ein paar echt fiese Jungs im Knast, die ich ohne seine Hilfe niemals geschnappt hätte. Haben Sie von der Verhaftung dieses pädophilen Lords im Oberhaus gehört? Lord Filton? Die Festnahme dieses Kerls verdanken wir dem Ghost. Außerdem müsste ich lügen, wenn ich behauptete, auch nur einem seiner Opfer eine Träne nachzuweinen. Wenn es nach mir gegangen wäre, hätten wir das Spiel gerne noch eine

Weile weiterspielen können, aber Crowley bekam schließlich kalte Füße und zog mich von dem Fall ab.«

»Dann hat wahrscheinlich er die Berichte verschwinden lassen«, überlegte Reeves.

»Möglich.« Turner blickte abwechselnd von Paula zu Reeves, so als fragte er sich, ob die beiden sein Handeln halbwegs nachvollziehen konnten, auch wenn es alles andere als legal gewesen war. »Beweisen kann ich es jedenfalls nicht. Und wenn ich es genau überlege, möchte ich das auch gar nicht. Wer will schon schlafende Hunde wecken? Für mich ist der Fall damit erledigt. Jetzt seid ihr dran.«

Paula überlegte einen Moment. »Ich frage mich, wie der Ghost erfuhr, dass Sie Ihr Schweigen gebrochen haben. Hatten Sie mit Crowley telefoniert oder Mail-Kontakt?«

»Oh nein. Das hätte keiner von uns gewagt. Wir waren in seinem Büro, als ich ihm von dem Deal mit dem Ghost berichtete. Auch für alle weiteren Besprechungen, die diese geheime Zusammenarbeit angingen, trafen wir uns dort. Soweit ich weiß, lässt Crowley sein Büro immer wieder mal auf Wanzen untersuchen. Nichts, was dort besprochen wird, dringt nach außen.«

Paula drehte nachdenklich ihre *Sweet Home Coffee*-Tasse auf dem Tisch, während ihre Gedanken in alle möglichen Richtungen jagten. »Ich frage mich, ob der Ghost mit Crowley gesprochen hat.«

»Davon ist mir nichts bekannt. Aber möglich wäre es«, stimmte Turner zu. »Ich kann Ihnen nur raten, vorsichtig im Umgang mit dem Ghost zu sein. Er wird Sie manipulieren und für seine Zwecke einspannen, dass Ihnen Hören und Sehen vergeht.« Wieder verzog der Inspector das Gesicht, als er seinen schweren Körper auf dem Küchenstuhl etwas zurechtrückte.

Ohne es sich anmerken zu lassen, fragte Paula sich, ob Turners angeknackster Rücken wirklich nur mit dem

Wochenendeinkauf und einer Tüte Walkers zu tun gehabt hatte. Vielleicht sollte die kleine Anekdote nur von der wahren Ursache ablenken. Wenn sie selbst dem Ghost begegnet war, konnte auch Turner mit ihm direkt konfrontiert worden sein. Etwas, das der Koloss aber wohl kaum zugeben würde. War sie vielleicht einfach paranoid? Murray hatte sich auch einmal einen Hexenschuss zugezogen. Beim Schuhezubinden. Also wandte sie sich einem anderen Gedanken zu und stellte die Frage, die sie schon die ganze Zeit verfolgte, auf die sie aber bisher keine plausible Antwort in den Berichten gefunden hatte.

»Haben Sie vielleicht etwas über dieses Alpha-und-Omega-Symbol herausgefunden, das er an den Fundorten hinterlässt? Ich habe den Eindruck, es steckt mehr hinter dieser Signatur. Was bezweckt er damit?«

»Tut mir leid. Da weiß ich nicht mehr als alle anderen.«

»Und was wissen alle anderen?«

»Das, was in den Berichten steht. Das, was die Experten herausgefunden haben. Sie wissen schon, das mit dem griechischen Ursprung und dass sich der erhöhte Jesus Christus in der *Offenbarung des Johannes* als *das Alpha und das Omega* bezeichnet. Er sei – wie Gott selbst – der *Erste und* der *Letzte,* der *Anfang und das Ende*.«

»Dann haben Sie den Ghost nie danach gefragt?«

»Doch, das habe ich, aber er hat mir nicht darauf geantwortet. Aber nun haben Sie ja die Chance, Agent.«

»Tja«, seufzte Paula. »Die habe ich jetzt wohl.«

Sie trank ihre Tasse leer, tauschte einen kurzen Blick mit Reeves aus und erhob sich.

»Danke für den Tee, Inspector. Der hat gutgetan.«

»Keine Ursache.« Auch Turner erhob sich mit schmerzverzerrter Miene. Offenbar würde er sie und Reeves zur Tür bringen, um ganz sicher zu sein, dass sie auch wirklich gegangen waren.

Auf dem Flur drehte Paula sich noch einmal zu dem hünenhaften Mann um, der den kompletten Türrahmen ausfüllte. »Falls Ihnen noch irgendetwas einfällt, hier meine Karte. Rufen Sie mich an. Und gute Besserung für Ihren Rücken.«

»Danke.« Turner nahm die Karte, die wie ein Papierschnipsel in seiner mächtigen Pranke wirkte. »Noch eins, Agent. Der Ghost weiß inzwischen sicher mehr über Sie, als Sie denken. Seien Sie auf der Hut.«

Paula nickte. »Danke für die Warnung. Ich werde es mir merken.«

24

»Turner hat recht«, meinte Reeves, als sie die Strecke von Richmond nach Westminster fast schon zurückgelegt hatten und an der Parkanlage Clapham Common vorüberfuhren. Trotz der kühlen Abendwitterung saßen Leute in Grüppchen und einzeln auf den Bänken und auf dem Rasen wie an einem schönen Frühlingsabend. Den Großteil der Rückfahrt über hatten Paula und Reeves geschwiegen, hatten ihren Gedanken nachgehangen und den Besuch bei Turner auf sich wirken lassen. Außerdem, fand Paula, sah Reeves ebenso müde aus, wie sie sich fühlte, und dabei hatte er noch den Wagen zu fahren. Die Ringe unter seinen Augen sprachen für sich, und Paula vermutete, dass sie kein Stück besser aussah.

»Sie meinen, dass der Ghost versuchen wird, uns für seine Zwecke einzuspannen?«, fragte sie.

Er nickte und setzte den Blinker, um den Fahrsteifen zu wechseln und an einem der schwarzen Taxis vorbeizuziehen. »Er wird sich über uns informieren. Und ganz besonders über Sie. Diese Begegnung in der Gasse war bestimmt kein Zufall. Und vergessen wir nicht, dass er Sie schon zu Debreau gelotst hat.«

Paula starrte aus dem Fenster auf die Reihen endloser roter Ziegelsteinhäuser mit ihren eckigen Erkern und den weißen Schiebefenstern, auf die ungewöhnliche Art der

Straßenbemalung und die ihr fast schon niedlich erscheinenden Verkehrsbeschilderungen. Im Vergleich mit den großen, weitläufigen Großstädten im Osten und in der Mitte der USA erschien ihr London trotz seiner Skyline in seinen Proportionen wie ein großes Dorf mit angeschlossenem Freilandmuseum.

»Ja, das hat er«, entgegnete sie, nicht ganz bei der Sache. Sie unterdrückte ein Gähnen. Auch der Jetlag forderte nun doch seinen Preis. Sie spürte es bis in die Knochen. »Es blieb uns allerdings auch keine andere Wahl, als der Sache nachzugehen. Ob es uns gefällt oder nicht, der Ghost hat gewisse Kenntnisse, was die polizeiliche Ermittlung angeht, zurzeit gibt er den Ton an. Also räumen wir artig hinter ihm auf und sammeln dabei jede Information, die wir kriegen können.«

Reeves grummelte. »Dummerweise hinterlässt er bis jetzt keine Informationen, die er nicht hinterlassen will.«

Paulas Handy klingelte. Als sie sah, dass Dr. Padelsky dran war, nahm sie das Gespräch sofort an und teilte der Kriminaltechnikerin mit, dass sie auf Lautsprecher stelle, damit auch Reeves mithören konnte.

»Hallo Agent, hallo Inspector«, begann Padelsky überraschend frisch und munter. »Ich komme gerade von einem Gespräch mit Dr. Bullard und soll Ihnen mitteilen, dass Debreaus Genitalien nicht wieder aufgetaucht sind. Dafür haben wir eine Spur in seinem Badezimmer entdeckt, genauer gesagt Blut und Gewebereste in der Toilettenschüssel. Der langen Rede kurzer Sinn: Ich bin mir ziemlich sicher, dass der Täter Debreaus Weichteile die Kanalisation runtergespült hat, wo sie längst als Rattenfutter gedient haben. Tut mir leid, dass ich im Moment keine ergiebigere Nachricht für Sie habe.«

»Was ist mit DNA-Spuren?«, hakte Paula nach. Irgendetwas musste der Ghost doch in Debreaus Apartment zurückgelassen haben.

»Wir haben ein paar Haare gefunden, jedoch ohne Haarwurzeln. Aber die stammen mit ziemlicher Sicherheit von Mr Khan. Von den Tatwaffen fehlt jede Spur. Eines der Küchenmesser aus dem Messerblock fehlt allerdings. Ich tippe darauf, dass der Ghost es mitgenommen hat.«

»Wurden das hintere Treppenhaus und der Parkplatz noch einmal überprüft?«

»Ja. Wir analysieren noch ein paar lehmige Erdkrümel. Was allerdings Fußspuren und dergleichen betrifft, Fehlanzeige.«

»Und die Transportbox?«

»Unsere Leute haben die Gegend noch einmal durchkämmt. Auch die Gasse. Nichts. Entweder er hat sie mitgenommen oder er hat sie in einer der Wohnungen oder einem Fahrzeug deponiert. Zwei Detectives haben überprüft, wer sonst noch im Haus wohnt. Bis auf Mr Khan und zwei Neuzugänge sind alle langjährige Mieter.«

Das läuft alles andere als gut, dachte Paula. Für einen Durchsuchungsbefehl des ganzen Hauses reichten bloße Vermutungen nämlich nicht aus, was im Großen und Ganzen natürlich gut so war, um die Bürger eines Landes vor Behördenwillkür zu schützen.

»Danke, Doktor.«

»Keine Ursache. Sobald ich etwas Neues habe, melde ich mich.«

Als das Gespräch beendet war, meinte Reeves: »Er hat die Box sicher im Kofferraum seines Wagens verstaut. Deshalb hatte er sie nicht mehr dabei, als er neben der Laterne stand und zu Ihnen hochwinkte.«

Mit dieser Vermutung lag Reeves wahrscheinlich richtig. Manchmal wünschte Paula, sie hätte einen Röntgenblick für Kofferräume, Lastwagen, Kleintransporter und Gangsterwohnungen. Supergirl zu sein, würde ihre Ermittlungsarbeit sicherlich erheblich erleichtern, auch wenn es ihr restliches Leben vermutlich deutlich komplizieren würde. Alles hatte nun mal seinen Preis.

Als sie die Kreuzung Kennington Road und Westminster Bridge Road erreichten, überkam sie trotz des Jetlags ein zunehmendes Verlangen, sich zu bewegen. Jahrelange Erfahrung hatte sie gelehrt, diesem Bewegungsdrang unbedingt nachzugeben, wenn er sich einstellte, denn er lenkte ihre innere Unruhe und die damit aufwallende Aggressivität in konstruktivere Bahnen und verhalf ihr nicht selten zu überraschend aufschlussreichen Einsichten. Ja, ein ordentlicher Spaziergang an der frischen Luft würde ihre Gehirnzellen auf Trab bringen und sie heute Nacht endlich mal wieder mehrere Stunden durchschlafen lassen. Genau genommen hatte sie nämlich keinen Schimmer, was sie im Fall Ghost als Nächstes tun sollte, außer auf die Ergebnisse der Kriminaltechnik zu warten und auf die Ermittlungstafel im Büro zu starren. Und dafür war auch noch morgen Zeit. Jetzt galt es, einen Weg zu finden, wie sie die manipulative Art des Ghosts für sich nutzen konnte, ohne dabei am Ende draufzuzahlen, wie Turner es getan hatte. Und dazu musste sie erst einmal Abstand gewinnen und einen freien Kopf bekommen.

Also bat sie Reeves nach einer kurzen Erklärung, sie bei der nächsten sich bietenden Gelegenheit aussteigen zu lassen, und der Inspector zeigte für ihre unerwartete Entscheidung, ihn nicht zum Yard zurückzubegleiten, Verständnis.

»Dann lasse ich Sie noch vor der Westminster Bridge am Südufer raus. Wenn Sie auf dieser Seite der Themse bleiben und Richtung Millennium Bridge und Tate Modern gehen, haben Sie einen fantastischen Blick auf die Houses of Parliament und St Paul's. Fahren Sie dann einfach von der Station St Paul's aus mit der Tube zurück. Sie können natürlich auch bis zur Tower Bridge laufen, aber das ist noch mal ein gutes Stück.«

»Danke«, sagte sie. »Im Augenblick habe ich das Gefühl, die Route kann gar nicht lang genug sein.«

25

Paula stieg noch vor einer Unterführung der Waterloo Station aus, überquerte an einer Ampel die stark befahrene Straße und fand sich schon nach wenigen Minuten am Ufer der Themse und beim London Aquarium. Sie hörte das sanfte Schlagen der Big-Ben-Glocke. Die Besucherströme hielten sich um diese Tageszeit in Grenzen. Bei dem mittlerweile diesigen Wetter wirkten die monumentalen Houses of Parliament, in dem sich das britische Unter- und Oberhaus befanden, mit den Zinnentürmen und dem raketenartigen Big Ben wie die beeindruckende Kulisse eines Märchenfilms.

Sie ging weiter, kaufte sich ein Sandwich und eine Coke und verweilte eine halbe Stunde beim London Eye, fasziniert von der beeindruckenden Größe des Riesenrads aus der unmittelbaren Nähe. Die anstehende Menschenschlange war an diesem Abend überschaubar. Doch Paula entschied sich gegen die halbstündige Gondelfahrt, zumal schräg gegenüber die Gebäude der Metropolitan Police lagen. Sie hatte sich vorgenommen, abzuschalten und wenigstens für eine Stunde nicht bewusst an das Büro, die Aktenkisten und den Ghost zu denken. Also machte sie sich wieder auf den Weg und folgte mit strammem Schritt dem Queen's Walk.

Die nächste kurze Rast legte sie hinter der Waterloo Bridge vor dem kastenförmigen Gebäude des Royal National Theatre ein. Wie sie eine Touristin zu ihrem Begleiter sagen hörte, hatte Prinz Charles die Architektur des Betonbaus mit einem Atomkraftwerk verglichen. Er hatte nicht ganz unrecht, auch wenn Paula den futuristischen Touch des Theaters mit seinen terrassenartigen Umbauten interessant fand. Es passte optisch jedenfalls ausgezeichnet zur Waterloo Bridge. Paula setzte sich auf eine der Bänke, beobachtete die roten Doppeldeckerbusse, die einzeln oder in Kolonnen die mächtige Stahlbetonbrücke überquerten, die Themseboote und Pendlerschiffe, die Menschen, Familien, Pärchen, Urlauber wie Einheimische, die an den Imbissbuden anstanden, auf dem Nachhauseweg waren oder am Eisengeländer entlangspazierten und zum anderen Ufer schauten. Hier fiel für die zahlreichen im Wind segelnden Möwen und die herumflatternden Tauben immer etwas Essbares ab.

Nach einigen Minuten spürte Paula trotz des Trubels die wohltuende, beruhigende Wirkung der Umgebung. Das sich im Kreis drehende Grübeln hatte aufgehört, und ihr wurde klar, dass sie solch eine innere Ruhe schon seit Langem nicht mehr empfunden hatte. Obwohl London eine Weltstadt war, überraschte sie die Gelassenheit, die diese Metropole ausstrahlte, und das reichte von den vielfältigen Grünanlagen bis hin zu den Bewohnern. Von Großstädten war sie eine fiebrige Hektik gewohnt, eine angespannte Ruhelosigkeit und Erregung, die mit der Zeit auf eine höchst ungesunde Weise ansteckend war. Manche Menschen ließen sich davon mehr mitreißen als andere. Paula gehörte zu jenen, die sich daher am liebsten von ihrer Umwelt und ihren Mitmenschen abkapselten, was natürlich zur Folge hatte, dass sie keinen nennenswerten Freundeskreis hatte, jedenfalls niemanden, zu dem die Bezeichnung *Freund* gepasst hätte, sah man von Dave Murray einmal ab. Und so würde sie auch Detective Chief Inspector Warren Reeves und all die anderen, die ihr in ihrem Leben noch begegnen würden, auf Distanz halten.

Dann fiel ihr Kardinal Calitri ein, der alte, kluge Kirchenfürst, der ihr bei dem *Sacro Bosco*-Fall zur Seite gestanden hatte. Wie hatte sie ihn vergessen können? Auch er war für sie zu einem Freund geworden. Ab und an tauschten sie E-Mails aus, telefonierten auch miteinander, wenn es ihre Arbeit und der Zeitunterschied zwischen Chicago und Rom zuließen. Ja, sie mochte den alten, vergeistigten Mann, der nichtsdestoweniger über einen erstaunlich gesunden Menschenverstand verfügte. Sie hoffte, nicht ganz uneigennützig, dass ihm noch etliche gute Pensionsjahre bevorstanden. Unwillkürlich musste sie mit einem lachenden und einem weinenden Auge in sich hineinschmunzeln, Calitri und Murray … väterliche Freunde schienen wohl ihr Ding zu sein. Vielleicht sogar war das die einzige Art von Freundschaft, die sie in der Lage war einzugehen.

Nachdem Paula eine Waffel mit Sahneeis verdrückt hatte, setzte sie ihren Weg Richtung OXO Tower fort. In der Ferne konnte sie hinter der nächsten Brücke auf der anderen Seite des Flusses schon die aufragende Kuppel von St Paul's sehen. Sie beschloss, Reeves' Rat zu folgen und ihren Weg bis zur Millennium Bridge fortzusetzen.

Nach einer Flusskurve tauchte die breite Silhouette einer erst in den letzten Jahren entstandenen Hochhausfront auf. Es war eine Skyline, die Paula nicht von ihren Reiseführern her kannte, und dabei waren die gar nicht mal so alt. In einem der neuen Gebäude – im Walkie Talkie Building – befand sich nun seit Kurzem die Londoner ISA-Niederlassung, und einer von Paulas Agenten-Kollegen hatte ihr amüsiert von einer bizarren Story erzählt, die vor wenigen Jahren nicht nur in den sozialen Medien der Brüller gewesen war. Die spiegelnde, konkave gläserne Vorderfront des

Gebäudes hatte das sommerliche Sonnenlicht damals dermaßen gleißend reflektiert und gebündelt, dass dadurch Plastikteile in Autos, die in einer ungünstigen Entfernung davor parkten, zum Schmelzen gebracht wurden. Inzwischen hatte die Fassade daher einen zusätzlichen Sonnenschutz erhalten, um weitere Unbill zu vermeiden.

Paula verließ den Themsepfad am Südufer, passierte den Vorhof der eindrucksvollen Tate Modern, die ursprünglich einmal ein Elektrizitätswerk gewesen war, und eilte über die Millennium Bridge, eine flache, von Süden nach Norden verlaufende Hängebrücke nur für Fußgänger, die geradewegs auf St Paul's zuführte. Auf der Mitte der Brücke hielt sie inne, schaute zurück zur Galerie mit dem hohen, schlanken Schornstein und dann wieder zur Kathedrale, deren Kuppel sie an das Washingtoner Kapitol, den Sitz des US-Kongresses, erinnerte. Ein grandioser Anblick.

Kurzerhand entschied sie sich dafür, die bereits geschlossene St Paul's Cathedral einmal zu umrunden, und nahm anschließend in einem kleinen Park an der südlichen Fassade auf einer Bank Platz. Noch immer wimmelte es von Menschen, die zwischen der Tate Modern und St Paul's pendelten.

Paulas Aufmerksamkeit wurde schließlich auf ein turtelndes Taubenpärchen gelenkt, von dem nur einen Meter entfernt der aufgebrochene, blutige Körper eines toten Artgenossen lag. Vermutlich hatte eine Katze den Vogel geschnappt und dann einfach dort liegen lassen.

Eine Erinnerung aus der Kindheit tauchte unwillkürlich aus den Tiefen ihrer Gehirnwindungen auf. Das Sterben der Großmutter, zu Hause in einem großen, hohen Bett. Dann die Leichenhalle einer alten Friedhofskapelle, in der der leblose Körper aufgebahrt worden war. Paulas Mutter hatte sie damals zum Gespräch mit dem Priester mitgenommen, und danach hatten sie dem bleichen, wachsartigen Leib der toten

Großmutter einen Besuch abgestattet. Der Anblick war für ihre Mutter sehr unangenehm gewesen, doch für Paula hatte das Ganze weder etwas Beängstigendes noch etwas Abstoßendes gehabt. Das, was da vor ihr in dem Sarg gelegen hatte, war nichts als eine fleischliche Hülle gewesen. Nichts von dem, was einmal ihre Großmutter ausgemacht hatte, war übrig geblieben. Als die Großmutter daheim in ihrem Bett im Sterben lag, hatte Paulas Mutter das Zimmer für einen Moment verlassen, und Paula war alleine bei der alten Frau gewesen. Sie hatte die Hand der Sterbenden gehalten, den letzten, unverständlichen Worten gelauscht, und dann hatte Paula plötzlich das Licht in den Augen der Greisin verlöschen sehen und sich gefragt, wohin dieses Licht nun wohl gegangen war. Nein, der Tod hatte für Paula niemals etwas wirklich Furchterregendes gehabt, sondern eher etwas Geheimnisvolles. Außerdem gab es weit Schlimmeres als den Tod. Für Paula war die Großmutter vielmehr eine Eingeweihte gewesen, ein Mensch, der die letzte große Reise antrat, eine Seele, die mit dem Tod eine letzte Prüfung absolvierte, einen Test, an dem niemand in dieser Welt vorbeikam. Egal wie arm oder reich, wie schwach oder mächtig er oder sie auch war.

Trotzdem fing sie nun bei dem Anblick der toten Taube und im Schatten der Kathedrale an zu frösteln, denn der Tierkadaver, aus dem einige Knochen ragten, erinnerte sie an das Monster, dem sie in Rom ausgeliefert gewesen war. Sie zog die Lederjacke wie einen wärmenden Schutzpanzer enger um sich, als plötzlich jemand neben ihr Platz nahm und ihr einen großen Becher Kaffee anbot. Kurz zuckte sie zusammen, doch dann erkannte sie die Stimme.

»Guten Abend, Agent. Ich schätze, den brauchen Sie im Augenblick mehr als ich.«

26

Vice Director Robert Bernstein reichte ihr den Kaffee, sodass sie nicht umhinkam, ihn anzunehmen. Seine Stimme klang ruhig und angenehm, seine Miene war wie immer unergründlich. Paula bedankte sich und nahm einen ersten vorsichtigen Schluck, während sie aus dem Augenwinkel beobachtete, wie Bernstein sich auf der Bank zurücklehnte und zur angestrahlten Kuppel der Kathedrale hinaufblickte. Als sie etwas genauer hinsah, fiel ihr auf, dass er nicht den gleichen Anzug wie am Morgen trug. Auch den Mantel hatte er gewechselt. Statt des langen, grauen Wollmantels mit dem kontrastierenden Kragen trug er nun einen anthrazitfarbenen Kurzmantel. Dieses Outfit hatte etwas Legeres, wirkte aber auch stilvoll und gepflegt. Lediglich die geringfügig gelockerte Krawatte wies darauf hin, dass ihr Boss, wie sie ihn gerne nannte, sich nicht mehr im Dienst befand.

Dann ging Bernsteins Blick kurz zu dem turtelnden Taubenpaar, und seine Augen leuchteten einen Moment auf, bis sie den blutigen, kleinen Tierkadaver entdeckten. Paula stellte den Kaffeebecher neben sich auf der Bank ab, denn sie spürte wieder dieses Frösteln. Sie schlug den Kragen ihrer Lederjacke hoch und zog den Reisverschluss bis zum Hals zu, als müsste sie ihren vernarbten Körper vor der Welt verbergen. Und vor

Robert Bernstein, was an sich Unsinn war, denn er hatte in Rom mit ermittelt und wusste genau, was geschehen war.

Dann wurde ihr das eigentliche Motiv für ihr Handeln bewusst. Der Vice Director sollte die wiederkehrenden Phasen ihrer Ängste und Schwächen nicht bemerken, denn er hatte ihr trotz der Bedenken des ISA-Psychotherapeuten diesen Fall übertragen. Außerdem war der Fall Ghost für Paula nicht nur eine berufliche Herausforderung, der sie sich stellte, sondern auch ein Schlüssel zurück in ihr normales Leben. Wenn sie endgültig wieder in ihren Berufsalltag zurückkehren und die Ängste aus der jüngsten Vergangenheit ein für alle Mal überwinden wollte, dann jetzt!

»Alles in Ordnung, Agent?«

»Ja«, antwortete sie einen Tick zu schnell. Dass Bernstein ahnte, was in ihr vorging, behagte ihr ganz und gar nicht. Und dann entfuhr ihr auch noch fast so etwas wie ein Geständnis. »Manchmal steigt die Erinnerung in mir auf, doch diese Momente gehen schnell vorbei.«

Bernstein deutete auf den toten Vogel und sagte dann leise und ruhig: »Im Gegensatz zu dieser Taube haben Sie das Monster besiegt. Vergessen Sie das nicht.«

Wirklich? Hatte sie das? Wieso fühlte es sich dann nicht wie ein Sieg an?

Vielleicht, weil du keine genaue Erinnerung mehr daran hast!

Was war in diesem Keller wirklich passiert, nachdem die Droge ihren Verstand benebelt und dann ihren Geist und ihren Körper außer Gefecht gesetzt hatte? Sie unterdrückte das Bedürfnis, nach der Narbe auf ihrer Brust zu tasten. Wieso konnte sie diesen Drang kaum bezwingen, wo sie doch wusste, dass die Berührung des Narbengewebes jedes Mal aufs Neue dieses furchtbare Gefühl des Erstickens in ihr auslöste?

Vielleicht, weil du dich erinnern willst. Koste es, was es wolle!

»Ich mag das Monster gestellt haben, aber mein Überleben verdanke ich Ihnen, Boss«, entgegnete sie schlicht. Dann nahm sie einen weiteren Schluck Kaffee. In der zunehmenden Kühle tat ihr die heiße Flüssigkeit gut, wirkte ebenso beruhigend und anregend wie Inspector Turners Tee. Dennoch hielt sie es in diesem Moment für zu gefährlich, weiter über den *Rom*-Fall zu sprechen, das hatte sie in den letzten Wochen und Monaten schon zur Genüge, ja bis zum Erbrechen mit Dr. Cochran getan, in dessen klinisch reinem Sprechzimmer. Des Öfteren war es ihr dabei erschienen, als ob der Arzt sich dabei mehr für den Täter als für sie interessiert hatte.

Sie atmete tief durch und wechselte das Thema. »Versuchen Sie, hier ebenfalls etwas abzuschalten, Sir?«

Wie sie wusste, hatte Bernstein an diesem Tag mehrere anstrengende Treffen mit der Führungsetage der Metropolitan Police hinter sich gebracht, gerade dieser Superintendent Crowley war alles andere als ein angenehmer Typ. Scotland Yard hatte die ISA zwar um Amtshilfe gebeten, dennoch konnte sie sich das Kompetenzgerangel während dieser Sitzungen lebhaft vorstellen. Außerdem leitete Bernstein noch ein paar andere Spezialfälle in Europa. Es war überall das Gleiche. Die örtlichen Ermittlungsbehörden baten um die Lösung eines Falles, und kaum machten sich die Agenten der ISA an die Arbeit, begann auch schon das eifersüchtige Tauziehen um die Zuständigkeiten. Bei erst einmal mäßigem Ermittlungserfolg kamen dann noch die jeweiligen Schuldzuweisungen hinzu, und im Erfolgsfall eröffneten die einheimischen Behörden den Kampf um das Ernten der Lorbeeren. Und das, obwohl die ISA auf Letzteres ohnehin verzichtete, denn je weniger die Öffentlichkeit von der Existenz der Organisation mitbekam, desto besser.

»Mehr oder weniger«, antwortete er und deutete zurück auf St Paul's. »Ich hatte vorhin noch eine kleine Privatführung durch die Kathedrale und konnte von der Kuppel aus über die City schauen. Durchaus beeindruckend.«

Paula runzelte die Stirn. »Ich dachte, die Kathedrale sei nachmittags zu.« Sie erinnerte sich nicht mehr an die genauen Öffnungszeiten, hatte aber in einem ihrer Reiseführer gelesen, dass die Kirche gegen fünfzehn oder sechzehn Uhr für die Öffentlichkeit geschlossen wurde.

»Calitri ist mit einem der ranghohen Geistlichen befreundet und hatte für mich ein Treffen arrangiert. Er meinte, ich sei jetzt schon so oft in London gewesen, dass es Zeit für etwas Geschichte und Kultur sei.«

Paula musste unwillkürlich schmunzeln. Das sah dem alten Kardinal ähnlich, dass er sich um Bernsteins geistiges und seelisches Wohlergehen sorgte und ihn daran erinnerte, dass es auf der Erdkugel mehr als nur die Welt des Verbrechens gab. Außerdem passte es zu Calitris offener Geisteshaltung, dass er nicht nur in katholischen, sondern auch in anglikanischen Kreisen Freundschaften pflegte. Noch immer fragte sie sich, wie Bernstein und Calitri sich überhaupt kennengelernt hatten. Okay, Calitri hatte von einem früheren Kriminalfall gesprochen, in den beide involviert gewesen waren, doch diese Antwort hatte auf Paula eher wie ein Ausweichen gewirkt. Und Bernstein hüllte sich diesbezüglich ohnehin in absolutes Schweigen. Also unterdrückte Paula ihre Neugierde und die damit verbundene Frage und sagte: »So ein Ausblick über die Stadt hätte mir auch gefallen.«

Sie nahm einen weiteren genüsslichen Schluck von dem Kaffee, wobei ihr Blick erneut den Körper der toten Taube streifte. Ob der leblose Vogel mit dem halb abgerissenen Flügel und der klaffenden Wunde in der Brust bei Bernstein ebenfalls unangenehme Erinnerungen weckte? Doch er schien den kleinen Kadaver längst vergessen zu haben und sich ausschließlich auf sie zu konzentrieren.

»Für einen Blick von der Kuppel ist es leider zu spät«, meinte er. »Aber ich könnte Ihnen eine andere faszinierende Aussicht auf die Stadt anbieten.«

Paula versuchte ihre Überraschung zu verbergen. Die Einladung freute sie natürlich, aber sie bedeutete auch, mit dem privaten Robert Bernstein noch eine Weile unterwegs zu sein.

Komm schon! Was hast du zu verlieren? Nur einen grüblerischen Abend alleine mit dir selbst in deinem Apartment. Hast du nicht gerade erst bedauert, dass du zu wenig über ihn weißt?

»Wo gehen wir hin?«

Bernstein bedachte sie mit einem vielsagenden Lächeln. »In fünf Minuten werden Sie es sehen.«

27

Sie verließen den Park, überquerten die Hauptverkehrsstraße hinter der Kathedrale und erreichten ein überdachtes, hochmodernes Shoppingcenter mit dem Namen One New Change. Bernstein führte Paula zu zwei gläsernen Panorama-Aufzügen, die in der abendlichen Dunkelheit in eiskaltem Blau erstrahlten. Hinter den Aufzügen führte eine breite Wendeltreppe ins Basement. Der erste Aufzug kam von oben, und eine Schar begeistert klingender Besucher stieg aus.

Paula trat mit ihrem Boss in die leere gläserne Kabine, die während der Fahrt einen erhebenden Blick auf die Ostfassade von St Paul's bot. Doch die noch weit atemberaubendere Aussicht offenbarte sich ihr, als sie den Aufzug verließ und hinaus auf die Dachterrasse trat, die sich wie ein weitläufiges dreieckiges Spielfeld vor ihr entfaltete.

»Unglaublich!«

Sie ging zum nahen Rand des südwestlichen Bereichs. Von hier aus hatte sie sowohl einen überwältigenden Blick über die Themse auf The Shard, den höchsten Glas-und- Stahl-Wolkenkratzer Londons mit seiner spitz zulaufenden, steilen Pyramidenform, als auch auf die angestrahlte Kuppel von St Paul's. Ihre aufrichtige Begeisterung schien Bernstein ebenso zu überraschen wie sie selbst.

Ein paar Meter weiter baute ein Fotograf ein Kamerastativ auf, um The Shard mit seiner hell erleuchteten Spitze zu fotografieren, während ein paar andere Besucher an der Brüstung standen und die nächtliche Farbenpracht der City bewunderten. Hier und da wurden Paula und Bernstein neugierige Blicke zugeworfen, so als fragte man sich, um welche Prominenz es sich bei dem ungleichen Paar wohl handelte. Doch da Paula und Bernstein die Neugierde der Leute ignorierten, gaben diese ihre Bemühungen um Blickkontakt schon bald auf.

Paula verweilte noch ein paar Minuten bei dem Fotografen und schaute ihm bei der Arbeit zu. Danach beschloss sie, den Rest der Terrasse zu erkunden. Je weiter sie auf die Terrasse mit der immer niedriger werdenden spiegelnden Schaufensterwand hinaustrat, desto menschenleerer und ruhiger wurde es. Und das hatte auch seinen Grund, wie sie sehr schnell zu spüren bekam. Der eisige Wind konnte sich hier frei entfalten, wurde wie durch einen Windkanal von Norden nach Süden gepresst. Doch erst hier draußen am Terrassenende erstrahlte St Paul's mit den Balkonen, Säulen und Figuren so richtig prachtvoll in der Finsternis und schien zum Greifen nah. Es wirkte, als habe ein überirdisches Wesen den Anblick kreiert und als ragte die Terrasse an dieser Stelle in eine andere Dimension hinein.

»Sie haben nicht zu viel versprochen, Sir.«

Obwohl sie unter sich waren, unterließ sie es dieses Mal, Bernstein mit *Boss* anzureden. Es kam ihr in dem Moment unangemessen vor, einen Tick zu persönlich, und sie wollte auf gar keinen Fall irgendwelche falschen Signale senden. Sie legte die Hände auf die Brüstung und merkte, wie der kalte Wind in ihre Kleidung kroch und ihr zunehmend die Körperwärme entzog. Es würde nicht mehr lange dauern, bis ihr die Zähne klapperten. Trotzdem wollte sie diesen Ort wegen des grandiosen Panoramas noch nicht verlassen.

»Gestatten Sie?« Noch bevor sie hätte ablehnen können, legte Bernstein ihr seinen Mantel um. »Es freut mich, dass Sie den Ausblick genießen, aber ich möchte nicht für eine schwere Erkältung verantwortlich sein.« Mit sanfter Hartnäckigkeit bestand er darauf, dass sie den Mantel richtig anzog.

»Aber was ist mit Ihnen?«

Bernsteins Fürsorglichkeit überraschte sie, zumal er diesen Wesenszug mit der Erkältungsfloskel zu überspielen versuchte. Dann erinnerte sie sich, dass der Vice Director einmal glücklich verheiratet gewesen und diese Ritterlichkeit vermutlich schon immer ein Teil seines Charakters gewesen war. Dass seine Frau einem Serienmörder zum Opfer gefallen war, musste tiefe Narben in seiner Seele hinterlassen haben. Soweit sie wusste, war er seither keine Beziehung mehr eingegangen, und er würde es vielleicht auch nie wieder tun.

»Keine Sorge. Der Anzug ist wärmer, als es den Anschein hat. Außerdem behalte ich den Schal.«

Als sie den obersten Knopf des Mantels schloss, trat Bernstein einen Schritt zurück und sah sie an, als hätte sie sich in einen anderen Menschen verwandelt. Ihr Spiegelbild in der gläsernen Schaufensterfassade überraschte sie selbst. Obwohl der Mantel ihr natürlich zu groß war, stand ihr der Stil ausgezeichnet. Sie hatte fast den Eindruck, dass er den Mantel nur für sie angezogen hatte. Im langen Wollmantel, den Bernstein am Morgen getragen hatte, wäre sie vermutlich verschwunden, doch der Kurzmantel, den er am Nachmittag gewählt hatte, passte einigermaßen. Bisher hatte sie nie großartig über Mode und Kleidung nachgedacht. Bei der Verfolgung Verdächtiger in dunklen Gassen und Hinterhöfen war man mit Jeans, Lederjacke, Stiefeln oder Laufschuhen einfach beweglicher und wirkte vor allem nicht wie der typische Agent. Auch wenn ihre Lederjackenkluft ihr so manches Problem bereitete. Generell gingen die Menschen zuerst einmal zu ihr auf Distanz, was im Grunde jedoch der von ihr gewünschte Effekt war. Ihr war wohl bewusst, welches Vorurteil sie damit bediente. Jedenfalls erweckte sie nicht den Eindruck des lieben kleinen Mädchens.

Sie merkte, wie sie unter dem vorgewärmten Mantel aufhörte zu frieren. Es war eine angenehme Wärme, ein wunderbares Gefühl, bis ihr klar wurde, dass diese Empfindung mehr in Verbindung mit ihrem Boss stand als mit dem wärmenden Stück Stoff selbst. So etwas hatte sie noch nie gefühlt. Verstohlen schnupperte sie am Mantelkragen, konnte jedoch nichts wahrnehmen außer den Geruch einer chemischen Reinigung.

Bernstein zeigte ihr, welche anderen Bauwerke man von hier oben noch sehen konnte. In der Ferne leuchtete in abwechselnden Farben das von hier aus winzig anmutende London Eye. In der anderen Richtung ragte The Gherkin in die Höhe, das seinen Spitznamen der Gurkenform verdankte. Und dann war da wieder das Walkie-Talkie-Gebäude, in dessen obersten drei Stockwerken der *Sky Garden*, ein botanischer Garten, angelegt worden war.

Bernstein erklärte ihr das alles mit einer gewissen Begeisterung. Wenn er schon so viel über London wusste, wie viel mehr musste er dann über seine Heimatstadt Chicago wissen? Dann erinnerte Paula sich, dass er gar nicht aus Chicago war und sie eigentlich keine Ahnung hatte, aus welchem östlichen Bundesstaat er überhaupt stammte. Sein gehobenes Englisch verriet ihr in dieser Hinsicht nichts. Der eisige Wind, der immer wieder in Böen über die Terrasse peitschte und seinen gepflegten Kurzhaarschnitt mit den grauen Schläfen zerzauste, schien ihm nicht das Geringste auszumachen. Dezent sorgte er sogar dafür, dass Paula in seinem Windschatten stand.

Als sie bemerkte, dass sie seiner wohlklingenden Stimme mehr Aufmerksamkeit schenkte als dem Inhalt seiner Worte, begann sie innerlich unruhig zu werden. Schließlich ertappte sie sich dabei, wie sie sein markantes, vornehmes Gesicht aus dem Augenwinkel betrachtete. Das Profil, das ihr zuvor so streng erschienen war, gefiel ihr zunehmend gut. Auch der Glanz in Bernsteins Augen wirkte mit einem Male nicht mehr einschüchternd und distanziert, sondern kühn und geheimnisvoll. Paula war froh, dass er ihre emotionale Verwirrung in dem Zwielicht auf der Terrasse nicht wahrnehmen konnte. Sie hätte sich in Grund und Boden geschämt. Außerdem war der Mann nicht nur einer der mächtigsten Männer der ISA, er war auch noch ihr Vorgesetzter.

»Wie sind Sie eigentlich zur Kriminalistik gekommen?«, wagte sie sich schließlich trotzdem vor. »Ich meine, wollten Sie schon immer zur Polizei?«

Bernstein schüttelte den Kopf. »Mein Vater war Arzt. Allgemeinmediziner. Sein Wunsch war, dass ich mit ihm zusammenarbeite und seine Praxis eines Tages übernehme, doch ich wollte Anwalt werden und brach mein Medizinstudium ab. Als Student kam ich dann in Gerichtsverhandlungen mit Kapitalverbrechen in Berührung. Von da an reichte es mir nicht mehr, einfach nur Jura zu studieren.«

»Also belegten Sie Kurse in Kriminalistik und Psychologie«, folgerte sie und musterte Bernstein unauffällig. »Und das vermutlich ebenfalls ohne die Erlaubnis Ihres Vaters.«

Ein seltenes Lächeln huschte über seine Lippen. Paula deutete es als Ja. Es war sicherlich nicht leicht für ihn gewesen, mit der beruflichen Familientradition zu brechen und einen eigenen Weg zu gehen. Das erforderte eine ganze Menge Mut. Viele junge Leute führten die Geschäfte oder Unternehmen ihrer Eltern einfach nur weiter, weil sie von klein auf darauf vorbereitet worden waren und das Gefühl hatten, ohnehin keine andere Wahl zu haben. Ganz zu schweigen davon, dass elterliche Fußstapfen oft auch finanzielle Sicherheit bedeuteten.

»Mein Vater und ich …«, begann Bernstein. »Nun, wir hatten unsere Differenzen. Aber das ist ja keine Seltenheit zwischen Vater und Sohn.«

»Es ist Ihr Leben«, sagte Paula. »Und ich finde, Sie haben die richtige Entscheidung getroffen.« Bernstein bedachte sie mit einem kurzen, nicht zu deutenden Blick. Sie hätte unmöglich sagen können, ob er ihre aufrichtige Bemerkung schätzte oder ob er sie nur für die freundliche Entgegnung einer Mitarbeiterin und Untergebenen hielt. Wenigstens musste ihm klar sein, dass sie nicht der Typ für Höflichkeiten und Komplimente war. Sie meinte, was sie sagte. Auch wenn das bisweilen nicht gut ankam. »Was wurde aus der Arztpraxis Ihres Vaters?«

Er ließ sich einen Moment Zeit mit der Antwort. »Da es niemanden in der Familie gab, der sie hätte übernehmen können, wurde sie schließlich verkauft, und meine Eltern zogen nach Florida.«

»Und Sie gingen nach dem Studium zum FBI.«

Bernstein schüttelte den Kopf. »Eigentlich dachte ich nicht daran, für eine Bundesbehörde zu arbeiten, also eröffnete ich eine Kanzlei und arbeitete als Berater für diverse Unternehmen und Institutionen, löste Fälle, die konkurrierende Beraterfirmen bereits als hoffnungslos aufgegeben hatten. Und dann klopfte eines Tages das FBI an die Tür.«

»Mit einem unlösbaren Fall.«

»Etwas in der Art«, antwortete Bernstein. »Ich wurde gebeten, die Motive eines Täters zu analysieren, der schon seit Jahren in Virginia aktiv war. Ich erstellte ein Profil, und die Sache lief gut, und so griff das FBI immer häufiger auf meine Gutachten zurück, bis ich schließlich feststellte, dass mich die Überführung von Serienmördern weit mehr interessierte als meine übrige Arbeit. Und dann machte mir das FBI ein Angebot.«

»Haben Sie es je bereut?« Kaum, dass Paula die Frage gestellt hatte, hätte sie sich auf die Zunge beißen können. Was war das für eine dämliche Frage? Bernsteins Frau war durch den *Mirror*-Mörder ums Leben gekommen!

Doch Bernstein schien ihre Frage weder zu irritieren noch zu verletzen. »Meine Frau meinte einmal, ich sei von meiner Arbeit besessen. Ich schätze, sie hatte recht, wie mit so vielem.«

Paula wurde schwer ums Herz, gleichzeitig beeindruckte es sie, mit welcher Ruhe und Zuneigung Bernstein nach all den Jahren noch immer von seiner Frau sprach.

»Es tut mir leid«, sagte sie. »Ich wollte Sie nicht …«

»Das ist schon okay. Ich lebe mit diesem Teil meiner Vergangenheit schon seit vielen Jahren und habe gelernt, damit umzugehen. Und eines habe ich dabei begriffen. Die Liebe endet nicht mit dem Tod. Aber sie kann ebenso der Himmel wie die Hölle sein.« Er hielt kurz inne, als wäre er plötzlich von einer anderen Erinnerung gefangen genommen. Dann fuhr er fort: »Ich weiß, wie viel Ihnen Ihre Arbeit bedeutet, aber vergessen Sie darüber das Leben nicht. Die Welt besteht nicht nur aus Verbrechen. Es gibt auch viel Gutes darin.«

Damit sprach Bernstein einen Rat aus, den Murray nicht müde wurde, Paula hier und da zu erteilen, wenn sie nach einem längeren Arbeitseinsatz wieder in der Welt der normalen Menschen auftauchte. Und Murray musste es nach über zehn Jahren als Streifenpolizist und weiteren zwanzig Jahren als Detective wissen. Paula war auch nicht blind für das Gute, wären da nur nicht die unsäglichen Therapiesitzungen mit Dr. Drew Cochran gewesen, die eine Weltsicht vermittelten, die alles andere als positiv war.

»Ich werde bei meinem nächsten Gespräch mit Dr. Cochran daran denken«, sagte sie freiweg. »Er hält mich nämlich für einen finsteren Dämon.«

Bernstein lachte kurz auf, es war ein ebenso herzhaftes wie melancholisches Lachen. »Lassen Sie sich bloß nicht von ihm unterkriegen. Das fehlte mir noch.« Dann fügte er seltsam ernst hinzu: »Cochran hofft, die Spirale der Gewalt mit seiner Arbeit zu durchbrechen. Wer weiß, vielleicht entwickelt er ja eines Tages eine Methode oder ein Medikament, mit dem ihm das gelingt.«

Paula zuckte mit den Achseln. »Mich erinnert das Ganze eher an die historischen Zeiten der berühmt-berüchtigten Eispickel-Lobotomie.«

Bernstein verzog ob des von Paula gewählten Bildes kurz das Gesicht. Er schien sehr genau zu verstehen, was sie mit dieser Anspielung meinte. »Vertrauen Sie Ihrem Instinkt, und seien Sie im Umgang mit Dr. Cochran vorsichtig.«

Seine Offenheit überraschte Paula. Also hatte auch er seine ganz speziellen Erfahrungen mit dem Psychotherapeuten und Gehirnforscher gemacht. Wie es aussah, teilten sie sogar die gleiche Aversion. In diesem Moment fiel ihr auf, wie nahe sie beieinanderstanden. Um die Situation zu überspielen, wollte sie etwas sagen und einen Schritt zurück an die Brüstung treten, doch sie war unfähig, sich zu rühren.

Halte einfach deinen Mund.

Dann fiel ihr Blick hinter Bernstein auf den mittleren Bereich der Terrasse – und es traf sie wie ein Schlag.

Ein schlanker Mann in schwarzem Kapuzenmantel stand bei dem Fotografen, blickte aber definitiv zu ihr und nicht zur Kathedrale. Die Mixtur aus wohligen und schmerzhaften Emotionen, die sie gerade noch durchströmt hatte, war schlagartig verschwunden. Ihr Herz klopfte bis zum Hals.

»Er ist hier!«, flüsterte sie, bevor ihr bewusst wurde, dass sie Bernsteins Arm festhielt.

»Wie bitte?«

»Der Ghost ist *hier*!«

Bernstein rührte sich nicht, wohl um den Killer nicht zu beunruhigen.

»Wo?«, fragte er.

»Bei dem Fotografen!«

»Wie können Sie sich so sicher sein?«

»Weil er den Kapuzenmantel trägt und mir gerade zuwinkt.«

Bernstein drehte sich vorsichtig um, sodass sie seinen Arm losließ. Dort, wo sich der Ghost befand, wimmelte es inzwischen nur so von Menschen. Beim Restaurant und vor den Aufzügen musste noch mehr los sein. Der Ghost hinterlegte etwas auf dem Boden neben der Kameratasche des Fotografen, tippte zum Gruß noch einmal kurz an seine Kapuze und tauchte in die Menschenmenge ein.

»Er wird den Notausgang am hinteren Treppenhaus nehmen«, sagte Bernstein. »Die Rolltreppen sind um diese Zeit mit hohen Gittertüren gesperrt.« Paula hatte sich bereits in Bewegung gesetzt und jagte dem Serienkiller hinterher, rannte über das freie Stück Terrasse und drängelte und schlängelte sich zwischen den Menschengruppen hindurch.

»Wo ist die Nottreppe?«, fragte sie im Vorbeirennen eine der Kellnerinnen, die ihr verblüfft die Richtung zeigte.

Als Paula am Notausgang ankam, fiel dessen Tür gerade langsam zu. Sie zog ihre Waffe, riss die schwere Metalltür auf und machte einen Satz ins Treppenhaus. Weiter unten hörte sie Schritte und Sprünge. Als sie vorsichtig über das Geländer schaute, sah sie, dass der Ghost fast schon das Erdgeschoss erreicht hatte. Unten angekommen, blickte er noch einmal spöttisch zu ihr hoch.

Sie folgte ihm, rannte die Treppe hinunter, als ginge es um das Gewinnen einer Rallye, denn sie wollte ihn auf gar keinen Fall aus den Augen verlieren. Doch als sie unten ankam und durch den Notausgang hinaus in die Fußgängerzone eilte, hatte sie ihn bereits verloren. Sie spähte in alle Richtungen. Drei Ausgänge, doch durch welchen war er entkommen?

Sie verbarg ihre Waffe in der Manteltasche und rannte hinunter zur Hauptstraße, die zwischen St Paul's und der Millennium Bridge verlief. Wieder drehte sie sich um die eigene Achse und hielt Ausschau nach dem Ghost. Es war hoffnungslos.

Als sie frustriert zum Shoppingcenter zurückkehrte, kam Bernstein ihr bereits im Erdgeschoss entgegen. Er hatte Latexhandschuhe angelegt und hielt einen Umschlag in der rechten Hand. Und er war wieder durch und durch ihr Boss.

»Der ist an Sie adressiert, Agent.«

Paula schaute auf die Vorderseite des Briefes, auf der in Druckbuchstaben stand: *Für Agent Paula Tennant, die es sich in den Kopf gesetzt hat, das Böse zu bekämpfen.*

28

Paula hätte am liebsten nach dem Brief gegriffen und ihn auf der Stelle aufgerissen, um zu sehen, was er enthielt, doch sollte der Ghost wider Erwarten einen Fingerabdruck, eine DNA-Spur oder ein sonstiges verräterisches Partikel hinterlassen haben, hätte sie diese Hinweise bei einer solch unbeherrschten Aktion unwiederbringlich zerstört.

Bernstein rief ein Taxi, und unmittelbar bevor sie einstiegen, fiel Paula auf, dass sie noch immer seinen wärmenden Mantel trug. Sie wollte vermeiden, dass Dr. Padelsky, Inspector Reeves oder Superintendent Crowley auf falsche Gedanken kamen. Das hätte gerade noch gefehlt. Darum reichte sie Bernstein den Mantel zurück und bedankte sich noch einmal dafür. Mit ziemlicher Sicherheit hatte sie der zusätzliche Stoff vor einer üblen Erkältung bewahrt.

Zwanzig Minuten später befanden sie sich im Yard, wo sie den Brief Dr. Padelsky übergaben, deren Techniker sich sofort mit dem Umschlag und seinem Inhalt befassten. Wie erwartet hafteten keinerlei Fingerabdrücke an dem Papier, aber man würde nach möglichen DNA- und anderen Spuren suchen und die Handschrift, die Tinte sowie das verwendete Material analysieren.

Padelsky hatte nach dem Öffnen des Umschlags sofort den Inhalt abfotografiert, sodass Paula und Bernstein endlich Zugriff auf die Information hatten, die der Ghost an Paula adressiert hatte. Der Umschlag hatte eine Fotografie enthalten, auf deren Rückseite eine Zahlenreihe geschrieben stand. Wie es aussah, mit derselben Tinte, die auch schon auf der Umschlaghülle verwendet worden war. Darunter die Alpha-und-Omega-Signatur. Was immer dieses Symbol im Falle des Ghosts bedeuten sollte, Paula erschloss sich der tiefere Sinn nicht. Außer dass sie bezweifelte, dass der Serienmörder sich auf einer Art heiligen Mission befand.

Die Zahlen auf der Fotorückseite zu entschlüsseln, war hingegen um einiges leichter.

»Das könnten GPS-Koordinaten sein«, hatte Paula sofort gemeint, als sie auf das digitale Abbild der Fotografie gestarrt hatte. Anstatt eines Anrufs wollte der Ghost sie dieses Mal wohl mittels Geo-Koordinaten zu einem bestimmten Ort leiten, und das machte Paula ziemlich wütend. Als wären sie alle Akteure in einer virtuell erweiterten Realität, machte er ein verfluchtes Spiel aus seiner Kinderschänder-Treibjagd.

Die Fotografie selbst zeigte den hohen Raum einer Bunker- oder Fabrikhalle. Das heißt, die teilweise überschwemmte Halle war vielmehr der Hintergrund in der Fotografie, denn man konnte keine Decke, sondern nur zwei Wände sehen. Das eigentliche Motiv bestand in einem Gitterkäfig, dessen immense Größe Paula nur wegen des bizarren Inhalts halbwegs abschätzen konnte: eine mit einer dunklen Flüssigkeit durchtränkte Matratze, rundherum verstreutes Kinderspielzeug und sonstiger Plunder, vor allem nackte Puppen. Das Ganze wirkte wie die schaudererregende Parodie eines Kinderzimmers.

Wenn Paula sich nicht täuschte, war der Inhalt des ganzen Käfigs mit Blut beschmiert. Aber sie sah nirgends einen menschlichen Körper, weder einen misshandelten noch einen toten Leib aus Fleisch und Blut. Auch nicht, als sie Quadrant für Quadrant in das Foto hineinzoomte, in dem Versuch, die Schatten und das Zwielicht mittels Fotobearbeitungstechnik zu durchdringen. Die Aufnahme war einfach zu schlecht, um brauchbare Details zu liefern, und mit ziemlicher Sicherheit war das vom Ghost auch so beabsichtigt. Das Foto war ein Köder. Nicht mehr und nicht weniger. Aber vielleicht würde ja noch einer von Padelskys Technikern ein digitales Wunder vollbringen oder zumindest etwas sichtbar machen können, das ihnen mit bloßem Auge entgangen war.

Paula kam dieser Ort wie ein Tatort vor. Nur eben ein Tatort ohne Leiche. Und sie konnte in Bernsteins und Padelskys Gesichtern lesen, dass sie genauso dachten.

Bernstein hatte inzwischen die Zahlenreihe in die Kartennavigation des Computers eingegeben. Die Ortsangabe zeigte das alte verlassene Gelände einer Fabrik, in der, wie eine weitere Recherche ergab, vor über einem Jahrzehnt einmal Lebensmittel verarbeitet worden waren. Bernstein wies einen der Techniker an, genauere Pläne des Geländes zu besorgen.

»Das ist ein ganz schön großes Areal, wenn man nach einem Tatort sucht«, meinte Padelsky. »Dieser finstere Raum könnte überall sein.«

Die leider alles andere als aktuellen Luftbilder von Google Maps zeigten in der Tat eine Ansammlung von Gebäuden. Zwei große Hallen, die sicher über verdammt große Keller verfügten, drei angrenzende große Seitenbauten sowie zwei separate kleinere Flachbauten, die zudem alle unterirdisch miteinander verbunden sein konnten. Dazwischen viele Wege und etliche freie Plätze, auf denen verrottete Gegenstände herumlagen. Maschinenteile, alte Fahrzeugteile, Metallcontainer, in denen einmal Waren transportiert worden sein mochten. Ein wenig erinnerte Paula das Ganze an einen großen, weitläufigen

Schrottplatz, nur dass ein solcher meist weit weniger Gebäude aufwies.

Dann kam ihr eine Idee. »Was ist mit Ruby? Für einen Spürhund müsste es doch möglich sein, diesen Raum zu finden.«

»Ruby?«, fragten Bernstein und Padelsky wie aus einem Mund.

»Der Suchhund, der bereits in Waldens Haus eingesetzt worden ist«, erklärte sie. »Reeves erzählte mir, dass Ruby nicht nur ein Leichensuchhund ist, sondern auch menschliche Fährten verfolgen kann. Allzu viele Menschen dürften sich in den letzten ein, zwei Tagen nicht auf dem Fabrikgelände herumgetrieben haben. Außerdem hätten wir noch den Brief, an dem Geruchspartikel des Ghosts haften könnten.«

Padelsky sah sie skeptisch an. »Der Brief, den wir vor einer halben Stunde dem Labor übergeben haben?«

Paula schluckte, da das Papier in der Zwischenzeit sicher schon mit der ein oder anderen Chemikalie in Berührung gekommen war.

»Was ist mit dem Beweismittelbeutel, in dem wir den Brief hierhertransportiert haben?«, überlegte Bernstein. »Könnte die Hülle nicht ein paar Geruchsspuren enthalten?«

»Ich habe keine Ahnung, ob das reicht, aber möglich wäre es.« Padelsky eilte sofort los, um den Beutel zu sichern.

Paula wandte sich Bernstein zu. War es ihr nur so vorgekommen oder hatte er gerade auf jenen Bereich ihrer Bluse gestarrt, unter dem die Narbe lag? *Du spinnst doch*, schalt sie sich, auch wenn tief in ihrem Innern eine schaurige Saite zum Klingen gebracht worden war. Bernstein wirkte weder verlegen noch ertappt, also bildete sie sich das Ganze doch bloß ein. Der Mann war in Gedanken gewesen und hätte ebenso gut auf den Wasserspender hinter Paula gestarrt, hätte sie nicht davorgestanden.

»Ich rufe Inspector Reeves an, damit er sich mit dem Hundeführer in Verbindung setzt.«

»Tun Sie das«, antwortete Bernstein ruhig. »Ich werde die ISA-Zentrale kontaktieren, damit wir in den nächsten Stunden ein paar aktuellere Satellitenaufnahmen des Geländes erhalten. Es liegt etwas außerhalb der Stadt, aber immer noch innerhalb des Autobahnrings der M25. Irgendwie muss unser Täter ja dorthin gelangt sein.«

Das war es also gewesen, was Bernstein eben beschäftigt hatte. Die aktuellen Satellitenbilder. Paula wusste, dass ein solches Anliegen durch etliche behördliche Instanzen lief, um Missbrauch zu vermeiden. Wenn sie Pech hatten, erhielten sie die Satellitenaufnahmen erst am nächsten Morgen. Trotzdem war es eine vielversprechende Idee. Ein abgestelltes Motorrad oder ein geparkter Wagen konnte ihnen verraten, in welchem Gebäude der Ghost aktiv gewesen war, falls Ruby am Ende doch nichts fand. Vorausgesetzt, Ghost parkte sein Gefährt nicht in größerer Entfernung vom Tatort und legte den Rest des Wegs zu Fuß zurück. Oder er hatte sein Fahrzeug irgendwo verborgen unterstellen können. Beide Vorsichtsmaßnahmen waren ihm jedenfalls zuzutrauen.

Padelsky kehrte zu ihnen zurück und – so komisch es auch aussah – hielt einen in einem Beweismittelbeutel aufbewahrten Beweismittelbeutel in der rechten Hand, wobei sie Latexhandschuhe trug, um den Beutel nicht noch mit ihren eigenen Geruchspartikeln zu kontaminieren. »Der Beweismittelbeutel wäre schon mal gesichert. Jetzt brauchen wir nur noch den Spürhund.«

Während Bernstein sich zurückzog, um sich mit der ISA kurzzuschließen, holte Paula ihr Handy aus der Jacke und wählte Inspector Reeves' Nummer. Reeves, der im Büro noch immer über den Akten brütete, fiel aus allen Wolken, als sie ihm eröffnete, was sich in der letzten Stunde zugetragen hatte.

»Und da rufen Sie mich erst jetzt an?« Er klang sowohl verärgert als auch gekränkt.

Paula mochte den Mann, und deshalb hielt sie sich mit einer entsprechenden Gegenreaktion zurück und lenkte ein. »Tut mir leid, Inspector. Wir sind sofort ins Labor, um dort alles in die Wege zu leiten. Ich bin vorher nicht dazu gekommen, mich zu melden. Ich brauche Ihre Unterstützung. Und die von Ruby. Und zwar möglichst schnell.«

Reeves schien sich auf der Stelle zu beruhigen, denn seine Antwort klang nun ebenfalls versöhnlich, so als sei er sich auch seines kleinen emotionalen Ausbruchs nur allzu bewusst geworden. »Ich verstehe. Ich werde Gediman gleich anrufen und mache mich dann auf den Weg zu Ihnen.«

»Und ich stelle schon mal das Spurensicherungsteam zusammen«, erklärte Padelsky und verschwand.

Paula nickte, dann verharrte ihr Blick auf dem Computerbildschirm mit der Abbildung des Fabrikgeländes. Dass der Ghost sie wieder einmal dirigierte wie ein Orchesterleiter seine Musiker, gefiel ihr ganz und gar nicht. Doch was immer er dieses Mal vorhatte, sie würde besser gewappnet sein. Sie wandte sich von dem Bildschirm ab, trat vor den Wasserspender und füllte sich einen Becher, um ihrer trockenen Kehle etwas Gutes zu tun. Wie durstig sie wirklich war, wurde ihr klar, als sie eine zweite Portion Wasser zügig wegtrank und den Becher dann in den Eimer kickte.

Sie wollte gerade zum Computer zurückkehren, als ihr Handy den Empfang einer SMS ankündigte. Sie blickte aufs Display und sah, dass es sich um eine Nachricht mit einem Videoanhang handelte. Die Nummer des Absenders war ihr jedoch unbekannt.

Der Ghost?

Sie drückte auf die entsprechende Tastenfolge und nahm die Nachricht an.

Das Video zeigte ein kleines, sehr elegantes und ausgesprochen hübsches Mädchen mit dunklem Haar und einem strahlenden Lächeln, das in einem großen durchsichtigen Ball vergnügt über das Wasser lief.

Die Textnachricht zu dem kleinen Film lautete: *Das ist Grace Saunders, neun Jahre alt. Für sie war der hübsche Käfig auf dem Foto bestimmt.*

29

Als Reeves ein paar Sekunden später eintraf, starrte Paula noch immer auf den Text mit dem angehängten Video. Sie wusste nicht, ob es an dieser Nachricht lag, dass sich das dumpfe, unterschwellige Kopfweh, unter dem sie seit ihrer Begegnung mit dem Ghost in der Gasse litt, nun in einen zunehmend hämmernden und stechenden Schmerz verwandelte. Sie fischte zwei Kopfschmerztabletten aus ihrer Jackentasche und schluckte sie trocken hinunter. Sie wusste nicht mehr, ob der halb volle Kaffeebecher auf dem Tisch ihrer war, und riskierte lieber nichts. Sie zwang sich zur Konzentration und gab Reeves ein Zeichen, sich nicht zu rühren und sich ganz ruhig zu verhalten.

Sie hatte die Nummer des Absenders. Sollte er das Handy nicht gleich deaktiviert, zerstört oder weggeworfen haben, bestand die Chance eines Kontakts. Außerdem wollte sie nicht warten, bis der Ghost irgendwann mal wieder anrief. Sie musste aktiv werden, alleine schon, um dem Gefühl etwas entgegenzusetzen, nur von dem Killer vor sich hergetrieben zu werden. Aber was sollte sie schreiben, um ihn bei der Stange zu halten?

Dann kam ihr eine Idee, und sie tippte die Worte in weltrekordverdächtiger Geschwindigkeit in ihr Handy. Sie sandte eine Frage zurück, die den Ghost zu einer Reaktion bewegen musste, denn Kinder waren seine Schwachstelle.

Dann geht es Grace gut?

Sie wartete und die Sekunden zogen sich wie Gummi dahin. Als sie schon nicht mehr mit einer Antwort rechnete, meldete ihr Handy endlich den Eingang einer Nachricht.

Grace ist wohlauf. Sie weiß nichts von dem finsteren Schatten, der ihr beschauliches kleines Kinderleben beinahe zerstört hätte. Leider können wir nicht alle Kinder retten.

Wir? Meinte der Ghost damit etwa einen Partner oder sogar mehrere Partner? Oder bezog er lediglich Paula und die Polizei mit ein?

Paula gab Reeves ein Zeichen, zeigte ihm die Handynummer, der verstand sofort und eilte ihr voraus, um die Techniker zu informieren. Vielleicht konnten sie die Position des Ghosts über das Satellitennavigationssystem feststellen. Als Paula durch den Flur zum Aufzug ging, las sie noch einmal den letzten Satz, den er geschrieben hatte: *Leider können wir nicht alle Kinder retten*. Jetzt war sie sich sicher. Er versuchte, eine persönliche Verbindung zu ihr aufzubauen. Sie tippte ihre Antwort ein.

Aber Grace haben Sie gerettet!, schrieb sie und hoffte, dass es aufrichtig anerkennend klang. Und dann legte sie mit dem nächsten Satz einen weiteren Köder aus, auf den der Ghost hoffentlich ebenso anspringen würde wie Hardy auf das Geräusch beim Öffnen einer Hundefutterdose. *Und das ist gut so!*

Die Sekunden vergingen, und als die Aufzugstür zurückfuhr und Paula auf den Gang zu den Computerbüros mit den Navigationssystemen trat, kam die Antwort des Ghosts rein.

Ich hätte alles gegeben, um Sie damals zu retten, Paula!

Sie starrte auf die Textnachricht und schnappte nach Luft. Turner hatte sie gewarnt, dass der Ghost ihr Leben ausspionieren und sie manipulieren würde, und doch traf sie diese SMS so unvorbereitet wie ein heftiger Tritt in den Magen bei einer Straßenschlägerei.

Verdammt! Wo hatte er diese Information her? Was in ihrer Kindheit geschehen war, war niemals an die Öffentlichkeit gedrungen. Selbst vor Murray hatte Paula diesen Teil ihrer kindlichen Hölle streng geheim gehalten. Woher also hatte der Ghost dieses Wissen? Etwa von Cochran? Nur zu gut erinnerte sie sich daran, dass der Gehirnforscher und Psychotherapeut ihr den Kindesmissbrauch durch den Vater schon nach der dritten Sitzung auf den Kopf zu gesagt hatte.

Reiß dich zusammen! Darüber kannst du später nachdenken. Es geht hier nicht um dich. Es geht um den Fall! Du stehst in Kontakt mit ihm! Nutze das, verdammt noch mal!

In Windeseile tippte sie ihre Antwort ein.

Wie Sie schon sagten, wir können nicht alle Kinder retten.

Sie betrat das Büro mit den Computerfachleuten. Reeves, der den Eingang nicht aus dem Blick gelassen hatte, winkte sie zu einem der hinteren Tische mit Großbildschirm. Einer der Techniker hatte die Rufnummer der SIM-Karte bereits ins System eingegeben und es gestartet. Solange der Ghost auf Empfang blieb und im Netz eingewählt war, standen die Chancen gut, seinen Standort bis auf wenige Meter genau zu ermitteln.

Die Karte umfasste eben noch ganz Großbritannien, dann zoomte das Navigationssystem auch schon Richtung Südostengland und nach London. Wie bei einem superschnellen Drohnenflug sah Paula die Stadt, die Themse und ihre Brücken immer größer werden, die Grünflächen, die kleineren und größeren Straßenzüge, die historischen Gebäude sowie die Neubauten. Und dann setzte das Navigationssystem seine Pinnnadel im Herzen Westminsters ab, und zwar in unmittelbarer Nähe von New Scotland Yard!

Im selben Moment verschwand der Marker, als wären sie alle einer optischen Täuschung erlegen. Doch keiner zweifelte an dem, was er gesehen hatte.

Und dann sprach Reeves es aus. »Verdammt …«, flüsterte er so leise, als befände sich der Ghost mit ihnen im Raum. »Er ist vielleicht einer von uns.«

Paula wandte sich dem Computerfachmann zu. »Auf wen ist das Handy registriert?«

Natürlich war es unwahrscheinlich, dass sie darüber die Identität des Ghosts tatsächlich herausfinden würden. Er konnte das Mobiltelefon gestohlen oder anonym in einem Supermarkt gekauft und bar bezahlt haben. Oder sonst etwas. Doch sie mussten der Sache nachgehen.

Der Techniker nickte und machte sich an die Arbeit, während Paula und Reeves nichts weiter tun konnten als warten. Warten auf Dr. Padelsky und ihre Leute, warten auf das restliche Einsatzteam, warten auf die Entschlüsselung der Identität des Handyeigentümers, warten auf den Hundeführer und Ruby.

Die Minuten zogen sich quälend dahin, Minuten, in denen Paula wie unter Zwang immer wieder mal auf ihr Handy schaute, auch wenn es kein Signal von sich gab. Aber der Ghost wäre verrückt gewesen, sie jetzt noch anzurufen. Vermutlich hatte er sich längst aus dem Staub gemacht und lief unerkannt und unbehelligt irgendwo in Westminster herum. Sie glaubte nicht, dass der Ghost einen Fehler begangen hatte. Ganz im Gegenteil. Er wollte sie wissen lassen, dass er in unmittelbarer Nähe war.

Sie fasste die anwesenden Techniker ins Auge, sieben an der Zahl, soweit sie sehen konnte. Konnte der Ghost einer der Techniker sein? Oder war einer der Techniker sein Komplize? Jemand, der Ghost über Paulas Vorhaben informiert hatte?

Paulas Blick verweilte einen Moment auf Reeves. Reeves? Nein, auf gar keinen Fall.

Sie schaute noch einmal beiläufig durch den Raum. Dann fasste sie den Techniker neben Reeves ins Auge. Unmöglich, der hätte in der Gegenwart des Inspectors ganz sicher keine Chance gehabt, den Ghost zu warnen. Und von den anderen sechs Technikern verhielt sich keiner auch nur irgendwie seltsam oder verdächtig. Alles in diesem Büro lief ihrem Eindruck nach ganz normal. Kein Tick zu viel Neugier in ihre Richtung. Kein Tick zu viel Desinteresse. Kein Tick zu viel Stress oder Langeweile. Die Männer und Frauen arbeiteten engagiert und konzentriert an ihren Aufgaben. Es gab viel zu viele Leute im Gebäude in den Etagen über und unter ihr.

Dann endlich wandte sich Reeves' Techniker ihnen wieder zu und erklärte, dass es sich bei der Handynummer um ein Mobiltelefon mit Vertrag handelte, der auf einen gewissen Henri Chapman lief, wohnhaft in Camden.

Er gab ihnen die genaue Adresse und zeigte ihnen Chapmans Profil auf dem Bildschirm. Der Mann war in zwei sozialen Netzwerken aktiv, das heißt, er war dort zwar registriert und teilte dort hin und wieder irgendwelche belanglosen Bilder und Textkommentare, hatte jedoch keinen weiteren Austausch. Chapman erinnerte Paula sofort an jenen Typ Büroangestellten in mittleren Jahren, der mangels Bewegung und gesunder Ernährung etwas zu viel Gewicht zugelegt und eine ungesunde Gesichtsfarbe entwickelt hatte. Das schüttere, braune Haar war wie eine Kappe über den runden Schädel gekämmt. Die dunkelbraunen Augen schauten allerdings so abgeklärt drein, als hätte der Mann schon alle Gräuel der Welt gesehen.

Paula winkte Reeves von den Technikern fort, um ungestört mit ihm reden zu können. Sie traten hinaus auf den Gang und dort in einen Bereich, der kaum frequentiert wurde.

»Der Mann ist ganz sicher nicht der Kapuzenmantelträger, dem ich begegnet bin. Ich bezweifle auch, dass er der Ghost ist.«

Reeves stimmte zu. »Er sieht eher wie eines seiner Opfer aus.«

»Was erklären könnte, wie der Ghost an sein Handy kam«, überlegte sie und erinnerte sich an das Käfigfoto, das höchstwahrscheinlich mit Chapmans Mobiltelefon aufgenommen worden war.

»Das sieht wirklich nicht gut aus«, meinte Reeves. »Ich werde mir zwei Constables schnappen und bei Chapman vorbeischauen. Dann wissen wir, woran wir sind.«

Paula nickte. Und sie sah in Reeves' Augen, dass auch er bezweifelte, dass Chapman die letzten vierundzwanzig Stunden überlebt hatte.

Bevor der Inspector das Büro verließ, drehte er sich noch einmal zu ihr um. »Was, wenn der Ghost tatsächlich einer von uns ist?«

Tja, was dann?

30

Während Reeves sich mit einem Team auf den Weg zu Chapmans Apartment machte, wartete Paula weiterhin auf Gediman und Ruby, deren Ankunft, wie sie erfuhr, sich um mindestens eine Dreiviertelstunde verspäten würde. Gediman und sein Spürhund hatten sich schon am Ausgang des Flughafens Heathrow befunden, als Ruby plötzlich angeschlagen und Gediman zu einem jungen Mann mit Reiserucksack hinter sich hergezerrt hatte, der gerade im Begriff gewesen war, in einen Bus nach Oxford zu steigen. Wie der Student der Flughafenpolizei schließlich gestand, hatte er Ballons mit Kokain in seinem Magen durch die Sicherheitsschleuse geschmuggelt. Paula stellte sich das Gesicht des Kerls vor, als er so kurz vor dem Ziel plötzlich einen Mann mit einem Hund auf sich zu rennen sah. Ruby schien tatsächlich ein Wunder von einem Spürhund zu sein.

Um die Wartezeit zu nutzen, hatte Paula sich eine digitale Liste aller Polizeibeamten und Besucher zusammenstellen lassen, die sich während ihres Austauschs mit dem Ghost im Yard aufgehalten hatten. Die Liste enthielt über einhundert männliche Kurzprofile der Polizeibeamten, die sie nun in ihrem und Reeves' Büro mit den Körpermaßen des Kapuzenmantel-Manns abglich. Trotz ihres ISA-Status konnte sie natürlich nicht einfach alle Handys beschlagnahmen und sämtliche Büros durchsuchen lassen. Außerdem hatte sich das geortete Handy in der unmittelbaren Nähe des Yards befunden, nicht direkt auf dem Gelände.

Als sie die Liste in Hinsicht auf die Statur und Körpergröße eingeschränkt hatte, blieben immer noch dreiundzwanzig Männer übrig, die auch von ihrer Sportlichkeit her an den Ghost erinnerten. Laut der elektronischen Stechuhr hatten sich achtzehn der Männer bereits im Gebäude befunden, fünf hatten das Gelände im bewussten Zeitraum entweder gerade betreten oder verlassen. Doch nur bei zweien überlappte sich die Zeit, in der sie sich unmittelbar in der Nähe des Yards befunden hatten, mit der Zeit, in der Paula die Textnachrichten mit dem Ghost ausgetauscht hatte. Beide Mitarbeiter befanden sich nun im Innendienst. Sie notierte sich die Namen, um anhand der Dienstpläne zu überprüfen, wo sich die Polizisten aufgehalten hatten, als sie ihre beiden denkwürdigen Begegnungen mit dem Kapuzenmann gehabt hatte. Aber sie erlebte eine herbe Enttäuschung, denn beide Männer hatten sich zu diesen Zeiten laut ihren elektronischen Zugangskarten im Yard befunden und an ihren Computern gesessen.

Paula atmete tief durch, nippte an ihrem Automatenkaffee, lehnte sich im Schreibtischstuhl zurück und schloss für einen Moment die Augen. Als sie diese wieder öffnete, wanderte ihr Blick wie automatisch zur Ermittlungstafel und den Karten, die inzwischen mit Bildern, Zeitungsartikeln und handschriftlichen Notizen zugekleistert waren. Inzwischen erschien ihr die Ermittlungstafel noch mehr wie ein Irrgarten, aber auch wie eine Weltkarte des Verbrechens, obwohl es nur um vier europäische Länder und um die Taten eines einzigen Mannes ging. Wobei Letzteres genau genommen nicht stimmte, denn hinter jeder Tat des Ghosts standen die Verbrechen jener Männer, die der Ghost jagte und auf eine höchst blutige Art und Weise zur Strecke brachte.

Aus den elf Männern, die bei Paulas Ankunft in London bereits ermordet worden waren, waren bereits dreizehn geworden. Und sollte sich Henri Chapman als vierzehntes Opfer erweisen, dann hätte der Ghost nach seiner bisherigen Steigerungsrate sein Soll in Großbritannien erfüllt und würde sich aus dem Staub machen.

Ihr Blick folgte den Pinnnadeln von Venedig über Paris und Berlin bis hoch nach Edinburgh und dann wieder hinunter nach London. Dreizehn Morde. Ein blutiger Streifzug durch Westeuropa. Keiner dieser ermordeten Männer würde je wieder einem Kind etwas zuleide tun. Unwillkürlich musste Paula an die kleine Grace denken, für die der Käfig in dem heruntergekommenen Fabrikraum gedacht gewesen war. Die Erinnerung an den kleinen Noah ließ ihr Herz zusammenkrampfen.

Und plötzlich hatte sie keinen Zweifel mehr daran, dass diese dreizehn Morde nur die Spitze des Eisbergs darstellten. Schon in Italien hatte der Ghost sein Mord-Handwerk viel zu gut verstanden, um ein Anfänger zu sein. Nun ja, korrigierte Paula sich in Gedanken, zumindest der Kapuzenmann war ein mörderischer Profi.

Ihr Blick glitt nach links über die Fotos der Kinder, die sich zum Zeitpunkt der Ermordung einiger der Pädophilen noch in deren Gewalt befunden hatten. Drei Jungs, zwei Mädchen. Daneben die Fotos ihrer jeweiligen Peiniger. Diese Zusammenstellung hatte der Ghost den deutschen Ermittlungsbehörden geschickt, unmittelbar nachdem er in Deutschland seinen vierten und letzten Mord in Berlin verübt hatte.

Die Zeitspannen zwischen den einzelnen Morden gingen Paula wieder durch den Kopf. Es gab kein Muster, keine Regelmäßigkeit. Ebenso schienen die Länder und Städte, abgesehen von der Süd Nord Richtung, willkürlich gewählt worden zu sein. Und doch musste es eine Verbindung geben, eine

Quelle, aus der der Ghost die Liste seiner Todeskandidaten speiste. Paula spürte einfach, dass die ermordeten Pädophilen gezielt ausgewählt worden waren. Jedes Opfer war sorgfältig ins Auge gefasst und dann nach einem wohlkalkulierten Plan beseitigt worden.

Sie streckte sich, bis die Gelenke knackten, und massierte ihre Schläfen, um dem Kopfschmerz irgendwie Herr zu werden. Dann trat sie zum Fenster und schaute auf die Themse, die wie ein gekräuselter Spiegel schimmerte und die Lichter der umliegenden Gebäude reflektierte. Noch immer flanierten Touristen entlang beider Ufer. Während sie den Fluss und die Menschen beobachtete, beschäftigte sich ein Teil von ihr weiterhin wie ein Suchhund mit dem Fall.

Wie zum Henker kommst du an die Liste deiner Opfer?

Waren die Vermisstenlisten der Kinder bei der Polizei der Schlüssel? Oder hatte der Ghost ein internationales Pädophilen-Netzwerk im Darknet infiltriert? Das erschien ihr auch weiterhin am wahrscheinlichsten. Er musste unglaublich viel Zeit damit zugebracht haben, Kontakte im Darknet zu knüpfen und herauszufinden, wer sich hinter den Pseudonymen verbarg.

Von Debreau abgesehen waren die Männer jedenfalls in keinen polizeilichen Strafregistern aufgeführt oder der Polizei irgendwann einmal als verdächtig gemeldet worden. Alle hatten ein unauffälliges, beinahe schon spießbürgerliches Leben geführt. Sie waren der Polizei nicht einmal durch zu schnelles Autofahren aufgefallen, sondern allesamt ruhige, vermeintlich brave Bürger gewesen, von deren schrecklichem Geheimnis weder ihre Familien noch Freunde, Nachbarn oder Arbeitskollegen etwas geahnt hatten.

Paula wandte sich vom Fenster ab. Neben Reeves' Schreibtisch standen einige Aktenboxen gestapelt. Die oberste Box war offen, und ein Teil der Akten lag auf der Arbeitsplatte. Es handelte sich um die Übersetzungen der Unterlagen aus

Deutschland. Reeves hatte sich die Inhalte schon am Rechner angeschaut, doch wie er sagte, fiel ihm manchmal auf Papier etwas auf, das ihm im Digitalen einfach entging. Paula hatte das auch schon von anderen Kollegen gehört.

Sie nahm einen Schluck von ihrem inzwischen lauen Kaffee, alles, was jetzt zählte, war ohnehin nur das Koffein. Und dann kam ihr ein Gedanke, der wie aus dem Nichts aufzutauchen schien.

Was hatte Inspector Turner noch mal gemeint, als er von seinem Katz-und-Maus-Spiel mit dem Ghost gesprochen hatte? Es säßen jetzt ein paar fiese Jungs im Knast, die er ohne die Tipps des Ghosts niemals hätte dingfest machen können. Und dann hatte er von der Verhaftung eines pädophilen Lords im Oberhaus gesprochen, dessen Festnahme er ebenfalls dem Ghost verdanke.

Paula stutzte. Wieso war dieser Lord – nach all den verübten Morden des Ghosts – eigentlich noch am Leben?

Sie wollte sich gerade an den Computer setzen, um nach dem Adligen zu googeln und die entsprechenden Medienberichte zu studieren, als ihr Handy klingelte. Es war Padelsky, und sie klang regelrecht vergnügt.

»Hallo Agent, Mr Gediman und seine Spürnase sind gerade für die Einsatzkoordination eingetroffen.«

31

Weder der Hundeführer noch sein Hund waren auch nur annähernd das, was Paula erwartet hatte. Aber nun verstand sie Padelskys Vergnügtheit. Gediman wirkte mit seiner roten Mütze, den gelben Jeans, der grünen Jacke und seiner Knollennase wie ein zu groß geratener, abgemagerter Gartenzwerg. Und Ruby entpuppte sich mit ihrem flauschigen, hellbraunen Fell, den langen, dünnen Beinchen und dem ewig reuigen Hundeblick als eine Terriermischlingsdame, der man nur schwer irgendetwas abschlagen konnte. Und die Kleine war ganz schön neugierig, begrüßte jeden, der durch die Tür kam, mit einem freundlichen, aber distanzierten Schnuppern.

Bevor Paula die Hündin streichelte, streckte sie ihre Hand aus, damit Ruby sie beschnüffeln und ablecken konnte, und die Kleine schien sehr zufrieden mit dem Ergebnis zu sein, was vielleicht daran lag, das Paula noch Geruchsspuren von Hardy an ihrer Hose trug. Dann streichelte sie Rubys zotteligen Kopf und bemerkte Padelskys angenehm überraschten Blick. Die Kriminaltechnikerin konnte ja nicht wissen, dass Paula nicht nur eine Schwäche für Tiere, sondern sogar zwei Waisen adoptiert hatte.

»Inspector Reeves sagte mir, dass es um ein abgelegenes Fabrikgelände geht«, begann Gediman und gab Ruby ein Zeichen, neben dem Computertisch Platz zu nehmen.

»Das ist korrekt«, bestätigte Paula. »Wir suchen einen bestimmten Raum auf dem Gelände. Höchstwahrscheinlich liegt er in einem der Keller.«

Sie aktivierte den Rechner, an dem Bernstein, Reeves und sie noch vor einer Stunde gearbeitet hatten, und rief den Kartenausschnitt auf, den sie bereits untersucht hatten.

»Das hier ist das gesamte Fabrikgelände. Wie Sie sehen können, ist das ein ganz schön großes Areal. Und dies ist der Raum, von dem wir baldmöglichst wissen müssen, wo er sich befindet.« Sie blendete das digitale Abbild des Fotos ein.

Gediman studierte beides und sagte keinen Ton. Der Anblick des Käfigs mit den Puppen und der Matratze schien ihn nicht weiter zu berühren. Paula vermutete, dass er seine Gefühle jedoch vor allem wegen Ruby im Zaum hielt. Hunde reagierten sehr empfindlich auf die Gemütsverfassung ihrer Herrchen und Frauchen. Suchhunde bildeten da sicher keine Ausnahme. Überdies hatte Gediman wohl schon etliche Tatorte gesehen. Der Anblick traf ihn also nicht gänzlich unvorbereitet.

Besonders interessierte ihn natürlich die Geografie des Grundstücks. Nachts auf einem verlassenen Industriegelände herumzulaufen, war alles andere als ungefährlich für Mensch und Hund. Es gab zerbrochene Fenster und somit spitze und scharfkantige Glasscherben. Zu diesem Zweck hatte er Ruby von klein auf darauf trainiert, einen speziellen Pfotenschutz mit Gummisohle zu tragen. Außerdem musste man auch ansonsten an solch einem verlassenen Ort genau hinschauen, wohin man trat oder wo man hindurchschaute, wenn man sich nicht versehentlich an kaputten Fensterscheiben oder Glastüren aufschlitzen wollte. Vor dem Betreten eines Raums galt es, die Fenster, die Türen, den Boden und die Decke sorgfältig zu inspizieren. Eine beinahe herabfallende Decke oder Löcher im Boden und offene Schächte waren nämlich weitere nicht zu unterschätzende Gefahrenquellen. Dann studierte Gediman die Zufahrtswege. Es gab zwei davon, einer lag im Südosten Richtung City und einer im Norden, der zum Autobahnring rund um London führte. Umgeben war das Gelände abwechselnd von einem hohen, massiven Gitterzaun und einer gut drei Meter hohen, dicken Backsteinmauer. Beide noch einmal durch einen engen Stacheldraht zusätzlich gesichert.

»Wir haben einen genaueren Plan des Geländes angefordert«, erklärte Paula. »Bis wir dort sind, sollten wir ihn haben.«

Gediman warf noch einmal einen konzentrierten Blick auf das Foto, um den Raum sofort wiederzuerkennen, sobald er ihn in der Fabrik betrat. Der Gitterkäfig würde ihm diesen Part der Arbeit ganz gewiss erleichtern, sofern er noch dort stand. Allerdings war es bis dahin auch schon Nacht. Selbst mit Helmlampen und Strahlern ausgerüstet würde die Sicht sehr eingeschränkt sein. Andererseits war es in Kellern ohnehin stockdunkel.

»Denken Sie, wir haben eine Chance?«, fragte Paula. Ihr Blick streifte noch einmal Ruby, die neben dem Tisch saß und nach wie vor eifrig ihre neue Umgebung beschnupperte und alles im Auge behielt. Hätte Reeves Paula nicht am Vortag von Rubys Supernase erzählt, hätte sie bezweifelt, dass dieser kleine Schmusehund sich überhaupt zum Spürhund eignete.

Als hätte Gediman ihre Gedanken gelesen, erklärte er: »Rubys Geruchssinn ist bis zu 2,4 Millionen Mal stärker als der unsere. Sie riecht sogar unsere DNA. Und das ist kein Witz.«

»Wow«, entfuhr es Padelsky. »Wenn das mal nicht beeindruckend ist. Wir haben als Geruchsquelle nämlich nur noch die Spuren in einem Beweismittelbeutel, in dem sich ein Brief befand.«

»Wir werden sehen, ob das reicht«, meinte Gediman, ohne sich anmerken zu lassen, was er von der Plastikbeutelspur hielt. »Dieses Areal ist jedenfalls nicht der Trafalgar Square. Allzu viele menschliche Geruchsspuren sollten dort nicht sein. Ach ja, von einem begleitenden Polizeibeamten abgesehen werden Ruby und ich alleine auf das Gelände gehen, um eine Fährte zu finden.«

»Wir vermuten, dass schon einige Stunden verstrichen sind, seit unser Täter sich dort aufhielt«, ergänzte Paula.

Gediman winkte beruhigend ab. »Keine Sorge. Ruby kann nach ein bis sechs Monaten noch in achtzig Prozent der Fälle individuelle Geruchspartikel wahrnehmen und einer Spur folgen. Sofern in den letzten Stunden nicht gerade Horden von London-Besuchern über das Gelände gelaufen sind, wird Ruby den wenigen dort vorhandenen menschlichen Geruchsspuren folgen, und am Ende einer dieser Spuren wird dieser Raum sein.«

Paula wollte gerade damit anfangen, die letzten Dinge zu klären, damit sie endlich aufbrechen konnten, als Ruby anfing zu knurren und sich ihr Nackenfell sträubte. Ein paar Sekunden darauf wurde die Tür aufgerissen, und Superintendent Crowley betrat schnaubend und ohne anzuklopfen das Büro.

»Haben Sie endlich eine Spur des Ghosts? Oder gibt es schon wieder einen Toten?«, platzte es aus ihm heraus, noch ehe er begriff, dass sich mit Gediman im Grunde ein Außenstehender im Raum befand. Natürlich hatte der Hundeführer sich bei seiner Zusammenarbeit mit der Polizei grundsätzlich zu Stillschweigen verpflichtet, doch so unbeherrscht und leichtfertig musste man mit seinen Äußerungen trotzdem nicht sein. Erst recht nicht in einer solch hohen Position. Bisher war der Spitzname des Serienkillers, der Kindermörder jagte, nicht in den Zeitungen, Radio- und TV-Nachrichten aufgetaucht, doch so etwas konnte sich verdammt schnell ändern, wenn man gedankenlos mit seinen Worten um sich warf. Für so manchen Zeitgenossen wäre der Ghost am Ende noch so eine Art Robin Hood. Jedenfalls jemand, der sich für die Schwachen und Wehrlosen einsetzte.

Irgendwie schien Crowley dies gerade selbst klar zu werden, als er Paulas und Padelskys Blicken begegnete, denn sein großer, fleischiger Kopf, der schon von der körperlichen Anstrengung, hierherzukommen, gerötet war, nahm nun noch mehr Farbe an.

»Keine Sorge«, meinte Gediman. »Ruby und ich werden schweigen wie ein Grab.«

Crowley quittierte den Kommentar des Hundeführers mit einem undefinierbaren Grunzen.

Paula ließ sich vom Gebaren des Superintendents nicht aus der Fassung bringen. »Wir haben einen Hinweis erhalten, dem wir nun nachgehen werden«, erklärte sie. »Sehr wahrscheinlich ein Tatort auf einem stillgelegten Fabrikgelände.«

Crowley wollte mit einem großen Schritt näher treten, um einen Blick auf den Computerbildschirm zu werfen, doch Rubys Knurren wurde so eindringlich, dass es ihn augenblicklich davon abhielt. Es war unglaublich, wie viel Groll so ein kleiner Hund hegen konnte.

»Was macht der Hund hier?«, fragte Crowley gereizt, als dieser es auch noch wagte, ihn anzubellen.

»Aus«, befahl Gediman mit sanftem, aber bestimmtem Ton.

Ruby winselte kurz, als wäre sie ein Kleinkind, das sich ungerecht behandelt fühlt, und zog sich zur Wand hinter dem Schreibtisch zurück, wo sie jedoch noch immer die Zähne fletschte und es in ihrer Kehle leise röhren ließ.

»Das ist Ruby«, erklärte Padelsky. »Der Spürhund, den wir angefordert haben. Wir treffen gerade die letzten Vorbereitungen für unseren Aufbruch.«

Crowley versuchte, den Hund zu ignorieren, wagte sich aber nicht an den Computer heran. Paula dachte, dass Reeves nicht übertrieben hatte, als er ihr berichtete, dass Ruby Crowley nicht ausstehen konnte. Es schien eine tiefe Abscheu auf die erste Geruchsnote zu sein.

»Eine stillgelegte Fabrik also …«, sinnierte Crowley, aus der Distanz auf den Schirm starrend, als hätte er in seinem ganzen Leben noch nie ein Fabrikgelände aus der Satellitenperspektive gesehen. »Arbeiten Sie aber nur mit einem kleinen Team. Kein Rollkommando, kein Großaufgebot. Nichts, was die Presse auf den Plan bringen könnte. Verstanden?«

»Wir tun unser Bestes, Sir«, entgegnete Paula. »Aber wir werden um das Spurensicherungsteam und ein paar Constables zur Sicherung des Geländes nicht herumkommen.«

»Machen Sie einfach nur Ihre Arbeit. Und zwar im Stillen. Wir brauchen keine Publicity.«

Paula registrierte, dass Ruby plötzlich still geworden war und wachsam die Ohren aufrichtete. Ein paar Sekunden darauf klopfte es an die Tür, und Robert Bernstein trat ein. Einen Moment lang blieb er im Türrahmen stehen und musterte die kleine Versammlung. Crowley stand noch immer nah am Eingangsbereich, weil er sich wegen Ruby nicht weiter ins Zimmer vorwagte. Padelsky lehnte mit verschränkten Armen am Tisch. Gediman stand relativ entspannt neben Paula, die jedoch Crowley ebenfalls – wie Padelsky – mit einer gewissen Abwehrhaltung begegnete. Bernstein wandte sich ohne Umschweife Paula zu. »Gibt es ein Problem, Agent?«

»Nein, Sir. Wir sind nur den Geländeplan durchgegangen und haben besprochen, wie wir vorgehen werden.«

»Gut. Ich habe hier eine digitale Kopie des Grundrissplans. Mit den hochauflösenden Satellitenaufnahmen wird das heute nichts mehr. Die werden wir wohl erst morgen früh erhalten. Verzeihen Sie, Superintendent …« Gewandt schob Bernstein sich an Crowley vorbei, der mit seiner Masse beinahe die Tür blockierte. Als er Paula das Tablet mit den Grundrissplänen aushändigte, fiel sein Blick auf Ruby, und er stutzte.

»Darf ich vorstellen«, nutzte Paula den Moment. »Mr Gediman und Ruby, die Superspürnase. Beide werden uns heute Nacht auf der Suche nach dem Käfigraum unterstützen.« Dann wandte sie sich Gediman zu. »Das ist Vice Director Robert Bernstein. Mein Chef.«

Die beiden Männer begrüßten sich. Und dann geschah etwas, womit Paula auf gar keinen Fall gerechnet hätte. Bernstein ging in die Hocke und lockte Ruby zu sich. Und die Kleine eilte sofort durch Paulas und Padelskys Beine hindurch auf den Agenten zu und ließ sich ausgiebig von ihm streicheln und kraulen. Bernstein erhob sich wieder.

»In meiner Familie gab es immer Hunde und Katzen. Meine Frau hat Hunde geliebt. Nur mein Job hält mich davon ab, selbst ein Haustier zu haben.«

»Da wir das nun geklärt haben«, schaltete Crowley sich missmutig ein, »können wir jetzt vielleicht wieder zu unserer eigentlichen Arbeit zurückkehren?«

»Selbstverständlich, Superintendent«, erwiderte Bernstein mit einem breiten Lächeln. »Dann begleiten Sie uns hinaus zur Fabrik?«

Die Spannung zwischen ihm und dem Superintendent war deutlich zu spüren. Paula war sich sicher, dass die beiden schon während der morgendlichen Besprechung aneinandergeraten waren. Ob Crowley von ihrem und Reeves' Gespräch mit Inspector Turner erfahren hatte? Eigentlich wollte sie Bernstein in ihrem schriftlichen Bericht darüber informieren, doch jetzt ärgerte es sie, dass sie die Begegnung bei St Paul's nicht dazu genutzt hatte. Ja, sie und Bernstein hatten mal für eine Stunde abschalten wollen, dennoch erschien es ihr jetzt wie eine verpasste Chance.

Crowley straffte seine Haltung und starrte Bernstein an. »Leider wartet noch jede Menge Arbeit in meinem Büro auf mich. Halten Sie mich über die Entwicklung einfach auf dem Laufenden, und ich werde Ihnen jede Hilfe zukommen lassen, die Sie benötigen.«

Damit wandte er sich so behäbig wie ein großes Tankerschiff in einer viel zu kleinen Bucht um und stapfte hinaus auf den Gang, ohne die Tür hinter sich zu schließen.

Noch ehe es Gediman oder einem der anderen klar wurde, eilte Ruby dem Superintendent bis zur Türschwelle hinterher und bellte ihm noch einmal nach, als wollte sie sagen: *Was für ein Vollidiot!*

Gediman pfiff den kleinen Terriermischling zurück und schloss die Tür, und Ruby nahm mehr oder weniger schuldbewusst neben dem Tisch Platz. Dann besprachen sie die restlichen Punkte ihres Einsatzes, die auch ihre Ausrüstung betrafen.

Als Padelsky und Gediman sich auf den Weg machten, um sich mit dem Rest der Mannschaft zuerst an der nördlichen, abgelegeneren Zufahrt des Fabrikgeländes zu treffen, während die südliche schon mal gesichert wurde, bat Paula Bernstein doch noch um ein Vieraugengespräch. Ihr Boss sollte jetzt gleich von der mehr oder weniger erzwungenen Zusammenarbeit Turners und Crowleys mit dem Ghost erfahren, ohne dass die Angelegenheit gleich haushohe Wellen schlug. Keiner wusste schließlich, was sie auf dem Fabrikgelände erwarten würde. Wenn Bernstein darüber im Bilde war, konnte er entsprechend reagieren. Außerdem wusste Paula, dass er strenge Prinzipien hatte, aber nie eine endgültige Entscheidung ohne Blick auf den Kontext traf. Und zum Kontext gehörte nun mal, was Paula im Gespräch mit Turner erfahren hatte.

Dabei lag es ihr fern, Turner anzuschwärzen, denn es kam ohnehin gar nicht so selten vor, dass Agenten oder Polizisten sich in ihrem Job gezwungen sahen, gegen ihre eigenen moralischen

Regeln oder das ein oder andere Gesetz zu verstoßen. Auf wie viele Kompromisse und Kuhhandel hatten Polizisten, Agenten und Juristen in der Geschichte der Verbrechensbekämpfung sich schon einlassen müssen, um noch größeres Übel abzuwenden? Da brauchte Paula nur an ihre eigenen Fälle zu denken. Hätte sie sich jedes Mal strikt an die Regeln gehalten, hätte sie etliche davon nicht aufgeklärt. Wie dem auch war, mit dem Wissen aus Turners Gespräch hatte Bernstein ein Druckmittel gegen Crowley in der Hand, der ihre Arbeit durch seine Strippenzieherei hinter den Kulissen zunehmend zu erschweren drohte. Außerdem war Paula sich sicher, dass Crowley – im Gegensatz zu Turner – bei allem ohnehin nur seine berufliche Reputation im Kopf hatte. Ihr Boss hingegen hatte zwar keine Hemmungen, seine Agenten in gefährliche Situationen zu bringen, aber er ließ sich nicht von seinen Vorgesetzten oder politischen Entscheidungen gängeln. Für ihn kam stets der Fall zuerst, die Gerechtigkeit, und er war strikt dagegen, mächtige Leute, die ihre Macht missbrauchten, auch noch durch Vertuschung zu schützen. Und das war es, was sie an Bernstein schätzte.

Als sie ihren Bericht beendet hatte, meinte Bernstein: »Rechtschaffenheit geht bisweilen eigentümliche Wege. Wir werden diese Information in der Tat sehr gut gebrauchen können. Unser Superintendent spielt nicht nur in diesem Fall mit gezinkten Karten.«

Dann folgten sie den anderen ins unterirdische Parkhaus, und es ergab sich, dass Paula in Bernsteins Wagen mitfuhr.

Draußen hatte es angefangen zu regnen, ein diesiger Regen, der sich wie ein hauchfeines Netz durch die Luft bewegte und mehr an Nebel erinnerte. Paula beeindruckte, wie sicher Bernstein sich in dieser Wetterlage und im Linksverkehr zurechtfand. Selbst der englische Kreisverkehr schien ihm keinerlei Kopfzerbrechen zu bereiten. Als er ihr erzählt hatte, dass er schon ein paar Mal in London gewesen war, hatte er wohl ein klein wenig untertrieben. Aber was wusste sie schon von ihm? Er konnte Verwandte in England haben, hatte hier vielleicht eine Zeit lang studiert. In seiner Distinguiertheit lag durchaus etwas Europäisches, wenn nicht sogar Britisches. Aber auch in Rom hatte er sich sichtlich zu Hause gefühlt.

Paulas Handy klingelte, bevor sie ihrem Boss berichten konnte, wie sie auf die neue Spur gekommen waren. Einer der Computerfachleute war dran. Sie stellte den Lautsprecher an, damit Bernstein mithören konnte.

»Wir haben die Überwachungsvideos vom One New Change analysiert«, sagte der Mann. »Leider ist der Verdächtige zu gut vermummt, um ihn zu erkennen. Wir nehmen uns nun die Videos der Umgebung vor. Damit sollten wir zumindest seinen Weg weiterverfolgen können.«

»Danke. Geben Sie mir Bescheid, sobald Sie etwas Brauchbares haben.«

»Mache ich.«

Paula steckte das Handy zurück in ihre Lederjacke. »Es wäre ja auch zu schön gewesen, wenn wir sein Gesicht gesehen hätten.«

»Schon ein genaueres Bild seiner Kleidung könnte uns einen wichtigen Hinweis liefern«, meinte Bernstein. »Wir sollten jedoch davon ausgehen, dass er eine Wendejacke trug, um die Kameraüberwachung zu täuschen.«

»Hm …«, meinte Paula nur. »Vielleicht haben wir Glück, und beim Jackenwenden hat ihn eine Kamera erwischt. Da fällt mir ein, ich muss Ihnen noch etwas anderes berichten. Er hat mich vorhin per SMS kontaktiert.« Sie berichtete Bernstein von ihrem kurzen Austausch mit dem Ghost und dass sein Handy in unmittelbarer Nähe von New Scotland Yard geortet worden war, bevor das Signal verschwand. »Er könnte einer von uns sein.«

»Das könnte er«, räumte Bernstein ein. »Oder er könnte auch den Anschein erwecken wollen, dass es so ist.« Als Paula ihm einen fragenden Blick zuwarf, ergänzte er: »Um Misstrauen zu säen. Eine altbewährte Strategie, um den Gegner zu verwirren und aus dem Gleichgewicht zu bringen.«

Verdammt! Da war etwas dran. Paula spürte, wie sie rot wurde. Sie hatte eine gute Stunde damit verbracht, der Sache nachzugehen. Sie seufzte innerlich. Einmal mehr hatte der Ghost sie manipuliert. Aber sie hatte diese Spur verfolgen müssen. Und genau das wusste der Ghost. Wie sie das hasste! Jetzt fing sie an zu begreifen, wie Turner sich gefühlt haben musste.

Du bist aber nicht Turner.

Bernstein bog in eine breite, weniger befahrene Seitenstraße mit rot-weißen viktorianischen Backsteinfassaden und Straßenlaternen, deren sanfter Schein eine nahezu magische Atmosphäre schuf. Doch Paula konnte den Anblick nicht genießen. Zu sehr spukte ihr der Fall im Kopf herum.

»Ich bin gespannt, was uns auf dem Gelände erwartet«, sagte sie mit einer Ruhe, die sie nicht wirklich empfand. Als Agentin, die sich mit Tatorten auskannte, hatte es auf der Hand gelegen, dass sie Gediman und Ruby auf der Suche nach dem Käfigraum begleiten und notfalls auch beschützen würde.

Bernstein schaute kurz zur ihr rüber. Das vorbeihuschende Laternenlicht im Regen verlieh seinen markanten Gesichtszügen etwas Mysteriöses. »Seien Sie vorsichtig. Und damit meine ich nicht nur die Gefahren, die das verwahrloste Gelände birgt. Wer immer den Raum zur Befriedigung seines Triebs eingerichtet hat, könnte auf dem Weg dorthin einige Vorkehrungen getroffen haben.«

»Sie denken an Fallen?«

Bernstein zuckte mit den Schultern. »Würden Sie wollen, dass man sich Ihrem geheimsten Refugium so ohne Weiteres nähern kann?«

Paula schüttelte den Kopf. »Vermutlich nicht. Ich hätte jedoch gedacht, dass der Ghost solche Hindernisse bereits beseitigt hat.«

»Das mag sein, aber hat er alle Fallen gefunden?«, entgegnete Bernstein. »Seien Sie äußerst vorsichtig.«

Paula nickte, während ihr erneut Bernsteins Attraktivität auffiel. Der Vice Director hatte Mantel und Jackett auf die Rückbank gelegt und die Hemdsärmel ein Stück weit hochgekrempelt. Die muskulösen Unterarme über den schlanken, aber kräftigen Händen – und überhaupt seine ganze Statur – deuteten darauf hin, dass er sich mit ziemlicher Regelmäßigkeit körperlich fit hielt. Paula hatte nur zu oft beobachtet, wie insbesondere leitende Agenten, die zu viel Zeit am Schreibtisch, im Büro und in Besprechungsräumen verbrachten, allmählich ihre Sportlichkeit verloren und an Gewicht zulegten. Bernstein schien darauf zu achten, dass ihm das nicht widerfuhr. Ebenso bemerkte sie, dass er ein beeindruckend guter Autofahrer war. Der Wagen befand sich in einem permanenten sanften Fluss, ohne zu hartes Bremsen oder abruptes Beschleunigen. Selbst an den Ampeln war es, als glitten sie in einem Luftkissenfahrzeug dahin.

Als Paula ihr Starren bewusst wurde, richtete sie ihren Blick sofort geradeaus und zwang sich, auf die Straße und die im Regendunst liegenden Häuser zu schauen, einmal mehr verwirrt über die Beachtung, die sie Bernstein schenkte. Aus den Augenwinkeln heraus schien es ihr, als ob Bernstein ein wenig schmunzelte.

Was zum Henker ist los mit dir?

32

»Immer mit der Ruhe. Ein alter Mann ist schließlich kein Schnellzug«, hörte Reeves eine relativ jung klingende Stimme auf der anderen Seite der Wohnungstür. Er und seine Begleitmannschaft waren so zügig wie möglich nach Camden gefahren, das letzte Stück des Weges ohne Blaulicht, und jetzt sicherten drei Constables das Haus, während einer ihn zu Henri Chapmans Wohnung hinaufbegleitete.

Als die Tür endlich aufging, stand ein junger, ziemlich zerzauster Mann mit ungekämmter Lockenpracht und ungepflegtem Bart im Türrahmen, dessen Kleidung schon bessere Tage gesehen hatte. Die Jeans war abgetragen und speckig, die Sportschuhe wirkten, als hätte er damit an einem Querfeldeinrennen bei Matschregen teilgenommen, und auf seinem Pullover waren nicht nur farblich Spuren von Pizza und Nudelgerichten zu erkennen.

»Wir wollen zu Henri Chapman«, erklärte Reeves, stellte sich vor und warf einen Blick über die Schulter des Lockenkopfs. Der heruntergekommene Flur war leer und hatte weder einen Kleiderständer noch einen Spiegel oder eine Kommode. Fünf Türen gingen von ihm ab. Die hintere war offen und führte ins Bad. Das Fenster stand offen, und das Papier der Toilettenpapierrolle flatterte im Wind. Die Zugluft wehte einen

Geruch heran, auf den Reeves gut und gerne hätte verzichten können. »Und Sie sind, bitte?«

»Leon Adamski. Henri ist nicht da. Der ist seit gestern nicht mehr hier aufgetaucht. Geht vermutlich wieder seinem Hobby nach. Da verschwindet er schon mal für zwei, drei Tage.«

»Hobby? Was ist das für ein Hobby?«, hakte Reeves gleich nach.

»Lost Places. Verlassene Grundstücke und Gebäude. Er sagt, er liebt die historische Aura des Verfalls. Fotografiert sie. Steht halt auf so einen Scheiß.«

»Würden Sie uns bitte sein Zimmer zeigen?«

»Wieso sollte ich das? Haben Sie einen Durchsuchungsbefehl?«

»Nein. Aber es ist Gefahr im Verzug. Es geht um Mr Chapmans Leben.«

»Ach du dickes Ei! Was ist denn passiert?«

»Das wollen wir gerade herausfinden.«

»Moment mal, sagten Sie nicht gerade, es geht um sein Leben? Wie können Sie das behaupten, wenn Sie nicht mal wissen, wo er ist?«

»Ich kann Ihnen keine weitere Auskunft geben«, erwiderte Reeves. »Also bitte, dürfen wir jetzt?«

Der Mann trat zögerlich beiseite. Reeves und der Constable schoben sich an ihm vorbei in den Wohnungsflur.

»Welche Tür?«, fragte Reeves, als er sich in Höhe der schmuddeligen Küche befand.

Der bärtige Lockenkopf drückte sich an ihm vorbei und ging zur mittleren Tür auf der linken Seite. »Ich sag's Ihnen gleich, die Tür ist verschlossen.«

»Es geht in diesem Fall um Leben und Tod«, wiederholte Reeves scharf.

»Äh, ich habe einen Ersatzschlüssel … irgendwo … warten Sie einen Moment.«

Eine Minute später kehrte der junge Mann mit einem altmodischen Zimmertürschlüssel zurück und grinste übers ganze Gesicht. »Eigentlich gehört der nicht zur Tür, aber er funktioniert trotzdem. Keine Ahnung, wieso.«

»Bitte«, sagte Reeves und deutete ungeduldig auf das Schloss. Er wollte gar nicht erst wissen, wieso der Lockenkopf einen Schlüssel zu Chapmans Zimmer besaß, Hauptsache er musste die Tür nicht gewaltsam öffnen, denn er war sich nicht sicher, ob der Constable, der ihn begleitete, dies ohne richterlichen Durchsuchungsbefehl für so gut gehalten hätte.

Adamski steckte den Schlüssel ins Schloss, schaffte es aber nicht, ihn umzudrehen. »Na, so was, die Tür ist ja offen.« Er drückte die Klinke und ließ die beiden Polizisten hinein.

»Kommt es öfters vor, dass Mr Chapman seine Tür nicht abschließt?«, fragte Reeves.

»Selten, eigentlich so gut wie nie.«

Woher er das wusste, wollte Reeves momentan auch nicht ergründen.

Sie standen in Chapmans Zimmer, und es war das genaue Gegenteil vom Rest der Wohnung. Die Wände und die Decke waren weiß gestrichen, das Bett ordentlich gemacht, der kleine Schreibtisch, auf dem ein Stapel Fotozeitschriften lag, wirkte aufgeräumt. Während der Constable Mr Adamski rausschickte und Wache hielt, zog Reeves sich ein paar Latexhandschuhe über und begann damit, das kleine Zimmer zu inspizieren. In den Schreibtischschubladen waren die üblichen Utensilien. Unter dem Bett und unter der Matratze befand sich nichts, was dort nicht hingehörte. In der kleinen Kommode lagerten T-Shirts und Unterwäsche. Im überraschend großen Einbauschrank hingen Hosen, Hemden und eine Übergangsjacke. Zwei Koffer standen auf dem Boden. Daneben eine Schuhputzbox und eine Umhängetasche mit Kameraausrüstung. In den Koffern hatte Chapman Sommerkleidung und Bettwäsche aufbewahrt.

Schließlich stieß Reeves auf eine große Tüte voller Aktenmappen. Zügig ging er die Akten durch. Schulabschlüsse, Collegezertifikate, Steuererklärungen, Mietverträge, Abrechnungen für die Miete sowie die anteiligen Nebenkosten. Dann waren da ein paar alte Familienfotos und schließlich ein Arbeits- und ein Handyvertrag. Letzteren steckte Reeves samt Plastikhülle in einen Beweismittelbeutel, nachdem er das Deckblatt des Arbeitsvertrags mit seinem Handy fotografiert hatte. Damit hatte er die Adresse von Chapmans Arbeitgeber.

Zum Schluss inspizierte er durchs Fenster den Hinterhof, dann sah er sich noch einmal im Zimmer um, auch im Schrank, schaute nach doppelten Wänden oder geheimen Fächern, ehe ihm dämmerte, dass Chapman zwar eine Kameraausrüstung, jedoch kein Fotoalbum besaß, ja nicht einmal einen Computer, auf dem er die digitalen Bilder hätte speichern und bearbeiten können. Er rief nach Mr Adamski, der in der Tür erschien, als hätte er nur auf sein Stichwort gewartet.

»Ja, stimmt. Sie haben recht. Normalerweise steht Henris Laptop auf dem Schreibtisch. Ich dachte, er hätte ihn mitgenommen. Das tut er manchmal.«

»Hat Mr Chapman ein Stammcafé oder einen Pub, den er regelmäßig aufsucht?«, fragte Reeves.

»Nicht, dass ich wüsste. Aber er fährt manchmal zu einem der Museen und verbringt dort seinen freien Tag, glaube ich. Ansonsten sitzt er abends oft hier an seinem Rechner. Er ist Mitglied in einigen Fotografie- und Lost-Places-Foren.«

»Wann genau haben Sie Mr Chapman das letzte Mal gesehen?«

»Irgendwann gestern Mittag, glaube ich. Ich weiß es nicht mehr genau. Bin zur Arbeit.«

»Als Sie von Ihrer Arbeit zurückkehrten, ist Ihnen da irgendetwas seltsam vorgekommen?«

»Seltsam? Ich weiß nicht, was Sie meinen.«

»Waren Dinge nicht mehr an ihrem Platz oder fehlte etwas? War auch Ihre Zimmertür nicht mehr abgeschlossen?«

»Nein, das war alles okay, außer …«

»Ja?«

»Na ja, das ist eigentlich nichts Besonderes, passiert halt öfters mal, dass einer von uns vergisst, die Wohnungstür abzuschließen.«

»Dann war die Tür offen, als Sie zurückkamen?«

»Nein, sie war schon zu, aber eben nicht abgeschlossen. So wie Henris Zimmertür vorhin. Aber da ja alles in Ordnung gewesen ist, habe ich mir nichts dabei gedacht.«

»Was ist mit Ihrem dritten Mitmieter?«

»Alfonso? Der ist vor drei Wochen ausgezogen. Stimmt, der könnte natürlich was vergessen haben und zurückgekommen sein.«

»Hören Sie, Mr Adamski, wir werden Mr Chapmans Zimmer vorerst versiegeln. Niemand außer der Polizei darf dort noch hinein. Haben Sie das verstanden?«

»Klar. Das bedeutet, dass ich nicht mehr vergessen darf, die Wohnungstür abzuschließen.«

33

Paula und Bernstein trafen wenige Minuten vor den anderen Teams am Nordzugang des Fabrikgeländes ein. Vor ihnen erhob sich ein gewaltiges, teilweise zugewuchertes Eisentor, von dem rechts und links eine hohe Backsteinwand in die nasskalte Dunkelheit reichte. Eine alte, rostige Kette verband die beiden Flügeltüren des Tors, doch ihre Funktion war mehr symbolischer Natur, denn es fehlte ein Schloss. Auch das kleine Pförtnerhäuschen mit den zerschlagenen Fensterscheiben, auf das man durch das Gitter sah, war nicht verschlossen. Die Tür hing lose in den Angeln.

Paula hatte ihre Alltagsstiefel gegen robustere, wasserdichte Stiefel ausgetauscht und zog nun einen wetterfesten Parka über, unter dem sie ihre SIG Sauer verbarg. Dann überprüfte sie noch einmal den kleinen Rucksack mit ihrer Ausrüstung und die zusätzliche Bewaffnung, eine Taser-Pistole, die sie in die Jackentasche des Parkas steckte. Die E-Waffe hatte sie schon einmal gerettet, und sie bereute es noch jetzt, sie nicht im *Sacro Bosco*-Fall eingesetzt zu haben. Ebenso checkte sie noch einmal den Schutzhelm mit der Helmlampe.

Gediman und Ruby trafen in einem separaten Wagen unmittelbar nach dem Kastenwagen der Spurensicherung ein. Sobald der Raum mit dem Käfig gefunden worden war, wollte Dr. Padelsky sofort mit ihrem Team loslegen. Der Bereitschaftswagen der Polizei hatte bereits vier Constables am Südeingang postiert, sodass dort niemand unbemerkt ein- oder ausgehen konnte. Wie die Polizisten versicherten, hatte es auf der Seite des Südzugangs keinerlei Einbruchs- oder Reifenspuren gegeben. Paula und Bernstein hatten jedoch Reifenspuren vor und hinter dem Nordtor entdeckt, die vielleicht einen halben Tag alt waren. Von hier aus musste also jemand das Gelände betreten haben.

Gediman streifte Ruby den Pfotenschutz und eine spezielle Schutzweste über, an der die Leine befestigt wurde. Notfalls konnte er die kleine Hundedame damit tragen wie eine Einkaufstasche. Dann reichte Padelsky Gediman den Beweismittelbeutel, der ihn öffnete und Ruby ausgiebig darin schnuppern ließ.

»Machen wir uns auf den Weg«, sagte er schließlich zu Paula, wobei er Bernstein, Padelsky und die anderen noch einmal daran erinnerte, sich vom Gelände fernzuhalten, solange Ruby ihre Suche noch nicht abgeschlossen hatte. Paula bemerkte den ein oder anderen überaus skeptischen Blick der Polizisten, als ihnen klar wurde, dass ausgerechnet der kleine Terriermischling der Top-Spürhund sein sollte. Doch da weder Bernstein noch Paula hinsichtlich des Hundes Zweifel äußerten, behielten sie die Kommentare, die ihnen auf der Zunge lagen, für sich.

Bernstein trat zum Eingangstor, zog die rostige Kette heraus und schob einen der knarzenden Torflügel bis zum Anschlag auf.

»Seien Sie vorsichtig«, sagte er nur für Paulas Ohren bestimmt. »Was immer Sie vorfinden, gehen Sie kein unnötiges Risiko ein.«

»Keine Sorge. Ich habe nicht vor, die Heldin zu spielen«, entgegnete sie lockerer, als sie sich fühlte.

»Kein Leichtsinn«, wiederholte er todernst und befestigte ein GPS-Signal an ihrem Parka.

Paula sah etwas in seinen Augen, was sie so bisher noch nie wahrgenommen hatte. Jetzt war er nicht ihr Boss, sondern ein Freund. Ein sehr guter Freund. Das war mehr als nur Sympathie. Vielleicht ging es ihm wie ihr, und er hatte eine gehörige Portion Respekt vor der Liebe. Für Paula war die Liebe ein gefährliches, unerforschtes Terrain. Eigentlich hatte sie keine Angst vor dem Unbekannten, doch die Liebe stellte sie vor ein großes emotionales Problem, erfüllte sie mit mehr Furcht, als mitten in der Nacht auf einem abgelegenen Fabrikgelände nach einem Tatort zu suchen.

Doch für Bernstein kam noch ein weiterer Aspekt ins Spiel. Er hatte bereits einmal geliebt und diese Liebe auf grausame Weise verloren. Eine neue Liebe würde bei ihm auch die Vergangenheit wieder lebendig werden lassen und alte Wunden aufbrechen. Daher umgab ihn neben seiner Sorge und seiner Zuneigung für Paula wohl auch dieses unbestimmbare Misstrauen. Und am schlimmsten für Paula war das Gefühl, dass sie sich nicht einmal sicher sein konnte, ob sie ihn am Ende nicht aus Furcht vor dieser Liebe zurückwies, denn Bernsteins tiefe Zuneigung löste Angst in ihr aus.

»Wir werden vorsichtig sein. Versprochen.«

Bernstein hielt ihren Blick noch eine Sekunde länger fest, dann kehrte er zu den anderen zurück und war wieder ganz Vice Director.

Paula und Gediman schalteten die Helmlampen an, denn jenseits des Scheinwerferlichts der Fahrzeuge vor dem Tor war es stockfinster. Ruby hatte schon längst angefangen zu schnüffeln und lief zunächst noch im Kreis am Eingangstor herum, bevor sie sich dem Hauptzugangsweg zuwandte. Wie es aussah, hatte sie bereits eine Spur. Und so folgte Gediman Ruby, und Paula folgte Gediman durch die kalte, mondlose Nacht.

Paula roch die Feuchtigkeit in der Luft. Sie nahm aber auch den Geruch von rostigem Metall, feuchtem, vermoderndem Beton oder Stein und diverser Pflanzen und Bäume wahr, die sich das Industrieterrain in den letzten zehn Jahren nach und nach zurückerobert hatten. Doch wie vieles mehr musste Ruby in dieser Geruchslandschaft wittern, ganz davon zu schweigen, dass sie auch noch in der Lage schien, sich auf diesen einen Duft in homöopathischer Dosis aus dem Beweismittelbeutel zu konzentrieren.

Paula ließ den Blick durch die Dunkelheit schweifen, sah am Himmel das diffus reflektierte Licht der Stadt und davor die Konturen kleinerer vorgelagerter Gebäude des Fabrikareals, deren verwitterte Fassaden sich beim Näherkommen im Licht ihrer Helmlampen wie die Außenwände von Geisterschiffen manifestierten. Es waren die nördlich gelegenen Bauten, die Paula schon auf dem groben, nicht aktuellen Satellitenbild gesehen hatte. Einstmals wurden sie wohl als Umkleide- sowie Küchen- und Kantinenräume genutzt. Einige der von Pflanzen überwucherten Flächen mochten früher Parkplätze für die Mitarbeiter oder die Lastkraftwagen der Anlieferer gewesen sein. Wieder andere Gebäude hatten der Beschriftung nach als Lager- und Vorratsräume für die Produktion gedient.

Als Gediman kurz zu Paula zurückblickte, erinnerte er sie leise daran, den Boden nicht aus den Augen zu lassen, denn dass Ruby und er vorausgingen, wäre noch lange kein Garant für ihre Sicherheit. Paula entschuldigte sich und bemerkte erst jetzt, dass Gediman seine Hündin an der kurzen Leine hielt, um sofort eingreifen zu können, sollte sie sich bei ihrer Spurensuche auf zu gefährlichen Untergrund begeben.

Vorsichtig schritten sie weiter durch die Dunkelheit wie durch einen unendlichen Tunnel, vorbei an niedrigeren und höheren Gebäuden und schmaleren Seitenwegen, die sonst wohin führten. Bis Ruby stehen blieb, herumschnüffelte und anfing, wieder im Kreis zu laufen. Gediman wartete geduldig ab, offensichtlich kannte er dieses Verhalten seiner Hündin, wenn sie sich auf der Suche neu orientierte. Paula konnte nur hoffen, dass Ruby die Geruchsspur nicht verloren hatte.

Während Ruby im Kreis ging und ihre Nase in die Luft hielt, leuchtete Paula die Umgebung mit ihrer Helmlampe ab und suchte auch nach Fahrzeugspuren. Vielleicht hatte der Ghost hier vor einigen Stunden seinen Wagen geparkt, war ein- und ausgestiegen. Es waren jedoch nirgends Reifenspuren zu sehen.

Ob er sich trotzdem irgendwo aufhielt und sie womöglich beobachtete? Mit ihren Helmlampen waren Gediman und sie in der Finsternis leicht auszumachen. Das ließ sich jedoch nicht vermeiden.

Plötzlich hielt Ruby in ihrer Suche inne, stand mucksmäuschenstill da und stellte die Ohren auf.

»Sie hört etwas«, flüsterte Gediman.

Einschließlich der Hündin standen sie wie die Statuen da und lauschten in die Dunkelheit, doch weder Paula noch Gediman nahmen etwas wahr.

»Was sollen wir tun?«, fragte Paula. »Folgen wir dem Geruch oder dem Geräusch?«

»Ruby wird den Geruch weiterverfolgen. Es sei denn, ich setze sie auf eine neue Suche an.«

»Hm«, überlegte Paula. »Das Geräusch könnte alles sein. Ein klapperndes Fenster, eine scheppernde Tür, der Wind, der durch die kaputten Scheiben pfeift …«

Gediman schüttelte den Kopf. »Ruby ist zwar auch in der Lage, Drogen und Sprengstoff aufzuspüren, doch in erster Linie wurde sie darauf trainiert, Menschen zu finden. Tot oder lebendig. Klappernde Fenster und Türen interessieren sie nicht.«

Paula folgte Rubys Blick in die Schwärze der Nacht. Dann hatte Ruby wohl einen Menschen gehört. Es war jedoch unwahrscheinlich, dass sie auf einem dermaßen abgelegenen Gelände auf Obdachlose treffen würden.

Sie nahm das kleine Tablet mit den alten Grundrissplänen, die Bernstein ihnen beschafft hatte, aus ihrer Jacke, um zu sehen, welche Gebäude in dieser Richtung standen.

»Wir befinden uns etwa hier.« Sie deutete auf einen Punkt zwischen den Gebäuden. »Und am Ende dieses Wegs liegt die kleinere der beiden Hauptfabrikhallen.«

»Das wären noch etwa achtzig, neunzig Meter …«

Gediman hatte die Worte kaum ausgesprochen, als Ruby ihn ansah, sich wieder in Bewegung setzte und ihn genau in diese Richtung zog.

Schließlich standen sie vor dem offenen Eingangstor einer dreistöckigen Fabrikhalle. Die Fenster der Front waren allesamt zerschlagen und wirkten wie unheimliche Höhlen, in denen sich nichts Gutes verbarg.

Paula und Gediman inspizierten vorsichtig den Eingangsbereich, bevor sie die riesenhafte Halle betraten. Ein Teil der Fließbänder, an denen die Arbeiter ihre Schichten im Takt der Maschinen absolviert hatten, war noch da. Paula konnte im Geiste die Maschinengeräusche hören, das Rattern und Klappern und Dröhnen. *Was für ein Knochenjob!* Auch diverse andere Geräte und Apparaturen waren in der Halle zurückgelassen worden und über die Jahre sehr stark verrottet. Gediman führte die kleine Ruby nun noch enger am Körper, denn im Inneren der Gebäude vermutete er eine noch größere Gefahr. Doch der kleine Terriermischling ließ die Halle selbst links liegen und führte sie entlang eines langen Gangs, dessen Fenster auf einen leeren Parkplatz wiesen, zu einem schmalen Treppenhaus und von dort hinunter in die Tiefe.

34

Paula beobachtete, wie Gediman Rubys Instinkte alleine durch die sanfte Führung der Leine zügelte. Der Terriermischling wäre ohne seinen Hundeführer und die Leine sicher ohne Rücksicht auf Verluste wie ein kleiner Tornado durch den Gang und die Treppe der Geruchsspur hinterhergejagt, doch gerade Rubys Jagdinstinkt hätte das Schicksal herausgefordert und Hund und Mensch in Lebensgefahr bringen können.

Der Keller der Fabrikhalle erwies sich als ein gefährlicher Irrgarten aus rostigen, undichten Rohrsystemen, dicken, an den Wänden entlanglaufenden Kabelsträngen und finsteren Abzweigungen, die zu Räumen führten, deren massive Türen weder einen Hilfe- noch einen Schmerzensschrei nach außen dringen lassen würden. Doch Ruby machte vor keinem dieser rostigen Zugänge halt, sondern zog Gediman über den glitschigen Boden und über so manchen Unrat hinweg Meter für Meter hinter sich her, um ihn schließlich über ein schmales, kleines Treppenhaus noch eine Ebene tiefer hinabzuführen. Paula eilte hinter ihnen her, achtete darauf, weder mit dem Rucksack oder ihren Armen an schimmeligem Mauerwerk vorbeizuschrammen. Die überall sich von den

Wänden abschälende Farbe erinnerte sie an kranke, absterbende Haut.

Mit einer zusätzlichen, stärkeren Taschenlampe beschien Paula die mit einem braunen Matsch angereicherten Steinstufen zu ihren Füßen. Da hier und da rostige Nägel und Glasstücke im Schlick auftauchten, hob Gediman Ruby trotz des Pfotenschutzes auf und trug sie am Griff die Stufen hinunter. Es gab ohnehin nur eine Richtung, in die sie gehen konnten, nämlich vorsichtig und gleichmäßig einen Schritt nach dem anderen nach unten. Immer wieder hörten sie das Tropfen undichter Rohrleitungen und das Pfeifen des nächtlichen Windes, der durch die Fenster, Leitungen und Schächte des ehemaligen Klimaanlagensystems drang. Paula begann sich zu fragen, ob sie Bernstein überhaupt noch telefonisch erreichen konnte.

»Einen Moment bitte«, sagte sie zu Gediman und zog ihr Handy aus der Tasche, um den Empfang zu prüfen. Tatsächlich zeigte das Telefon hier unten nicht einmal mehr einen einzigen schwachen Balken an. Bernstein und das Team an den Computern mussten sich nach ihrer letzten Standortmeldung mit dem Wissen begnügen, dass Gediman, Ruby und sie in die Tiefen dieses Gebäudes abgetaucht waren. Doch Paula war sich inzwischen ziemlich sicher, dass der unterirdische Weg durch die Gänge und Tunnel zur größeren Fabrikhalle hinüberführte.

Paula nahm ein Stück Kreide aus dem Rucksack und hinterließ auf der feuchten Wand einen dicken, fetten Pfeil, der in die Richtung des untersten Treppenabsatzes wies und den sie mit PT signierte.

Schließlich gingen sie vorsichtig weiter und erreichten eine verrostete, quietschende Metalltür, die schief in ihren Angeln vor einem Tunnelzugang hing. Der teilweise verputzte Backsteintunnel führte leicht abfallend ins Nirgendwo. In der Mitte floss ein schmutziges Rinnsal einer undefinierbaren Flüssigkeit, das sich aus den Ansammlungen der Rohrleitungen speiste, doch rechts und links davon war der Weg dafür nahezu trocken und sauber. Es lagen keine rostigen Metallstücke, Glasscherben oder sonstigen Abfälle herum.

Paula hinterließ zur Sicherheit auch auf der alten Metalltür ein Zeichen. Dieses Mal ein großes X und daneben wieder ein kleineres PT. Dann schlüpften Gediman und sie durch die Tür und folgten Ruby durch den Tunnel mit seiner feuchten gewölbten Decke, an der etwa alle fünf Meter eine verdreckte, nicht mehr intakte Lampe hing. Keine einzige Tür ging von dem Tunnel ab, auch kein Seitenweg. Paula fühlte sich, als liefe sie durch den Verbindungskorridor eines Kriegsbunkers. Die Kabelstränge und Rohrleitungen an den Wänden und an der Decke engten ihre Bewegungsfreiheit ein.

Und dann trafen sie im Zwielicht ihrer Helmlampen geradewegs auf eine weitere angelehnte Metalltür, ebenso alt wie die, die sie vor Kurzem passiert hatten, jedoch in einem wesentlich besseren Zustand. Irgendjemand hatte mit viel Mühe und Geduld den Rost beseitigt und dafür gesorgt, dass die schwere Tür lautlos in ihren Angeln glitt. Paula zog ein dickeres Paar Latexhandschuhe über, packte den Griff und zog die Tür vorsichtig weiter auf, während Gediman hinter ihr stand und Ruby zurückhielt, die am liebsten sofort drauflosgerannt wäre.

Gott sei Dank, denn hinter der Tür ging es über eine leiterähnliche Treppe direkt in die Tiefe eines überraschend großen Raums. Der Türrahmen, in dem Paula erschrocken stand, schien etwa drei Meter über dem Bodenniveau des Raums zu liegen. Paula ließ den Lichtschein der starken Taschenlampe über die Ränder des Raums wandern und stellte fest, dass die Decke mindestens vier oder fünf Meter in die Höhe reichte.

Und dann streifte der Lichtkegel ein Gittergerüst und warf einen bizarren Schatten auf den Boden und die Wand dahinter. Paula lenkte das Lichtbündel sofort wieder dorthin zurück.

Ziemlich in der Mitte der vorderen Hälfte des Raums, etwa fünf, sechs Meter von einem überfluteten Bereich entfernt, stand ein Podest, und darauf thronte ein großer Käfig.

35

Paula trat auf den schmalen, balkonartigen Vorbau der Leitertreppe, die sie an die eisernen vergitterten Fluchttreppen an den Außenfassaden der Häuser in Chicago erinnerte. Das schmale Geländer war stabil, und auch hier hatte sich jemand die Arbeit gemacht und den Rost entfernt.

Gediman befahl Ruby, an der Türschwelle zu warten, und trat neben Paula. Sein Helmstrahler traf auf den ein oder anderen Punkt an den Wänden, doch insgesamt war der Raum viel zu groß, um von ihren Lampen und ihrer Position aus auch nur annähernd ausgeleuchtet zu werden. Doch den Käfig und seinen verzerrten Schatten konnten sie sehen.

»Das ist das Szenario auf dem Foto«, stellte Gediman mit einer kaum wahrnehmbaren Unruhe in der Stimme fest. Ruby reagierte auf die emotionale Anspannung ihres Herrchens und winselte. Gediman beruhigte sie, indem er sie streichelte und sie mit ihrem Hundespielzeug für die erfolgreiche Suche belohnte. Ein kleiner orangefarbener Gummielefant quietschte asthmatisch in der Dunkelheit.

Soweit Paula von hier oben erkennen konnte, befand sich die angewinkelte, versaute Matratze in einer etwas anderen Position als auf dem Foto. Aber das konnte auch eine Frage der Perspektive sein. Rundherum lagen fleischfarbene Puppenkörper. So hoffte sie jedenfalls.

»Sie bleiben mit Ruby hier«, sagte sie. »Ich klettere runter und schau mir das mal an.«

Sie trat nur auf jede zweite Sprosse und setzte seitlich von der Leiter auf den Boden auf. Dann peilte sie die Lage noch einmal, leuchtete den Boden ab, um vorhandenen Schuhabdrücken auszuweichen und diese nicht zu beschädigen. Und tatsächlich entdeckte sie einen Pfad von Abdrücken, der zum Käfig hin und vom Käfig weg zum Wasser führte. Sie machte ein paar Fotos und folgte dann mit genügend parallelem Abstand den Spuren, die zum Gitterkäfig führten. Gediman unterstützte ihre Inspektion von oben mit seinem Helmstrahler.

Vor dem Podest machte Paula halt, um den Boden und die in das Holz gesägten Stufen zu prüfen. Alte Bahnschwellen waren wie das Fundament eines von Kinderhand aufgebauten Streichholzturms aufeinandergestapelt worden, wobei sie nach oben hin dichter beieinanderlagen. Ganz oben thronte der Metallkäfig.

Paula kletterte über die Seite auf das Podest, um die schmalen Stufen nicht zu kontaminieren, und vermied es dabei, in Gedimans Richtung zu schauen, da sein Helmstrahler sie sonst geblendet und ihre Sicht behindert hätte. So aber erhellte Gedimans zusätzliches Licht selbst aus der Entfernung noch den Käfigbereich.

Oben angekommen balancierte sie vorsichtig über die äußeren Bahnschwellen bis zu einem stabilen Bretterboden, der um den Käfig herum angelegt worden war, und noch bevor sie diesen erreichte, schlug ihr bereits der nur allzu vertraute Geruch von Blut entgegen. Paula spürte, wie sich ihr Magen zusammenzog und eine Welle der Übelkeit in ihr aufstieg. Am liebsten hätte sie die Luft angehalten, was ihr Unwohlsein jedoch nur verstärkt hätte. Also zwang sie sich, ruhig durchzuatmen und das Angst- und Ekelgefühl zu unterdrücken. Sie hatte schon vieles in ihrem Leben gesehen und gerochen, war aber trotz der Routine nie in ihrer Wahrnehmung abgestumpft. Für einen Moment versetzte sie der Geruch auf den Folterstuhl, auf den sie der *Sacro Bosco*-Mörder geschnallt hatte, bevor er mit dem Skalpell … Mit aller Macht verdrängte sie die Erinnerung an diesen Horror in den hintersten Winkel ihres Verstandes. Jetzt war nicht die Zeit dafür.

Die Matratze lag in der Ecke und war von oben bis unten vollgesogen mit halbwegs eingetrocknetem Blut. Auf dem hölzernen Käfigboden und dem Matratzenstoff klebten Gewebereste. Haut, Fleisch, Knorpel, Knochensplitter, Gehirnmasse. Die mit Blut besudelten Puppenkörper lagen überall verstreut, so als hätte jemand in dem Käfig wie ein Wahnsinniger getobt.

Dann erblickte Paula das halb verdeckte, aufgeschlagene Fotobuch am unteren Rand der Matratze. Sie streifte sich ein frisches Paar Latexhandschuhe über, tastete sich durch die Gitterstäbe heran und zog es vorsichtig an einer Ecke aus dem Käfig. Im nächsten Augenblick wünschte sie sich, sie hätte die Bilder niemals gesehen. Die aufgeschlagene Doppelseite zeigte ein kleines Mädchen in unterschiedlichen Posen und verschiedenen Stadien seiner Gefangenschaft, mit und ohne Gitterstäbe im Bild. Paula sah die Angst in den Augen des Kindes, dann war da auf zweien der Fotos wieder ein Funke der Hoffnung, dann wieder Furcht, Schmerz und Qual. Das letzte Foto zeigte nur noch ein Gesicht mit einem leeren, leblosen Blick.

Je nachdem hatte der Entführer und Mörder vier bis sechs Doppelseiten pro Kind angelegt. Allesamt Mädchen, die Paula zwischen sieben und neun Jahren schätzte und deren Fotoserien zum Ende hin immer grausamer wurden, so als hätte ihr Peiniger sie am Ende sogar beim Sterben fotografiert.

Paula wurde so übel, dass es ihr fast wie Reeves erging. Mit aller Willensanstrengung, die sie aufbringen konnte, verhinderte sie, dass sie sich neben dem Käfig übergab. Gleichzeitig spürte sie brennenden Hass in sich aufsteigen, sehnte sich förmlich danach, den Mörder der Mädchen in die Finger zu bekommen, in den Käfig zu sperren und es ihm mit gleicher Münze heimzuzahlen. Doch allmählich bekam sie ihre Emotionen wieder in den Griff, rief sich in Erinnerung, dass sie ISA-Agentin war, kein Henker und auch keine Meuchelmörderin.

»Alles in Ordnung?«, hörte sie Gediman fragen.

»Ja, alles okay. Ich bin gleich fertig, schaue mir nur noch kurz den hinteren Bereich an.«

Sie fischte einen mittelgroßen Beweismittelbeutel aus ihrem Rucksack und verwahrte das Album vorsichtig darin. Ruby winselte ein paar Sekunden in der Ferne, weil ihr vermutlich langweilig wurde oder sie der Blutgeruch irritierte, doch Gediman beruhigte sie sofort, und so herrschte gleich wieder Ruhe. Paula war froh, nicht alleine hier unten zu sein.

Sie atmete weiter ruhig und gleichmäßig durch, ließ nicht zu, dass ihre Gefühle erneut die Oberhand gewannen, und packte die grauenvolle Bilddokumentation in das hinterste Fach ihres Rucksacks, um sie später Dr. Padelsky übergeben zu können. Egal wie viele Jahre vergehen mochten, ihr war klar, dass sie diesen Anblick niemals vergessen würde.

Dann richtete sie sich auf, gab Gediman ein Zeichen und balancierte zur anderen Seite des Käfigs, um das Helmlicht und den Schein ihrer Taschenlampe über den überfluteten Bereich des Bodens schweifen zu lassen. Bis auf ein paar kleinere Wellen, die durch hinabfallende Tropfen verursacht wurden, war die schwarze Wasseroberfläche spiegelglatt. Kurz sah sie zum Käfig und der Brüstung zurück, was sie sofort bereute, da Gedimans Helmstrahler ihre Augen blendete. Sie blinzelte und drehte der Brüstung für einen Moment den Rücken zu. Dann schaute sie über den Boden, verfolgte mit der Taschenlampe die Stiefelspuren, die bis zum Ufer gingen und dort abrupt aufhörten, um einen Meter entfernt wieder herauszukommen und zum Käfig zurückzuführen.

Vielleicht hatte der Ghost die Leiche des Kinderschänders in der pechschwarzen Brühe entsorgt. Soweit Paula erkennen konnte, ragte jedoch nichts Verdächtiges aus dem Wasser heraus.

Sie schickte sich gerade an, den Rückzug anzutreten, um Bernstein zu informieren und Padelsky und ihren Leuten das Feld zu überlassen, als über ihr in der Höhe die massive Metalltür mit voller Wucht zukrachte.

Ruckartig drehte sie sich um, beruhigte sich aber, als sie Gedimans Helmlicht auf der Brüstung sah. Die Zugluft musste die Tür zugeknallt haben.

»Alles okay bei Ihnen?«, rief sie nach oben. Ihre Stimme schallte lauter von den Wänden, als sie es erwartet hätte, aber das lag sicher am Kontrast zur bisherigen Stille.

»Aber ja doch, was denken Sie!«

Sie erschrak. Das war nicht Gedimans Stimme. Das war die metallisch verfremdete Stimme des Ghosts. Sie griff nach ihrer Waffe, doch die Stimme fügte gelassen hinzu: »Ihren beiden Freunden wird nichts passieren, solange Sie sich vernünftig verhalten.«

Langsam, sodass er es sehen konnte, zog sie die Hand von der SIG Sauer zurück. »Was haben Sie mit ihnen gemacht?«

»Nichts, was ihr Leben gefährden könnte. Vorerst.«

Geblendet vom Licht war es Paula unmöglich festzustellen, ob es sich bei der Gestalt tatsächlich um denselben Mann handelte, dem sie in der Gasse begegnet war.

Mach dich nicht lächerlich. Du hast den Typ bisher nur vermummt im Kapuzenmantel gesehen. Selbst wenn er völlig nackt neben dir in der *Kantine des Yard sitzen würde, würdest du ihn nicht erkennen.*

»Nehmen Sie das Pistolenholster ab und werfen Sie es vor die Leiter. Schön langsam.«

Vorsichtig löste Paula das Holster mit der rechten Hand, zog es unter dem Parka hervor, hielt es demonstrativ in die Höhe und warf es dann in Richtung der Brüstung.

»Und jetzt die Hände hochhalten, sodass ich Sie sehen kann. Treten Sie fünf Schritte zurück.«

Er beobachtete, wie sie ihre Hände hob und zurückwich. Er strahlte dann das Holster kurz an und stieg, ohne Paula aus den Augen zu lassen, die schmale Treppe in einer Geschwindigkeit hinunter, die schon akrobatisch anmutete. Dann wies er sie an, vom Podest hinunterzusteigen, und zwar auf der Seite, auf der er sie im Auge behalten konnte, und schließlich musste sie ihr Helmlicht ausschalten.

In einer Distanz von etwa drei Metern blieb er vor ihr stehen. Er schien sie eingehend zu mustern.

»Ich bin nicht hier, um Sie zu verletzen oder zu töten«, erklärte er. »Ich bin hier, um mit Ihnen zu reden.«

Paula schwieg, versuchte ihre Nerven unter Kontrolle zu halten und musterte ihn ihrerseits, doch außer dem Schatten, den sein Körper nun auf die Wand warf, konnte sie nicht viel sehen. Die Kontur des Schattens verriet ihr jedoch, dass ihr Gegenüber einen Kapuzenmantel trug.

Da sie kein Wort sagte, fuhr er fort zu sprechen. »Sie haben Henri Chapmans Trophäensammlung gesehen und können sich nun lebhaft vorstellen, was er den Mädchen angetan hat. Grace war seine nächste Auserwählte. Das konnte ich auf gar keinen Fall zulassen.«

Ein Teil von Paulas Wesen verstand das nur zu gut, doch diesem Teil durfte sie jetzt nicht nachgeben.

»Dann ist das Chapmans Blut auf der Matratze«, stellte sie stattdessen fest.

Er ignorierte ihre Bemerkung, und sie spürte, wie er sie abcheckte, als rechnete er trotz ihrer erhobenen Hände jederzeit mit einem Angriff. »Ich habe Ihre Reaktion auf die

Fotosammlung bemerkt. Sagen Sie mir nicht, Sie hätten Chapman nicht auf der Stelle erledigt, wenn Sie die Gelegenheit dazu gehabt hätten.«

Paula dämmerte, dass er dafür schon hinter Gediman auf der Brüstung gestanden haben musste, und dies bevor Ruby so herzzerreißend gewinselt hatte. Wieso hatte der Hund nicht eher reagiert?

»Was wollen Sie von mir?«

»Eigentlich will ich nur, dass Sie Ihren Job machen und ein paar Serientäter aus dem Verkehr ziehen. Ich kann mich schließlich nicht um alle kümmern, weiß aber, dass Kindermörder im Knast einen schweren Stand haben.«

Damit hatte er recht. Wurde ein Kindermörder nicht von den anderen Häftlingen isoliert, überlebte er im Gefängnis nicht einmal die erste Woche. Andere erwartete ein wochen- oder monatelanges Martyrium, bevor sie ermordet wurden.

»Das gleiche Spiel also, das Sie mit Inspector Turner und den anderen veranstaltet haben.«

»Ich bin eine lukrative Quelle für Sie, ein Informant, der Ihnen etliche der üblen Burschen auf dem Silbertablett servieren kann.«

»Sie könnten Ihre Informationen aber auch gleich an die Polizei weitergeben. Dafür brauchen Sie nicht mich.«

»Damit Polizisten wie Crowley die Mord- und Missbrauchsfälle unter den Teppich kehren, um hochrangige Personen zu schützen?«

Hochrangige Personen … Paula erinnerte sich an den Lord aus dem Oberhaus, von dem Turner gesprochen hatte und dessen Namen sie inzwischen recherchiert hatte. Zunächst hatte sie den Fall jedoch als nicht weiter relevant angesehen, und dann war sie nicht mehr dazu gekommen, die Sache weiterzuverfolgen. Aber eine Frage beschäftigte sie immer noch: Wieso waren

Männer wie Walden, Debreau und Chapman tot, während dieser Lord Filton noch immer lebte?

Sie packte die Gelegenheit beim Schopf und fragte den Ghost danach.

»Seine Lordschaft hat sich sein Überleben gewissermaßen verdient. Er war eine meiner reuigsten sprudelnden Quellen.«

»War?«

»Wenn Sie mehr wissen wollen, müssen Sie ihn schon selbst fragen. Er wird sich sicher freuen, Ihre Bekanntschaft zu machen.«

Paula ahnte, dass der letzte Satz nichts Gutes für den Lord bedeuten mochte. Aber darum würde sie sich später kümmern, falls sie hier lebend herauskam.

»Wo ist Chapmans Leiche?«

»Natürlich hier. Ihre Leute werden sie schon finden.«

Und jetzt?, überlegte sie. *Was machst du jetzt?*

Sie dachte an den Taser in ihrer Jackentasche, von dem er anscheinend nichts wusste, und er stand so unglaublich nahe. Wenn das mal keine Chance war! Um den Raum zu verlassen, würde er wieder die Leiter nehmen müssen, und das würde nicht so einfach funktionieren wie das Hinuntergleitenlassen. Vermutlich würde er sie deshalb zu seiner eigenen Sicherheit in den Käfig sperren oder unten an die Brüstung ketten. Irgendetwas in der Art, um zu verhindern, dass sie ihm folgte und ihn vielleicht doch noch stellte. Sie spürte, wie ihr Blut in den Schläfen pochte und das Adrenalin durch ihre Adern schoss. Ihre Wahrnehmung schärfte sich. Hoffentlich merkte er ihr diese Art der Anspannung nicht an. Die Sache hatte jedoch noch einen Haken. Sie konnte ihn durch das blendende Helmlicht nicht einmal halbwegs vernünftig sehen, während er jede ihrer Bewegungen genau im Auge zu haben schien.

»Was machen wir jetzt?«, setzte sie das Gespräch fort. »Ich muss zu meinem Team zurück, möchte Sie aber nur ungern gehen lassen.«

Er lachte kurz auf. »Immer diese Gewissenskonflikte.« Dann warf er ihr einen Umschlag vor die Füße und trat einen Schritt zurück.

»Was ist das?«

»Schauen Sie nach.«

Paula hob den Umschlag auf und zog zwei Fotografien heraus. Die Bilder waren in einem der großen Londoner Parks aufgenommen worden. Das erste zeigte einen kleinen Jungen mit kastanienbraunem Haar und grünen Augen, der auf einem Karussellpferd saß, das andere eine Reihe von Leuten, Männer und Frauen, die das Treiben der Kinder auf dem Karussell fasziniert beobachteten.

»Einer der Männer auf diesem Bild hat es seit einer Weile auf Patrick abgesehen. Entweder Sie lassen mich laufen, um die Sache ein für alle Mal zu klären, oder Sie werden Patricks Fall in wenigen Tagen in der Vermissten-Abteilung finden.«

»Sie erpressen mich mit Patricks Leben, um einer Verhaftung zu entgehen?«

»Nein. Ich teile Ihnen lediglich mit, dass Patricks Leben an einem seidenen Faden hängt, den ich Ihnen in die Hand gebe.«

Paula bemühte sich um ein gequältes Lächeln. Was für ein durchtriebener Mistkerl!

»Ich dachte, Sie gehören zu den Guten, eine Art Robin Hood, der durch Europa reist, um kleine, schwache Kinder zu beschützen.«

»Oh, ich mag kleine, schwache Kinder. Aber Sie verkennen mein Motiv. Behalten Sie die Fotos. Sie werden sie noch brauchen.« Er deutete auf den Umschlag, als wollte er noch etwas hinzufügen, als von der Brüstung ein dumpfes Geräusch ertönte.

Gediman war anscheinend zu sich gekommen und hatte sich ungelenk am Geländer hochgezogen. Überrascht wandte sich der Ghost halb um, und das war sein Fehler!

Paula ließ die Bilder zu Boden fallen, und noch während die Fotos durch die Luft segelten, griff sie mit der rechten Hand in ihre Jackentasche, riss den Taser heraus und feuerte. Die Nadelelektroden durchschlugen die Kleidung des Ghosts und drangen in seinen Körper ein. Für Paula lief alles wie in Zeitlupe ab. Der Treffer mit der elektrischen Entladung von mehreren zehntausend Volt, der Schmerzensschrei des Ghosts, sein kurzes Erstarren, bevor die Beine unter ihm wegsackten, und der an einen epileptischen Anfall erinnernde Zusammenbruch. Paula verlor keine Sekunde und stürzte sich auf ihn. Eine halbe Minute später war der Mann mit Kabelbindern und Handschellen wie ein Paket verschnürt. Dann drehte Paula ihn um, schrak kurz vor der schwarzen Maske zurück, die er trug, und riss ihm diese vom Gesicht. Tatsächlich war ein Stimm-Vocoder eingebaut.

Kurz darauf bemerkte sie, dass etwas nicht stimmte, dass der Ghost nicht mehr atmete und der Treffer in die Brust einen Herzstillstand ausgelöst haben musste.

Einen Moment lang spielte sie mit den Gedanken, ihn sterben zu lassen. Wäre das nicht für alle die beste Lösung? Dann fiel ihr ein, was er über sein Motiv gesagt hatte. Es war ihm nicht um die Kinder gegangen. Jedenfalls nicht ausschließlich. Aber wenn es ihm nicht um die Kinder ging, worum dann? Um Geld? Und wenn ja, wer unterstützte ihn?

Verdammter Mist!

Nein, er durfte nicht sterben. Nicht jetzt! Und schon gar nicht durch einen verfluchten Stromschlag! Das war viel zu gnädig für ihn.

Paula entfernte die Nadelelektroden aus seiner Brust, zerrte ihm die Kapuze vom Kopf und stopfte sie ihm unter den Nacken. Während ihrer Ausbildung zur Polizistin hatte sie gelernt, wie man jemanden reanimiert, doch die praktische Anwendung war viele Jahre her. Sie neigte den Kopf des Ghosts zurück und zog die Zunge mit den Fingern beiseite, um die Atemwege frei zu machen. Dann kam der Part, der ihr wirklich zu schaffen machte. Sie beugte sich hinunter, presste ihre Lippen auf die des Bewusstlosen und blies ihm etwa eine Sekunde lang ihren Atem in den Mund, bevor sie ihre Hände übereinander auf sein Brustbein legte und Richtung Wirbelsäule presste, damit das Blut aus dem Herzen zum Gehirn floss und es mit dem noch vorhandenen Sauerstoff versorgte.

Durch den Wechsel zwischen Druck und Entlastung und die Mund-zu-Mund-Beatmung setzte sie hoffentlich das Herz und damit den Kreislauf wieder in Gang, bevor es im Gehirn zu irreversiblen Schäden kam. Maximal drei, vier Minuten blieben ihr für eine erfolgreiche Reanimation. Plötzlich zuckte der Körper unter ihr krampfartig, und der Mann schnappte nach Luft.

Hinter sich hörte sie Gediman etwas rufen und unbeholfen die Treppe hinunterklettern. Er wankte herbei und sank neben ihr auf die Knie.

»Was ist passiert? Ist alles okay mit Ihnen?«

»Ja«, keuchte Paula. »Was ist mit Ihnen und Ruby?«

Gediman griff sich an den Hals. »Es geht wieder. Er hat mir die Luft abgedrückt. Ich weiß es nicht genau. Aber plötzlich wurde mir schwarz vor Augen.«

»Und Ruby?«

»Ein Köder. Sie schläft.«

Paula freute sich zu hören, dass auch dem Hund nichts Tödliches widerfahren war.

»Was ist das?« Gediman deutete auf die Maske.

»Die gehört unserem Freund hier.« Im Helmlicht wirkte die Maske wie ein Insektenkopf.

Paula schaute sich den Ghost nun genauer an, dem allmählich klar zu werden schien, dass er überwältigt und gefesselt worden war. Sein schmerzverzerrtes Gesicht. Die Stelle seines Brustkorbs, wo die Widerhaken der Nadelelektroden sich durch den Stoff gebohrt und die Haut verbrannt hatten. Das beim Entfernen der Widerhaken aufgerissene Hemd.

Und dann traf es sie wie ein Hieb in den Magen.

Sie schob den Stoff des Hemds beiseite und starrte auf die vernarbte Linienführung, als blickte sie in einen Spiegel voller übler Erinnerungen. Was zunächst aussah wie die verheilte Wunde nach einer Herzoperation, setzte sich am Oberkörper weiter fort. Über dem Brustbein und dem Brustkorb des Ghosts verlief ein sauber ausgeführter und wieder zusammengenähter Y-Schnitt.

Als der Ghost das Entsetzen in ihrem Gesicht sah, rang er sich trotz der Schmerzen in seiner Brust ein zähneknirschendes Lächeln ab und sagte mit rauer, krächzender Stimme: »Und jetzt fragen Sie sich, wie ich zu dieser netten kleinen Ziernarbe kam.«

36

Reeves hatte den Wagen oben auf dem Hügel geparkt und stapfte den spärlich beleuchteten Parkweg hinunter zu dem kleinen Wäldchen, wo Detective Sergeant Stephens, Turners Partner, ihn erwartete. Schon aus der Entfernung bemerkte Reeves, dass die Baumgruppe beleuchtet war wie ein Fußballstadion während eines Matches. Er war auf dem Weg zum Fabrikgelände gewesen, um Tennant und Bernstein mitzuteilen, was er über Chapman herausgefunden hatte, als Stephens' Anruf kam.

»Hallo Reeves, ich bin am Primrose Hill und hab hier was, das Sie sich anschauen sollten. Aber kommen Sie vom Hügel aus hierher, im Tal ist die Hölle los.«

Stephens hatte nicht übertrieben. Bergungsfahrzeuge, die Wagen mehrerer Fernsehsender, etliche Polizeiautos und neutrale Polizeilimousinen parkten entlang des Schotterwegs und auf dem feuchten Gras. Mindestens ein halbes Dutzend Constables bewachte den Bereich, auf den Reeves zusteuerte. Das Absperrband tanzte wie ein Kreisel im Wind. Reeves erinnerte sich an das Gespräch, das Tennant und er mit Stephens geführt hatten. Stephens hätte ihn niemals angerufen, wenn er nicht eine Verbindung zum Fall Ghost vermutete, denn Reeves und er waren nicht gerade die besten Kumpels. Weiter hinten zwischen den Bäumen waren weitere Scheinwerfer aufgestellt worden. Die Bäume und Büsche versperrten jedoch die Sicht auf das, was dort zugange war.

Reeves zeigte seinen Ausweis, bückte sich unter dem Absperrband durch und lief weiter auf das Wäldchen zu. Am Rande, zwischen einem Rettungsfahrzeug und einem Polizeiwagen, machte er eine Gruppe von Teenagern, drei Jungs und zwei Mädchen, aus. Einer der Jungs saß in eine wärmende Thermodecke gehüllt auf einem Hocker und starrte vor sich hin, während eines der Mädchen ihm eine Hand auf den Arm gelegt hatte und eine Polizeipsychologin, die Reeves vom Sehen her kannte, zu ihm sprach. Die anderen Jugendlichen hielten die Arme verschränkt vor der Brust, traten von einem Bein aufs andere, als könnten sie das ganze Szenario noch immer nicht fassen. Dann entdeckte Reeves den angeleinten Hund, der vermutlich zu den Teenagern gehörte. Die Jugendlichen hatten beim nächtlichen Gassigang durch den Park wohl eine Entdeckung gemacht, auf die sie liebend gerne verzichtet hätten.

Reeves musste unwillkürlich an Henri Chapman denken. Vielleicht hatte sich die Suche nach ihm gerade erledigt. Vielleicht aber – er merkte, wie sich sein Magen zusammenzog – hatten die Teenager auch ein Kind in den Büschen gefunden.

»Inspector Reeves?«, fragte ein Constable, der unmittelbar vor dem Wäldchen Posten bezogen hatte.

»Ja, der bin ich.«

»Warten Sie bitte einen Moment hier. Ich hole Detective Stephens.«

Reeves nickte. Er würde sich ohnehin noch um Schutzkleidung kümmern müssen, wollte er den eigentlichen Tatort betreten.

Eine Minute später tauchte Stephens in einem weißen Papieroverall und mit Mundschutz zwischen den Bäumen auf und bat einen der Constables, Reeves einen Überzieher samt Schuhen zu geben.

»Ist es so schlimm?«, fragte Reeves, nachdem er die Schutzkleidung übergestreift hatte.

Stephens schien sich an dessen Magenproblem zu erinnern, verkniff sich jedoch eine Bemerkung. »Keine Sorge. Es ist kein Kind. Es ist aber auch kein gewöhnlicher Mord. Kommen Sie schon, die Leute von der Spurensicherung werden ungeduldig.«

Hier und da steckten zwischen den Bäumen im Boden gelbe Fähnchen, die Stellen kennzeichneten, an denen etwas Verdächtiges gefunden worden war. Bändchen an den Ästen der Bäume markierten den Weg. Reeves folgte Stephens zur Quelle des Scheinwerferlichts, das den Tatort hell erleuchtete.

»Eigentlich hat der Hund des blonden Mädchens den Toten entdeckt. Das heißt ... ach, schauen Sie es sich selbst an.«

Sie steuerten auf einen Bereich zu, der an eine kleine Lichtung erinnerte, eigentlich aber kaum mehr als eine Mulde zwischen den Bäumen war. Aus der Vertiefung ragte diffus eine seltsam verzerrte Rundung in die Luft. Reeves hatte keine Ahnung, was er davon halten sollte. Doch als er an der Seite Stephens näher trat, erkannte er, dass dieses Etwas bis auf den Grund der Vertiefung reichte und aussah wie eine riesige, schmierige Blase.

»Was ist das?«

»Das werden Sie gleich sehen.« Stephens fragte einen der Techniker, ob es schon möglich war, den Fundort zu betreten, und nach ein paar Vorkehrungen war es dann so weit.

Reeves ging ein paar Schritte vor und stellte fest, dass es sich bei dem Objekt um eine riesige durchsichtige Kugel aus Kunststoff handelte. Er konnte sich nicht erinnern, je so etwas gesehen zu haben. Das Ding hatte gut zwei Meter Durchmesser und war im Innern total mit einer braun-grauen Substanz verdreckt. Sosehr Reeves sich auch bemühte, bis auf den Schmierschmutz konnte er in dem Hohlraum nichts ausmachen. Aber an der Seite schien eine Luke zu sein, die wie ein Ventil funktionierte.

»Hier drüben können Sie es etwas besser sehen.« Stephens winkte ihn zu sich.

Reeves zögerte. »Was ist das überhaupt für ein Ding, verdammt?«

»Ein Wasser-Laufball«, entgegnete der Techniker, der mit einem Behälter in der Hand beiseitegetreten war, um ihnen Platz zu machen. Er erklärte Reeves in wenigen Worten, was es mit diesen Bällen auf sich hatte. »Meine Kinder sind ganz verrückt danach.«

Aha, ein Kunststoffball, in dem man übers Wasser gleiten konnte. Reeves hatte noch nie davon gehört. Und er konnte sich beim besten Willen nicht vorstellen, was der Ghost oder Henri Chapman mit so einem Spielzeug zu tun haben sollten.

Als er auf Stephens' Seite angekommen war, beugte er sich auf dessen Geheiß hinunter, um besser in die Mulde beziehungsweise auf den Boden des Balls zu sehen. Tatsächlich war er nicht so leer, wie es zunächst den Anschein hatte. Stephens bat den Techniker um eine Taschenlampe und strahlte in den Hohlraum hinein. Und schließlich machte es in Reeves' Kopf klick, und sein Gehirn setzte die Details des schaurigen Anblicks in Sekundenschnelle zusammen. Die Augen, die Nase, der weit aufgerissene Mund und das rundherum blutverklebte, schleimige Haar. Ein menschlicher Schädel!

Angewidert fuhr er zurück.

»Hammer, oder?«, meinte Stephens, als hätten sie gerade die Überreste des Ungeheuers von Loch Ness an Land gezogen.

Nachdem Reeves den Kampf gegen seinen Magen gewonnen hatte, sagte er: »Hat vielleicht jemand gesehen, wie der Ball den Hang runtergestoßen wurde?«

Stephens blickte ihn verdutzt an, sog dann jedoch die Luft ein und schaute zur Höhe des Primrose Hill zurück. Deshalb hatte sich die Gehirnmasse bei der rasanten Abfahrt so gut im Ball verteilt.

ALPHA UND OMEGA

37

Vollkommen gelassen saß er da. Der Ghost. Das dunkle Haar hing ihm in feuchten Strähnen in die Stirn. Seine grau schimmernden Augen schauten auf die Verlängerung der Handschellen, mit der er an einen Ring in der Mitte des Doppeltisches gekettet war. Seine Hände hatten gerade so viel Spielraum, dass er Wasser aus einem Plastikbecher trinken konnte, den ein Constable vor ihn hingestellt hatte. An seinen Fußknöcheln befanden sich ebenfalls Fesseln. An Händen und Füßen gesichert hatten sie ihn nach einer kurzen ärztlichen Untersuchung in einem Polizeitransporter in einer Nacht- und Nebelaktion aus dem verlassenen Fabrikgelände nach Süd-London in einen speziellen Verhörbereich von Wandsworth gebracht, dem zweitgrößten Gefängnis Großbritanniens. Der riesenhafte Gebäudekomplex, dessen älteste Bauten aus der Mitte des neunzehnten Jahrhunderts stammten, erinnerte Paula auf eine beunruhigende Weise an den Tower.

»Er kann nicht entkommen«, hörte Paula Bernsteins ruhige Stimme neben sich. Sie standen in dem Beobachtungsraum, der an das Verhörzimmer angrenzte, in dem der Ghost auf den Tisch starrte und an seinem Wasserbecher nippte. »Ruhen Sie sich aus und setzen Sie das Verhör morgen fort.«

Paula schüttelte den Kopf. Sie durfte jetzt nicht nachgeben, auch wenn sie hundemüde war. Bis jetzt hatte der Ghost keine Schwäche gezeigt und sich überraschend schnell von dem Stromschlag erholt. Sie musste hierbleiben, und sie musste konzentriert sein, auch wenn ihre Gedanken immer wieder zu dem Fotoalbum mit den Kindern abschweiften. Sie drängte die grässlichen Bilder zurück und konzentrierte sich auf die Fakten. Auch auf den Umstand, dass der Ghost sie weiterhin zu manipulieren versuchte. Und deshalb gab es für sie nur eine Antwort.

»Nein. Morgen ist auch er ausgeruht. Ich knöpfe ihn mir jetzt vor.«

Paula hatte den Polizeitransporter hierher begleitet, weil sie keine Minute Zeit verlieren wollte. Darum hatte sie noch immer die schmutzige Jeans und die verschwitzte Bluse an, die sie in dem Fabrikkeller getragen hatte. Moder- und Blutgeruch haftete an den Stoffen und erfüllte den Beobachtungsraum. Bernstein schien das egal zu sein, doch Crowley hatte die Nase gerümpft, als er vor seinem Termin mit der Presse noch einen Blick der Genugtuung auf den Ghost geworfen hatte.

»*Das* ist der Kerl?«, hatte er auf seine unnachahmlich wichtigtuerische Art gefragt. »Dieser Typ hat all diese bestialischen Morde verübt und die Polizei halb Europas in die Irre geführt?«

Nicht halb Europas, sondern lediglich vier europäischer Länder. Aber der Superintendent wusste natürlich, wie er sich und die englische Polizei ins beste Licht rücken konnte.

»So sieht es aus«, hatte Paula schlicht geantwortet, wobei sie bemerkte, dass auch Reeves vom Anblick des Monsters enttäuscht gewesen war. Dabei war der Ghost alles andere als eine gewöhnliche Erscheinung. Groß, durchtrainiert, auf eine bizarre, finstere Weise in seiner Hässlichkeit attraktiv. Die grauen Augen schimmerten in seinem unsymmetrischen Gesicht kalt wie Glas und wirkten dabei auf eine teuflische Weise offen und aufrichtig.

Im Gegensatz zu Crowley hatte Reeves jedoch nichts gesagt, sondern den Mann nur beobachtet, bis sein Handy geklingelt und er einen Anruf von Detective Stephens wegen des Schädels vom Primrose Hill bekommen hatte und damit die unerquickliche Aufforderung, an der gerichtsmedizinischen Untersuchung teilzunehmen. Bullard freute sich bestimmt schon auf ihn. Der Primrose-Hill-Fund beschäftigte die Londoner Medien und damit ganz England und zog dadurch die Aufmerksamkeit von anderen Fällen ab. Paula war es nur recht, dass bisher kein Journalist etwas von dem Tatort in der Fabrik mitbekommen hatte, wo Padelsky mit ihren Technikern noch immer zugange war. Bisher war Chapmans Leiche nicht gefunden worden. Paula, Reeves und Bernstein hatten jedoch das Gefühl, dass es einen Zusammenhang zwischen der Fabrik und dem Primrose Hill gab.

Da Bernstein Paula nicht von ihrem Vorhaben abbringen konnte, das Verhör fortzusetzen, seufzte er. »Also gut. Aber ich bleibe hier, falls Sie Unterstützung brauchen.«

Seit der Festnahme des Ghosts war er nicht mehr von ihrer Seite gewichen, hatte Crowley und seine Leute in Schach gehalten und dafür gesorgt, dass Paula und Reeves ihre Jobs machen konnten. Paula war plötzlich so gerührt, dass sie ihn am liebsten umarmt hätte. Doch sie beherrschte sich. Ihre Emotionalität zeigte nur, wie sehr sie auf der Hut sein musste. Sie war nicht ganz sie selbst.

Der Ghost zeigte keinerlei Reaktion, als sie den Verhörraum betrat. Schon als sie ihm vor einer Stunde die Maske mit dem Stimm-Vocoder in einem Beweismittelbeutel präsentiert hatte, hatte er ebenso wenig mit der Wimper gezuckt wie beim Anblick der Fotos seiner Mordopfer.

Paula nahm ihm gegenüber Platz und legte dieses Mal Henri Chapmans Fotoalbum mit den Bildern der Mädchen auf den Tisch. Ihr war klar, dass der Ghost es für sie in dem

Käfig hinterlegt hatte. Um sie auf seine Seite zu ziehen. Und sie musste zugeben, dass sie – obwohl ihr sein Spiel bewusst war – nicht völlig immun gegen seine Strategie war. Irgendwann in der letzten Stunde hatte sie entschieden, dass die Kinder für sie Vorrang hatten. Deshalb stellte sie auch ihre brennende Frage bezüglich der Y-Narbe auf seinem Oberkörper zurück und legte stattdessen die beiden Fotos auf den Tisch, die der Ghost ihr im Fabrikkeller in einem braunen Umschlag zugeworfen hatte.

»Ich dachte schon, Sie hätten mich vergessen, Agent, und ich müsste den Abend alleine an diesem idyllischen Ort verbringen. Wo waren wir noch mal stehen geblieben? Ah ja, der kleine Patrick.«

Der Ghost hatte die Morde an den Pädophilen ohne Zögern gestanden, auch wenn er sich über seine Identität und den Verbleib von Henri Chapmans Leichnam weiterhin ausschwieg. Vielleicht zog er aus diesem Geständnis seine jetzige Kraft. Ebenso wollte er, wie er es ausdrückte, keinen von dem verlogenen Anwaltspack in seiner Nähe sehen. Er würde selbst für sich sprechen. Nun waren seine eisgrauen Augen auf das rechte der beiden Fotos gerichtet. Auf die Männer und Frauen, die vor dem Karussell standen und dem kleinen Patrick und den anderen Kindern bei ihrem Ringelreiten auf Modellfahrzeugen und -tieren zuschauten. Einer dieser Männer hatte es auf Patrick abgesehen.

Paula folgte dem Blick ihres Gegenübers, doch es war ihr unmöglich, an seinen Augen abzulesen, in welchem Teil des Fotos sich der Kindermörder befand. Natürlich hatte sie sich das Foto zuvor in einer Vergrößerung angesehen, und sie hatte auch einen Verdacht, doch glauben hieß nicht wissen, und Fotografien konnten einen leicht täuschen. Außerdem waren es fünf Männer und sieben Frauen auf dem Bild.

»Sie haben Grace vor einem schlimmen Schicksal bewahrt. Helfen Sie mir nun, auch Patrick zu retten«, beschwor sie ihn.

»Ich glaube, Agent, Sie haben den Deal, den ich Ihnen vorschlug, noch immer nicht richtig kapiert. Patrick hätte der Schlüssel für eine groß angelegte Säuberungsaktion sein können. Ihre Ungeduld und Ihr Misstrauen haben diese Möglichkeit nun zunichtegemacht.«

Schwachsinn! Du willst mich zappeln lassen und betteln sehen. Das ist alles.

Paula legte das kleine rote, in einem Beweismittelbeutel gesicherte Notizbuch auf den Tisch, das sie noch im Fabrikkeller in seinem Kapuzenmantel entdeckt hatte. Sie legte es exakt zwischen die Maske und Chapmans Fotoalbum. Das Buch enthielt Listen. Jedoch alle verschlüsselt. Paula vermutete Namen, Daten und Orte dahinter. Ein kurzes Aufblitzen in den eisgrauen Augen des Ghosts verriet ihr, dass ihm das Buch eine ganze Menge bedeutete. Vielleicht enthielt es Informationen für die erwähnte Säuberungsaktion. Paula streifte ein blaues Paar Latexhandschuhe über, zog das Büchlein aus dem Beutel heraus und schlug die erste Seite auf. Dort stand das Zeichen, das Ghost an all seinen der ISA bekannten Tatorten hinterlassen hatte.

Alpha und Omega.

»Ihre Signatur«, stellte Paula fest. »Was bedeutet sie?«

»Genau das, was Ihnen Ihre Experten sicher bereits verklickert haben.«

Paula ließ nicht locker. »Handelt es sich um das Symbol einer geheimen Gemeinschaft?«

Er lächelte und schwieg.

Sie fuhr fort. »Um das Zeichen eines Geheimforums im Darknet, das Ihnen Ihre Opferliste liefert?«

Er zuckte mit den Achseln. »Ich bin ein Einzelkämpfer.« Seine Stimme klang gedämpft, aber nicht mehr ganz so kaltschnäuzig und emotionslos wie bisher.

Es geht um Patrick, nicht um dich, du Dreckskerl!

Egal, sie musste das Gespräch am Laufen halten, einen Deal herausschlagen oder irgendwie an sein Gewissen appellieren, selbst wenn er gar keines hatte. Dann fiel ihr der SMS-Austausch mit ihm ein, die sehr persönliche Nachricht, die er ihr geschickt und die ihr offenbart hatte, dass er über ihre Vergangenheit ziemlich genau Bescheid wusste. Überhaupt hatten seine Worte den Eindruck vermittelt, dass ihm mehr an den Kindern lag, als er nun bereit war zuzugeben.

Wenn nur diese eiskalten Augen nicht wären.

»Was haben Sie gemeint, als Sie mir erklärten, Sie hätten alles gegeben, um mich damals zu retten?« Sie war sich ziemlich sicher, dass es dabei um ihre Kindheit und ihren Vater ging, doch sie wollte es genau wissen.

Für einen kurzen Moment weiteten sich seine Pupillen, und sie sah Überraschung in seinen eisgrauen Augen, so als fragte er sich, ob das ein Trick war. Dann dämmerte ihr, dass er deshalb überrascht war, weil diese SMS gar nicht von ihm stammte.

Er ist kein Einzelkämpfer!

Und dann wechselte sein Blick von überrascht zu wissend. Er schien zu erkennen, wie bedeutend diese Frage für sie persönlich war. Es kam ihr sogar so vor, als erforschte er ihre Erinnerung, als überbrückte er in diesem einen Moment die Jahrzehnte, die sie von ihrer brutalen Kindheit trennten, von ihrer verrückten, pseudoheiligen Mutter – und ihrem Vater, als er das erste Mal in der Nacht angetrunken ihr Zimmer betrat. Sie sah ihn noch ganz genau vor ihrem geistigen Auge, roch seinen nach Alkohol stinkenden Atem, als er sich über sie beugte, ihr den Mund zuhielt und sich dann zu ihr legte.

Sie spürte, wie die alte Angst in ihr aufstieg, wie sich der unglaubliche Schmerz in ihrem Unterleib trotz all der vergangenen Zeit in ihr Gehirn hineinkrallte. Und sie spürte, wie der alte vertraute Hass in ihr hochschoss und in dem kleinen Verhörzimmer auf ihr Gegenüber traf.

Der Ghost musterte sie, fixierte sie mit seinen Augen, als sähe er all das in ihr – und mehr! Aber da war kein Bedauern, keine Befangenheit, keine Sympathie oder Anteilnahme. Da war nur das emotionslose und doch genussfreudige Interesse des Voyeurs.

Nein, der Mann, der Paula gegenübersaß, war weder ein Rächer noch ein selbstloser Wohltäter. Er hatte gefoltert, weil es ihm Vergnügen bereitete. Er hatte gemordet, weil er den *Auftrag* und die Macht dazu hatte. Er sah in seinen Opfern nichts als Objekte, über die man nach Belieben verfügte. Für diesen Kerl war Europa ein großes, lukratives Jagdrevier. Dieser Mann da hatte nicht einmal den Hauch einer Vorstellung von Moral und Anstand. Er war ein kaltblütiger, kontrollierter Psychopath. Ein *Auftragskiller*. Und er hatte ihr die SMS ganz sicher nicht geschickt.

Aber für *wen* jagte dieser gewissenlose Befehlsempfänger? Wer suchte die Opfer für ihn aus?

Paulas Blick schweifte über den Tisch und verharrte einen Moment auf dem kleinen roten Büchlein, das da zwischen ihnen auf dem Tisch lag und ihm so viel bedeutete.

Sie blickte zum Einwegspiegel und betrachtete einen Moment sich selbst. Abgekämpft und blass saß sie dem Ghost gegenüber. Und zwischen ihnen lagen die Fotografien und das blutrote Buch.

Das Buch! Es musste sein Auftragsbuch sein! Und alles, was sie brauchte, war der Schlüssel!

Sie blickte wieder auf das Buch.

Alpha und Omega.

Der Ghost hinterließ seine Signatur in Blut. Er malte das Alpha in das Omega hinein. Das Omega umschloss das Alpha. Das Ende des Anfangs? Das Ende allen Anfangs?

Anfang und Ende. Der Kreis, der sich schließt.

Plötzlich spürte Paula, wie die Puzzleteile in ihrem Kopf ihren Platz fanden. Ein seltsames Gefühl von Déjà-vu überkam sie, und sie erinnerte sich an die *Mirror*-Morde, bei denen ebenfalls ein Serienkiller andere Serienmörder auf brutale Weise kaltgestellt hatte. Dafür war er quer durch den Norden der USA gereist, von Bundesstaat zu Bundesstaat, und hatte die Polizei und das FBI durch ein geschickt inszeniertes Geo-Profiling auf die falsche Spur gelenkt. Und dann – unmittelbar nachdem er fast geschnappt worden war – war er auf Nimmerwiedersehen untergetaucht. Bevor sie es noch hätte unterdrücken können, schweifte ihr Blick zu Bernstein hinter dem Einwegspiegel, als müsse auch er die Verbindung in diesem Moment erkennen. Wieso hatten sie bisher nie die Ähnlichkeit der beiden Fälle bemerkt?

Mach dich nicht lächerlich. Du bist hier in Europa, nicht in den USA. Außerdem liegt über ein Jahrzehnt dazwischen.

Soweit es ihm die Ketten gestatteten, lehnte der Ghost sich nachdenklich auf seinem Stuhl zurück und nahm erneut einen Schluck Wasser aus dem Becher, der eigentlich längst hätte leer sein sollen. Das Klirren der Ketten empfand Paula als zunehmend nervtötend. Hoffentlich würden sie schon bald seine Identität geklärt haben. Seine Fingerabdrücke und seine DNA wurden bereits analysiert.

»Für *wen* arbeiten Sie?«, fragte sie.

Er sah auf und musterte sie aus diesen klugen, gefühlsleeren Augen. Nein, in diesem Blick lag nichts Menschliches. Das war der Blick eines Hais. Er setzte den Becher so behutsam ab, als handelte es sich um eine kostbare Porzellantasse. Dann sagte er: »Erinnern Sie sich, wessen Klinge Sie für den Rest Ihres Lebens gezeichnet hat?«

»Wie bitte?«

»Ihre Narbe.« Mit klirrender Kette deutete er auf ihren Brustbereich. »*Wer* hat Sie damit gezeichnet? Sagen Sie es mir, und ich zeige Ihnen auf dem Foto die Person, die es auf den kleinen Patrick abgesehen hat.«

38

Robert Bernstein stand hinter dem Einwegspiegel und beobachtete, wie seine Agentin sich in der Konfrontation mit dem Festgenommenen, den sie für den Ghost hielt, bewährte. Er betrachtete ihre diesbezügliche Erfahrung als einen weiteren Teil ihrer Prüfung. Doch ganz gleich, wie diese Konfrontation auch ausgehen mochte, er war sich sicher, dass Paula am Ende einen Gewinn daraus ziehen würde. So verletzt wie ihre Seele seit ihrer Kindheit war, so sehr war sie gerade deshalb zu einer erbitterten Überlebenskämpferin geworden. Das zeigte sich bereits in ihren regen, wachsamen Augen, selbst wenn sie vorgab, nicht bei der Sache zu sein, in ihrem unkonventionellen Auftreten, in der düsteren Jeans-und-Leder-Kluft – kein anderer ISA-Agent lief so herum, dennoch ignorierte sie die allgemeine Kleiderordnung – und dem sorgfältig ausgewählten Mix aus religiösen und wissenschaftlichen Tattoos auf ihrem athletischen Körper. Auch ihre Haarfrisur war ein Kapitel für sich. Der schräge Pagenschnitt verlieh ihrem Äußeren in Verbindung mit dem sparsamen Make-up und den glasklaren Augen sowohl etwas Kultiviertes als auch etwas Frevelhaftes. Als legte man zwei Folienschablonen übereinander, erblickte Bernstein je nach Lichteinfall und Perspektive manchmal das Licht ihrer

Seele, manchmal die Finsternis. Letzteres faszinierte ihn an ihr am meisten.

Bernstein sah zu, wie der Mann Paula taxierte, wie er mit ihr zu spielen versuchte, wie er sich Paula in seinem Bett – natürlich angekettet – vorstellte und wie er seine krankhafte Abartigkeit gleichzeitig so gut es ging verbarg, um sich ihre Gunst nicht zu verscherzen, schließlich trug sie das gleiche Zeichen auf dem Oberkörper wie er – und sie verstand ihn.

Der Ghost hasste im Grunde jeden. Auf seine spezielle Art hatte er schon immer jeden gehasst. Doch seit dem Tag, als er langsam – und ohne jegliche Betäubung – aufgeschnitten worden war, hasste er auf eine andere Art. Weit intensiver und vollkommen rücksichtslos. Man hatte ihm schwerste Gewalt angetan. Ihn erniedrigt, wie man einen starken Menschen wie ihn nur erniedrigen konnte. Er, der Jäger, war selbst zum Opfer geworden. Und nun sann er selbst in Gefangenschaft noch auf Rache.

Er hatte keine Ahnung, wie nahe er erneut dem Tode war.

Paula schien sich von seiner finsteren Ausstrahlung nicht beirren zu lassen. Gut so. Das kränkte ihn auf einer zusätzlichen Ebene und heizte seinen Hass an. Hass auf einem Level, den sich ein Normalsterblicher nicht vorzustellen vermochte.

Bernstein beobachtete, wie Paula die beiden Fotografien zur Hand nahm. Nacheinander, als wären es Karten. Patrick und das Karussell. Das Karussell und die umstehenden Leute, von denen einer es auf den Jungen abgesehen hatte. Bernstein hatte das Foto studiert und rasch erkannt, wer der potenzielle Täter war. Er kannte den Mann von einem der Treffen mit Superintendent Crowley.

Und er hatte es Paula verschwiegen.

Seine Aufmerksamkeit kehrte zu Paula zurück, die dem Gefangenen die Fotos hinhielt und versuchte, durch den Blick des Mannes auf das zweite Foto auf den Kindermörder zu schließen. Doch er war gut. Seine Augen verrieten nichts, blickten mal hierhin, mal dorthin, als wären die Personen auf dem Foto für ihn alle gleicherweise egal. Fast empfand Bernstein Mitleid mit Paula. Doch wie Dr. Cochran ihm während seiner persönlichen Therapiesitzungen bereits klargemacht hatte, würde Bernstein trotz des Biochips in seinem Kopf niemals ein natürliches Mitgefühl empfinden. Im Falle Paulas bedauerte Bernstein diesen Fakt, denn er glaubte, sich aufrichtig zu ihr hingezogen zu fühlen. Auf der anderen Seite bewahrte diese Biochip-Realität seine kühle ermittlerische Intelligenz und sein Gespür für das Böse und Hintertriebene. Und das war letztendlich das, worauf es der ISA ankam. Der Chip hielt seine dunkle Seite im Zaum und lenkte die Fähigkeiten seiner Persönlichkeit in konstruktive Bahnen. So funktionierte der Chip in seinem Gehirn.

Auch Paula war auf eine eigentümliche Art fasziniert von Gewalt. Gewalt zog sie magnetisch an, stieß sie aber ebenso ab. Und so erschien es Bernstein manchmal, als würde sie zwischen diesen beiden Polen in einem permanenten Schwebezustand gehalten. Jedenfalls meistens. Es gab Ausnahmen, wie der ein oder andere ihrer Fälle bewies. Dann brach es aus ihr heraus, und das Ziel ihres Angriffs endete im Krankenhaus. Dennoch war Gewalt immer das letzte Mittel ihrer Wahl, auch wenn sie diese nie wirklich als Anomalität betrachtet hatte. Dafür hatte Gewalt schon viel zu früh in ihrem Leben eine alltägliche Rolle gespielt. Ja, Bernstein wusste mehr über Paulas Vergangenheit, als sie ahnte. Er hatte sich genauestens über sie erkundigt, als er mit dem Gedanken gespielt hatte, sie für die ISA zu rekrutieren. Genau genommen hatte er sich persönlich absichern müssen. Seine Nachforschungen waren weit über ihre College- und Polizeiakademie-Zertifikate, ihr Scheitern beim FBI und diverse psychologische Gutachten hinausgegangen. Er war in ihre wirkliche Vergangenheit eingetaucht. Es gab immer betagte

Nachbarn, ehemalige Klassenkameraden oder Arbeitskollegen, die sich erinnerten und für ein paar freundliche Worte oder ein paar Banknoten bereit waren, von der guten alten Zeit zu erzählen. Und Bernstein wusste die Spreu vom Weizen zu trennen. Schon in der Kindheit hatte Paula sich nur wenig Freunde, aber etliche Feinde gemacht. Sie hatte ein fast schon krankhaftes Faible für Gerechtigkeit.

Ebenso für Rache. Und sie verabscheute – ebenso wie Bernstein – die Vergebung, die in ihren Augen niemals den Schmerz, die Wut, den Hass und den Durst nach Rache heilte. Trotzdem nutzte Paula niemals ein Machtangebot bloß zu ihrem eigenen Vorteil aus. Wenn sie kämpfte, dann in der Regel für andere. Für Mensch und Tier. Und das war etwas, das Bernstein an ihr auf seine kühle, sachliche Weise schätzte, auch wenn es bedeuten mochte, dass es für ihn selbst eines Tages in die Katastrophe führen würde.

Bernstein stellte anerkennend fest, wie sie dem Blick des Mannes standhielt, keinen Millimeter nachgab. Ja, diese Frau war etwas Besonderes, ein besonderer Mensch. Des Öfteren ertappte er sich dabei, wie er sich maßregelte, wie er sich zwang, sie nicht zu oft anzuschauen, wenn sie in seiner Nähe war. Gut, dass sie sein Interesse nicht durch den Einwegspiegel bemerken konnte. Bernstein nahm ein seltsames Kribbeln im Magen wahr. Er empfand weder Angst vor Schmerz noch Angst vor dem Tod. Aber er hatte höllischen Respekt vor allzu großer Nähe.

Er fragte sich, ob Paula sich vor der Liebe fürchtete. Auf der Terrasse des One New Change hatte sie ihre übliche Distanziertheit ihm gegenüber aufgegeben. Sie waren sich sehr nahegekommen. Er hatte die Verbindung, das gegenseitige Vertrauen gespürt. Ein Vertrauen, das über bloße Freundschaft hinausging.

Bernstein nahm wahr, wie Paulas Blick wiederholt an dem kleinen, roten Büchlein hängen blieb, wie sie offenbar über das

Alpha und Omega nachdachte und zu einem Schluss kam, der sie irgendeine Verbindung herstellen ließ. Ob sie dahintergekommen war?

Doch dann stellte der Mann eine unerwartete Frage, die so nicht in Bernsteins imaginärem Drehbuch stand und alles auf den Kopf stellte.

»Erinnern Sie sich, wessen Klinge Sie für den Rest Ihres Lebens gezeichnet hat?«

»Wie bitte?«

»Ihre Narbe.« Er deutete auf Paulas Brustbereich. »*Wer* hat Sie damit gezeichnet? Sagen Sie es mir, und ich zeige Ihnen auf dem Foto die Person, die es auf den kleinen Patrick abgesehen hat.«

Paula starrte den Mann an, und Bernstein starrte Paula an. Sie zuckte mit keiner Wimper, aber er wusste, diese Frage würde all ihre Wunden wieder aufreißen.

39

Es klang idiotisch, aber Paula hatte das Gefühl, mit dem Teufel an einem Pokertisch zu sitzen und als Höchsteinsatz um das Leben des kleinen Jungen zu spielen. Und das mit einem verdammt miesen Blatt in der Hand.

Der Ghost fuhr fort: »Es sieht so aus, als hätten wir beide dieselbe Initiation erfahren, denken Sie nicht?«

Paula unterdrückte einmal mehr das Bedürfnis, auf den Einwegspiegel zu schauen. Die Narbe auf ihrer Brust fing an zu brennen. Die Wendung, die das Verhör nahm, berührte sie äußerst unangenehm, ließ Bilder und Emotionen in ihr aufsteigen, die sie nun wahrlich nicht gebrauchen konnte. Nichtsdestoweniger witterte sie eine Chance, also hielt sie das Gespräch in Gang.

»Wie eine Initiation hat es sich für mich nicht angefühlt«, erwiderte sie.

»Wirklich nicht? Dann haben Sie nicht das Leben im Sterben gespürt? Dann hat Ihr Herz nicht bei geöffnetem Brustkorb getobt wie ein tollwütiger Hammer?« Der Ghost hielt kurz inne und musterte sie, als suchte er nach einer Lücke in ihrer Deckung. Dann ergänzte er: »Er hätte Ihnen das Herz herausschneiden können. Aber das tat er nicht. Nicht bei Ihnen und nicht bei mir. Warum, denken Sie, hat er unsere Herzen leben lassen?«

»Ich habe keine Ahnung«, antwortete sie mit einem dumpfen Gefühl im Magen. Und doch war da etwas hinter dem Schleier der Erinnerung, das die Antwort kannte.

Er beugte sich vor, und seine Miene wurde todernst. Ihre Antwort, auch wenn sie noch so aufrichtig klang, gefiel ihm nicht. »Ist es das, was Sie wollen, Agent? Mit Patricks Leben spielen?«

Natürlich wollte sie das nicht. Aber was sollte sie diesem perversen Geistesgestörten sagen? Dass der Kerl, der ihr das angetan hatte, inzwischen längst ein Haufen Asche war? Dass sein Ripper nicht ihr Ripper war? Was sie wieder an die Signatur, das Alpha im Omega, erinnerte. Der Ghost hinterließ dieses Zeichen nicht, weil er es selbst ins Spiel gebracht hatte. Dahinter steckte mehr. Viel mehr.

Tief atmete sie durch, dabei schien längst nicht mehr ausreichend Sauerstoff im Raum zu sein. Dieser Mann schien jedes Molekül für sich zu verbrauchen. Doch wenigstens bildeten sich keine Schweißperlen auf Paulas Stirn, die ihm sicher Schwäche signalisiert hätten. »Wenn Sie sich schon nicht an Ihren Peiniger erinnern können, wie kommen Sie darauf, dass ich es kann?«

Er zuckte mit den Achseln, eine unappetitliche Neugierde im Blick. »Wie sind Sie zu Ihrer Narbe gekommen, Agent?«

Ohne ins Detail zu gehen, erklärte sie: »Ich arbeitete an einem Fall und war so leichtsinnig, mich alleine in die Höhle des Löwen zu begeben. Wie war es bei Ihnen?«

»Ich wurde von einem Auftraggeber nach New York beordert und begegnete dort einem Mann mit Maske.« Er deutete auf seinen Brustkorb. »Den Rest der Geschichte können Sie sich ja lebhaft vorstellen.«

Oh ja, das konnte sie. Aber das war jetzt nicht der Punkt.

»New York?«

Er grinste. »Viele US-Unternehmer pflegen Kontakte nach Europa.«

»Wann war das?«

»Vor eineinhalb Jahren.«

Dann konnte es theoretisch ihr eigener Ripper gewesen sein. Sie weigerte sich, an seinen Namen zu denken.

Doch das passte nicht zu seinem Modus Operandi. Ihr eigener Ripper hatte es auf Frauen abgesehen und sie geschwängert, bevor er sie umbrachte. Andere Serienmörder zu jagen, war nicht sein Stil gewesen.

Lass dich nicht ablenken und dir die Kontrolle entreißen!

Eineinhalb Jahre. Bedeutete das, dass der Ghost schon seit eineinhalb Jahren in Europa mordete? Für einen Sekundenbruchteil stellte sie sich all die Tatorte vor, die nicht auf ihrer Karte hatten markiert werden können. »Hat es mit diesem Alpha und Omega zu tun?« Sie deutete auf das Buch.

Zu ihrer Überraschung nickte er. »Es gibt nicht nur Sie und mich. Es gibt noch andere wie uns. Andere, die für *ihn* arbeiten.«

»Ich arbeite nicht für ihn«, gab Paula zurück. Da war sie sich ganz sicher. Der Mann, der ihr die Narbe verpasst hatte, war seit über einem halben Jahr tot.

Kurz flackerte Erstaunen in seinen eisgrauen Augen auf. Dann schien er über ihre Worte nachzudenken. Und schließlich setzte er wieder diese stoische, arrogante Miene auf, mit der er vorgab, mehr wahrzunehmen, als den meisten Menschen je in ihrem Leben bewusst wurde. »Sie täuschen sich.«

Sie sollte sich täuschen? Was war das wieder für ein Blödsinn!

Ihr Ripper war tot. Ein für alle Mal! Sie hatte seine verkohlten Überreste nach ihrer Entlassung aus der Klinik in der Leichenhalle gesehen. Bernstein hatte sie begleitet und ihr in vorsichtigen Dosen berichtet, was an jenem Abend geschehen war, nachdem sie das Bewusstsein verloren hatte. Der Mann, der mit dem Skalpell in ihre Haut geschnitten hatte, war toter als tot. Und das war ein verdammt gutes Gefühl!

Aber sie durfte nun die Nerven nicht verlieren, also fragte sie ruhig: »Diese anderen, von denen Sie sprachen. Wer sind die?«

»Menschen mit bestimmten Fähigkeiten. Sie würden wahrscheinlich sagen, Menschen mit mörderischen Gehirnen, Menschen, in denen das Böse obsiegt.« Er grinste. »Menschen wie Sie, Turner und ich.«

Turner? Turner war sicher kein Mörder. Paula fiel jedoch die Sache mit dem vermeintlichen Hexenschuss ein. Oder war die Erwähnung Turners ein weiteres Ablenkungsmanöver?

Der Ghost fuhr fort: »Sie, Agent, sind irgendwie anders als die anderen. Zumindest sind Sie das für *ihn*. Als er sagte, er hätte alles getan, um Sie damals zu retten, hat er ganz sicher die Wahrheit gesprochen. Auf die ein oder andere Weise wird er mit Ihnen in Kontakt bleiben.«

Paula konnte nicht anders, als den Ghost anzustarren, und für einen Moment, für zwei, drei lange Sekunden hielt sie es tatsächlich für möglich, dass ihr Ripper noch lebte. Doch dieser Fluch hielt nicht lange an. Ihre Vernunft gewann wieder die Oberhand. Sollte der Ghost ruhig denken, was er wollte. Auch darin lag für sie eine Chance.

»Wenn das so ist, biete ich Ihnen einen Handel an«, erklärte sie schließlich.

Der Ghost musterte sie abwartend.

»Sie geben mir den Namen des Mannes, der es auf Patrick abgesehen hat, und ich finde heraus, wer Ihnen diese Narbe verpasst hat und Sie seit eineinhalb Jahren erpresst.«

Wieder dieses abstoßende Grinsen. »Sie meinen es ernst.«

Sie nickte, wich seinem sondierenden Blick nicht aus, und er begriff, dass sie es todernst meinte.

Paula reichte ihm einen Filzstift und riss ein Blatt Papier aus ihrem eigenen Notizbuch heraus. Er notierte Name und Adresse und schob das Papier zur Tischmitte.

Sie las den Namen und die Anschrift in Kensington. »Der alte Lord Filton? Der Mann, der Ihre Quelle war?« *Und noch immer lebt,* ging es ihr durch den Sinn. Kein Psychopath konnte aus seiner Haut. Sicher auch der Ghost nicht. Es musste einen ganz besonderen Grund geben, warum er diesen Dreckskerl nicht auch ermordet hatte. Doch darum würde sie sich später kümmern. Jetzt ging es erst einmal um Patrick.

»Sein Sohn. Oliver.« Der Ghost grinste breit, als er die Verblüffung in ihrem Gesicht sah. »Manchmal fällt der Apfel nicht weit vom Stamm. Hat wohl die Sammlung seines alten Herrn gefunden. Das Interessante an seinem Haus finden Sie im Keller. Dort bewahrt er in einem alten Sekretär seine kleine Trophäensammlung auf. Patrick soll sein elftes Opfer werden.«

Augenblicklich schnappte Paula sich die Beweismittelbeutel und ihre Unterlagen. Sie erhob sich, um den Verhörraum zu verlassen.

»Vergessen Sie unseren Deal nicht«, erinnerte sie der Ghost noch einmal.

»Sie haben mein Wort – sofern Ihre Information stimmt.«

Als Paula in den Gang hinaustrat, erwartete Bernstein sie dort bereits und verstellte ihr den Weg. »Nicht so schnell, Agent. Wir brauchen einen Durchsuchungsbefehl oder unsere Durchsuchung ist rechtswidrig und das gefundene Beweismaterial unzulässig. Das wissen Sie.«

»Es ist Gefahr im Verzug, Boss.«

»Ist es nicht. Heute Nacht ist Patrick sicher. Wäre er oder sonst ein Kind heute entführt worden, wüssten wir davon. Heute wird nichts mehr geschehen. Und bis morgen früh haben wir den Durchsuchungsbefehl.«

Paula konnte nicht anders, als Bernstein trotzig und wütend anzustarren, als würde sie ihn am liebsten zur Seite fegen, um nach Kensington zu fahren und diesen Filton jr. durch sein herrschaftliches Haus zu prügeln. Doch Bernstein ließ sich von ihrer adrenalingepeitschten Feindseligkeit nicht beeindrucken. Er wich keinen Schritt zurück, sondern berührte sie am Arm, als befürchtete er, dass sie doch noch an ihm vorbeistürmen würde. Gleichzeitig vermittelte er ihr damit aber auch seine Sorge um sie. Und so verebbte die eiskalte Wut, die sie gerade noch empfunden und auf ihn konzentriert hatte, wie eine tosende Welle am Meeresufer.

Bernstein nahm ihr die Beweismittelbeutel ab und gab sie einem Beamten, damit der sie wieder zur Kriminaltechnik zurückbrachte. Als der Polizist sich entfernt hatte, wandte Bernstein sich ihr erneut zu. »Sie versprechen mir, nichts zu unternehmen, ehe wir den Durchsuchungsbefehl haben?«

Sie begegnete seinem nachdrücklichen, aber auch freundschaftlichen Blick. Dann nickte sie und gab ihm ihr Wort. Plötzlich fühlte sie sich so ausgelaugt, als hätte sie untrainiert einen Marathonlauf hinter sich gebracht. Ihr wurde bewusst, wie recht Bernstein mit seinem Standpunkt hatte. Ohne gesetzliche Handhabe würden sie Oliver Filton nur in die Hände spielen. Was sie brauchten, war ein Überraschungseffekt mit Durchsuchungsbefehl. Dagegen würde selbst der juristisch und polizeilich gut vernetzte Sohn eines Lords nicht viel unternehmen können.

»Gut«, sagte Bernstein. »Das war ausgezeichnete Arbeit, Paula. Ich leite schnell alles Notwendige für die Durchsuchung morgen in die Wege, und dann fahre ich Sie zu Ihrem Apartment, und Sie gönnen sich ein paar Stunden Schlaf. Alles klar?«

Ein Widerspruch lag ihr auf der Zunge, doch sie schluckte ihn herunter, als sie seine hochgezogene Augenbraue sah. »Ich rühre mich nicht von der Stelle, Boss.« Am liebsten hätte sie sich jetzt an ihn gelehnt und wäre dann im Stehen eingeschlafen.

Während Bernstein ein paar Meter beiseitetrat, um seine Telefonate zu erledigen, wurde sie durch ihren eigenen Geruch daran erinnert, dass sie noch immer die verschwitzten, nach der Fabrik stinkenden Klamotten trug. Sie sehnte sich nach einer heißen Dusche, frischer Kleidung und einem warmen Bett. Ja, ein paar Stunden Schlaf waren genau das, was sie jetzt brauchte. Als Bernstein seine Telefonate beendet hatte, begleitete sie ihn zu seiner dunklen Limousine, einem Wagen mit verspiegelten Scheiben und diversen technischen Spielereien, der zum Fuhrpark der Londoner ISA gehörte, jedoch über ein ganz normales Kennzeichen verfügte.

Gegen zwei Uhr in der Nacht hielt Bernstein schließlich vor Paulas Apartmenthaus in Clapham South an, was sie jedoch erst mitbekam, nachdem Bernstein sie geweckt hatte. Sie musste unmittelbar nach dem Einsteigen auf dem Beifahrersitz eingeschlafen sein.

»Wie fühlen Sie sich?«, fragte er.

»Ähnlich fertig wie nach dem Fall in Rom«, antwortete sie geradeheraus. Und wenn es etwas gab, das sie in dieser Nacht garantiert nicht wollte, dann war es, alleine zu sein. Also schob sie alle ihre Bedenken beiseite und bat Bernstein im nächsten Atemzug, sie in ihr Apartment zu begleiten.

»Das halte ich für keine gute Idee.«

»Okay, dann schlafe ich einfach hier.«

Bernstein lachte und willigte schließlich ein.

»Ich werde bleiben, bis Sie eingeschlafen sind, und dann wieder verschwinden. Okay?«

Sie nickte erleichtert. Das war besser als nichts. Alleine aufzuwachen, erschien ihr im Moment erträglicher, als alleine einzuschlafen.

Im Apartment ließ Bernstein sich die Küche zeigen, und während Paula duschte und in frische Wäsche und ein langes schwarz-rot kariertes Hemd schlüpfte, machte er ihnen beiden einen heißen Tee.

Sie nahmen im Wohnzimmer Platz. Sie setzte sich mit einer Wolldecke auf die große Couch, und er ließ sich auf dem Sessel ihr gegenüber nieder. Vorsichtig schlürften sie die heiße, beruhigende Flüssigkeit und genossen die Ruhe nach diesem nervenaufreibenden Tag, und zum ersten Mal in ihrem Leben hörte Paula nicht die mahnende, innere Stimme in ihrem Herzen, die ihr ständig erklärte, dass es die wahre Liebe nicht gab und Liebe immer mit Schmerz verbunden war. Es war das erste Mal, dass sie sich in der Gegenwart eines Mannes, den sie respektierte und mehr als nur mochte, nicht in die Enge gedrängt fühlte. Selbst ihre schmerzhaften Kindheitserinnerungen konnten ihr diesen Moment nicht ruinieren. Die alten Bindungsängste schienen bedeutungslos. Vielleicht hatte Dr. Cochran ja doch mit dem einen oder anderen recht, und sie gewann die Kontrolle über ihre Gefühle zurück.

Bernstein und sie saßen einfach nur entspannt da und genossen den Tee. Und zwischen ihnen war diese tiefe, wohltuende Verbindung.

Dann konnte Paula jedoch nicht anders, als noch einmal über den Fall zu sprechen, denn sie wollte Bernstein wenigstens noch von den Parallelen berichten, die ihr zwischen den *Mirror-* und den Ghost-Morden aufgefallen waren. Davon, dass beide Täter ausschließlich Serienmörder gejagt und sich niemals an unschuldigen Menschen vergriffen hatten. Der eine war durch die Bundesstaaten der USA gereist, der andere durch die Länder Europas. Beide hatten die Ermittlerteams mittels inszeniertem Geo-Profiling herausgefordert. Außerdem kannten sich beide mit Polizeiarbeit aus.

Bernstein hörte ihr ruhig und aufmerksam zu.

»Ich glaube, dass der *Mirror*-Mörder wieder aktiv geworden ist, und zwar hier in Europa. Und ich glaube, dass er über ein Netzwerk von Auftragskillern verfügt, die für ihn arbeiten.«

Als sie das sagte, flackerte in Bernsteins kühlen Augen ein kurzes, intensives Leuchten auf.

»Alpha und Omega ist der Name einer mörderischen Organisation, an deren Spitze der *Mirror*-Mörder steht«, endete sie schließlich. »Und diese Organisation agiert nicht nur hier in Europa, sondern auch in den USA, vielleicht sogar global. Falls der *Mirror*-Mörder überhaupt je untergetaucht ist, dann nur, um Alpha und Omega aufzubauen. Ein dunkles Spiegelbild zur ISA.«

Jetzt, da sie ihre Gedanken laut ausgesprochen hatte, klang ihre Erkenntnis selbst in ihren Ohren ebenso plausibel wie verrückt.

»Aber sind Serienmörder nicht Einzelgänger?«, gab Bernstein zu bedenken.

»Dieser nicht. Der *Mirror*-Mörder hat sich irgendwie weiterentwickelt. Er denkt und fühlt über das einzelne mörderische Vergnügen hinaus. Er kann sich beherrschen. Zumindest bis zu einem gewissen Grad. Nur manchmal geht der alte Zwang mit ihm durch. In gewisser Weise sammelt er noch immer … Trophäen.« Sie deutete auf die Narbe unter dem karierten Hemd, und es war das erste Mal, dass diese nicht gleich schmerzhaft zu brennen anfing. Und dann ergänzte sie: »Oh, mit den Trophäen meine ich nicht meine eigene Narbe. Dieser Serienkiller ist ein für alle Mal tot. Ich denke aber an die Narbe des Ghosts und die Narben der anderen, von denen er gesprochen hat. Wer immer hinter diesen Killern steht und sie lenkt, war oder ist selbst ein Killer, führt aber nach außen hin ein rechtschaffenes, makelloses Leben. Er ist ein Meister der Täuschung.«

»Wenn er kein *normaler* Serienkiller ist …«, sinnierte Bernstein. »Was denken Sie, treibt ihn an?«

»Vor allem Rache. Ja, er rächt sich für etwas, das ihm selbst oder jemandem in seinem Umfeld widerfahren ist. In gewisser Weise macht er aus seiner mörderischen Not, aus seinem Trieb, eine Tugend. Er hält nicht viel vom Mythos der Vergebung.«

»Aber ist Vergebung nicht heilsam und schafft auch Frieden?«

»Frieden für wen? Für den Täter eher nicht. Die meisten sind uneinsichtig und unheilbar, zeigen keinerlei Reue. Letztendlich müsste das Opfer im Fall der Vergebung alle Schuld auf sich nehmen – und schweigen! Womit wieder jene Machtverhältnisse heraufbeschworen werden, die während der Tat selbst herrschten. Die Vergebung als Heilmittel ist nichts als ein fauler Kompromiss, ein Scheißdreck, denn sie nützt am Ende nur dem Täter, finden Sie nicht?« Sie hielt kurz inne, als würde ihr plötzlich bewusst, dass sie aufgrund ihrer Übermüdung zu viel preisgegeben hatte. Doch dann fügte sie abschließend hinzu: »In den Augen unseres Mörders ist Verzeihen jedenfalls keine Tugend, sondern ein Mangel an Courage oder die Unfähigkeit der Gesellschaft, sich den Tätern zu stellen. Deshalb nimmt er das Recht auf Vergeltung stellvertretend für die Kinder in die Hand.«

»Wir sprechen von vierzehn Toten«, erinnerte Bernstein sie nachdenklich.

Ihr fiel auf, dass ihre ungehemmte Äußerung ihn weder schockierte noch abstieß. Nach wie vor schien er mehr als nur Freundschaft für sie zu empfinden.

Paula nickte. »Und ich frage mich, was es mit diesem Lord auf sich hat. Wieso hat dieser Edward Filton den Rachefeldzug des Ghosts überlebt?«

»Er war eine Quelle«, erinnerte Bernstein. »Vielleicht hat er sogar seinen Sohn verraten. Oder der Ghost erhielt die Anweisung, den Lord leben zu lassen. Dieser Ghost ist ein kontrollierter Psychopath.«

Paula nickte, aber diese Erklärung reichte ihr nicht. Und Bernstein musste das ahnen, denn sein nachdenklicher Blick ruhte noch ein paar Sekunden länger auf ihr.

Dann bemerkte sie die Rückkehr der bleiernen Müdigkeit. Dabei wollte sie gar nicht wegdämmern, nicht jetzt. Sie wollte den Gedanken an den Fall beiseiteschieben und die Zweisamkeit genießen, doch ihre Augenlider wurden immer schwerer. Bernstein nahm ihr die Tasse ab und stellte sie auf den Tisch. Dann deckte er sie zu, streichelte ihr übers Haar und küsste sie sanft auf die Lippen und auf die Narbe unter ihrem Hals. Paula spürte eine tiefe, bezwungene Leidenschaft, und ganz tief in ihrer Seele war sie hin- und hergerissen zwischen Liebe und Angst.

Sie hörte noch, wie er die Tassen zur Küche trug. Und sie bekam mit, wie er ein letztes Mal nach ihr sah.

Dann fiel die Wohnungstür leise ins Schloss – und sie schlief tief und fest ein.

40

Am nächsten Morgen wurde Paula durch das Klingeln ihres Handys aus dem Schlaf gerissen. Sie fühlte sich zwar körperlich immer noch wie gerädert, aber auf eine gewisse Weise auch seelisch erfrischt und voller Tatendrang. Während sie sich aus der Wolldecke schälte, um zu ihrem Handy in der Diele zu gehen, dämmerte die Erinnerung an die letzte Nacht in ihr auf. Das Verhör des Ghosts, Bernstein, der sie nach Hause gefahren hatte, das Gespräch über Ghost, seinen potenziellen Hintermann und die mögliche Bedeutung von Alpha und Omega. Und all das wurde überlagert von einer anderen, tiefer gehenden emotionalen Erinnerung.

Hatte Bernstein sie in der vergangenen Nacht tatsächlich geküsst? Ihr war, als spürte sie noch jetzt die sanfte Berührung seiner Lippen auf der Haut – zweimal! Unwillkürlich glitten ihre Finger zu ihrem Mund und dann zu dem Narbengewebe über dem Brustbein, und ihr wurde mit einem Male klar, dass sie nur ihre unsägliche Erschöpfung daran gehindert hatte, Bernsteins Küsse zu erwidern und ihn zu lieben.

Sie griff nach dem Handy und der Blick auf die Zeitanzeige ließ sie aus allen Wolken fallen. Es war bereits kurz nach neun Uhr!

»Tennant«, meldete sie sich.

Sofort plärrte Inspector Reeves' Stimme durch den Hörer, ohne Gruß und ohne Einleitung. »Machen Sie den Fernseher an und gehen Sie auf *London Today* …«

Paula eilte ins Wohnzimmer zurück, schnappte sich die Fernbedienung und schaltete das TV-Gerät ein. Nach kurzem Suchen hatte sie den richtigen Sender gefunden.

Ein junger Moderator im dunklen Anzug – man hätte ihn für einen Banker halten können – erschien auf der Mattscheibe und sprach aufgeregt in die Kamera. Hinter ihm war eine Reihe nobler Häuser zu sehen, im Stadtteil Kensington, wie die Texteinblendung verriet.

»… wurde der Leichnam von Lord Oliver Filton, Sohn von Edward Filton, nur dreihundert Meter entfernt von seinem Haus gefunden. Über die Hintergründe der Ermordung ist inzwischen bekannt, dass belastendes Material aus dem Pädophilen-Milieu an zwei große englische Tageszeitungen gegangen ist. Lord Edward Filton, der seit einem halben Jahr nach einem schweren Autounfall im Koma liegt, wurde bereits wegen Missbrauchs von Jungen und Mädchen in den letzten fünfunddreißig Jahren angezeigt …«

Paula stellte den Ton lauter und nahm auf dem Sessel Platz, auf dem Bernstein in der vergangenen Nacht gesessen hatte. »Sind Sie am Tatort?«, fragte sie Reeves.

»Ja. Dr. Bullard lässt gerade den Leichnam abtransportieren, und Dr. Padelsky untersucht den Keller der Filtons. Aber es kommt noch dicker …«

In diesem Moment griff sich der Journalist im Fernsehen ans Ohr und sagte: »Und gerade kommt eine weitere Meldung herein. Wie ich gerade erfahre, ist es zur Verhaftung eines hochrangigen Polizeibeamten gekommen … einen Augenblick, bitte …«

Die Szene wechselte und Paula sah, wie Detective Superintendent Crowley vor dem Haupteingang des New

Scotland Yard von mehreren Constables und Detectives abgeführt wurde.

»... Edward Crowley wird vorgeworfen, Akten und Beweismaterial unterschlagen und vernichtet zu haben und bei der Vertuschung mehrerer Morde an Kindern beteiligt gewesen zu sein ...«

Reeves erklärte dazwischen: »Oliver Filton wurde ziemlich übel zugerichtet. Fragt sich nur, von wem. Unser Ghost sitzt seit letzter Nacht ja in Wandsworth.«

»Haben Sie schon mit Vice Director Bernstein gesprochen?«, fragte Paula.

»Nein. Bernstein ist nicht hier, aber ich habe von Stephens gehört, er soll dem Yard gesagt haben, dass diese Angelegenheit nicht mehr in die Zuständigkeit der ISA falle. Das sei nun Sache der Metropolitan Police.«

Paula traute ihren Ohren nicht. Immerhin hatte der Ghost Oliver Filton im Visier gehabt, und jetzt war der Mann tot! Wie konnte Bernstein die ISA da raushalten? »Sie sagten, der Leichnam sei übel zugerichtet?«, hakte sie nach.

»Nun ja, es ist nicht so krass wie bei Ghosts Opfern, aber wer immer sich den jungen Lord vorgeknöpft hat, hat ihn auf dem Eisengitterzaun des Hyde Parks aufgespießt. Kein sehr angenehmes Ende. Außerdem muss der Täter körperlich verdammt gut drauf sein. Der Zaun ist an der Stelle über zwei Meter hoch.« Er hielt kurz inne. »Da fällt mir ein, wir haben inzwischen Chapmans Leiche gefunden. Kopflos. Im überfluteten Teil des Raums, unter Wasser. Ein wirklich schlimmer Anblick. Aber damit wäre nun auch diese Sache geklärt.«

Das klang, als würde die ISA tatsächlich nicht mehr gebraucht werden, doch Paula erinnerte sich noch sehr gut an das Versprechen, das sie dem Ghost gegeben hatte. Und an ihre Theorie, was die Bedeutung von Alpha und Omega anging.

Der wahre Täter – der Hintermann und die anderen, von denen im Verhör die Rede gewesen war – befand sich nach wie vor auf freiem Fuß. Und er hatte in der Nacht dafür gesorgt, dass Filton jr. die Quittung für seine Taten erhielt.

* * *

Vor dem Haupteingang von New Scotland Yard war die Hölle los, wie Paula aus dem Fenster ihres Büros sehen konnte. Noch am Nachmittag standen mehrere TV-Wagen der Londoner Sender herum und jede Menge Kameraleute und Journalisten, die hofften, noch den ein oder anderen verwertbaren Informationsbrocken aufzuschnappen. Paula hatte das Gebäude über die bewachte Tiefgarage betreten und war dem Trubel dadurch entgangen. Sie bedauerte jeden, der an diesem Tag die Tore des Hauptzugangs passieren musste.

Nachdem sie die Ermittlungstafel zum Fall Ghost freigeräumt und alles Material in die dafür vorgesehenen Kisten gelegt und diese beschriftet hatte, machte sie eine Pause und ging zum Aufenthaltsbereich mit dem Kaffee- und dem Snackautomaten. Anschließend begab sie sich mit Koffein und Zuckerbombe bewaffnet zur Galerie über der Lobby. Sie brauchte jetzt einen größeren Raum, um freier atmen und denken zu können. Sie stellte sich an das Messinggeländer und blickte auf die Menschen in der Tiefe hinab, die Beamten und Besucher, die die weitläufige Halle betraten oder verließen oder sich an der Rezeption nach dem Weg erkundigten.

Als sie sich nach einer Weile mit ihrem halb leer getrunkenen Kaffee umdrehte, um ins Büro zurückzukehren, trat Bernstein mit zwei Detectives, die Paula vom Sehen her kannte, aus dem Aufzug. Die Scotland-Yard-Männer wirkten wie zwei Offiziere, die ihrem General folgten. Als Bernstein Paula entdeckte, verabschiedete er sich von den Detectives und kam durch den breiten Gang auf sie zu, ohne den Blick von ihr zu nehmen.

Paula hatte Bernstein nicht mehr gesehen, seit er ihre Wohnung in der Nacht verlassen hatte. Doch als er nun vor ihr stand, war das vertraute, beinahe schon intime Gefühl, das sie auf der Terrasse des One New Change gespürt hatte, wieder Gegenwart. Es knisterte zwischen ihnen. Und sie tat, was sie immer tat, wenn sie glaubte, mit Gefühlen der Zuneigung oder Wertschätzung nicht klarzukommen. Sie wich ihnen aus, indem sie Bernstein angriff.

»Ich habe die TV-Nachrichten gesehen«, erklärte sie. »Warum haben Sie mich nicht informiert?« Sie verzichtete darauf zu erklären, dass Reeves getan hatte, was sie eigentlich von Bernstein erwartet hatte. Ganz davon zu schweigen, dass ihr Boss sie nicht hatte dabei sein lassen, als man Crowley kaltgestellt hatte. Obwohl Bernsteins Miene unergründlich blieb, spürte Paula, dass er innerlich lächelte, nachsichtig, aber auch ein wenig selbstgefällig.

»Weil Sie die ganze Hauptarbeit bereits geleistet haben. Sie brauchten dringend ein paar Stunden Erholung. Und jetzt überlassen wir den Rest der Arbeit den Ermittlern der Metropolitan Police.«

»Aber Oliver Filtons Ermordung hängt mit der Festnahme des Ghosts zusammen. Und wir haben noch immer nicht den Hintermann.«

»Dennoch ist unsere Zusammenarbeit mit der hiesigen Polizei erledigt.«

Sie begegnete seinem Blick, und kurz glich es einem Kräftemessen, denn sie wollte sich davon überzeugen, dass er es wirklich ernst meinte. Wer immer den jungen Lord Filton im Hyde Park aufgespießt hatte, gehörte zu Alpha und Omega.

Dann sagte Bernstein: »Ich habe das Buch.«

Das Buch? Sie war über den Themenwechsel so überrascht, dass sie im ersten Moment nicht begriff, was er meinte, doch dann dämmerte es ihr.

Er griff in die Innentasche seiner Jacke und zog den roten Einband gerade so weit hervor, dass sie das Notizbuch des Ghosts erkennen konnte. Ihre Augen weiteten sich.

»Ich habe keine Ahnung, ob es uns wirklich etwas bringt. Aber wir werden den Code knacken, und dann werden wir weitersehen.«

Sie wusste nicht, warum sie überrascht war. Natürlich würde er nicht aufhören, nach dem eigentlichen Drahtzieher, der hinter dem Ghost und all den anderen Mördern von Alpha und Omega stand, zu suchen. Ein Lächeln stahl sich als Friedensangebot auf seine Lippen, und Paula erwiderte es. Von nun an würden sie dieses Labyrinth gemeinsam durchstreifen, um herauszufinden, wer sein Zeichen darin in Blut geschrieben hinterließ.

Nachwort der Autoren

Die Geschichte dieses Romans ist frei erfunden. Die Namen, Personen und Ereignisse sind entweder Fantasieprodukte der Autoren oder wurden als Resultat der Recherche fiktional verwendet. Die im Roman beschriebene International Security Agency (ISA) existiert nicht in der Realität.

Fakt ist leider, dass weltweit jedes Jahr unzählige Kinder verschwinden, um grausam misshandelt und ermordet zu werden. Durch die Vernetzung im Internet – vor allem im Darknet – hat der Handel mit Kindern, Drogen und Waffen einen enormen Aufwind erhalten. Selbst Vertreter höchster Gesellschaftsschichten sollen darin verstrickt sein. Und das auch in der EU.

Danksagung

Auch bei unserem mittlerweile sechsten Roman haben wir wieder einer ganzen Menge Menschen zu danken. Unser herzlicher Dank geht an unsere unermüdliche Literatur-agentin Lianne Kolf, die für uns zu den inspirierenden Menschen im Buchgewerbe zählt. Ebenso gilt ein großes Dankeschön ihren engagierten Mitarbeiterinnen Simone Hasselmann und Tatjana Seel, die immer ein offenes Ohr für unsere Fragen haben.

Herzlich danken wir auch wieder unserer Editorin bei Amazon Publishing, Lena Woitkowiak, für ihre Geduld und Sachlichkeit. Das wissen wir sehr zu schätzen. Bei unserer Lektorin Diana Schaumlöffel und unserer Korrektorin Manuela Tiller bedanken wir uns für ihr kluges Feedback. Auch an die Grafik- und Designagentur ZeroMedia geht von Herzen unser Dank für das atmosphärische Buchcover, das sehr gut zum Einband des ersten Paula Tennant-Thrillers passt und den Seriencharakter betont. Insbesondere haben wir uns über den Blick vom Queen's Walk auf unseren geliebten Big Ben gefreut.

Unseren Freunden danken wir von Herzen für die fortwährende moralische Unterstützung. Ihr wisst, wer gemeint ist. Und last, but not least gilt unser herzlicher Dank Charlie für die vielen leckeren und energiespendenden Mahlzeiten.

Herzlich bedanken wir uns auch bei unseren treuen Leserinnen und Lesern für ihr wertvolles Feedback. Eure Kommentare, Fragen und Leserbriefe sind für uns ein unschätzbarer kreativer Treibstoff.

Informationen über uns und unseren Schreibprozess halten wir auf unserer Homepage http://alex-thomas.info fest. Ebenso sind wir auf Facebook aktiv.